バチカン奇跡調査官

終末の聖母《ディー・ゲニトリクス》

藤木 稟

角川ホラー文庫
18213

目次

天から降り注ぐのは、黄金の光。

そして、妙《たえ》なる旋律でした。

「私は世界を照らすもの。私はここにいる。この天の高みに。この天の果てに。貴方《あなた》が私の栄光のもとにあらんと欲するならば、昇ってくるのです」

イエス様の御声が、十字架から聞こえてきます。

嗚呼《ああ》。その御声に逆らえる者がいるでしょうか？

僕は両手を広げて、空を見ました。


喜びはここにある。天への情熱を誰がおさえることができようか。


眩《まばゆ》い天使達が歌っています。

そうするうちに僕の背中にも、大きな羽根が生えてきたではありませんか。

だから僕は生えたばかりの羽根を広げ、力一杯、空へと羽ばたいたのです。

プロローグ　魂の国の翳り

1

バチカン市国。

イタリアはローマ、テベレ川の西に位置する面積・人口ともに世界最小の独立国家。

イエス・キリストより「天国の鍵《かぎ》」を授けられた聖ペテロの代理人たる、ローマ法王の住まう場所。

別名、「魂の国」とも呼ばれる其処《そこ》は、全世界に十二億人近い信者を持つカソリックの総本山だ。三二四年にローマ皇帝コンスタンティヌスが、ペテロの埋葬地に最初の聖堂を建設して以来、キリスト教世界に多大なる影響を与え続けている。

法王の発言によって世界情勢が大きく動くことも少なくない。

バチカン市国の面積はおよそ〇・四四平方キロ。サン・ピエトロ広場に向かって大きく開いている以外は、周囲を壁で完全に囲まれている。かつて教皇を外部の攻撃から守るために築かれた城壁が、今も国境線となっているのだ。

日々、多くの巡礼者や観光客達が、サン・ピエトロ広場と大聖堂を、あるいは美術館や礼拝堂を見る為に、城壁に沿って長い列をなしている。

いうまでもなくバチカンの建築物や美術品は、優れた芸術性を誇っているが、実のところ、巡礼者や観光客が立ち入ることのできる場所はそれらの周辺までである。

その他一切の場所は立ち入り禁止区域で、謎に包まれている。

かの国の居住権を持つ者は、たったの八百人程度。

仮にバチカン市国で生まれたとしても、市民権を得ることは叶《かな》わない。

バチカンの居住権は、聖職者も含め、基本的にバチカンで職務についている期間に限って与えられることになっている。

教皇庁の職員の多数を占めるイタリア人職員達でさえ、外交業務などにおいて特に必要がない限り、居住権は与えられない。

バチカンという国の肩書きを背負うことはそれだけ特別なことであり、法王の威光を背負うことでもある。

勿論《もちろん》、彼らがカソリック教徒であることは、一つの大きな前提条件である。

だが、そうではない場合も、ごく例外的に存在していた。

アジメール・チャンドラ・シンは、その「例外」に相当する人物である。

まず、彼はインド人であった。

無論、バチカンの中にも有色人種は少ないながら存在するし、枢機卿《すうききよう》の中にも五人のインド人がいる。

そういう意味では例外とまでは言えないが、外見だけでも充分に彼は「目立つ男」だといえた。

浅黒い肌。漆黒の巻き毛。鋭い光を放つ鉄色の瞳《ひとみ》。眉《まゆ》は太く濃く、鼻梁《びりょう》は高く突き出ている。その口元は大抵、マスクで隠れていて、滅多に物を語らない。

ストイックな生活を感じさせる長身痩躯《そうく》に纏《まと》っているのは、白い上着と白いズボン。すなわち全身白装束という出《い》で立ちで、神父服すら着ていない。

おまけに、その行動は神出鬼没である。

道端で奇怪なヨガをしている姿を見た者がいるという一方で、聖職者ならば参加するはずのミサには全く姿を見せない。

情報部に勤務しているはずなのに、忽然《こつぜん》と姿を消すことがある。

チャンドラ・シンという奇妙な闖入者《ちんにゅうしゃ》の存在は、バチカン職員達の間で、瞬く間に不穏な噂となって広まった。

素性の知れない彼のことを、他国のスパイだという者もいれば、どこかの秘密警察から派遣されて来たのではと訝《いぶか》る者もいる。

そのような噂が立つのも無理はなかった。

折しもバチカンは、様々なスキャンダルに見舞われていた。

資金洗浄から聖職者による未成年への性的虐待まで、疑惑の声は多岐にわたるが、中でも最も深刻なのが、バチカン銀行を取り巻く黒い噂である。

かつて、バチカン銀行の資金管理および投資運用を行っていたカルヴィ頭取、バチカンのマルチンクス大司教、それからマフィア、極右秘密結社の「ロッジP2」などとの不透明な関係。その見直しを表明し、財政改革に着手したヨハネ・パウロ一世が、教皇在位わずか三十三日目の朝、バチカン内の自室で遺体となって発見された疑惑の事件。さらに、事件の黒幕と噂されたカルヴィ頭取のほか複数の関係者が、マフィアに暗殺された一大スキャンダルは、映画「ゴッドファーザー」でも取りあげられた程に有名だ。

その後、バチカン銀行の投資運用と資金調達の業務は、ロスチャイルド銀行とハンブローズ銀行などに移行したが、顧客の身元を明かすことなくヨーロッパにある財団や銀行、さらには証券会社に巨額の送金を代行する業務内容に変わりはなく、未《いま》だにマネーロンダリング（資金洗浄）の温床になっていると、黒い噂が囁《ささや》かれている。

マフィアやテロリストの資金源となるマネーロンダリングへの警戒を深める米国務省は「マネーロンダリングに利用される懸念がある国のリスト」にバチカンを加えるなど、国際社会の目も厳しい。

そこで近年、ローマ法王庁とバチカン市国の財務情報を監視する独立機関「聖座財務情報監視局」が設立されたのだが、こちらもうまく機能しているとはいえない現状だ。

不明瞭《ふめいりよう》な送金を巡ってバチカン銀行が保有する口座が閉鎖されたり、バチカンの税金問題や利権や浪費を示唆する機密文書がイタリアのメディアに漏洩《ろうえい》するといったスキャンダルが、続々と生じている。

　こうした文書を提供した内部告発者は二十人に上るという噂もあれば、バチカンに潜む他国のスパイが暗躍しているという噂もある。

　ともあれ、法王庁がこの先、スキャンダルから立ち直り、信頼を回復することができるのか。それとも、神の国に落ちた暗い翳《かげ》りを、二度と払拭《ふっしょく》することはできないのか。――カソリック信者と聖職者達は、不安と混乱の渦中で揺れていた。

　だが、それすら嵐の前触れに過ぎなかった。

　十二月八日。稲妻のような衝撃がバチカンを襲ったのである。

　運命の日は、唐突にやって来た。

＊　　＊　　＊

　十二月のバチカンは、クリスマスへ至る様々な祭典の為に大忙しである。

　八日に執り行われたのは、無原罪の聖母の祭典であった。

　これは、人類の救い主イエス・キリストの母・マリアが、原罪の穢《けが》れから完全に守られて生まれてきたこと。全能の神からの唯一無比の恩恵によって、その存在の最初の瞬間から予《あらかじ》め守られていたことを記念する大祝日だ。

　今年の大祝日の空はどんよりと暗く、灰色の緞帳《どんちょう》を下ろしたように雲が低く垂れ、時おりにわか雨が降っていた。

まるで不吉な何者かが到来することを予告しているかのようであった。
正午。至聖所において、法王はアンジェラスの祈りを唱えた。

「主のみ使いのお告げを受け、
マリアは聖霊によって神の御子を宿しになられました。

聖なるマリアよ、恵みに満ちた方、
主はあなたとともにおられます。
あなたは女のうちで祝福され、
御胎内の御子イエスも祝福されています。
神の母聖マリア、
わたしたち罪びとのために、
今も、そして死を迎える時も、お祈りください。
アーメン。

わたしは主のはしため、
御言葉どおりになりますように。

聖なるマリアよ、恵みに満ちた方、
主はあなたとともにおられます。
あなたは女のうちで祝福され、
御胎内の御子イエスも祝福されています。
神の母聖マリア、
わたしたち罪びとのために、
今も、そして死を迎える時も、お祈りください。
アーメン。

御言葉は人となり、
わたしたちのうちに住まわれました。

聖なるマリアよ、恵みに満ちた方、
主はあなたとともにおられます。
あなたは女のうちで祝福され、
御胎内の御子イエスも祝福されています。
神の母聖マリア、
わたしたち罪びとのために、

今も、そして死を迎える時も、お祈りください。
アーメン。
神の母聖マリア、わたしたちのためにお祈り下さい。
キリストの約束にかなうものとなりますように。
主よ、み使いのお告げによって、御子が人となられたことを
知ったわたしたちが、キリストの受難と十字架をとおして、
復活の栄光に達することができるよう、恵みを注いでください。
わたしたちの主イエス・キリストによって。
アーメン」

それから法王はいくつもの儀式を済ませ、ローマの街を車で練り歩いた後、イタリアの中心部へと移動して行った。
スペイン広場の近く、ドゥエ・マチェッリ通りとプロパガンダ通りの合流地点には、無原罪の聖母の記念柱がそびえ立っている。無原罪の聖母に対する崇敬は古くに遡《さかのぼ》るが、一八五四年十二月八日、教皇ピオ九世がこれを正式に信仰個条として宣言した際、記念に設立したものだ。

高さ十一メートル、直径一・四五メートルのシポリン大理石で出来た記念塔の先端には聖母像が、トラバーチンで出来た台座部分には、モーセ、ダビデ、イザヤ、エゼキエルの彫刻が四方に置かれ、台座の側面には、教義の決定に至る重要な場面の浮き彫りがなされている。地上から先端のマリア像頭部までおよそ三十メートルという、重厚な記念柱だ。

今、柱の隣には、巨大なクレーン消防車が停まっていた。ここで毎年伝統の儀式が行われるのだ。

しとしとと小雨が降る中、大勢の観光客や巡礼達が、鈴なりに集まって来る。

夕刻になり、灰色の町にイルミネーションが輝き始めた。

やがて法王が広場近くに到着すると、教皇庁消防隊生え抜きの消防士を乗せたクレーンが、するすると記念柱の先端へ伸びていった。

そして消防士は上空三十メートルにあるマリア像の前に到着すると、両膝《りょうひざ》をつき、聖母への最高の敬意を表して、その腕に花飾りを捧《ささ》げたのだった。

喝采《かっさい》の中、法王は演壇に上がり、手を合わせて群衆に挨拶《あいさつ》をすると、おもむろに祈りの言葉を告げられた。

「今日、すなわち無原罪の聖母の祝日は、聖母マリアに捧げる最も重要で、最も美しい祭典の一つであります。

無原罪のマリアは、私達にとって、確かな希望と慰めのしるしです。

真の光、歴史のすべての闇を打ち払う太陽であるイエスに到達するには、キリストの光を反映し、行くべき道を照らしてくれる人達が私達の近くに必要です。そして、希望の星、救いの日を告げるあけぼのであるマリアほど、輝かしい者はいないからです。

聖母マリアはいかなる罪をも犯さなかったばかりでなく、人類が共通に背負う原罪をも免れました。それは、神がマリアに望まれた任務、贖《あがな》いの主の母であるために必要であったからなのです。

聖書には、大天使ガブリエルが、ナザレのおとめに向けた言葉が記されています。それは、『喜びなさい、恵みあふれる者。主はあなたと共におられます』という言葉でした。

この時、ガブリエルが言った『恵みあふれる者』という呼び名は、最も貴重な神の贈り物、主、イエスを受け入れるために、マリアが最初から永遠に神に愛され、前もって選ばれた者であることを示すために、神ご自身が彼女に授けた名前として、母なるマリアの持つ多くの呼び名の中で、最も美しいものであると思います。

なぜすべての女の中から神がナザレのマリアを選ばれたのかは、神のみぞ知る神秘の知恵によってしか、説明することはできません。けれど、福音書に明らかなように、神はマリアの『謙遜《けんそん》さ』ゆえにその恵みを与えたのは確かなことなのです。それは、賢さよりも、勇気よりも、愛情深く、謙虚であること。そして神に従順であること。

マリアは乙女であったにもかかわらず、主の祝福を受け取って、キリストを身ごもり、そうして、愛するわが子を、神の祝福として人類家族全体におあたえになりました。

そう、主でもありながら、我が子でもある方の命を、人々に捧げたのです。

マリアは母としての愛を、あがないの犠牲となさったのです。

その輝かしい行いによって私達の希望と慰めのしるしとなったマリアその人に、私は心からの祈りを捧げます。


汚れなき無原罪のおとめマリアよ。

今年も子としての愛をもってこの無原罪の聖母の御像の前に集まり、キリスト教共同体と、ローマからの賛美を捧げます。

あがなわれたすべての人々にとって喜びと希望の泉である神秘、無原罪の御宿りの大祝日にあたり、私たちは歴代教皇たちによって定められた伝統に沿って、この聖母像を前に祈りの中に留《とど》まります。

聖母マリアよ、私たちはあなたに挨拶をおくります。神ご自身が永遠の昔からあなたのためにとっておかれた最も美しい名前、『恵みあふれるお方』という天使の言葉をもってあなたに祈ります。

『恵みあふれるお方』マリアよ、あなたはその存在の最初の瞬間から神の愛に満たされました。あなたは神の御摂理によって、前もって救い主の御母となるべく定められ、救いの神秘の中に救い主と深く結ばれました。

聖母マリアよ、あなたの無原罪の御宿りにおいて、あなたの中には創造主なる神の御目にいつも尊いすべての人間の尊厳が光り輝いています。

いとも聖なる御母マリアよ、あなたを見つめる者は、たとえ生活の試練が重くのしかかってきても、決して心の平和を失うことはありません。神の子としての尊厳を損なう罪の体験が悲しいものであっても、あなたによりすがる者は真理と愛の美しさを再発見し、天の御父の家に向かう道を再び見出《みいだ》すのです。

『恵みあふれるお方』マリアよ、あなたは創造主の救いのご計画を、承諾を示す『はい』という言葉で受け入れることによって、私たちのために救いの道を開かれました。あなたに倣って、私たちも主のみ旨にいつも『はい』と答えることを教えてください。

天の御父が世界と歴史の唯一の救い主である『新しい人』、キリストを生み出すために必要とされた、何の影も躊躇《ちゅうちょ》もないあなたのあの『はい』と一つになるような『はい』を、いつも主に答えることができるよう教えて下さい。

権力、金銭、快楽の欺瞞《ぎまん》に、また、不正な儲《もう》けや腐敗、偽善、利己主義、暴力にいつも『ノー』という勇気をお与えください。この世を欺く闇の君主・悪魔を拒否し、いつも『ノー』と言い、愛の全能の力によって悪の権力を打ち壊すキリストに『はい』という力をお与えください。

愛である神に回心した心だけが、すべての人々のためによりよい未来を築くことができるのだということを私たちは知っています。

マリアよ、あなたは『恵みあふれるお方』です。あなたの御名はすべての世代の人々にとって確実な希望の保証です。

　そうです、なぜなら詩聖ダンテが書いているように、あなたは私たち人類にとって『生ける希望の泉』だからです。この泉、あなたの汚れない御心の泉に、私たちは巡礼者としてもう一度、信仰と慰めと喜びと愛、安全と平和を汲《く》み取りに参りましょう。

『恵みあふれる』おとめマリア、真実の福音的精神がこの町の住民たちを生かしその行動を導くよう、彼らに愛情深いやさしい母としての姿を示してください。

　イタリアとヨーロッパのために、いにしえからのキリスト的伝統の根源から人々がその現在と未来を築き上げるための樹液を汲み取ることができるよう、注意深い保護者としての母の姿を示してください。

　人権尊重の中に、あらゆる形の暴力や搾取の排除の中に、愛の文明の堅い基礎が置かれるように、聖母マリアよ、あわれみ深い配慮に満ちた母としての姿をお示しください。

　そして、特に困難の中にある人々、誰からも保護されない人々、疎外され除外されている人々、また、様々な目的や儲けのために人間そのものを犠牲にするような社会の犠牲者たちのために、母としての姿をお示しください。

　マリアよ、すべての人々の母となってください、そして、世の希望、キリストを私たちにお与え下さい。恵みあふれる無原罪の聖母よ、母としての姿を示してください。アーメン」

　法王が厳かに十字を切ると、信者達の「アーメン」という無数の祈りの声が、さざ波のように広がっていった。

――それだけならば、この日の行事は感動的であった、と記録されるに留まったであろう。

だが、これらのことが終わった後、法王は尋常ならざる行動を起こし始めた。

まず、無原罪の聖母マリアの大祝日を対象とした、免償規定を発布したのである。

その規定とは、「無原罪の聖母の大祝日に、ある一定の条件を満たした者に全免償を与える」という宣言であった。

つまり、すでに赦《ゆる》された罪に伴う、有限の罰を免除するという意味だが、中でも、全免償とは、有限の罰のすべてが免除されるということだ。

古い表現でいうなら、法王からの免罪符を渡すということである。

加えて、法王が示した「ある一定の条件」というのが曖昧《あいまい》であった。

というより、途轍《とてつ》もない話であった。

発布された書類には、こう記されていたのである。

「ゆるしの秘蹟《せき》、聖体拝領、教皇の意向のための祈りのもとで、あらゆる罪から離れようとする心を持ち、公的崇敬のためにかかげられた無原罪の聖母の聖画・聖像の前で聖母への信心を公に証《あか》し、主の祈りと使徒信条、そして無原罪の聖母に対する何らかの祈り――

例えば、『マリアよ、あなたは何もかも美しく、ひとつの原罪もありません』『聖母よ、罪の汚れなく宿られた方、私たちのためにお祈りください』と唱える信者に、全免償が与えられる。

また、病気、その他の正当な理由のために、公の場所において、それらが行えない信者は、自宅、あるいはどこにおいても、あらゆる罪から離れようとする心を持ち、可能な時にただちに前述の条件を果たす決意をもって、無原罪の聖母への祈りの中で法王の意向に心と願いにおいて一致し、主の祈りと使徒信条を唱える信者にも、全免償が与えられる」

人々がざわめく中、法王はさらに驚愕《きょうがく》の発表を行った。

それは法王が『辞任』するという、あまりに突然の決意表明であった。

言うまでもなく、ローマ法王は伝統的に終身制である。

生前の辞任など、通常あり得ない。

いや、六百年前、ただ一度の例外はあった。だがそれは、当時のカソリック教会が二つに分裂してローマ法王も複数いるという異常な状態を正すため、一人が生前退位したという事情があってのことだ。

今回のように、「高齢のため、身体と精神の力が減退し、自らの職務を充分果たせなくなってきたから」という一身上の理由で法王が退位するなど、前代未聞である。

法王は死ぬまで法王であり、死をもってしてペテロの代理人を辞する――それがカソリック界の常識であった。

法王の異例の退位宣言、そして不可解な免罪符の発布は、人々の心にかつてない動揺と恐怖をもたらした。

そして、人々の恐怖心は疑心暗鬼を生んでいった。

「やはり法王はバチカン銀行と癒着していたのだ」、「余程ヤバい証拠を握られ、退位を迫られたに違いない」といった噂が、おぞましい伝染病のようにカソリック世界に蔓延《まんえん》していった。

遂《つい》には、「聖マラキの予言」を持ち出して、世界の終焉《しゅうえん》が始まったと言い出す者も出始めた。

聖マラキは、百六十五代ローマ教皇ケレスティヌス二世以降、百一名の歴代法王についての予言を書いたが、『ローマ聖教会が最後の大迫害を受ける時、ローマ人ペテロが教皇に就くだろう。やがて七つの丘の町は崩壊、恐るべき審判が人類に下るだろう』と、世界の終末をも予言した。つまり、百一番目の次の法王の時代に世界は終わるという。そして、今回退位宣言をした法王こそが、百一番目に当たるというのだ。

無論、それらは根拠のない出鱈目《でたらめ》、流言の類《たぐい》であった。

バチカンは普段と変わらず、強固にして静かな祈りの地であり続けている。

だが内実、この国はかつてないほどに激震し始めていたのである。

現実問題として、バチカンの規定では、法王が空位となってから十五日から二十日以内に新法王を選ぶことになっている。

世界中に約百二十人いる八十歳未満の枢機卿《すうききょう》達が、バチカンの会議室に集まり、完全秘密選挙「コンクラーヴェ」を行って、新法王を選出するのだ。

選挙といっても、誰かが法王に立候補するのではなく、全枢機卿の三分の二以上の支持を集めた枢機卿が出るまで、何度でも投票が行われる。

条件が揃わずに法王が決まらなかった場合、投票用紙はその都度焼却され、煙突から黒煙が立ち上ることになる。もし法王が決まれば、合図として白い煙をあげるという決まりであった。

新法王が選ばれるまでは、前教皇があらかじめ指名しておいた枢機卿が教皇代行を務めることになる。

その役職を、「カメルレンゴ」といい、枢機卿団の事務長として、バチカンにおいて使徒座空位の間のみ有効な切手や貨幣を発行する権限を持っている。

こうした場合、教皇の肖像や教皇紋章に代えてカメルレンゴの紋章が用いられる。

赤と黄色のパラソルの下に黄色と白の鍵《かぎ》が交差し、赤い房飾りが垂れ下がり、その下に個別の家紋が入るという形式のものだ。

クリスマスをまたいでの「コンクラーヴェ」。

それだけでも大変なことであるのに、辞任した法王が、自分の代理人、カメルレンゴとして指名したのは、実に意外な人物であった。

並み居る枢機卿の中からではなく、大司教の一人を自分の代理として指名したのである。

その人物こそ、誰あろうサウロ大司教であった。

2

ここは『聖徒の座』。

バチカン市国中央行政機構の内、列福、列聖、聖遺物崇拝などを取り扱う『列聖省』に所属し、世界中から寄せられてくる『奇跡の申告』に対して、厳密な調査を行い、これを認めるかどうか判断して、十八人の枢機卿からなる奇跡調査委員会にレポートを提出する部署である。

身分証代わりの磁気カードで出入りを許されるその場所には、古めかしい装飾が残された壁や古書に囲まれて、最新型のコンピュータを設置する机が、ずらりと並んでいる。

そこに勤める者は、皆、某《なにがし》かのエキスパートであり、それぞれの研究者あるいは研究チームが、パーティションで区切られた空間で、日々、報告されてくる様々な奇跡を調査している。

この場所で、人の仕事にちょっかいを出したり、違う調査をしている人間に親しく話しかけたりすることはタブーとされている。

バチカンでは、ドミニコ会、イエズス会、フランシスコ会の三大派閥が苛烈《かれつ》な派閥闘争を繰り広げているからだ。

他にもカルメル会、トラピスト会、サレジオ会、シトー会など様々な会があり、会の数だけの摩擦があった。

大抵の場合、奇跡申告がなされた教会の調査は、その教会の属する宗派が行うことになっている。そしてそこには宗派ごとの決まりや事情や裏の歴史が絡んでいたりする。

それぞれの上層部から下される命令は絶対で、その指示を他人に漏らすことや、上層部に異議を申し立てることも許されない。

故に、違う派閥の者同士は迂闊《うかつ》に会話すらできない。

『聖徒の座』はＦＢＩやＣＩＡ並に緊張感の漂う『秘密の花園』なのであった。

先日の法王辞任宣言という異例の事態を受け、次なる法王の選出を巡って『聖徒の座』にはいつも以上のギスギスとした緊張感が漂い、調査員達の寡黙さも増していた。

澄んだブルー色の瞳《ひとみ》にモノクルをかけた若き神父、ロベルト・ニコラスは、室内の重い空気を感じ、小さくため息を吐いた。

彼は、今回のカメルレンゴに選ばれたサウロ大司教の直弟子である。

だが彼自身に政治的な野心は殆《ほとん》どなかった。

派閥争いにも興味はない。

ロベルトは家の事情で教会の施設に放り込まれ、バチカンの奨学金を受けて大学に通い、博士号を取って、『聖徒の座』に配属された。そのお陰で、好きな古文献の解読や修復に打ち込むことができている。今の生活に満足している。

とりわけ、古文書に秘められた暗号を解き、真実を探し当てた時、彼は鳥肌が立つほどのスリルを覚えるのだった。

ただ、もしも万が一、あの宝の山――上層部が眼を通した後、色んな意味で世に公開すべきではないと判断した古文献の山、すなわち鉄格子の向こうで、守衛に守られている古書達をこの眼で見ることができるなら、出世もそれほど悪くはないと思っていた。

そんな彼が現在、取り組んでいるのは、一九四五年に上エジプトのナグ・ハマディ村近くで見つかった古文書、通称『ナグ・ハマディ写本』の中の一部分であった。

ナグ・ハマディ写本は、初期キリスト教文書のひとつで、一〜二世紀に成立した古文書を三〜四世紀に写筆したものだ。元はエジプトのパコミオス派の修道院に所蔵されていたが、時の司教から「聖書正典ではない」と認定された為、壺《つぼ》に入れて土中に埋めるという形で秘匿されたらしい。

そして時は流れ、一九四五年。ムハンマド・アリ・サマンという農民が、肥料に使う土を掘っていたところ、偶然、古い壺と、その中に革で綴《と》じたコデックス（冊子状の写本）があるのを発見した。だが、その後、古文書は何人かの手によって売却され、エジプト中はおろかアメリカにまで散らばってしまった。

今では千頁分の現物が、カイロのコプト博物館に寄贈され、各国語にも翻訳されている。

この写本の価値は、初期キリスト教がローマの国教とされる四世紀までの間に、どのような過程を経て成立していったかを窺《うかが》い見ることができるという点にあった。

例えば原始キリスト教においては、今日のようにキリストを神の子とはしていなかったという事実がある。

写本に記された「トマス福音書」には、トマスがイエスを救世主として認めるや否や、イエスがトマスに向かってこういう場面がある。

「私はあなたの先生ではない。

私はあなたと同じ泉から知恵を授かった存在であり、あなたと私は対等にして同一の存在である」と。

これは実質的に、キリストの人間宣言である。すなわち、キリスト教の初期段階において、キリストは救い主であっても神でなかったことが読み取れる。

「ナグ・ハマディ写本」には、現在のものに近いキリスト教思想のほか、それ以前から存在したユダヤ教やギリシャ哲学、各地の宗教的慣習を基とする秘教的知識とそれらの世界観が入り混じっている。

新約聖書がローマにおいて正典化されるまで、各地には様々なキリスト教集団が存在し、それぞれが思い思いに自分の集団の考えを背景にした文書を作成していた。福音書だけでも数十編が存在したと思われる。それが初期キリスト教の実態である。

現代のバチカンは、そうした多様性を認め、「ナグ・ハマディ写本」の存在を肯定したり、これまで異端としてきたものを認証する傾向にある。過去の、偏見に満ちた教会の歴史的判断を反省し、客観的に物事を受け止めようという姿勢を見せているのだ。

とはいえ、すべての情報を等しく扱うという訳にはいかない。

「ナグ・ハマディ写本」にすら、まだ世間に秘匿されている箇所があった。

今、ロベルトの目の前にある「ナグ・ハマディの黙示録」がそれである。

黙示録。

それは、終末の世に起こる出来事を示した、謎多き預言書だ。

聖書の黙示録の著者はヨハネ。だが、実はこのヨハネが何者であるのかさえ、ハッキリしていない。

十二使徒のヨハネと名は同じでも、全くの別人が書いたものである。

その内容は非常に恐ろしい。

世の終末、子羊が七つの封印を開封すると、白い馬が、勝利の上に更に勝利を得ようとして出て行く。

第二の封印が解かれると、火のように赤い馬が戦争をもたらす。

第三の封印が解かれると黒い馬が現れ、人類に飢饉《ききん》をもたらす。

第四の封印が解かれると、青ざめた馬がやってきて、死をもたらす。

第五の封印が解かれると、殉教者が血の復讐《ふくしゅう》を求める。

さらに第六の封印が解かれると、地震と天災がおこる。

苦難を乗り越えたイスラエルの子たちは、神の刻印を押され、子羊の血で洗った白い衣を着ることになる。

第七の封印が解かれると、祈りが捧《ささ》げられ、七人の天使がトランペットを吹きならす。

するとまず、地上の三分の一、木々の三分の一、すべての青草が焼ける。

次に、海の三分の一が血になり、海の生物の三分の一が死ぬ。

そして、にがよもぎという星が落ちてきて、川の三分の一が苦くなり、人が大勢死ぬ。

それが終わると、太陽、月、星の三分の一が暗くなる。

やがて、いなごが大量に発生し、額に神の刻印がない人を五カ月間苦しめる。

次には、四人の天使が人間の三分の一を殺す。

やがて、天の神殿が開かれ、契約の箱が見える。

そこでヨハネは再び不思議な幻視をする。

正典においては、こう記されている箇所だ。


『天に大きなしるしが現れた。

一人の女が太陽を纏《まと》い、月を足の下にし、十二の星の冠を被《かぶ》っていた。

女は身ごもっていたが、子を産む苦しみと痛みの為に叫んでいた。

また、もう一つのしるしが天に現れた。

見よ、火のように赤い大きな龍《りゅう》である。

これには七つの頭と十本の角があり、その頭には七つの冠を被っていた。

龍の尾は、天の星の三分の一を掃き寄せて、地上に投げつけた。

そして龍は子を産もうとしている女の前に立ちはだかり、産んだらその子を食べてしまおうとしていた。

女は男の子を産んだ。

この子は、鉄の杖《つえ》を持ってすべての国民を治めることになっていた。

子は神のもとに、その玉座へ引き上げられた。

女は荒れ野へ逃げ込んだ。

そこには女が千二百六十日の間、養われるように神に用意された場所があった。

さて、天で戦いが起こった。

ミカエルとその使いたちが、龍に戦いを挑んだのである。

龍とその使い達は勝てなかった。

そしてもはや彼らには居場所がなくなった。

この巨大な龍。

年を取った蛇、悪魔とかサタンとか呼ばれるもの、全人類を惑わす者は、投げ落とされた。

地上に投げ落とされたのである。

その使い達ももろともに投げ落とされた。

わたしたちは、天で大きな声が次のように言うのを、聞いた。
「今や我々の神の救いと力と支配が現れた。
我々の兄弟を告発する者
昼も夜も我々の神の御前で彼らを告発する者が
投げ落とされたからである。
兄弟達は子羊の血と
自分の証《あかし》の言葉とで、
彼に打ち勝った。
彼らは死に至るまで命を惜しまなかった。
このゆえに、もろもろの天と、
その中に住む者達よ、喜べ。
血と海は不幸である。
悪魔は怒りに燃えて、
お前達のところに下っていった。
残された時が少ないのを知ったからである」
龍は自分が地上に投げ落とされたと分かると、男の子を産んだ女を追った。
しかし、女には大きな鷲《わし》の翼が二つ与えられた。
荒れ野にある自分の場所に飛んでいくためである』

忌まわしくも凄烈《せいれつ》な表現である。

これに相当する部分が、今、目の前にある「ナグ・ハマディの黙示録」においては、次のように記されていた。


『見よ、その時、印が現れた。

隕石《いんせき》が雨のように降り注ぎ、地上のあらゆるものは燃え、そして金属はどろどろに溶けた。

死体がそこら中にあふれかえった。

人類の中で死を免れたのは、三百九十九人だけであった。

そのとき、天に、翼のある赤い蛇が現れた。

この蛇は明けの明星であるところの蛇である。

それはかつて神とともにこの世を作り、人類を作り、そして滅ぼすところの大いなる蛇である。

誰もが知る古き蛇である。

蛇は一人の女を見た。

それは蛇の妹であり、次なる太陽王を生み出す女であり、名を偉大なる母であり、妻である女と言った。

この世の初めの女であり、そして最後の女である。
彼女は、星々の冠を被り月の中に宿る天の女王であった。
蛇は彼女に、自らの卵を宿らせた。
女は卵を孵化《ふか》させ、男子を産んだ。
その子は、生まれた時から鉄の体を持っていた。
それはこの世の王となるべき運命にある男子である。
子には天高く飛ぶ強き翼と、敵を打ち砕く炎の剣が与えられていた。
赤い蛇は、子に激しく嫉妬《しっと》した。
その為、蛇は天の星の三分の一を掃き寄せて、子のいる地上に投げつけた。
女は、大きな鷲の翼を持って、子を守る為に荒れ野へ逃げ込んだ。
そして、女の側に立つものたちと蛇とその手下によって、天で戦いが起こった。
女は、子供を守るために蛇に戦いを挑んだのである。
その時、空は真っ暗となり、天空で蛇はその身をくねらせた。
蛇は大声をとどろかせ、地上の山々や家を砕いた。
だが、女の軍勢は、蛇とその手下との戦いに勝った。
そのため、蛇は天から落ちて、地上にその身を落としたのである。
蛇は自分が地上に投げ落とされたと分かると、怒りに狂って息子を追った。
蛇は息子から、この世を支配するための鉄の杖と剣を奪おうとしたのである。

蛇は美しい男に姿を変え、商人を装って、女と息子の家を訪ねた。
だが、女は知恵あるものであったために、蛇の正体を見破ることができた。
女は高い買い物をしたあげく、商人をねぎらうふりをして、蛇に乾杯の酒を飲ませた。
すると、蛇は一瞬にして眠りに落ちてしまった。
女は蛇を地下深くへと閉じこめ、鎖で繋《つな》いだ。
そして息子に、もし蛇が出てくることがあれば、
その燃える鉄の杖で蛇の頭を砕くようにと教えたのである。
息子はそのようにして父の頭を砕き、新しき太陽王となった』

やはり似ている。

こちらの表現は、よりプリミティブである。

隕石が雨のように降って地上が焼き尽くされ、金属がどろどろに溶けるという件《くだり》は、ミトラ教における終末の表現にも似ていた。

それにしても、この「ナグ・ハマディの黙示録」が、現在の黙示録より前に記された正当な文書だとしたら、終末の世に現れるキリストとは、神の子ではなく、古い蛇、すなわちサタンの子になってしまう。

これはどういう意味だろうか？

ユダヤ教成立以前の古代ヤハウェ信仰において、ヤハウェは雷神もしくは火山の神とさ

れ、その神像は、雄牛の頭に人間の身体か、あるいは人間の首に胴体が蛇という姿で造形されていた。

よって、神の姿を蛇と考えるのは、古代ヤハウェ信仰からの影響を受けたものと考えれば合点がいく。

この場合、「女」の素性も当然、聖母マリアとは異なる。

この世で最も古い女ということは、アダムの前妻であり、悪魔達の母となったといわれるリリスか、もしくはイブである。

ヤハウェはといえば、アシマとアナトという二人の女神を后《きさき》としていた。地母神アナトはヤハウェの妻であり母でもあり、アナトはヤハウェの妹ともいわれるが……。

加えて、『私はアルファであり、オメガである』という神のみに与えられた表現と似た、『初めの女であり、最後の女である』という形容詞が、女性に使われている点も興味深い。

あと数日で翻訳と写本の作業が終わり、二度と見ることの叶《かな》わないのが残念な面白さである。

無論、こんなものが世に出回っては聖書の正当性に疑惑が生じ、本当にバチカンの危機を招くだろうから、仕方もない訳だが。

最近、世間で騒がれている「聖マラキの予言」のような偽書ならば笑い飛ばせるが、なにしろこちらは本物だから物騒である。

（もしこちらの預言の方が正当だとしたら、世の終末とは……）

考えたくない疑問が頭を掠《かす》め、ひやりと背筋を凍らせた時だ。

ロベルトの許《もと》に使者がやってきて、サウロ大司教を訪れるようにと小声で囁《ささや》いた。

(こんな多忙な時期に、奇跡調査の依頼だろうか?)

ロベルトは速やかに立ち上がり、机の間を通り抜けると、突き当たりの階段を上った。

二階には、各派閥の担当責任者の部屋がある。

サウロは代理法王に任命された現在でも、フランシスコ会の部屋にいた。

ただ違っているのは、その部屋の扉に、カメルレンゴの紋章が掲げられていることだけだ。

どのようなことがあっても、一神父であり続ける。

サウロらしい行いである。

ドアをノックして開けると、サウロ大司教は、いつも通りの赤いベルベット地の椅子に、ゆったりと腰をかけていた。

短く整えられた白髪と、少し垂れた長めの白い眉《まゆ》、恰幅《かっぷく》のよい体軀《たいく》はいつもと変わらないが、面長な顔に刻まれた皺《しわ》はより深く、目の下には濃い隈《くま》ができている。

カメルレンゴの重圧だろう。その顔つきも少し厳しかった。

ロベルトが気を引き締めてサウロの言葉を待っていると、背後で軽快なノック音が響き、若い東洋人の神父が部屋に飛び込んできた。

平賀《ひらが》・ヨゼフ・庚《こう》。奇跡調査の相棒である。

平賀はほっそりと華奢《きゃしゃ》で、まるで少女のような体つきをしていた。黒くまっすぐな髪に、長い睫毛《まつげ》に覆われたアーモンド型の大きな瞳《ひとみ》。何処かから走ってきたのか、頬を少し上気させている。

「二人とも揃ったな。さて、早速だが二人には明日、メキシコのグアダルーペ寺院に行ってもらいたい」

サウロが言った。

「メキシコのグアダルーペ寺院というと、一五三一年に聖母出現の奇跡があった場所ですよね。グアダルーペの聖母は、一八五八年のルルドの聖母、一九一七年のファティマの聖母と並んで、バチカンが正式に認める三大マリア出現の奇跡のひとつです。

そのグアダルーペで、また新しい奇跡が起こったのですね？」

平賀は好奇心に満ちあふれた子供のように、弾んだ声で訊《たず》ねた。

するとサウロは静かに首を振った。

「行き先は確かにそのグアダルーペだが、今回の目的は奇跡調査ではないのだ」

「奇跡調査ではない……のですか？」

平賀とロベルトは顔を見合わせた。

「ロベルト神父、君はフェルナンド・マヌエル・マルケス・モラレスという彫刻家を知っておるかね？」

「はい。メキシコ人初のイタリア・ガリレオ二〇〇〇賞文化賞を受賞した、気鋭の彫刻家です。彼の『聖なる乙女』という作品は、バチカン美術館にも収められています。収蔵にあたっては、前法王猊下《げいか》も祝福を贈られ、大層気に入られたご様子であったとか」

「うむ。そのモラレス氏が、この度、グアダルーペ寺院に彫刻作品を寄贈するにあたり、私とルーベン・リベラ・カサレス枢機卿《すうききょう》とが、記念式典に出席することを正式に表明していたのだよ。

だが、君らも知っての通り、バチカンは今、かつてない緊張状態にある。枢機卿の方々も私も、とても出歩ける状態ではない。しかしながら、一度はバチカンから正式参加を表明した式典に、誰も出ないという訳にもいかない。誰かが行かねば、些《いささ》か具合が悪い」

サウロは語尾に意味深なニュアンスを込めて言った。

ロベルトにはサウロの言外のメッセージについて思い当たる節はなかったが、ルーベン・リベラ・カサレス氏といえば、メキシコ出身の枢機卿であった。地元に対して断れない義理があるのかも知れないと察した。

加えて、メキシコは世界で二番目にカソリック人口が多いという、カソリック大国だ。バチカンが揺れている今のような時にこそ、配慮したい裏事情もありそうだ。

そうはいっても、あまりに急な話である。ロベルトは戸惑った。

「しかしながら、僕達に大司教や枢機卿の代理ができるとは思えませんが……。他にいくらでも適役の方がいらっしゃるのでは？」

「それがいるなら、わざわざ君らに頼まんよ。今、バチカンの主立った役職の人間で動ける者はいない。バチカンのパスポートを持ち、私がバチカンの名を背負わせても信用のおける人物で、明日にでもメキシコに飛べるのは君達だけなのだ」

上司にここまで言われては、覚悟を決めるしかなさそうだ。

「分かってくれたかね？」

サウロの鋭い目に気圧《けお》され、ロベルトは静かに頷《うなず》いた。

平賀の様子はどうかと隣を見ると、緊張で真っ青な顔をして、機械人形のように頷いている。

「それにしても、行くのが僕達では、相手の方々も随分がっかりなさるでしょうね」

ロベルトは自嘲《じちょう》的に呟《つぶや》いた。

サウロは椅子から立ち上がり、二人を床に跪《ひざまず》かせると、それぞれの頭に手を当てた。

「君達を正式に私の代理と認め、権能を授ける。君らは司祭として現地へ赴くのだ。バチカン特務大使の肩書きも用意しておいた。特例ではあるが、これも主の御計らいであろう」

驚きに眼を丸くする二人に向かって、サウロは穏やかに微笑んだ。

第一章　黒い聖母の奇跡

1

　明日の朝の便でメキシコへ向かうことが決まった後、平賀が一番にしたことは、図書閲《えつ》覧《らん》室へ行き、グアダルーペの聖母の奇跡に関する資料を漁《あさ》るという行動であった。

　それは先方に失礼のないよう、きちんとした知識をもって式典に臨みたいという、平賀なりの誠意から出たものである。

　一方、式典の為の挨拶《あいさつ》文を一通りチェックし終えたロベルトは、現地の風俗について軽く知識を得ようと訪れた閲覧室で、平賀の姿を見つけた。

　平賀はまるで何かに取り憑《つ》かれたような表情で、中空の一点を見つめていた。その大きな黒い瞳には、宇宙空間に浮かぶ謎の記号でも映っているのだろう。

　まったくおかしな友人である。

「平賀神父」

　ロベルトが声をかけると、平賀はハッと驚いたように瞬《まばた》きをした。

「あっ、ロベルト神父。どうかなさいましたか？」

「僕は偶々《たまたま》、通りかかっただけさ。君こそ、ここで何をしていたんだい？」

「グアダルーペの奇跡について調べていたんです。これがなかなか面白くて、ついつい夢中になってしまいました」

「邪魔をしたなら悪かったね。けど、丁度、君に会えて良かった。式典の挨拶文の打ち合わせなんかも、そろそろしておかなくちゃならないだろう？」

「ああ、そういえばそうですね。なにしろ大役ですから、挨拶文の検討は絶対に必要です。今から取りかかっても、決して遅くはありません」

平賀は腕時計を見ながら、真顔で頷いた。

その時、夕べの鐘が鳴り響いた。

終業の合図である。

「さてと。夕食がてら、僕の家にでも寄らないか？　どうせ君の家はゴミの山だろう」

「はい。いつもすみません」

平賀はペコリと頭を下げた。


日課の祈りを済ませ、ロベルトの家に着くと、二人はサウロ大司教とルーベン・リベラ・カサレス枢機卿が読み上げるはずだった挨拶文をテーブルに並べた。

「サウロ大司教の挨拶文は君が読んでくれたまえ。僕はルーベン・リベラ・カサレス枢機卿のものを読むよ。スペイン語も多用されているから、僕のほうが適役だろう」

ロベルトの言葉に平賀は「分かりました」と頷いた。

「これに加えて、私達が代理で来たことを詫《わ》びる挨拶も必要ではありませんか？」

「うん。それを一寸《ちょっと》考えてみたんだが、君の意見を貰《もら》えるかな」

ロベルトが走り書きをしたメモを元に、二人は慎重に討議を重ね、自分達の挨拶文を付け加えるように作成した。

「さて、この部分はどっちが読む？」

「貴方《あなた》が読んでください。貴方の声のほうが落ち着いていて、しっくりきます」

「分かった」

挨拶文に関する打ち合わせが終わると、次は支給された司祭装具のチェックである。

傷やシミやほつれがないかを一つずつチェックし、式典で首にかけるストラの色を選ぶ。

やはり聖母を意識するときに用いられる薔薇色《ばらいろ》のストラがいいだろうと、二人の答えは決まった。

「それにしても、私達が司祭だなんて、なんだか妙な気分です。いえ、ロベルト神父にはよくお似合いですが、私は……とんでもない粗相をしないかと、かなり心配です」

平賀が緊張した様子で呟いた。

「大丈夫。すべては主の御計らいのうちにあると信じよう」

ロベルトは十字を切って、式典が滞りなく進むことを祈った。

「じゃあ、僕は食事の用意をして来るよ」

「はい。いつもすみません」

「構わないさ。君は適当にくつろいでいてくれたまえ」

ロベルトはリビングに平賀を残してキッチンに立ち、冷蔵庫を開いた。今朝市場で安く仕入れた新鮮なイカと野菜類は、使い切ってしまいたい。

今夜のメニューは、イカとマッシュルームのパエリア。それから、たっぷりのパプリカとトマトを使ったチキンの煮込みに、前菜風トマトサラダはどうだろう。

頭の中で手順を組み立てながら、最初にスパイスを用意する。

サフランをぬるま湯に十分ほど浸して、色をよく出す。ニンニクを刻む。

それからイカの下準備だ。ワタを取り出し、全体を粗塩でもんで薄皮を取り、しっかり洗った後、皮目に切り込みを入れながら、五ミリ幅の棒状に切る。

次にマッシュルームとパプリカを刻み、切ったイカの足とニンニクと共に、オリーブオイルを薄く引いたフライパンで炒《いた》める。しんなりとしたら米を加え、全体をよくなじませる。

さらにサフランを入れ、塩をひとつまみ振った後、スープストックを注ぎ、きっちり蓋《ふた》をして、中火で六分、弱火で十五分程度加熱後、火を切り、余熱で蒸らしておく。

その間に作り始めるチキンの煮込みは、シンプルな割に美味《おい》しい、バスク地方の郷土料理だ。

玉ネギとニンニクをじっくり鍋《なべ》で炒め、軽く塩胡椒《しおこしょう》した鶏肉《とりにく》を加えて、焼き色をつける。

くし切りにした赤、黄、緑のパプリカを加え、混ぜながら軽く炒め、白ワインを加えて数分煮る。

さらに、缶詰トマトとブーケガルニ、少々のブイヨンを加え、二十分以上煮込めば出来上がりだ。

ちなみに彼の使用するブーケガルニは、ベランダの菜園でとれたハーブを乾燥させてミックスした、ロベルトオリジナルであった。

汚れた台所を片付けているうちに、フライパンからいい香りが漂ってきた。

ロベルトは九割がた出来上がったパエリアの上に、棒状に切っておいたイカを散らして並べ、フライパンごとオーブンに放り込んだ。最後の仕上げに、表面を焼き上げようというのである。

テーブルにカトラリーを並べながら、ロベルトはリビングにいる平賀に声をかけた。

それから、トマトを一口大に切り、ビネガーとオリーブオイルで作ったソースであえて、塩胡椒をする。チーズを添える。バジルを散らす。

テーブルにトマトの前菜を並べ、ワインを選び、煮込みの味を調整したところで、平賀が部屋に入ってきた。

ジリン、と音を立ててオーブンが止まった。

今日の時間配分も完璧《かんぺき》だった。

湯気を立てた煮込み料理と、出来たてのパエリアが食卓に並ぶと、平賀は「ほぅ」と感嘆の声を漏らした。

「いつも見事な料理を有難うございます、ロベルト」

「どういたしまして。さあ、温かいうちに召し上がれ」

二人は夕べの祈りを捧《ささ》げた後、食事を開始した。

赤ワインを開け、前菜を摘《つ》まみ、パエリアを一さじ掬《すく》ったところで、平賀が喋《しゃべ》り出した。

「グアダルーペの聖母について、ロベルトはよくご存じですか？　資料を見ていても、よく分からない点があったのです」

「どうかなぁ。とりあえず、僕の知ってる事から話してみようか。

一五三一年十二月九日のことだ。メキシコはテペヤックの丘を、ホアン・ディエゴという男が通りかかった。

ちなみに、ディエゴというのは洗礼名だ。本名は『クアウフトラトアツィン』という。彼は、チチメカ族のインディオだったんだ。

ともかく、その彼が丘を歩いていると、突然、美しい鳥の声や、天上から響いてくるような音楽が聞こえてきたという。

徒《ただ》ならぬ予感を感じて丘を登ると、丘の頂上に一人の乙女が立っていた。

黒髪に褐色の肌をし、年の頃は十五歳ばかり。その全身が神々しい光に覆われていたので、彼女が特別な存在であることが、ディエゴにはすぐに分かった。

乙女はナワトル語で、こう語りかけてきたという。

『私の小さな子よ。私は聖母マリアです。この場所に教会が建てられるよう望んでいます。あなたはメキシコシティに行き、司教にここで起きたこと、そして私の願いを伝えなさい。そうすれば、私は愛と憐《あわ》れみ、助けと保護を人々に与えましょう。私はあなたがたの慈しみ深き母であり、この地に住むすべての人々、すべての人類、私を愛し、求め、私を信じるすべての人の慈しみ深き母です。私には人々の泣き声、悲しみの声が聞こえます。私が多くの悩み、苦しみ、不幸を取り除きましょう』

ディエゴはすぐさま司教の許《もと》へ行き、見聞きしたことを伝えたが、司教は一介のインディオの話など、信じようとはしなかった。

ディエゴは嘆き、再びテペヤックの丘に戻ると、聖母に訴えた。

『どうか私のような者ではなく、司教がすぐに言うことを信じる者を、貴方の使者としてください』と。

だが、聖母はディエゴに告げられた。

『この使命を引き受けることになっているのは他の誰でもなく、ホアン・ディエゴ、あなたなのです』と。

翌日、ディエゴは再び司教を訪ねたが、やはり信じる為には証拠が必要だと突っぱねられる。

途方に暮れたディエゴが、みたびテペヤックの丘を訪れると、聖母は『あすの朝、証拠を得ることができるでしょう』と、約束されたという。

ところがその夜、ディエゴの叔父《おじ》が危篤状態に陥った。告解と終油の秘蹟《ひせき》の為に司祭を呼んでほしいと頼まれたディエゴは、夜明け前に家を出て、町へと向かった。

約束の丘には行けず、別の道を歩いていたディエゴの前に、聖母はまたも出現し、こう言った。

『私のいとしいホアン・ディエゴ、いいですか。あなたを悲しませたり、怖がらせたりすることは何もありません。心配しなくてよいのです。

あなたの叔父さんの病気のことで、あなたが悩む必要はないのです。叔父さんは、この病気では死なないどころか、もう治っていますよ。安心しなさい。

それよりあなたは今から丘に登り、奇跡の証《あかし》として花を摘んで、これを示すのです』

聖母にそう言われたものの、時は十二月だ。花など咲いている筈《はず》はない。

ディエゴは訝《いぶか》りながら、丘へ登った。

そして、信じられない奇跡を見たんだ。

冬空の下、様々な種類の美しい花が、岩や乾燥地の藪《やぶ》の間に満開になっていた。露に濡《ぬ》れ、よい香りを放っていた。

ディエゴは奇跡に震えながらすべての花を摘もうとしたが、多すぎてできなかった。

そこで彼は自分の羽織っていたマント、すなわちティルマにそれらを包み、丘を下った。

聖母はディエゴがティルマに包んだ花を、特別な仕方で整えられ、ティルマの中にもう一度しっかり包《くる》まれた。

そして、『この花は誰にも見せず、司教自身にそれを開けて見せなさい』と告げられた。ディエゴは翌日、司教に三度目の面会を申し入れた。

司教がディエゴに会いに出て来ると、ディエゴは『約束通りその貴婦人の天からのしるしだ』と言い、ティルマを開いた。

その途端、素晴らしい色と香りを持つ花が床にあふれ出した。その中にはカスティリア（ダマスク・ローズ）という、非常に珍しい赤い薔薇《ばら》が大量に含まれていた。

さらに、人々が見ている前で、ディエゴのティルマの内部に、聖母の像が浮かび上がった。その姿は、テペヤックの丘で見た聖母に生き写しだったそうだ。

その後、テペヤックの丘にはグアダルーペ寺院が建てられ、ティルマに浮かんだ聖母像が納められた。そして現在に至るまで四百八十年余り、奇跡の聖母像は色褪《いろあ》せもせず、人々の信仰を集めている」

ロベルトはそこで一息つくと、ワインを飲み干し、チキンを頬張った。

「さすがはロベルト神父。私が読んだ本より詳しい事までご存じです。一つ質問してもいいでしょうか。

ディエゴは司教と会った後、供の者に送られて村へ戻ると、瀕死《ひんし》であった叔父のホアン・ベルナルディーノは聖母の言葉のとおり、すでに癒《いや》されていたといいます。そしてベルナルディーノもまた、聖母が自分の許に出現なさった事を告げました。

その際、聖母はベルナルディーノに、御自分が呼ばれたいと望んでおられる御名前を告げられたといいます。その御名こそ、『永遠のおとめ、グアダルーペの聖マリア』であったのだとか。

私が読んだ本には、その部分に『グアダルーペとは、「隠された川」という意味の言葉だ』と注釈が書かれてありました。ですが、一体、どうして聖母様は御自分の御名前を『隠された川』だなんて、お名乗りになったのでしょう？　川なんて、話のどこにも出て来ないのに……」

平賀は不思議そうに小首を傾げた。

「ああ……君、そこが気になったんだ。鋭いね。

グアダルーペという川は、スペインのエストレマドゥーラ州に存在していてね。その川が『隠された川』と呼ばれる訳は、八世紀にムーア人がかの地へ侵攻した際、川の岸辺に『隠された』聖母像が、十四世紀に発見されたという伝承に由来する。

早い話が、グアダルーペが『隠された川』だというのは、スペインでの話だ」

「そうですか。では、スペインのグアダルーペの聖母が、メキシコへやって来られたのでしょうか」

平賀は至極真面目な顔で問い返した。

「それより考えるべきは、メキシコはテペヤックの丘に現れた聖母が、ずっとナワトル語でお話しになっていたという点だよ。無論、ディエゴも叔父のベルナルディーノも、ナワトル語を使っていた。

ところがだ。ナワトル語にはそもそも、GとDの文字が存在しないんだ。つまり彼らが『グアダルーペ』という言葉を発したとは、考え難《にく》いのさ。

おそらくベルナルディーノが発した、ナワトル語の何らかの言葉を、スペイン人の通訳が聞き取る際に、『グアダルーペ』と聞き間違えたんだ」

「なんですって？　では、聖母様が呼ばれたいと望んでおられた御名前も、『グアダルーペ』ではなかったと？」

「大きな声では言えないが、そう思う。ただし、確たる証拠はない。

グアダルーペの聖母について現存する最も古い記録は、一五三〇年代頃から口承されていたナワトル語の詩を収集した『アタバールの響き』の複写版で、聖母像が司教の前で布地に浮かび上がったことが語られているのだが、登場人物などの詳しい事柄は描かれていない。次の文献は一五四〇年頃書かれたといわれる『出現に関する初期の物語』、同じく十六世紀半ばに書かれた『グアダルーペの聖母出現の物語』や『神聖なる出来事』などがあるんだが……。いずれの史料も口承を元にしていたり、誤訳が多かったりと問題が多く、物語成立初期の状況を把握するのはかなり困難なんだよ」

ロベルトは大袈裟《おおげさ》に肩を竦《すく》めた。

「正確な状況は不明でも、『グアダルーペ』の発音に近い、ナワトル語の言葉を調べてみれば……」

咎《とが》めるように言った平賀の言葉を、「まあね」と、ロベルトは遮った。

「そっちも少しは調べてみたよ。けど、ナワトル語で『グアダルーペ』の発音に近く、意味もすっきり通る言葉は見当たらないんだ。

そこで、ベルナルディーノが口にした言葉はナワトル語で『蛇の根絶（コアトル・トラパン）』あるいは『石の蛇（テトル・コアトル）』であって、『石の蛇を踏み、根絶する聖母』という意味を伝えたかったに違いない、だなんて苦しい主張をしている教会もあるぐらいさ。

確かにナワトル語の『コアトル』は『蛇』って意味で、『グアダル』と聞き間違えてもおかしくないけれど、他の部分はどうにも解釈しようがないんだ」

「そこまで調べていらしたとは……。ロベルト、貴方《あなた》はナワトル語もおわかりになるのですね」

「いや、少しかじっただけさ。ほら、アステカで最も有名な神の名は『ケツァルコアトル』と言うだろう？　ナワトル語で、ケツァルはキヌバネドリ科の鳥類の名で、コアトルは蛇だ。すなわち、羽毛のある蛇という意味になるんだ」

「ええ、ケツァルコアトルなら、私も少しは知っています。人に文明を授けたと伝えられる最高神で、マヤ語ではククルカンと呼ばれていました。

かの有名なチチェン・イッツァのピラミッドには、北面の階段の最下段にククルカンの頭部の彫刻があり、春分の日と秋分の日に太陽が沈む時だけ、蛇が身をくねらせた姿が階段の西側に現れるんです。この計算された美しい仕掛けは、天体望遠鏡も持たないメソアメリカの文明が、我々に勝るとも劣らない高度な天文学と数学の知識を持っていた証です。マヤ文明は一年を三六五・二四二〇日と計算していたんです。これは現代のコンピュータがはじき出した三六五・二四二二日という数値と比べて、ほとんど誤差がありません」

平賀はキラキラと瞳《ひとみ》を輝かせた。

「『マヤ』とは『時間、周期』という意味だそうだ。その名の通り、優れた暦と文字を持ち、数多くの予言を残した。けれど、彼らは鉄も、車輪も、家畜も持っていなかった。石の道具と人力だけでピラミッドを作り上げたんだ。考古学の常識を超えた驚異の文明だよ。実は異星人だったんじゃないか、なんてオカルト話もある程だ。

ちなみにチチェン・イッツァとは、『泉のほとりのイッツァ民族』という意味で、大河のないユカタン半島における『泉』の重要性を物語っているといわれている。

そして、マヤの人々は泉に生贄《いけにえ》を捧《ささ》げる風習を持っていた。勿論《もちろん》、それには意味がある。彼らは太陽が地平線に隠れてしまうことを大変恐れていたんだ。長い夜の間に穢《けが》れを帯びてしまう太陽を、再び朝日として呼び戻すため、生きたままの人間の心臓を捧げるしかないと信じていたというよ」

「とても興味深いお話です」

「そうだね。謎と魅力に溢《あふ》れてる」

ロベルトは微笑み、平賀のグラスにワインを注いだ。

「実はね、平賀。グアダルーペ寺院が出来る前、テペヤックの丘にはトナンツインという先住民の神殿が建っていたんだ。そこでは生贄の習慣もあったそうだよ。

その神殿で奉られていたのは、豊穣《ほうじょう》の大地と月の女神『コアトリクエ』。別名『蛇の淑女』と呼ばれる神だった」

「やはり蛇ですか」

「そう。『コアトル』だ」

ロベルトの言葉に、平賀はハッと目を見開いた。

「そういえば……。『コアトリクエ』と『グアダルーペ』なら、音が似ている気もします。まして、元々コアトリクエが祀《まつ》られていたテペヤックの丘に、聖母が出現したとなると……」

「うん。少なくともインディオ達は、自分達の神の使いと思っただろう。

ヨーロッパにも黒い聖母は存在しているんだよ。スペインのグアダルーペもそうだったし、フランスのル・ピュイのノートルダム大聖堂、ポーランドのヤスナ・グラ僧院……。

そうした黒い聖母の正体は、先住民族の地母神信仰とマリア信仰が入り交じった御姿だ。彼女達は元々の宗教とキリスト教との橋渡しになったんだ」

「成る程……。それならば、グアダルーペの聖母像には描き足された部分がある、という研究結果にも一致しますね」

そう言うと、俄《にわか》に平賀は席を立ち上がり、自分の古いボロボロの革鞄《かわかばん》を抱えて持ってきた。

そしてノートパソコンとDVDを取り出すと、テーブルの上にセットして再生し始めた。

「これを見て下さい。借りてきた、聖母像調査のコピーなんです。

聖母像が浮かんだティルマというのは、インディオに伝わる伝統的なマントですが、サボテンの茎の粗い繊維で作られる為、二十年もすればすり切れるのが普通だそうです。

ところが、グアダルーペ寺院に祀られたティルマは違います。聖堂の祭壇に掲げられている為に、ただでさえ蠟燭《ろうそく》で煤《すす》けたり、劣化するのが当然なのに、不思議なことに全く古びず、みずみずしく、繊維質の劣化もまるで見られないそうです。そこに浮かび上がった聖母像の発色も、生き生きと鮮やかであり続けているとか。

しかも、グアダルーペ寺院では、巡礼や観光客が自由に聖母像の写真撮影を行ってもいいのですよ」

「ふむ。貴重な美術品は、フラッシュによる劣化を防ぐために、撮影禁止となっている物も多いというのにね」

「そうなんです。カメラのストロボの色温度は六千ケルビン。日中の太陽光線の五千五百ケルビンよりも高いのです。それが毎日何千もの人によって、この聖母像に向かって放たれているわけです。なのに光や熱による色褪《いろあ》せが起こらない。多々の科学鑑定を経ても、未《いま》だにその謎が完全には解けないそうです」

画面には、奇跡のティルマを調査している学者らしき人物が数名映っていた。彼らによるX線での調査結果が語られた後、画面には聖母像が大きく映し出された。

聖母は青いマントを着、両手を祈るように合わせている。マントには多くの星が鏤《ちりば》められ、足元には天使がいる。聖母の背後には、その全身の輝きを表現する放射状の線と金の縁が描かれていた。

平賀は、そこで画面を一時停止させた。

「この聖母像の中で、背景の光線、金の縁取り、足元の天使ケルビム、マントの星模様などは、後世に描き足された部分だと確認されました。顔料も分かっています。そして、それらには年代によるひび割れや劣化が認められるのです。

しかし、自然に浮き上がった最初の聖母像のお顔、手、マントなどの顔料は、科学分析によっても何であるかが特定できず、汚れも、煤けの痕跡《こんせき》もなく、年代による劣化もないんです。調査で分かったことは、顔料は植物性でも、鉱物性でも、動物性でもない。それ以上は成分を解析できなかったのです」

絵画の顔料の話となれば、ロベルトも惹《ひ》きつけられる。

「謎の顔料とは、実に魅惑的な響きだね。

ヨーロッパ文化がもたらされる以前から、メキシコには衣類や建物を着色するための高度な技術があったそうだ。アステカを侵略したスペイン人が、彼らの持つ豊富な色に驚いたという記録が残っている。

彼らが使っていたのは熱帯植物のコマツナギ属や、アズライトから得られる鉱物顔料の青藍色《せいらんしょく》。貝紫などの動植性顔料の紫色。マラカイトなどの鮮やかな緑色。それから、コチニールと呼ばれる鮮やかな赤だ。

一方、当時のヨーロッパでは、理想の赤色を表現するのが困難とされていた。特に布を染めて衣服に使う為には、日光や汗、洗濯などに耐えうる赤色でなくてはならない。

そこへ、コチニール色素が生み出す理想的な赤が彗星《すいせい》のごとく登場し、製法を秘匿されたまま、ヨーロッパ中で大層珍重された。そして、ヨーロッパではコチニール争奪戦が行われる事態にまで発展したそうだ。優れた染色の技術は大きな経済効果を生み出すから、国のトップシークレットとして扱われたんだね。

実のところ、コチニールは、メキシコの食用サボテンに寄生する昆虫から抽出してつくられる顔料だ。要するに、昆虫の死体をすりつぶして作ったものだった。

そういう歴史からしても、メキシコの先住民が、独自の顔料を持っていた可能性は少なくない。未知の顔料の正体を、僕も知りたいよ」

ロベルトは新鮮な気分で、聖母像を見詰めた。

マリア像のマントはマラカイトとラピスラズリを混ぜ合わせた顔料のようにも見えるが、それならとうに判明しているはずだ。身体の部分の褐色の色目は、余り見覚えのない物であった。

平賀がＤＶＤを少し進めると、今度は聖母像の瞳のアップになった。

「聖母像の瞳孔《どうこう》に関する調査も行われました。特別製のレンズを使って撮影し、さらにその像を千倍にしてパソコンに入力したものがこれです。

見て下さい、ロベルト。聖母像の瞳に人物像が映っています。複数の人物の顔と手です。しかもこれは、正確なプルキンエサンソン鏡像になっているのですよ」

「プルキンエサンソン鏡像？」

「角膜や水晶体面による反射です。つまり目で見たものが瞳に映っている像なのですが、聖母像のこの余りにも小さな瞳の中に、正確に、いくつもの鏡像を描くなんて、どのようにすれば可能なのか、まるで不明なのです」

「確かにそれは興味深い」

「そうでしょう？　この目で本物を見ることができるなんて、とても楽しみです」

平賀はにこりと微笑んだ。

2

翌日、二人はメキシコへと向かった。

二人にとって久しぶりの出張である。

奇跡調査の補佐役であった情報部のローレンが失踪《しっそう》して以来、長らく二人に国外出張の命は下らなかった。デスクワークの仕事ばかりが回ってきた。

ローレンと秘密裏に連絡を取り合っていないか、監視されていたのだろう。

そのことを思うと、いくら緊急事態とはいえ、自分達を信じて送り出してくれたサウロ大司教の裁量に、ロベルトは頭が下がる思いだった。

今回の式典は、是が非でも成功させねばならない。

良い結果が出れば、信頼を勝ち得ることが出来るだろう。再び奇跡調査を任されるようにもなるに違いない。

（もっとも平賀には、ローレン抜きの奇跡調査は相当のストレスだろうけど）

ロベルトがそう思った時、まるで心でも読んだかのようなタイミングで、平賀がいきなり口を開いた。

「ローレンはどこかで元気にしているでしょうか」

「……驚いた。君も今、ローレンの事を考えてたの？」

「はい。キャビンの窓から雲を見ていたら、ローレンもどこかの雲の下で元気にしているだろうかと、気になってしまったんです」

バチカン内ではローレンの名を出すことも自重していた二人だが、出来る限りの方法で彼の足取りを摑《つか》もうと、密《ひそ》かに努力を続けていた。

「その後、何か分かったことや、思いついたことは？」

「何も……。私と対戦していたゲームに手掛かりがあるのではと、色んな角度から考察しているのですが、全く分かりません。手掛かりなど残していかなかったということでしょうか……」

平賀は悲しげな表情をした。

「僕はそうは思わないな。きっと彼は君にメッセージを残しているはずだ」

「そう思いますか？」

「思うよ」

ロベルトは確信的に答えた。

だが、その一方で、ローレンをよく知る平賀が、彼のメッセージをみすみす見逃すという事態も考えづらかった。

「もしかするとローレンは、君には分からないメッセージを君自身に託していた、という可能性があるかも知れない」

ロベルトの呟《つぶや》きに、平賀は首を傾げた。

「ねえ、平賀。ローレンは君の相棒が僕だと知ってたよね？」

「ええ、勿論《もちろん》です」

「僕の方からは彼を殆《ほとん》ど知らないけど、彼は僕のことをよく知っていた？」

「はい、実は……。少し言いづらいのですが、ローレンは貴方《あなた》のことも情報収集していて、貴方についての評価を私に聞かせてくれていました」

「なんだって？」

ロベルトが驚いた声をあげると、平賀は気まずそうに頭を下げた。

「すみません。でもローレンに悪気はないのです。彼は純粋に情報収集が趣味なのです。ハッカーのサガだよと、よく言ってました」

「で、彼は僕のことを何と？」

ロベルトはごくりと唾《つば》を呑《の》んで訊《たず》ねた。

「博学で秀才だけれども、俗悪で饒舌家《じょうぜつか》。自分には合わないタイプだと」

「それは酷《ひど》い……。まあ、当たってはいるがね」

「いえ、俗悪で彼と合わないという点に関しては、私は断固否定しました」

「ふむ。そうしたら？」

「私にないところを補う相手だから、まあ、調査のパートナーとしてはいいだろう、と」

「君にないところを、僕が補うと、ローレンが言ったわけか」

「ええ。ローレンは貴方のことを高く評価しているんです。彼は……その……バチカンの職員全員を分析していて、秀才だなんて褒め言葉を言ったのは貴方ぐらいなのですよ」

「そう言われると少々嬉《うれ》しいね。……平賀、正直に言って欲しいんだけど」

「はい。何でしょう？」

「彼は万能型の天才だと言ったよね」

「間違いありません。緻密《ちみつ》さ、柔軟性、発想力、創造性、すべてに秀でた世界屈指の天才です」

「彼と僕、暗号解読の腕はどちらが上だと思う？」

「正直、分かりません。スピードを競うなら、ローレンが上かもしれません」

「成る程ね……。そういう状況で、もし僕がメッセージを残す側なら、君と僕が互いに補い合わなければ解けないような暗号を作るかも知れない」

　その言葉に、平賀はハッと目を見開いた。

「確かにあり得ます。そういえば……彼が失踪する直前、電話で会話してるうち、映画の話題になったことがありました。とっても俗な映画を見たよ、と」

「なんて映画だい？」

「タイトルは分かりません。ミラノ郊外の大邸宅に住むブルジョア家庭が、不思議な青年の登場によって崩壊するとかいう……。その青年が、一家全員と、その、何と言いますか……性的な関係を持つというような内容だったらしいです。ローレンがそんな話をするのは珍しいのですが、てっきり私をからかっているだけだと思っていました」

　ロベルトは頭の中で、知っている映画のストーリーを繰った。

「おそらくそれは『テオレマ』という映画じゃないかな」

「そうなんですか。私はその方面に疎くって」

「まあ、そうだろうね。その青年は郵便配達人の呼び鈴とともにやってきて、去っていく。それが象徴しているのは、主のコールであり、青年はキリストの象徴さ。

　青年が旅立ちを告げた時、一家の人々は一人ずつ、青年に出会ったことで生じた心の変化を訴える。神への懺悔《ざんげ》と同じようにだ。けれど、青年は去ってしまう。その結果、一人は原因不明の病に、一人は家を出て狂ったように絵を描くようになり、一人は教会で奇跡を起こす……というようなストーリーだった。

それはつまり、建前だけで生きていた高慢な人々が、神を求め、一度は受け入れられるのだけど、結局、本物の愛を自分の中に実らせる者は少ないというテーマを赤裸々に表現した映画だよ」

「はあ……。しかし、そのようなテーマを描く為に、家庭内の全ての人と猥雑《わいざつ》な関係になる場面を描く必要があるのでしょうか？」

平賀の戸惑った不思議そうな表情に、ロベルトは噴き出しそうになるのをこらえた。

「まあ、映画などは、どんなに神聖なテーマだとしても、少しスキャンダラスな表現をするほうが、受けるからね。それで、映画の話は一回だけ？」

「今、思い出せるのはそれだけです」

「一回というのでは暗号として弱い気もするね。他に思い当たることは？」

平賀は首を捻《ひね》った。

「印象に残っているのはそれぐらいでしょうか……」

「ふむ……。ローレンが見ていた映画のリストとか視聴した記録とか、そういう物が残っているなら、調べる価値はありそうだ。君から正式に申請して、またローレンの部屋を調べさせて貰《もら》えば？」

「その事なんですが、ロベルト。ローレンの部屋は今、チャンドラ・シン博士が自室に使っているそうなんです」

「なんだって？　よくそんな許可が出たものだ……。やはり彼が秘密警察の紐《ひも》付きだという噂は当たりかな」

「えっ、チャンドラ・シン博士には、そんな噂があるんですか？」

平賀は心底驚いた顔をした。

「なにしろ目立つ男だから、色んな噂が立ってるよ。行動が神出鬼没で、忽然《こつぜん》と姿を消すことがある、とかね。けど、姿が消えたというのは、ローレンの部屋に行っているということだったんだ」

「ですが、もし、彼がローレンを追っている秘密警察の人間だったら……」

「いやいや、ただの噂だよ。一応、用心に越したことはないけどね。彼が僕らの奇跡調査を補助する時が来ても、それは仕事の関係だけ。特別親しくならなければいいのさ」

「ええ……そうですね……」

平賀は落ち着きなく視線を彷徨《さまよ》わせた。

平賀は嘘や誤魔化しが下手な人間だ
チャンドラ・シンが秘密警察の人間なら、必ず平賀を探ってくる
その時は、僕から奴に接近して、相手の手の内を暴いてやる

ロベルトは密かに決意した。

＊　＊　＊

白く濁った大気の中に、街らしき影が見えたかと思うと、飛行機は降下し始めた。エンジントラブルでも起こったかと思えるほどの急降下だ。

眼下に高層ビルが迫ってくる。さらにすぐ真下には民家が見えた。

先史時代からアステカに至るまで、メキシコ先住民は赤を好んだが、飛行機から見下ろした建物の大半は、屋根が赤褐色に塗られていた。

光化学スモッグの霧に覆われて揺らめく景色。

まるで炎の中に不時着するかのようだ。

一歩機外に出ると、意外な涼しさであった。熱帯という感じはしない。

電光掲示板を見ると、気温は二十度とあった。

メキシコシティ空港の標高は約二千二百三十メートル。酸素欠乏症を起こしてもおかしくない高度にある。

そのせいか、大気汚染のせいなのか、ロベルトは息苦しさを覚えた。

平賀はというと、けろりとした様子でスーツケースを引いている。

しかし、油断は禁物だ。平賀は人一倍、自分の生理的異変に気づきにくい人間なのだ。

ロベルトは平賀とコンビを組んだばかりの頃、メルカート（青空市）に行きたいという彼を案内して回ったことがある。

果物にチーズ、鍋《なべ》や洗剤まで買い込んで、とても元気そうに歩いていくので、見かけより随分タフな男だと思ったら、突然、電池が切れたようにパタリと倒れて動かなくなった。熱中症で、おまけに低血糖だった。

その時ロベルトは、平賀を動かしているものが精神力と好奇心であった事を学習した。

税関を過ぎ、曇りガラスの自動ドアをくぐると、いきなりむせ返るような人混みの熱気が押し寄せてきた。

前方二メートルほどのところに柵《さく》が設けてあるのだが、そこから身を乗り出さんばかりに、幾重もの人垣ができている。そして、誰もが大声で目当ての人の名を叫んでいる。

自分達の出迎えを見つけられるだろうか、とロベルトが不安に思った時だ。

前方に麦わらのソンブレロとセーム糸のすかし刺繍《ししゅう》をしたチャロを着た十二人ばかりのマリアッチ達が現れ、ビウエラ、ギター、ギタロン、バイオリン、トランペット、アルパなどで演奏し始めた。

わあっと、人々が手拍子を送る。

情熱的な歌声が朗々と響き渡る中、楽隊の中央を割るようにして、身なりの良い男が現れた。

深青のダブルのスーツを着こなし、十本の指の全てに指輪をつけ、手首には金の太いブレスレット。大粒のダイヤがついたカフスとネクタイピンが、日差しを浴びてぎらぎらと光っている。

年齢は四十代半ばだろう。彫りが深いスペイン系の血を色濃く感じさせる顔つきで、肌もメキシコ人のわりには白い。

「バチカンからこられたロベルト司祭様と平賀司祭様ですね。皆で首を長くしてお待ちしていましたよ。私の名は、ミゲル・マルケス。グアダルーペ寺院を支援するボランティア団体の代表をしています。私はアメリカに留学経験がありまして、今も貿易の会社をやっています。それで少しばかり英語が喋《しゃべ》れるので、フランシスコ・ゴンザレス司祭に仰せつかって、お二人を迎えに来たのです。こちらの楽隊は、お二人への歓迎のしるしです」

ミゲルは興奮した早口で捲《まく》し立てると、感極まった様子でロベルトに抱きついた。

そして平賀とロベルトは、楽隊に囲まれて人々の注目を集めながら、ミゲルの案内する高級車へと乗り込んだのであった。

ミゲルが成功したメキシコ人であることは、車の内装を見ても明らかだった。

高価な革張りの座席、それに豹《ひょう》の毛皮がかかっている。足元の絨毯《じゅうたん》は、本物のペルシャ絨毯だろう。おまけに、車内の至るところに金メッキが多用されていた。

あふれ出すビールの泡のような成金趣味は、いかにもメキシコの金持ちらしい。

バックミラーには十字架や、グアダルーペの聖母のイコン、他にも聖人画のようなものが多数かかっている。

だが、車内がそれだけ豪華なぶん、車窓の外の景色とのコントラストは強烈だった。

崩れた煉瓦《れんが》、傾《かし》いだ柱、赤錆《あかさ》びたトタン屋根、ボロボロの木をつぎはぎした小屋などが、狭い路地に犇《ひし》めくように立ち並んでいる。

路上には荒《すさ》んだ目をした少年少女が彷徨っている。到底、学校に通っているとは思えない子供達だ。

メキシコの出生率は極端に高く、総人口一億一千六百万人のうち、三十歳未満の人口が六割を占める。

貧しい親達に大勢の子供。それがさらに貧しい者を増やしていく悪循環を生む。

その問題の根底にあるものは、皮肉なことに、彼らの熱心な信仰心だ。

メキシコ人は、カソリックの教義に従って避妊や堕胎を一切行わない。それが、過剰な高出生率の要因になっている。

カソリックは、彼らを幸せにしているのだろうか？

ロベルトは懸念を感じざるを得ない。

「ここは余り見ないで下さい。貧乏人の多い場所なんですよ。こういう場所ばかりがメキシコじゃありませんから。もっと良い所をご覧に入れましょう」

ミゲルが厭《いや》そうに言って、車の速度を上げるよう、運転手に命じた。

車は中心部を東西に延びるレフォルマ通りに入った。

整備された広い道路の要所要所にロータリーがあり、記念像が立っている。

付近は落ち着いたオフィス街といった雰囲気だ。銀行や大使館、航空会社のオフィス、にかけてが高級住宅街です。この先は中所得者層の住宅地区ですよ。そして、南西部から南部メインストリートです。パリのシャンゼリゼ通りのように素敵でしょう？　ここがメキシコシティの「如何《いかが》です、一流ブランドの店舗、高級ホテルなどが並んでいる。

ちなみに私は南部に住んでいます」

ミゲルは誇らしげに言った。

通りの突き当たりにはメキシコの独立記念塔が立ち、小高い丘に作られたチャプルテペック公園が広がっていた。

また暫《しばら》く進むと、人と車が犇めく町の中心部に出た。

スペイン統治時代に建てられた重厚なバロック建築が並ぶ中に、不調和なほどの高層ビルが加わって、不思議な町並みを形成している。

賑《にぎ》やかなラテン音楽がそこらじゅうで響き、熱気に溢《あふ》れかえっていた。

店の看板や壁には、赤、緑、青、黄色のカラフルなペンキが使われている。

メキシコ人にとって、赤は夕陽と土の色、緑は草の色、青は水と空の色、黄色は太陽と黄金の色だ。

そして、電柱に、看板に、バスターミナルに、商店の店先にと、至る所にグアダルーペの聖母像のモチーフが存在していた。

ビルの壁一面に描かれた巨大な聖母像を見たとき、平賀とロベルトは、思わずため息を漏らした。

この国の人々の聖母への熱狂的な信仰は本物だ。

「グアダルーペの聖母は、我々が最も敬愛する神、我々の誇りです。実際、聖母様に祈って不治の病が治ったという人たちが何人もいます。私の親戚《しんせき》の中にも、ボランティアの中にもね」

ミゲルは陽気な声で言った。

その時、信号で停車した車の前を、奇抜なファッションの若者達が横切った。

全身アルミ箔《はく》で造ったようなぴかぴかの服を着ている者、「終末は近い」「UFOがやって来る」と書かれたプラカードを掲げている者、頭に宇宙人のような触角の飾りをつけている者などがいる。

半数は白人で、残り半数はインディオらしき顔立ちをしている。

「彼らは一体何者ですか？」

平賀の問いに、ミゲルはハッと鼻で笑った。

「マヤ・カレンダーの世界終末説のせいで、イカれた連中が時々、ああして集まって来るんですよ。遺跡の前で勝手に野宿して騒ぐ、迷惑な連中です。UFOの母船を見ただの、ミラーボールの様に光り輝く球体を見ただの、UFOが出した放射能で放射能汚染にあっただの、好き勝手言ってますよ」

「この辺りでも、UFOの目撃情報があるんですか？」

平賀が身を乗り出して訊《たず》ねた。

ミゲルは露骨に眉《まゆ》を顰《ひそ》めた。

「なんでもインディオの連中の迷信によれば、古代の王は本当に、天空に向かって飛び立ったんだそうです。そして天の先祖や神々と語らって、地上に帰ってきたんですと。馬鹿らしい話です。そんな迷信にばかり囚《とら》われているから、彼らは何時まで経っても貧しいままなんです」

ミゲルはひどく差別的な発言をした。

平賀がムッと口をへの字に曲げた。

「そのような差別はよくありません。インディオの方々は、高度な文明を築いたマヤやアステカの末裔《まつえい》でいらっしゃいます。敬意を払わねばなりません」

平賀の無遠慮な物言いに、怒り出すかと思われたミゲルだったが、逆に嬉《うれ》しそうな顔で平賀の手を取った。

「司祭様、アステカ文明にご興味がおありでしたら、数日前の大発見のこともご存じですか?」

「大発見とは?」

ロベルトと平賀は同時に訊ねた。

「ええ。シティのシンボルになる高層ビルの基礎工事中、ぽっかり開いた横穴が見つかったんです。そして、その先に地下神殿が発見されたのですよ。

メキシコシティの地下を掘ると遺跡が出るのは珍しくないのですが、今回は相当な大発見だと、学者のハトコが興奮してました」

「その発掘現場を見ることはできますか？」

平賀が訊ねた。

「外から見るだけなら、すぐにでも」

ミゲルは運転手に何事か命じた。

車は細い裏道をいくつか曲がり、再び大通りに出る。

するとそこには、フェンスとブルーシートで覆われた工事現場らしき一角があった。

その辺りの道路が、奇妙にぬかるんでいる。

しかも、出入り口には立ち入り禁止の黄色いテープが渡され、警察官が何人も立ち並んでいた。

「随分仰々しい警備なんですね」

ロベルトが言うと、ミゲルは大袈裟《おおげさ》なジェスチャーで天を仰いだ。

「実にけしからん事に、今朝方、発掘現場で盗難事件があったんですよ。警察署長をしている私の甥《おい》が、今、きりきり舞いしてますよ」

ミゲルは、それから得意げに数珠繋《じゅずつな》がりの人間関係を披露した。

彼の親戚一同にいる政治家、スポーツ選手、芸能人、文化人などを数限りなくあげていく。

ロベルトは、愛想よく相づちを打つのにも疲れてきた。

すると突然、話を遮って、

「是非、中を見てみたいものです」

と、平賀が言った。

「今は学者達が群がってますが、そのうち一般公開されると思いますよ。きっと新しい観光名所になりますから、見に来て下さい」

私も学者なんです、と平賀は言いかけた。

いや、確かにそう言ったのだが、物々しい大音響が、全ての物音をかき消してしまったのである。

ドーンという爆発音。

そして悲鳴のように重なったブレーキ音。

轟《とどろ》くクラクション。叫び声。

驚いて後方を振り返ると、黒い煙と赤い炎を噴き上げて、炎上するバスが目に飛び込んできた。

バスを避《よ》けようとした車が次々に追突し、見る間に車と人が団子状になる。

悲鳴と罵声《ばせい》が響き渡り、服に火のついた人が路上に転がり落ちてくる。かと思うと、その人たちの火を消そうと、通行人が上着をかけていく。

平賀も、反射的な所作で、車のドアを開いて飛びだそうとした。

ロベルトは慌ててそれを制した。

「駄目だよ、平賀。気持ちは分かるが、危険過ぎる」

「でも、ロベルト、怪我人があんなに」

「皆、興奮してる。もし暴動になって巻き込まれたら、誰がサウロ大司教の代役を務めるというんだ」

二人が言い争っている間、ミゲルと運転手も何事かを言い合っていた。

そして車は脇道に入り、強引に速度をあげた。

見る間に事故現場が遠のいていく。

「今のは何事です？」

訊ねたロベルトに、ミゲルはハンカチで額の汗を拭《ふ》きながら答えた。

「サンタ・ムエルテの信者連中による、自爆テロです」

「サンタ・ムエルテ……」

それは近年メキシコで爆発的に流行している民間信仰だ。

二百万人とも四百万人とも言われる信者達が手を合わせるのは、ドレスやケープを纏《まと》った骸骨像《がいこつぞう》である。

二〇一二年三月、この聖なる死神《サンタ・ムエルテ》に生き血を捧《ささ》げるため、十歳の少年二人を含む三名を殺害したとして、カルト化した教団の幹部が逮捕された事件は記憶に新しい。

主にチワワ州など、アメリカとの国境沿いで勢力を伸ばしているとは聞いていたが、メキシコシティの情勢がこれほど悪いとは、ロベルトは知らなかった。

「市内でも彼らによるテロは、たびたび起こっているんですか？」

ロベルトが問い返すと、ミゲルは平賀を気遣いながら小声で答えた。

「武装したインディオの過激派グループがいるんです。『スペインの手からアステカを奪還する』だなんて、正気の沙汰《さた》と思えんことを言ってる、狂信的なカルトですよ。奴ら、マフィアとも結託していて、凶暴で、手に負えないんです」

「それはかなり危険ですね」

「そうなんですよ。体中に入れ墨を彫って、麻薬を売り歩く、ろくでもない連中ですよ。

メキシカンマフィアというのは、アメリカのマフィアの飼い犬でね、親玉の言うがままに麻薬を毎年大量に売りさばいているんです。ところが先月、マフィアの麻薬を警察が大量に押収する大捕物がありまして……。それに反発するマフィア連中とカルトの奴らが結託して、ああいうテロを起こしてるんです。

しかし、グアダルーペ寺院の警備は万全にしていますので、ご安心下さい。この辺りや下町には近づかれませんように」

ミゲルはそう言ったが、無差別テロはどこで起こるか分からない。今がとんでもなく危険な時期であることは、火を見るより明らかだった。

どうやら観光などは諦《あきら》めて、式典の後は速やかに帰国を願い出るのが良さそうだ。

ロベルトはそんなことを考えながら、平賀の方を見た。

平賀はうつむき、手を合わせ、ささやくような声で祈りを捧げている。

さっきのテロで犠牲になった人々への祈りだ。

ロベルトも共に祈った。

やがて車がスピードを落とした。道を練り歩く人々の間を、ゆっくりと進んでいく。

大河の様にうねりながら続く長い行列は、グアダルーペ寺院に向かう巡礼者達であった。

祭典の日には警備上の理由から、寺院近くの駅は封鎖される。メキシコのみならず中南米各地から集まった信者達は、遠い駅から一キロ余りを歩いて寺院へ向かうのだ。

巡礼者の中には、石畳の道を膝行《しっこう》している者もいる。切ない願をかけているのか、小さな赤ん坊を抱き、懸命に進む母の姿もあった。

そうかと思うと、色とりどりに染め上げた大ぶりの羽根飾りをつけ、原色の服を着てステップを踏むインディオの集団が、あちらこちらに円陣を作っている。

激しく打ち鳴らされる太鼓の音、笛の音、囃子《はやし》の声。独特のフォルクローレの節回し。まるで古代アステカ人の祭りの再現のようだ。

沿道には、巡礼者を当て込んだ土産物店、軽食店、飲み物屋などの屋台も軒を並べていた。

何日も前からその場に陣取って寝泊まりしていたのだろう、大荷物を抱えた人々の姿もあった。

大きな鍋《なべ》の中で、ごった煮が、ぐらぐらと煮えくりかえっているような騒々しさ。人で混み合った地面から絶え間なく巻き上がる埃《ほこり》で、グアダルーペに至る道は、空も屋根も樹木も、埃まみれで粉をまぶしたようになっていた。

境内に入ると、正面にはタラベラ焼きの赤タイルで装飾された、ゴシック様式の旧聖堂が建っている。その後方にテペヤックの丘と、丘の上の礼拝堂が見えた。

そして左手には、コンクリート製の巨大建造物が鎮座している。旧聖堂が地盤沈下の為に傾いて危険になったので、一九七六年に建てられた新聖堂だ。

二万人が収容できるその聖堂は、まるで野球スタジアムといった外観で、教会らしさや風情の類《たぐい》が欠片《かけら》もなかった。

ロベルトは思わずため息を漏らした。

ミゲルの車は巨大なクリスマスツリーの脇を通り、大勢の警備員達に守られながら、新聖堂の裏口に滑り込んだ。

車を降りると、満面の笑みを浮かべた中年司祭が待っていた。

黒髪に黒い瞳《ひとみ》、浅黒い肌、コロコロと丸い体つきをした、典型的なメスティーソ（インディオとスペイン人の混血）だ。

「ようこそ、グアダルーペ寺院へ。私は司祭のフランシスコ・ゴンザレスです」

ゴンザレス司祭のラテン語は非常に流暢《りゅうちょう》だった。

「初めまして、僕はロベルト・ニコラスです」

「私は平賀・ヨゼフ・庚です」

互いに挨拶《あいさつ》し、軽い抱擁を交わす。

ミゲルは後で迎えに来ると言い残して去った。

三人で待合室に移動し、式典の詳しいスケジュールを確認する。

初めにゴンザレス司祭の説法があり、彫刻の除幕式、それに続いてバチカンの使者による挨拶という段取りになっていた。

ごく簡単な打ち合わせが終わると、すぐに本番である。

聖職者のために設けられた回廊を使い、平賀達は祭壇に向かった。

広いホールの奥正面に、十字架を浮かび上がらせた金色の柱があり、奇跡の聖母像が掲げられている。

聖職者達の席は祭壇右手に設けられ、二人は貴賓席に着くよう告げられた。

教会内部は人と熱気に溢《あふ》れ、立ち見の人々も大勢いた。警備員と、警察の姿もあちこちに見て取れる。

賛美歌の斉唱が始まった。

緊張の為、二人の額には冷や汗が流れた。

3

フランシスコ・ゴンザレス司祭は講壇に立っていた。

これまでの人生の中で、最高の生き甲斐《がい》を感じながら……。

メキシコ第二の都市グアダラハラの教会で司祭をしていた彼に転機が訪れたのは、五年前。バチカンで大司教の職についていた彼の従兄弟大伯父《いとこおおおじ》が、枢機卿《すうききょう》に出世した時だった。彼は直ちにバチカンへ赴き、どうか自分にも名誉ある地位を賜りたいと泣き縋《すが》った。その後もお世辞や付け届け、寄付金集めや票集めへの協力など弛《たゆ》まぬ努力を続け、ライバル共を蹴落《けお》とし、とうとう一昨年、従兄弟大伯父であるルーベン・リベラ・カサレス枢機卿から、グアダルーペ寺院の司祭に推挙してもらうことができた。

そうして十カ月前、誉れ高きグアダルーペ寺院の司祭として、此処《ここ》メキシコシティに赴任してきたのである。

人口の九十パーセントがカソリックという信仰心の篤《あつ》いメキシコでは、毎日、この寺院に数万人の人々が巡礼に訪れる。

とりわけその信仰心が最高潮に達するのが、十二月十二日、聖母が再度出現したといわれる日に行われる祭典であった。

初めての聖母の大祭を迎えるにあたり、カサレス枢機卿から祝福のメッセージを貰《もら》えないものかと考えていた司祭の許《もと》に、ある日、朗報が届く。

メキシコシティ出身の世界的彫刻家、名誉あるイタリア・ガリレオ二〇〇〇賞のメキシコ人初の受賞者であるフェルナンド・マヌエル・マルケス・モラレス氏が、自ら制作した十字架彫刻を、グアダルーペ寺院に寄贈してくれるというのである。

メキシコ政府が「国の名誉」とまで讃《たた》えるこの芸術家の作品は、おそらく数億の価値が出るであろう。作品を見る為に教会に来る観光客も増えるに違いない。

しかも、そのことを知ったカサレス枢機卿が、部下である大司教を連れ、バチカン特使としてグアダルーペ寺院を訪問してくれるというのだ。

その後のバチカンの事情により、残念ながら枢機卿の訪問は取りやめとなってしまったが、代わりの特使を派遣してくれたので、どうにか面目も保たれた。

しかも代理でやって来た司祭達を見て、ゴンザレス司祭は内心ほくそ笑んだ。

処女《おとめ》のように小柄で清らかな美しい東洋人の司祭と、華やいだ薔薇《ばら》のような美丈夫のイタリア人司祭だ。

若く美しい二人の司祭の登場は、今日の記念すべき式典に、栄誉と華やぎをもたらしてくれるに違いない。

ゴンザレス司祭は、他の神父達やボランティア達と共に数日間かけて聖堂内に飾り付けた真紅の薔薇を満足げに見回した。

そして奇跡の聖母像に感謝の祈りを捧《ささ》げた。

彼は一世一代の晴れ舞台に奮い立ち、天にも昇る気持ちであった。

大きく咳払《せきばら》いをし、この日の為に準備した説法を読み始める。

それに聞き入る信者達の肌の色はとりどりだ。

メキシコには複雑な人種問題が存在している。

白人が人口の十パーセント。純血の先住民族が三十パーセント。

その他の大多数の人々が、自分と同じ混血、メスティーソだ。

この国の名誉職と富の多くは、白人か、白人と殆《ほとん》ど見分けのつかないメスティーソに占められている。

それに比べ、インディオ達は貧しい暮らしを強いられている。

そのどちらでもないメスティーソ達は、ジレンマを抱えている。

貧しいが誇り高い純粋のインディオ達は、彼らを不純な者とみなす。

白人にしてみれば、彼らは格下の有色人種だ。

多くのメスティーソ達は、肌の色が少し白いか黒いかで、自分の立ち位置を決めることになる。

こうして三者は互いに表向き巧《うま》く付き合いながらも、どこか相容《あいい》れないものを抱えている。

そうしたことが、社会に様々なひずみを生み出す。

だが、教会という場所では信者は一つになることができる。

神が彼らの矛盾に、赦《ゆる》しを与えるのである。

互いに相容れない人々の融合を望むことは、十字架にかけた人間と十字架にかかった主イエスが愛を以《もっ》て結ばれる教えにぴったりかなうものだ。

だから、メキシコ人はクリスチャンなのかもしれない。

ゴンザレス司祭は、愛を教訓とする説法をひとしきり行い、聖母出現の物語を読み上げた。そして、これからモラレス氏の十字架彫刻が寄進されること、そしてバチカンから祝福の使者が来たことを発表した。

信者達は隣人同士で抱き合って喜びを表現し、法王の名を唱え、素晴らしい出来事に胸を打たれている様子である。

全ては計画していた演出どおりだ。

ゴンザレス司祭は思わず頰を緩ませた。

賛美歌が流れ出し、赤いベルベットの布を掛けられた十字架彫刻が、正装した三人の少年の手によってゆっくりと運ばれてくる。

三人の少年には意味がある。

白人の少年。

メスティーソの少年。

そして先住民族の少年。

彼らが三人で聖なる十字架を運ぶことは、メキシコのあるべき姿を表現しているのだ。

十字架彫刻は、美しい飾り彫りが施された金色の台車に載せられている。

台車はインディオの彫刻家の手によるもので、フェルナンド・マヌエル・マルケス・モラレスからの要望であった。

台車が祭壇中央の聖母像の前に停められ、少年達が退場する。

ゴンザレス司祭は徐《おもむろ》に、聖母に捧げる祈りを始めた。

ああ、グアダルーペの聖母、奇《く》しき薔薇よ、
聖なる公教会のためにとりなし、法王を保護し、
彼らの必要におけし御身に願わるる凡《すべ》てにおいて助け給え。
また御身は終生処女《おとめ》なるマリア、まことの天主の御母に在《いま》しますがゆえに、
至聖なる御子によりて、我らの信仰を保つ御恵み、
人生の苦渋の只中《ただなか》におけし甘美なる希望、燃ゆる慈愛と、
最終の戦いにおける尊き賜物《たまもの》とを我らのために得させ給え。

至愛なる御母、法王聖下の豊かなる御母よ、
御身の優しさ及び強さの道を我に教え給い、この乞《こ》い求め奉る願いを、
深き信頼もちて捧げ奉る。

ああ原罪なく宿り給いしマリア、御身の信心深きメキシコの子らの熱心なる信心を共有せんがため、栄光ある称号〝グアダルーペ〟、
蛇の頭を踏み砕きたる処女のもとに御身を呼び奉り、御身の御恵みの王座に進み奉らん。
深き悲しみの七つの剣によりて刺し貫かれたる汚れなき御心、

殉教者の元后よ、
我が道を横切りて降りかかり来し鋭き棘《とげ》のうちを勇敢に歩くを助け給え。
我が秘蹟《ひせき》の如くに、我が意思を強めんがためしばしば英知なる聖霊を呼び奉りて、
悟らされ強められ、
我がすべての被造物よりも主を選びて、全ての罪の機会を避けんことを。

他の事物の善を常に求め給う主の慈愛の証《あかし》がため、キリストの生けるブドウの木の枝として我を助け給え。

使徒の元后、我が救い主の聖心に霊魂を勝ち得んがため、我を支え給え。
天に在し給う御父の愛し給える御独りに在しますを宣《の》べ奉らんがため、
我が使徒職の勇敢、動的にしてかつ明瞭《めいりよう》なるを、かたくななるまでに保ち給いて、
御身の憐《あわ》れみ深き御子なるキリストの御功徳によりて、赦しを得させ給い、かつ御子の嘆願に留意せんことを。
アーメン。

アーメン、と唱和の声が応じた瞬間である。
ゴゴゴゴと、雷が通り抜けるような轟音《ごうおん》が響いた。教会内の空気が振動し、地面が一瞬、

大きく揺れ動いた。

あちこちから悲鳴があがる。

「地震だ！　逃げろ！」

誰かが叫んだのを合図に、パニックを起こした人々は出口に向かって殺到し始めた。

メキシコシティはテスココ湖を埋め立てたところに立地しており、水分を多く含む軟弱な地盤である。一九八五年のメキシコ地震の折には、震源から約四百キロ離れているにもかかわらず、液状化現象によって大きな被害を受けたのだ。

すわ大地震の再来かと、人々は浮き足立った。

（おおお、神よ、どうか我らをお救い下さい！）

ゴンザレス司祭は講壇の下に蹲《うずくま》り、頭を抱えて祈った。

地震も恐ろしいが、信者達が将棋倒しになり、死傷者が出ることも恐ろしい。死人が出れば、自分の出処進退を問われるに違いない。

ロベルトは、また自爆テロが起こったのかと神経を緊張させた。

出入り口や窓の外、聖堂内に目を配ったが、テロリストが突入してくる気配も、火の手が上がる様子もない。

その時、隣にいた平賀の呟《つぶや》きが耳に届いた。

「ロベルト……あれを見て下さい……」

平賀が指さす先には、金色の台車に載せられた、赤いベルベットの布があった。

除幕式を待つ、モラレス氏の彫刻だ。

ベルベットの布の中央部が、少し凸型に盛り上がっている。

その布が、まるで巨人が天からつまみ上げているかのように、五十センチばかり、台から浮き上がっているのだ。

赤い布はすうっと、音もなく中空に浮き上がった。

ひらり――

布が滑り落ちると、中から鏡面のように光沢のある銀色の十字架が現れた。

美しい細工が施された銀の十字架は、ぐんぐん宙へと上がっていく。

その様子は、太陽が地平線から昇ってくるかのような静けさと厳かさを湛《たた》えていた。

十字架は聖母像の二メートルばかり上方に至ると、空中で静止した。

落ちてくる気配は一向にない。

金属でできている様子の十字架は、主の栄光を顕現するかのごとく、シャンデリアの光を取り込んで反射し、朝日のような白銀に輝いていた。

まるで夢のような光景である。

十字架は神の手によって、空中に留《とど》まったのだ。

パニックを起こして騒いでいた群衆の中にも、この奇想天外な出来事に気づき、祭壇を指さす者達が出始めた。

気づいた人々は息を呑み、気づかない隣人に伝えていく。

教会内一面の恐怖に満ちたざわめきが、乾き掠《かす》れた音となって、いったん静まりかえったかと思うと、感動のどよめきに変わる。

誰の顔にも放心の表情があった。

信者達の目に涙が溢《あふ》れ出す。

一体何が起こったのかと、ゴンザレス司祭は講壇の下から這《は》い出した。

そして人々が見つめる奇跡に気付くと、ふらふらと立ち上がり、銀の十字架の許《もと》に跪《ひざまず》いた。

なんということであろう……。

それだけではなかった。群衆は再び異様な静寂に包まれたのである。

何故なら、人々の耳に、天上の音楽のような美しい音色が聞こえてきたからだ。

その高いソプラノの歌声は、どこか無限の彼方《かなた》から聞こえてきて、天へと昇っていくようであった。

美しい旋律は、遠い昔、主の懐で、いつもそんな歌を聴いていたような、懐かしく甘い感情を呼び覚ます。

奇跡。

それ以上の言葉で言い表すことは出来ない光景であった。

第二章　神の道

1

宙に浮かんだ十字架彫刻。

気鋭の彫刻家が作り上げたその作品は、二枚の円盤を垂直に交差させることで、十字架を表現していた。円盤の直径は一・五メートル程度だろう。

正面から見れば十字の形だが、真上、真下、右、左から見れば円盤状で、円盤の四つの表面にはそれぞれ細かな図柄が描かれている。

真下から見上げると、メキシコを中心とした世界地図が浮き彫りになっていた。

夢中で動画を撮りながら、祭壇に駆け上がった平賀は、そこまでの事実を確認すると、録画を止め、ポケットから白手袋を取り出した。

鑑識官のように、両手に手袋をはめる。

次に胸ポケットからペンライトを取ると、十字架やその付近、天井から足元までをくまなく照らした。

まず最初に、十字架を吊《つ》り上げているワイヤーや仕掛けの類《たぐい》は見当たらない。

そして、ペンライトの光を反射する所から見て、浮かんだ十字架がホログラム映像とも考えられない。

白っぽい光沢を放つ材質は、銀のように思われた。簡単に持ち上がる重さではなさそうだ。直《じか》に触って表面を削り取り、詳しく調べたいが、手は届かない。

それにしても、詳しく素材を調べるための機材を持ち合わせていないのが残念だ。

平賀はいつもポケットに入れているスポイトを取り出し、十字架が浮かぶ真下に立つと、辺りの空気をスポイトで吸って集めた。

その時、ロベルトが隣にやって来た。

「何をしてるんだい？」

「えっ。分かりませんか？　十字架浮遊の謎を解くためのヒントを求めているんです」

そして平賀は携帯を取り出し、十字架が浮かび上がる様子を撮影した動画をロベルトに見せながら言った。

「ほら、見て下さい、ロベルト。この十字架はピアノ線で吊られてもおらず、ホログラム映像でもありません。

もし、十字架が何らかの仕掛けで引っ張られたものなら、宙に浮かんだ時、重心を安定させようとして、僅《わず》かでも振り子のような運動を起こす筈《はず》なのですが、そのような動きはないでしょう？」

「驚いた。君、随分冷静だったんだね」

「こんなことが目の前で起こったら、記録せずにはおられませんよ」

平賀は浮き浮きとした調子で言った。

「平賀、この事実をサウロ大司教に知らせて、指示を仰ごう」

平賀は「はい」と頷《うなず》き、『聖徒の座』に連絡を入れた。

「平賀です。訪問中のグアダルーペ寺院で奇跡が起こったと、至急、サウロ大司教にお伝え下さい。この件に関してどのような対応をすれば良いか、ご指示を頂きたいと」

その間、ロベルトも携帯のカメラで十字架の写真を何枚か撮影した。

右下から十字架を撮ると、鷲《わし》と月、そして月の中央に立つ浅黒い肌の聖母の姿を捉《とら》えることができた。

黒い聖母の顔立ちは、インディオの特徴を有している。

月は多産、誕生、宇宙の豊かなサイクルの象徴だ。そして「月のへそ（月の中央）」を意味するナワトル語が訛《なま》って、メキシコという国名の語源になったといわれている。

左側から撮った写真には、蛇と太陽、そして白い聖母の姿が見て取れる。白い聖母の顔はラテン系コーカソイド、すなわちスペイン人の顔立ちだ。

さらによく見ると、黒い聖母を縁取る模様の中には、ラテン語で、とある言葉が刻まれていた。

『この彫像を聖母マリアと大恩あるルーベン・リベラ・カサレスに贈る』

ロベルトは数枚の写真に平賀の伝言を添え、サウロ宛にメールを送信した。

改めて周囲の状況を確認すると、誰もがまだこの奇跡に釘付《くぎづ》けになっている。

ゴンザレス司祭は放心状態で、ひたすら滝のような涙を流していた。

天上の音楽はまだ鳴り止まない。まるで天使の歌声のようだ。

グアダルーペの聖母像は、憂いと微笑みが入り交じったような謎めいた表情で、この奇跡を見守っていた。

聖母の身長は、およそ百四十センチと小柄である。

顔の輪郭は、ほっそりとした楕円《だえん》形で瓜実顔《うりざねがお》。

両手を合わせて深い祈りをささげている。

その顔つきは、若々しく慈愛に満ちており、宗教が形式的な美として描かれた中世のものにしては、人間的な匂いと母の力強さを感じさせる。

髪の毛は、ほどかれて自然に肩から背中へと流れ落ちている。

そして聖母の背後には後光が描かれているのだが、その後光が一風変わっていた。

通常は頭の上に円で、または背景に楕円形に描かれることが多い後光であるが、なぜだか、グアダルーペの聖母の後光は、ぎざぎざとした棘《とげ》のある特徴的な形をしているのである。

そして聖母の足元には、いまにもこちらへと飛び立とうとしているような、キューピッドに似た一人の天使が描かれている。

天使は左手で聖母のローブの端を、そして右手でマントの端をもって支えている。

ここから天使は聖母を支えながら、空を飛んでいる状態であることが分かるのだが、その天使の特徴は、翼が鷲の羽根であることだ。

そうして、描かれた聖母がまとっているマントには、沢山の星がちりばめられている。

事前に調べてきた資料では、これらの星々の正体は判明している。

二度目の聖母出現の一五三一年十二月十二日の明け方に、もっとも輝いていた四十六の星であるらしい。

その聖母像の光沢と発色は、ロベルトの目から見てもやはり独特のものだと確認できた。どこにでもありそうでいて、他では見たことのない色彩。

顔料を知り尽くしたロベルトであるから、それがなおさらのこと分かる。

興味深く観察していると、異例の早さでサウロ大司教直々の電話がかかってきた。

どう言うわけか、最初に報告した平賀にではなく、ロベルトの携帯にである。

何故、と思う疑問の答えは、すぐにサウロの口から語られた。

『グアダルーペの聖母の大祭の日に、また一つ、輝かしい奇跡が起こったようだな。直ちに奇跡調査を開始してくれたまえ。ただし、一つ言っておくべきことがある。この件に関して、私には一抹の……懸念がある』

サウロは苦悶《くもん》を滲《にじ》ませたような声で言った。

「何でしょう。お聞かせ下さい」

『うむ……。今回のコンクラーヴェにおける次期法王猊下《げいか》の有力候補者の中に、ルーペン・リベラ・カサレス枢機卿《すうききよう》が存在するという事だ』

サウロの言わんとしている所は、すぐに分かった。

今、この時期に、カサレス枢機卿の名を刻んだ十字架に奇跡が起こったという事実。

それが本当に神の手による奇跡であるなら良いが、もしも……。

通話口からは、サウロの深い溜息《ためいき》が聞こえた。

『聖職者でありながら、同じ聖職者の身を疑うなど、本来ならしたくはないことだ。隣人を疑うことは神の掟《おきて》にも反する。だが、今、もしも神の国が間違った方向へいこうとするのであれば、法王猊下に代理人を託された私には、それを止めるべき責任が、ある』

その言葉の意味を、ロベルトは重圧と共に受け取った。

近年のコンクラーヴェ——すなわち法王選挙は、投票制で行われている。全ての枢機卿が法王に相応《ふさわ》しい者の名を投票し、三分の二以上の得票となれば、その者が法王に選ばれるという方法だ。

だが、古来、それよりも法王選出に相応しいとされていた方法があった。

中でも一番よき方法とは、発声の満場一致による決定である。

すなわち、一堂に会した枢機卿たちがいっせいに新法王に相応しいと思われる者の名を声にして、あたかもそれが奇跡のように満場一致した場合、それを聖霊の働きによるものとして承認するのだ。

この方法は、「形骸《けいがい》化しているから」という理由で廃止されているが、仮に今、コンクラーヴェの最中に、法王の有力候補者が関係する場所で奇跡が起こり、バチカンが公式にそれを認定すれば、どうなるだろうか。

その廃止自体が無効となり、聖霊の囁《ささや》きによる採決が復活する可能性がある。

そうなった暁には、かつてないほどのカリスマ性を持つ新法王が誕生するだろう。

だが、もし、その全てが何者かの仕掛けた筋書きによるものだとしたら……。

（つまりこの奇跡調査に、バチカンの未来もかかっているということだ）

目の前の奇跡を厳正に調査する必要性。そして、その裏に陰謀が絡んでいるなら、相当の危険を覚悟しなければならないことを、ロベルトは厳粛に受け止めた。

この『奇跡』はまさに、コンクラーヴェに落とされる爆弾のようなものだ。

すぐにでも世界各国のメディアに乗り、世論を動かしていくだろう。

世論の方向性に道筋がついてしまうその前に、これが人為なのか、奇跡なのか、しっかりと見極める必要がある。

サウロも同じ考えに違いなかった。

『君達は迅速に奇跡調査にとりかかり、そして結論を出してくれたまえ。曇りのない……聖徒の目で』

サウロの粛然たる声が、ロベルトの鼓膜を震わせた。

電話を切ったロベルトは、ゴンザレス司祭の側に跪《ひざまず》き、そっと語りかけた。

「ゴンザレス司祭」

「おおお、ロベルト司祭、直ちにこの奇跡をバチカンにご報告下さい。そして私共に祝福をお贈り下さるよう、カサレス枢機卿にお願いして下さい」

「ええ、ご安心下さい、もう報告は済ませました。そしてたった今、バチカンから命が下り、この奇跡を認定するための調査を開始することになりました」

するとゴンザレス司祭は唖然《あぜん》とした顔をした。

「調査……？　調査ですって？　貴方《あなた》、まさか、これが奇跡でないとでも仰《おっしゃ》るんですか？　今日、十二月十二日、聖母マリアの大祭であるこの日に、奇跡の聖母の御前において、私の従兄弟《いとこ》大伯父《おおおじ》たるルーベン・リベラ・カサレス枢機卿の名を刻んだ十字架が、空中高くに浮かび上がったのですよ。これが神の御意志でなくて、一体、何だというのですか⁉」

話しながら興奮したのか、ゴンザレス司祭はロベルトに摑《つか》み掛かった。

成る程、そういう縁戚《えんせき》関係だったかと、ロベルトは内心納得した。

「どうぞ落ち着いて下さい。奇跡認定には、厳格な手続きが定められているのですよ」

「な、ならば、早急にその手続きを……」

「はい。勿論《もちろん》、そのつもりです。ですが、その為にはゴンザレス司祭、貴方のご協力が必要です。司祭のご協力を得、私と平賀神父の二名が、バチカンのしかるべき機関に書類を提出しなければならないのです。そして審査を待つ。そういう決まりです」

ロベルトの言葉に、ゴンザレス司祭は何度もこくこくと頷《うなず》いた。

「分かりました。よく分かりました。全面的に貴方にご協力します。まず、私は何をすればよいのですか？」

縋《すが》り付くように言ったゴンザレスの許《もと》に、真っ青な顔の警備員が駆け寄ってきた。

「司祭、た、大変です！　み、みみみ、み、道が！　光が地面を駆け抜けるようにしてやってきたかと思うと、突然道が！」

警備員は人差し指を振り立て、外を指さしている。

何を言っているかよく分からないが、外で異常が起こっている様子だ。

「行ってみましょう、ロベルト！」

平賀が駆け出した。ロベルトも後を追う。

呆然《ぼうぜん》と佇《たたず》んでいる信者達の間を縫って、二人は出口の重い扉を開いた。

途端に景色は一変した。

聖堂の外は興奮の坩堝《るつぼ》と化していた。

人々は地面を指さし、口々に何事かを叫びながら、押し合いへし合いしている。

その声や物音が、天を覆ういなごの羽音のように、辺り一帯に、とめどもなく沸き返っていた。

「おおい、助けてくれー！」

「押すな、押すな」

「早く引っ張り上げてくれ」

「こっちだ、俺の手に摑まれ！」

一際大きな声が、前方から聞こえてくる。

二人は人波をかき分けつつ、声のする方へ近づいていった。

もみくちゃに押されながら、なんとか人垣の先頭に出たと思ったその瞬間、足が空を切った。

目の前に、地面がない。

いや、地面が帯状に陥没しているのだ。

危ない、と思う間もなく人波に押され、二人は陥没した溝の中へと落下した。

幸い、溝の深さは一メートル半ほどで、難なく地面に着地できた。

辺りを見回すと、自分達と同じように穴に落ちた人々が、道の上にいる人々に手を引かれ、助け上げられている。そういう光景が、左右両側にずらりと続いていた。

自分達が出てきた新聖堂を背にして左右の方向、つまり南北方向に一直線に、断層の亀《き》裂《れつ》が生じているのだ。

ロベルトが伸び上がって左方向を見ると、突き当たりの壁面が見えた。そこから視線を上げると、丁度、グアダルーペの旧聖堂が建っている。

右方向はというと、見渡す限り一直線に、溝状の陥没が続いている。

雷鳴のような先ほどの大音響は、突如、地面が陥没した音だったのだ。

「どうやらさっきの一瞬の地震で、大規模な地盤沈下が起こったらしいね。かなりの広範囲にわたって帯状に陥没が出来ている」

ロベルトが言った。

「そうでしょうか……。これが断層のずれ、地盤沈下などによって生じた自然現象だとは、私には思えません」

平賀は白手袋をはめた手で断層の表面を撫《な》でながら言った。

「これが地盤沈下じゃないと？」

「はい。地層面がそれを物語っています。ほら、凸凹すらなくフラットでしょう？　このことは、この現象が自然によるものではなく、人為的なものである可能性が極めて高いことを示唆しています。そしてまた、自然現象でもないのに、このような広範囲にわたる地面の陥没が一瞬の内に起こったとすれば、実に不可思議な出来事です」

平賀はポケットから綿棒を取り出すと、溝の土の表面をこそぎ落として、ファスナー付きのビニール袋に入れた。

さらにポケットからメジャーを取り出し、溝の幅と深さを計測した。

「幅は約二メートル、深さは一メートル六十センチで一定していますね。長さは……」

平賀はぶつぶつと呟《つぶや》きながら歩き出した。

「どこへ行くつもりだい」

「勿論、この道が途切れる所までです」

地面が陥没してできたその溝は、グアダルーペに続く参道、カルサダ・デ・グアダルーペに沿って続いているようだった。

溝の底は平坦《へいたん》で、幅も一定している。

平賀の言うとおり、自然現象にしては奇妙な感じだ。

「まるで整備された道みたいだ」

「ええ」

「この道と十字架の奇跡は関係してると思うかい？」

「分かりません」

平賀はロボットのように機械的に答えた。

純粋思考に入っている時に、平賀はこんな風になる。

彼は不正確な推論をしないタイプだ。

そして、まるで何も分かっていないようなことを言っている時に限って、彼の頭は高速で回転しているのである。

道幅を測ったり、断面を調べたりしながら、二人が歩き続けていると、上の道から声がかかった。

「おおい、司祭様方、こちらへ戻ってきて下さい」

見上げると、案内役のミゲル・マルケスが手を振っている。

「ミゲルさん、どうしてここに？」

平賀が訊《たず》ねた。

「はあ……何を言っておられるんですか。ゴンザレス司祭も他の神父様方も、とても心配して司祭様方をお捜ししてるんですよ。お二人が溝の中を歩いて行くのを見た者がいると聞いて、私が急いで追いかけてきたのです。とにかく一度、上がってきて下さい」

「ご心配をおかけしたことは謝罪します。でも、私はこの道の端まで歩きたいのです」

平賀の言葉に、ミゲルは「それは無理ですよ」と首を振った。

「この先は市街地で、交通量も多いんです。リオ・コンスラド通りでは、車の事故があって、道路が封鎖されたらしいですよ。このままメトロポリタン大聖堂まで歩いて行くのは、とても無理でしょう」

「メトロポリタン大聖堂？」

「ええ、そうです。この巨大な溝の南端は、メトロポリタン大聖堂までずーっと続いてるらしいです。大聖堂の隣の観光局に勤めている姪《めい》っ子が教えてくれました。道が出来たとき、光のカーテンのようなものを見た者もいるとか」

「グアダルーペからメトロポリタン大聖堂まで続く道に、光のカーテン……ですか」

「その通りです。メキシコの二つの偉大な教会を結んだ『輝ける神の道』だと、早くもネットでは大騒ぎになってます」

「神の……道……」

平賀とロベルトは、思わず顔を見合わせた。

平賀のたっての希望により、ミゲルの車で、三人はメキシコシティ・メトロポリタン大聖堂へと向かった。

エルナン・コルテスが、メキシコにおけるキリスト教布教の主座として一五六三年に着工させ、実に二百五十年以上の歳月をかけて完成させた、カソリックの総本山。

南北アメリカ大陸における最大の教会の大聖堂が、『神の道』の終着点に、燦然《さんぜん》とそびえ立っていた。

グアダルーペ寺院とメトロポリタン大聖堂までの距離は、六キロにも及ぶ。

それが、一瞬にして一つの『道』によって結ばれたのだ。

それは限りなく不可解なことに間違いなかった。

二人の頭上で、遠い遥《はる》か昔の亡霊を呼び起こすような重々しい教会の鐘の音が響いた。

2

帰ろう。

帰らなければ……。

何処にだ？

教会か？

それとも家か？

いや、もう家には帰れない。

家なんて、何処にもないんだ。

待て、そうだったか？
僕は何処かへ行く途中じゃなかったか？
確か、行くべき処があったんだ。
嘘やまやかしじゃない。
確かに……あったんだ。
なのに、どうして何も思い出せないんだろう。
おまけに此処《ここ》は何故、こんなに暗いんだ。
一つの標識もない夜道を、ロベルトは闇雲に歩いていた。
すると、彼方《かなた》から一筋の光が差し込んできた。
見上げると、眩《まばゆ》い光を放つ十字架が天にある。
そこから天使の声が聞こえてきた。

私はここにある
ここに来なさい……

そうだ、彼処《あそこ》に行けばいいのだ。
彼処に行けば、平賀もいるに違いない。
彼処に……。

しかし、どうやって？
すると自分の背中に大きな翼が生えてくるのが分かった。
よし、飛べる。
飛んであの場所に行ける。
歓喜にも似た気持ちに満たされる。
ロベルトは翼を羽ばたかせた。
何処までも飛んでいけそうな心持ちだった。
十字架が目の前に近づいてきた。
もう少しでそこに手が届くと思った時……。
突然、背中の翼がはがれ落ちるのを感じた。
身体が傾《かし》ぎ、落下する。
真っ暗な中を、どこまでも落ちていく。
遠ざかる十字架。
恐怖で鼓動が高鳴り、ガンガンと耳鳴りがする。
ドンッ、と背中に衝撃を感じ、ロベルトは目を覚ました。
見慣れない白天井と赤いランプが視界に映る。
（夢か……。嫌な夢を見た）
ロベルトはベッドの上に身体を起こした。

帰るべき場所に辿《たど》り着けない、という悪夢を子供の頃から頻繁に見る。

夢診断では、居場所のない不安、アイデンティティ喪失の不安の表れだというが、自分の場合は事実として、家を失《な》くした時代があった。

もう既に気持ちの整理をつけ、克服したはずの過去なのに、時折、記憶の底から亡霊のように這《は》い出してくる禍々《まがまが》しい何ものかがある。

自分に取り憑《つ》いた災厄の種は、おそらく死ぬまで落ちないのだろう。

いや、止《よ》そう、余計なことを考えるのは。

この夢に深い意味などない。昨日は思わぬ奇跡と、メキシコの人々の熱気にあてられて、ひどく疲れた。それだけの事だ。

自身にそう言い聞かせながら、ロベルトはバスルームへ向かった。


昨夕、あれからグアダルーペ寺院に戻ってみると、カメラを担いだマスコミが大勢詰めかけていた。

そして、いつの間にか聖堂の祭壇横には特別会見席が設けられており、メキシコ市長のフリオ・チャベス氏、警察署長のホセ・マルケス氏、そしてゴンザレス司祭が居並んで、記者会見を開いているではないか。

フリオ市長は眼鏡をかけた初老の男で、溢れんばかりの笑みを浮かべていた。

「メキシコシティの皆さん、私達が愛してやまない聖マリアの奇跡を讃《たた》えましょう！　私達の深い信仰心に、神はこうしてお応《こた》えになりました。喜びましょう、私達が祝福されたことを。讃えましょう、私達のマリアを！

　そして市長の私は今日の奇跡を記念して、これなる十字架にその名を刻まれた類稀《たぐいまれ》なる枢機卿《すうききょう》、ただお一人のメキシコシティ出身の枢機卿であられる、ルーベン・リベラ・カサレス枢機卿の金の彫像を、グアダルーペ寺院前に建てることをお約束します」

　フリオ市長に続いて、ホセ警察署長から、『神の道』に関する発表が行われた。

　ミゲルの親戚《しんせき》だという彼は、レスラー並にいかつい男だ。はげ上がった頭、分厚い胸部と膨れた腹。

　メキシコシティの警察署長をしているという割に、目端の利く人間には見えない。

　あえて言うなら、口元のちょび髭《ひげ》に愛嬌《あいきょう》があった。

「神は聖なる日に大地を断ち割り、このグアダルーペ寺院と、メキシコシティ・メトロポリタン大聖堂とを結びあわせ、教会同士を繋《つな》ぎ合わせました。

　通常これだけの規模の地盤沈下、地殻変動が起こった場合、大災害が生じ、市民への影響、建物への被害は計り知れないものとなったでしょう。ところが、『神の道』は、ただ一人の死者を出すこともありませんでした。

　ただ、現在、各地で通行止めや点検工事が行われ、交通機関に影響が出ています。市民の皆さんは移動の際、よく注意してください」

　死者が出なかったという発表に、平賀とロベルトもほっと胸をなで下ろした。

ゴンザレス司祭からは、今回の奇跡の正式認定に向けて、バチカンが動き出したことが発表された。彼がロベルトを名指しして、「カサレス枢機卿の代理のバチカン司祭」と紹介したので、ロベルトにもカメラやマイクが向けられる始末であった。

寺院に集《つど》った人々は熱狂し、興奮していた。

聖堂では、十字架の奇跡を見守るため、夜を徹してミサが行われることとなった。

メキシコ中央テレビは、宙に浮かんだ十字架を二十四時間ネット中継すると発表した。

最後に市長とミゲルがロベルト達の許《もと》に来て、長旅の疲れをゆっくり癒《いや》すようにと、メキシコシティ・メトロポリタン大聖堂の庭先にある三つ星ホテル、マジェスティックの貴賓室へと案内されたのだった。

シャワーと着替えを済ませてリビングに出る。

コロニアル風のインテリアとアンティーク家具で揃えられた調度品。

最新のエスプレッソマシンやバーカウンターまで完備されている。

そこから続くベッドルームは三部屋ある。

ここまでもてなした相手が、奇跡を否定したなら、どれだけ市長はがっかりすることだろうかと溜息《ためいき》を吐き、ロベルトはエスプレッソマシンをセットした。

カーテンの隙間から、朝の冷えた空気が流れ込んでくる。

窓の外にはソカロ（中央広場）が広がっていた。

一辺が二百メートル超の、ほぼ正方形をした広場で、北に巨大なメトロポリタン大聖堂、東には国立宮殿（大統領官邸）、南に連邦区庁舎、西にマジェスティックホテルが、広場を取り巻くように造られている。

大聖堂の裏には昨日生まれたばかりの『神の道』が、北に向かって続いていた。

その脇に見える灰色の石とコンクリートに囲まれた一角は、「テンプロ・マヨール（偉大な寺院）」と呼ばれる、アステカ時代の中央神殿跡だ。一九七九年以来、遺跡の発掘作業が続けられており、一部は博物館になっている。

その他の区画に目をやると、建物群が犇《ひし》めく密集市街地だ。赤煉瓦《あかれんが》の屋根とバラック小屋が目立って見える。

町を包んでいる白い朝霧らしきものは、大気汚染によるスモッグであった。

その時コーヒーの匂いに釣られたのか、平賀が部屋から出てきた。

「おはようございます、ロベルト神父」

「おはよう。昨夜はよく眠れたかい？」

「いいえ、ドキドキしすぎて眠れませんでした。ですが、浮かんだ十字架のライブ中継を見ていましたので、少しも退屈しませんでした」

「十字架に何か変化はあった？」

「それが全くないのですよ。本当に興味深いことです。それに『神の道』が出来た時に、光を見たという証言者も沢山インタビューに答えていました」

平賀はニコニコしている。彼のことだから、ただ十字架が浮かんでいるだけの代わり映えのしない映像と、同じような話を聞くだけのインタビューを朝まで見続けていたに違いない。

カプチーノを二つ淹《い》れ、二人はリビングのソファに座った。

「ところで、君の機材はいつ届くんだっけ？」

ロベルトは訊《たず》ねた。平賀が昨夜、奇跡調査用の機材一式をバチカンに手配していたからだ。

「チャンドラ・シン博士の手配で、今夜ホテルに届く予定です」

「そう。博士はどんな様子だった？」

「どう……と言われましても、普通だと思います。ただ、彼はメキシコが大嫌いだと言ってました」

「なんだい、それ」

「さあ、よく分かりません」

平賀は首を傾げた。

午前九時半。ミゲルが迎えにやって来て、二人はグアダルーペ寺院へと向かった。

ホテルを出ると、広いソカロの中央に、巨大なメキシコ国旗が威風堂々と翻っていた。

ソカロの周囲には列をなして座り込む人々の姿があった。皆、足元に段ボールを置き、そこには彩り鮮やかな文字や絵が描かれている。

文字を読んでみると、「私は電気工事が出来ます」、「調理が出来ます」などと書いてある。職を求める人々が、雇い主から声をかけられるのを待っているのだ。

ミゲルはそんな人々を無視して、車に乗り込んだ。

平賀の希望で、車は『神の道』になるべく沿う場所を走った。

『神の道』の両側には通行止めのロープが張られていたが、それをくぐって中へ飛び込む人々が大勢いる。それを止めようとする警官との小競り合いが、あちらこちらで起こっている。中には流血騒ぎになっている所もあった。

誰も彼もが、同じように大声を出して、押し合っている。

巡拝者達というより、まるで沈没寸前の客船の乗客といった光景だ。

「怪我をしますから、近づかないで下さいよ」

ミゲルが言った。

「そうですね……。昨日、ある程度の調査をしておいてよかったです」

平賀が呟《つぶや》いた。

グアダルーペ寺院の付近は、一目奇跡を見ようと集まった人々で、黒山の人だかりになっている。

うねるような人の波が、少しでも聖堂へ近づこうと押し寄せ、境内にさえ近づくのが困難な有様だ。

ミゲルは裏手の道に回り込み、警官が通行止めにしていてくれた道路と聖職者用の通路を通って、二人を祭壇まで案内してくれた。

銀色の十字架はまだ空中に留《とど》まっていた。

昨日も見たとはいえ、やはりその不思議な存在感には圧倒される。

テレビ局の照明によりライトアップされた十字架と、その真下に佇《たたず》む聖母像は、昨日よりも一層眩《まばゆ》く神秘的な輝きを放っていた。

二人は慎重な足取りで、十字架の真下へ進んで行った。

平賀は辺りを歩き回り、時折、ペンライトを翳《かざ》しながら、独り言を呟いている。

祭壇の四方からは、昨日と同じく、微《かす》かに不思議な歌声が聞こえていた。

ロベルトはその歌声に、注意深く耳を澄ました。

一人の声ではない。

複数の、いや大勢の合唱団が遠くで歌っているように聞こえる。

風の音や、地鳴りといった自然音ではない。

歌詞のようなフレーズと、一区切りずつのメロディの組み合わせが数種類あり、それが繰り返されているように聞こえる。

言葉の意味は分からない。

多重録音した歌をリピート再生しているような感じだ。

だが、誰が？　何の為に？

音に意識を集中していると、人々が構えるカメラのシャッター音が、やけに大きく脳裏に響く。

皆、この奇跡を記録して持ち帰りたいのである。

ロベルトはふと、人々のざわめき声が大きくなり、非難がましいトーンを帯びていることに気がついた。

不思議に思って目を開くと、ピンセットと綿棒、刷毛《はけ》、小さなファスナー付きのビニール袋を持った平賀が、祭壇の床を這《は》い回っていた。

いつもは、ぱたぱたとブリキ人形のように動くというのに、調査をしている時の平賀は、猫のように物静かだ。

「わっ、ひっ、平賀司祭、何をなさっているのですか？」

ゴンザレス司祭が悲鳴をあげながら、壇上に駆け上がってきた。

「気にしないで下さい。現場調査ですよ」

ロベルトが答える。

「十字架を見ずに、床を調べることが、貴方《あなた》がたの調査なのですか？」

それを聞くと、平賀はすっくと立ち上がり、ゴンザレス司祭を振り返った。

「そのお言葉を聞いて安心しました。私も十字架を調べたいのですが、構いませんか？」

「勿論《もちろん》です。バチカンの奇跡認定には、調査レポートが必要なのでしょう？」

「はい、その通りです。ご理解頂けて、大変嬉《うれ》しく思います。それでは、私に脚立を貸して頂けないでしょうか」

ゴンザレス司祭の目が点になった。

「は？」

「十字架が遠くて手が届きませんので、高めの脚立があればと思うのです。どのような力があの十字架に働いているのか、触って確かめたいですし、可能であれば一部を持ち帰りたいのです」

「聖物に触って、一部を持ち帰る⁉」

ゴンザレス司祭の声が裏返った。

神のいかなる奇跡の力がこの十字架に働いているのかは計り知れないが、迂闊《うかつ》に触った拍子に、ぽろりと十字架が落下でもしたら、この男が責任を取ってくれるのか？

悪夢のような事態を想像しただけで、ゴンザレスは身の毛がよだった。

その上持ち帰るなどとは、言語道断だ。

ゴンザレスは不信感を露《あら》わにして、平賀を睨《にら》んだ。

「ええ、ほんの少し削らせてもらって、それを電子顕微鏡で調べたいと……」

ゴンザレス司祭は、それを聞いて飛び上がった。

「奇跡の十字架に、みだりに触れたり、ましてや削るなどと、そんな罰当たりなことを許せるはずはありません！　それは法王庁のご命令ですか？」

「いえ……法王庁側では、聖遺物に指定される可能性のあるものは、なるべく調査過程で破損するようなことをしてはならないという決まりがありますので、通常であればカメラで撮影して画像分析するわけなのですが、私のカメラがまだバチカンから届かないので、今はその方法が採れません。

そこで司祭様のご許可を得ることで、調査が可能になればと思ったのです。なにしろ、これはとんでもなく不思議な現象ですし、私としては是非とも入念に調べたいのです」

平賀はたいそう馬鹿正直に答えた。

「そっ、それならば、お断りします。そのような無体が許される筈《はず》がありません。いいですか、喩《たと》え話をしましょうか。もし、ここに主イエスの肉体が現れたというような場合、主の御身体を汚れた手でもってみだりに触ったり、その肉体の一部を切り取って調べたいなどと、貴方は思いつくのですか？　到底、考えられないでしょう？」

ゴンザレス司祭は真っ赤になって、がなった。

恐らく平賀の答えは決まっていた。

もし、許されるのなら……。

そう言うに違いなかった。

そしてそんなことを言えば、奇跡の出現にのぼせ上がっているこのラテンアメリカの血の気が多そうな司祭や信者達に、どのようなパニックが発生するか、火を見るよりも明らかであった。

「もし……」

と、答えかけた平賀の言葉を、ロベルトはにこやかに微笑みながら遮った。

「まさか、そんなことをする筈がありません。聖母マリアと主イエスによってもたらされた奇跡を確認することが私達の務めです。それらを冒瀆《ぼうとく》するための調査ではありませんから」

「勿論、そうあるべきです！」

ゴンザレス司祭は力強く頷《うなず》いた。

「平賀司祭はあまりの輝かしい奇跡を目の前にして、少々、混乱しているのでしょう。旅の疲れもありますし……。それに、今夜にはバチカンからカメラや機材が届く予定になっているのです。本格的な調査はそれから……となるでしょう。

そして、どうかご心配なさらぬように。神は信仰のある人々を裏切ることはありません。バチカン法王庁も同じです」

ロベルトの言葉に、ゴンザレス司祭は安心した様子で頷いた。

3

「二階の方からでしたら、落ち着いて十字架を観察できますよ」

司祭にそう言われ、体よく祭壇から追い立てられた二人は、聖堂の二階部分へ移動した。

三十分ばかり経った頃、平賀が突然、口を開いた。

「もし、トリックやマジックを使って物体浮遊を行うとしたら、どのような方法があるだろうかと、昨夜、私は色々な動画を調べてみたのです。その結果、肉眼では見えない仕掛けを用い、その角度や力の掛け方について入念に調整を重ねることで、物体を振り子運動させず、あたかも空中浮遊したように見せかけるマジックが可能になることが分かりました。

物体浮遊マジックの方法は、二つあります。一つは下から支える方法。もう一つは上から支える方法です。横から支える方法は、状況的に考えられません」

「そうだね。マジックの浮遊術は基本的に、ごく細いテグスなどで上から吊《つ》るか、逆にハリのあるピアノ線などで下から支えるかだ。

近年のイリュージョニストは、最新の科学技術を駆使して、インビジブル・スレッド(見えない糸)を用いた浮遊術を行ったり、舞台演出の工夫によって驚きや感動を生み出しもするけど、タネを明かせば原理は同じだからね」

「ええ。そして、私達があれだけ十字架の下で動き回ったにもかかわらず、十字架の状況に変化がない様子だったことから、下から物理的に支えるという方法は除外します。

よって、現状において最も可能性が高いと思われる方法は、非常に細く、間近で見てもほとんど見えない化学繊維――すなわち軍用、宇宙産業用に使われている特殊樹脂の繊維を利用して、上からあの十字架を吊《つる》すという方法です。ライトの光をほぼ反射しない繊維を用いれば、それが可能となります」

「充分あり得る話だ。物理的に、他の可能性というと？」

「そうですね……。空中浮遊が起こる物理現象として有名なものは、マイスナー効果でしょうか。特定の金属が磁場中において超伝導体化したとき、急激に電気抵抗がゼロになり、空中に物質がピタリと固定される『ピン止め効果』と呼ばれる状態が生じます。

しかしながら、この現象は超低温状態でしか起こり得ません」

「超低温とは？」

「摂氏マイナス二百度前後です」

「なら、その可能性も除外だ。けど、ごくシンプルに、磁力同士の反発力を使ってあんな風に物を浮かす方法は考えられないのかな」

「磁場同士の反発の場合、静止的な空中浮揚が起こることは、まずありません。例えば、磁石のN極とN極が反発する力によって一瞬、物を浮かすことは簡単です。ですが、すぐに反発力によって弾《はじ》かれたり、逆に吸い付いたりする現象が生じます。それを防ぐには、磁石同士を棒状のもので串刺《くしざ》しにするとか、磁石がピッタリ入るサイズの筒に入れるなどして、左右にぶれる動きが生じない工夫をする必要があります。

もし、あの十字架がすっぽり入る大きさの透明の筒が、聖堂の天井に仕掛けられていれば、それも不可能ではありません」

「成る程……」

「肉眼で観察する限りにおいては、糸も筒も見えませんので、特別な機材が到着した後で調べ直したいと思います。

あるいは、リニアモーターのように、いくつかの磁場を調整して、物体を一定の場所に留めるように調整することも、不可能ではありません。ただし、その為には、テスラコイル並の大がかりな設備と電力供給が必要ですし、位置調整のために、何百回となく実験を繰り返す必要があります」

「逆に、そういう設備や実験の形跡が見つかったとしたら？」

「その場合は充分、考察に値します。こんな時にローレンがいればよいのですが」

平賀は気弱に呟《つぶや》いた。

「チャンドラ・シン博士に期待するしかないよ」

「はい。あと……思いつく原理としては、静電場による反発効果を利用した、イオンクラフトという装置があります。アルミ箔《はく》と電線を対にしてコンデンサのような物を作り、二万から三万ボルトの高電圧を加えることで、浮上力を発生させるのです。

この方法では通常、アルミ箔程度の重さのものしか持ち上がりませんが、あの十字架の素材が見た目よりもずっと軽ければ、あるいは……」

「十字架の素材を調べる必要があるね」

「ええ。作者のモラレス氏にコンタクトを取って、教えて貰《もら》いたいです」

「よし、やってみよう」

「お願いします。私にはスペイン語が話せませんし、なんだか人を怒らせるようなところがありますので……」

そのまま十字架の観察を続けるという平賀を残し、ロベルトは一階へ下りていった。

階段の下では、警備員と年若い神父がひそひそと話しあっている。

ロベルトが、彼らのほうへ近寄っていくと、二人はピタリと話をやめた。

「初めまして。僕はロベルト・ニコラスといいます」

「アチェロと申します」

年若い神父はどこかよそよそしい態度で言った。

「そちらの方は？」

「彼は警備員のイバンです」

紹介された年配の警備員は、顔を赤らめながら「光栄です」と、帽子を取った。

「真剣な顔でお話しされていたようですが、何か問題でもありましたか？」

ロベルトが訊《たず》ねると、二人は顔を見合わせ、「いえ、問題というわけではありませんが、昨夜、教会関係者に事故がありまして」と言った。

「事故？」

「ええ。聖歌隊の子供が亡くなったのです。それで少々取り込んでおります」

年若い神父は言いにくそうな様子で口ごもった。

聖歌隊の子供がこんなタイミングで事故死とは、なにやら不吉な話だ。

ロベルトは訝《いぶか》りながらも、二人にかまをかけることにした。

平賀の言うように、大規模な実験や改築がこの教会で行われていたなら、二人の反応から何かを読み取れるだろう。

「昨日の地震と地面の陥没には驚きました。この辺りの地盤は弱いようですが、やはり補修工事は頻繁に行われているのですよね？」

すると年若い神父は不思議そうに首をひねった。

「いいえ、地盤沈下に対処するための補修工事は、八年前が最後だったと聞いています」

「おや、そうですか？　時々、教会で工事をしているらしいと、人から聞いたのですが」

「誰ですか、そんなことを言っているのは。工事などあったかな、イバン？」

訊ねられた警備員も不思議そうな表情で、「いや、誰からも聞いたことがないですよ」

と答えた。

「おや、では電気工事でもしていたのを見間違えたのかな？」

「電気工事ですか？　いいえ、それもありませんよ」

年若い神父は首を振った。

この二人には、隠しごとをしている様子も、嘘を言っている様子もなかった。

「お二人とも、ここでのお勤めは長いのですか？」

「私は七年ほどですが、イバンは十二年になります。彼は警備所長です」

「はい、そうです」

イバンは畏《かしこ》まって答えた。

「おかしいですね。お二人が知らない間に何かがあったのかなぁ？」

ロベルトが惚《とぼ》けると、イバンがとんでもないと首を振った。

「まさか。私は警備所長です。ここで異変があれば、部下からすぐに報告が入るはずですし、施設内への関係者以外の立ち入りは固く禁止してあります」

「そうですか。では僕の勘違いでしょうね。失礼しました」

ロベルトはさらりと流した。

それよりも、二人の背後で泣いている婦人と警察官とのやりとりが気になったからである。

婦人は仕立てのよい黒いスーツを着、レースのハンカチを握りしめている。顔立ちから見て生粋のインディオ、年齢は三十代半ばだろう。

ロベルトは彼らの会話に神経を集中した。

「……それでは、息子さんは自殺ではないと？」

「まさか……。アレックスは昨日までとても元気でしたし、マリア様の奇跡に目を輝かせていたんですよ。普段から悩んでいる様子もありませんでした。あの子が自殺なんて、する筈《はず》がありませんわ」

婦人は涙を浮かべて訴えている。

「ふむ……。そうなると、事件に巻き込まれた可能性がありますな。最近、おかしな連中が彷徨《うろつ》いていたとか、誘拐、脅迫など、心当たりはありませんかな？」

「そういえば、二週間ほど前でしょうか、町でアレックスが、全身に入れ墨をした男達に絡まれたと話していたことがあります。

　名前を聞かれて答えたら、『誇り高きインディオが白人の名前を名乗るな』と小突かれたといって、怖がっていました……」

　母親の話を聞いて、警官達が顔を見合わせた。

「そりゃあ、サンタ・ムエルテのカルトの連中だ」

「奴ら、インディオの子供が白人の教会に通うのにも反対してるからな」

「それで聖歌隊の子供を、見せしめにやりやがったんだ」

「許せんな。しょっぴくか？」


　異様な事態に気を取られていると、アチェロ神父が不思議そうに声をかけてきた。

「ロベルト司祭様、どうかなされたのですか？」

　ロベルトが黙り込んだのを不思議に思ったのだろう。

「すみません。つい、ぼんやりとしておりました。何分旅が長かったので」

「そうですか。時差もございますしね」

「ええ。ところで、あの素晴らしい彫刻を造られたモラレス氏は、現在メキシコにおられるのでしょうか？」

「いえ、アメリカのニューメキシコ州におられると聞いております」

「連絡先や住所は分かりますか？」

「教会の事務局に記録があると思いますが、ご入用ですか？」

「お願いします」

「分かりました。すぐに取ってきます」

神父は事務局へ向かっていった。

その間、ロベルトはむせび泣いている婦人に声をかけた。

「このたびは大変お気の毒なことでした。僕はバチカンから来たロベルト・ニコラスと申します」

「ああ、司祭様。どうしてこんなことに……」

婦人はロベルトにすがりつき、床に崩れ落ちた。

「大丈夫ですか？　ご子息の魂が天に召され、キリストの導きを受けられることをお祈りしましょう」

ロベルトの言葉に、婦人は何度も頷《うなず》いた。

「ご子息のお名前は？」

「アレックス・リドンです」

「分かりました」

主、イエス・キリストよ、聖母マリアよ我が願いを聞き届けたまえ。

私は主の誠実なる僕《しもべ》。

その私が、主に請い願います。

幼き子。

罪なき魂が、主の許《もと》へと参ります。

その子の名は、アレックス・リドン。

私と同じ、主の誠実なる僕でありました。

どうか主よ。

慈悲を以《もっ》て彼の魂を導き、そして貴方《あなた》の懐へと受け入れて下さい。

かのものが、主の王国において平和と幸福に満ちた暮らしをおくれますよう。

主のお力を以て、お計らい下さい。

主の栄光が、幼子にももたらされますように。

アーメン。


ロベルトと婦人は堅く目を閉じ祈った。

暫《しばら》くすると婦人の口元から、ほうっと大きな吐息が漏れた。

「有難うございました。きっと息子も救われるでしょう……」

婦人は迎えに来た女性に手をとられ、蹌踉《よろ》めきながら歩き去った。

(気の毒なことだ……)

　ロベルトがそう思っていると、神父がメモを持って戻ってきた。

「こちらがモラレス氏の住所と電話番号です」

　ロベルトは礼を言い、メモを受け取った。

　静かな場所へ行き、携帯でモラレス氏に電話を入れる。

　電話口に出てきたのは、秘書と名乗る人物であった。

『モラレス先生は大変ご多忙な芸術家でいらっしゃいます。ご予定を調整致しませんと。このまま少々お待ち下さいませ』

　と、勿体《もったい》ぶった前置きをした後、ロベルトは三十分ばかり待たされた。

　電話口では、やたらに陽気で大仰な管弦楽曲が鳴っていた。メキシコ交響楽団による『インディアン交響曲』だ。

　国際電話なのに料金はどうなるのかと、ロベルトが苛立《いらだ》っていると、ようやく秘書が電話口に戻ってきた。

『先生のお返事をお伝えします。バチカンからの要請であるのならということで、特別に明日の昼二時であれば、時間がとれると仰《おっしゃ》っています』

「それは有難うございます」

『くれぐれも時刻ちょうどにお願いします。先生は時間に大変厳しい御方ですので、遅刻なさる方とはお会いになりません』
「勿論《もちろん》、そう致します。よろしくお願いします」
　ロベルトは、やれやれと思いながら電話を切った。

4

　ホテルに戻ると、バチカンからの大荷物が届いていた。

　早速、二人は部屋の模様替えを開始した。

　平賀の部屋から不要な家具を運び出し、他の部屋から机を運び入れる。

　クローゼットに黒カーテンを取り付け、簡易の暗室を作る。

　そして嬉々《きき》として荷解《にほど》きを始めた平賀だったが、じきにその手が止まった。

「どうかした？」

　ロベルトが訊《たず》ねる。

「その……この部屋の机や棚についている模様が豪華すぎて、しっくりしません。目がチカチカします」

　そこで二人は優雅で美しい調度品の上に、白いシーツを被《かぶ》せて回った。

　すっかり無機質な表情になった部屋に、ノートパソコンと各種の化学反応を見る試験薬、ビーカー、フラスコ、電子顕微鏡、成分分析器などが次々とならんでいく。

二時間もすると、平賀の部屋はすっかり実験室のようになっていた。

収まりきらない機材と空箱が放り込まれた隣の部屋は、完全に物置状態だ。

平賀は届いた機材とリストを照らし合わせていたが、あることに気付いて、チャンドラ・シン博士に電話をかけた。

「平賀です。機材が届きましたのでご連絡しました」

『それはご丁寧に有難うございます。こちらは午前五時二分です』

シン博士が慇懃《いんぎん》に言った。

「おはようございます。ところで、届いた荷物の中に足りない機材があるのです。物体が引き起こす僅《わず》かな光の屈折をとらえて、反応色を出す特殊ライトなのですが」

『ああ……その件ですか。あなたのご指定のライトは、私の前任者が開発した物だそうですね。ですが、私がそれより高性能なペンライトを新たに開発しましたので、より優れた私の作品の方をお送りしたのです』

それは妙にひっかかる言い方であった。

『何か問題でも？』

「……いえ。機能が確かならば、問題ありません」

平賀は短く答えて電話を切った。

そして、どうしても夜の間にしておきたい調査があるからと、ゴンザレス司祭の許可を取り、再びグアダルーペ寺院へ向かった。

カメラ、三脚、録音機材などを持って寺院に到着した二人を迎えたのは、夜間にゴンザレス司祭の代理を務めているという、マルセル司祭であった。

二人はマルセル司祭の見守る中、作業を開始した。

「どの角度から撮ればいいかな？」

ロベルトは平賀に訊ねた。

「正三角形になるようにカメラを配置して、三方向から、およそ五十度上に焦点を当てるように設置したいと思います」

平賀はそう言うと、計測器で角度と距離を測り、カメラを設置すべき場所に印をつけていく。

ロベルトがそこに三脚を立て、手際よくカメラを設置する。

三台のカメラは、一見すると業務用のビデオカメラに似ていたが、数多くのボタンやダイヤルがついていた。

平賀は真剣な顔でダイヤルを設定し終えると、ほっとしたように顔を上げた。

「映像記録に関しては、これで完璧《かんぺき》だと思います」

「君がそういう言い方をするのは珍しいね」

「このカメラはローレンの置き土産なんです。これ一台で、サーモグラフィからX線分析までが可能、しかも一週間の連続記録ができるという優れものです。実際に現場で使用するのは今回が初めてですが、ローレンの作ったものに間違いはないと思います」

「そうだね。彼の発明はいつも完璧だった」

ロベルトがそう言うと、平賀は少し微笑んだようだった。

次に平賀はマルセル司祭に向かって、聖堂の天井の照明を少しの間、消してくれるよう頼んだ。

続いて、テレビ局の撮影用ライトもしばらくオフにしてもらう。

真っ暗になった祭壇上を、平賀は特殊ペンライトで照らしていった。

特に十字架の上部は入念に照らし、肉眼では見えないごく僅かな異物がないか、物体が引き起こす僅かな光の屈折がないかどうか、観察する。

「十字架以外に空中に存在するのは、塵《ちり》だけのようです。透明の筒に収まっている様子もないですね。つまり、十字架はなにかに支えられているのではなく、独自に空中に浮かんでいるということですね」

平賀は、ライトの光の中で無数に青白く光っている、ふわふわとした小さな点を見ながら、つとめて冷徹なほど機械的に言った。

だがその実、平賀はこの現象の解明に対して、かつてないほどに興奮していた。

グアダルーペの聖母像だけでも、不思議な奇跡を身にまとった代物であるのに、浮かんだまま落ちてこない十字架を支えている力の源がなんなのか、興味深いことこの上ない。

次に平賀はゴーグルをかけ、ＡＬＳ（代替光源）を手に取った。ある光の波長では見えなかったものが、波長を変えると見えることがあるためだ。

スイッチを入れると、ぼんやりとした赤い光が辺りに照射される。赤外線を含む赤い光は、毛髪や繊維、炭素系の確認に適している。

一通り確認した後、スイッチを切り替えた。今度は青い光が照射される。青から藍色《あいいろ》は、染みや染料、血液、汗、精液、尿などに反応するのだ。

その光が祭壇の床を照らしたとき、明らかな反応があらわれた。

大量の血液らしきものが放射状に飛び散り、その周囲にも染みのような痕《あと》が点々と、大きな円を描くようにして残っていたのだ。今までは単なる床の汚れに見えていたものだ。

平賀が無言でロベルトを見た。

とんでもなく異常な事態がそこで起こったに違いない。

平賀はピンセットと綿棒、精製水の入った霧吹きを使って、床の異物を採集した。染みのついた埃《ほこり》を刷毛《はけ》で集め、ファスナー付きのビニール袋に入れる。

マルセル司祭はそれらの様子を冷たい視線で見つめていた。

「何かおかしなことでもありますか？」

まるで探るように訊ねてくる。

平賀とロベルトは顔を見合わせた。

まだ誰が何に関係しているのか分からないうちに、調査の内容を、迂闊《うかつ》に人に漏らすことはできない。

「いえ、特別には……」

ロベルトが答える。

「本当に、何も？」

奇妙な反応をマルセル司祭はした。何かを知っているかのようだ。

「どうしてですか？　何かあったことを、ご存じなのですか？」

逆にロベルトは聞いてみた。

「いえ、別にそういうわけではないのです。ああ、私はお邪魔でしょう。少し、はずしています」

そう言うと、マルセル司祭は、そそくさと側廊の奥へと入っていった。

「どう思う、あの態度？」

「変ですよね。鈍い私でも分かります」

「とにかく注意深く、秘密裏に調査をしよう」

ロベルトの言葉に平賀は頷《うなず》いた。

調査を終えて、ホテルに戻った平賀は、持ち帰った証拠品の分析を開始した。

調査において重要なこと……。

それは、曇りのない目で真実を見極めることだ。

最初にまず、客観性の高いデータを正確に収集すること。そして綿密な分析。それから、客観性に基づく判断が必要だ。

ことに奇跡が発生した時の状況をなるだけ正確に捉《とら》えるには、物理的残留物の把握と分析が欠かせない。

一見無関係そうに見えるものであっても、無視してはならない。それが調査の鍵《かぎ》になることもある。

重要か重要でないか、というような浅はかな推察を根拠に、データを集めたり切り捨てたりするのはよろしくない。

それが重要でないと断言できるのは、調査の結果が全て判明した後、その結果に影響を与えなかった事物に対してだけである。

あらゆることに対して、可能不可能という意識の壁を設けない。

分かることから、こつこつとやっていく。

大切なのは、そういう地道な心がけである。

それであるから、平賀は『神の道』から得た土、祭壇で採集した埃および綿棒に付着した血液らしきものの分析に入った。

土を詳細に調べた結果分かったのは、『神の道』の地層が余り複雑でないことだ。

上部はアスファルト。その下は砂、泥、礫岩、湿性の粘土からなる堆積層である。

それを確認すると、次は事件の匂いがする異物の解析だ。

埃の塊を丁寧にほぐしていくと、一見すると人毛のように見える黒い縮れ毛が四種類見つかった。

他にも、百日草の花粉、イエダニ、ハダニなどの数種類のダニ、カビの胞子があるのを確認すると、他のさらに小さな物質は成分分析器にかけた。

続いて、床面をなぞった綿棒からＤＮＡを抽出する。

うまくいけば、少量でも人物特定ができる筈《はず》だ。

作業が一区切りしたところで、平賀は仮眠を取った。

明日は早朝からニューメキシコに行かねばならなかった。

5

平賀とロベルトは、早い時間から問題の十字架を制作した彫刻家、フェルナンド・マヌエル・マルケス・モラレスを訪ねた。

モラレス氏が住むのは、アメリカのニューメキシコ州である。

幸い、そこに向かう飛行機がメキシコシティから出ていた。

空港に着いた後はバスで向かえばよいようだ。

ニューメキシコ州は、アメリカ合衆国で五番目に大きい州であり、その南端はメキシコのチワワ州と接している。その為、合法、非合法を問わずメキシコからの移民が多く居住している土地だ。

歴史を溯《さかのぼ》れば、元来ナバホ族やプエブロ族などの先住民集落が多数存在していたが、スペインのコンキスタドール（征服者）による支配を経て、一旦《いったん》はメキシコの一部となり、その後アメリカ合衆国の四十七番目の州となった。複雑な歴史によって生じた文化の多様性とその融合、そして自然景観の美しさは、多くのアーティストを魅了し、特に州都のサンタフェは芸術の街としても有名である。

バスの着いた旧市街は、スペインの植民地の町として誕生した経緯から、プラザと呼ばれる広場を中心に造られていた。

街には、うっすらと雪が積もっている。

古風な街の景観が際だって美しい。この街を好んで芸術家が多く住むのも納得できる。

街には、美術品店も数多く見受けられた。

平賀とロベルトは、スパニッシュ・コロニアル様式と、天日焼きの煉瓦《れんが》を積み上げて出来た、素朴で美しい曲線を持つプエブロ・リバイバル様式に制限されている通りを歩いていった。

建物には、高さ規制が設けられている為、空が開けているという感じがする。

通りを歩いている人に、モラレス氏の住所を訊《たず》ねると、そこはかなり山の頂に近い場所だということであった。

二人は、高地の為に、ともすれば息が切れがちになるのを整えつつ、二時間ばかり歩いた。

途中、その様子を見かねて気の毒に思ったのであろう。トラックが止まり、二人をモラレス氏の家まで送り届けてくれた。

モラレス氏が、かなりエキセントリックな人物であることは、山の中腹にある彼の邸宅の前に着いたとき明白になった。

一代で相当の財を築いたのであろう。

モラレス氏の家は、よく言えば白亜の宮殿のようであった。

ただ、それが大層、悪趣味な宮殿であった。

邸宅は、全体的に、湾曲した不可解なカーブを持つ建物で、正面玄関には、数々の緻密《ちみつ》なレリーフと像が刻み込まれていた。

よくよくみると、それらはアステカのレリーフであったり、キマイラのような不格好な生き物であったりする。

それら全てが色鮮やかに彩色されている為に、ごてごてした感じがいなめない。

玄関口は、モラレス自身を模した大男の顔になっていて、ドアはその口部分にあたっていた。まるで邸《やしき》の訪問者《ひとの》を一呑みにしてやろうと待ちかまえているかのように目を見開き、鼻に皺《しわ》を寄せた、凶悪な顔つきである。

玄関先の呼び鈴を鳴らすと、老齢の小太りなメイドが現れた。

とんでもなく古くさいタイプの黒と白のメイド服を着ている。

これもモラレス氏の趣味なのであろうか？

言葉数の少ないメイドに案内されて部屋の中に入ると、壁一面に画が描かれていた。

これもまた、とんでもなく鮮やかな壁画だ。

最初に現れた壁画は、労働する人々である。アステカスタイルのピラミッドが描かれ、そこに石を運んでいく人々の姿がある。

次は、さんさんと輝く五つの太陽と、その下で踊る羽根をつけた戦士達の絵であった。中には、ジャガー人間のような姿をした者もいる。

次は、花々が水辺に咲き乱れる楽園に横たわるインディオ達。

そうして、原始の地母神らしき豊かな乳房と大きな腹部と臀部《でんぶ》をもった女性が、赤ん坊を抱きかかえるようにして包《くる》んでいる絵。

そして最後は、土中に埋められていると思《おぼ》しき人々の頭から、木が生えてくる様子が描かれていた。

その合間合間に置いてあるのは、動物の剝製《はくせい》や、奇妙な神像である。

だが、そうした奇抜で奔放そうな芸術家の住まいであるにもかかわらず、奇妙に細部が片づいていて、床にはちり一つ落ちていないことをロベルトは見逃さなかった。

時間にうるさいという点からしても、モラレス氏は、案外に几帳面《きちょうめん》なタイプなのかもしれない。

「熱心なクリスチャンだとゴンザレス司祭からは聞いているが、家を見る限りでは、僕にはどうにもそうは思えないね」

平賀は「そうですね」と頷《うなず》いた。

応接間の中は、壁から天井から床まで真紅の色で染められ、家具はすべて金色という、視界がハレーションを起こしそうな部屋であった。

長いテーブルの向こう側に座っているモラレス氏は、どちらかというと先住民的な顔立ちをした、いたって小柄な男性であった。

いや、というより、いわゆる『低身長症』である。

身長は百三十センチぐらいだろうか。

それが、長い口髭《くちひげ》をぴんとカールさせ、東南アジアの王族のような奇抜な格好をして座っている。

赤い四角い帽子に、金の刺繍《ししゅう》が施された上下の服、そして肩からジャガーの毛皮をマントのようにかけていた。そして二人が入ってきたのを見ると、木箱から取り出した葉巻を銜《くわ》えて、火をつけた。

ロベルトは、スペイン語で挨拶《あいさつ》をした。

モラレスは尊大な表情で頷くと、仕草で二人に椅子に座るようにと合図をした。

「まずどんな質問をすればいいかな？」

ロベルトが平賀に訊ねる。

「十字架のモチーフをいつから、いつにかけて作製したか、また何の素材を使ったか、それからその重さでです」

「分かった、聞いてみるよ」

ロベルトはモラレス氏に訊ねた。

モラレスは、突然、部屋中に響くような大きな声と大袈裟《おおげさ》な仕草で話し出した。質問に答えるというよりは、わめき散らしているという感じである。

それも、呪文《じゅもん》に似た言葉を短刀を閃《ひらめ》かすかのように口走る。

それがひとしきり終わると、ロベルトは、少し疲れた気分で平賀を振り向いた。

「素材に関しては秘密だそうだ。あの色合いを出すのに、大層苦労したのにそれを聞き出そうとはなにごとかとお叱りを受けてしまった。重さも当然知らないらしい。芸術家が、自らの作品の重さなど量るはずがないと言われた。制作期間も曖昧《あいまい》だが、去年の八月頃に取りかかった作品だということだけは記憶しているらしい」

「八月のいつでしょうか？」

ロベルトは、再びモラレス氏に訊ねた。

モラレスは葉巻を吹かして、興奮した口調で十分近く熱弁を振るった。

彼曰《いわ》く、彼の作品は、世の作品のごとく思惑から出たものではなく、彼の魂の直感から生まれるのだという話である。

それは長い寓話《ぐうわ》のような話で、子供の頃、舞い降りたジャガーを見て、それをかたどったのが最初の作品だと、モラレス氏は主張した。

「故に、天啓を待つのが私の仕事のスタイルなのだ。天啓は時計を見てもやってこないだろう！　日付のことなど、私は気にもしていない。雷が落ち、炎が上がった。そして私は見たのだ。十字架の形を」

「枢機卿《すうききょう》の名前を刻まれたことに意味はあるのですか？」

「意味など、私は考えたこともない。ただ、天が彼の名を刻めと私に囁《ささや》いたのだ！」

そう叫んだモラレスだが、葉巻の灰が、少しテーブルに落ちたのを見て、ぴくりと眉《まゆ》を動かすと、近くにあったティッシュで、それを拭《ふ》き取っている。

それから大声で、メイドを呼ぶと、濡《ぬ》れた布巾《ふきん》でテーブルを拭かせた。

平賀は戸惑った様子で、ロベルトに訊ねてきた。

「ロベルト、モラレス氏はなんと？」

「芸術家は日付のことなど気にするものではないそうだ。ただ、一つ確かなことは、その日、モラレス氏に天からのお告げが下ったということらしい」

「天からのお告げですか？」

「ふむ。氏が言うには、もともと彼は天啓から作品を造るらしいが、その日は、ことに特別で、ジャガーが自分に語りかけてくる夢を見たんだという。彼はジャガーのトーテムを持つ先住民族の血を引いているらしい。それであるから、先祖の霊が彼に何かを告げようとしていると感じていた。そして、夜中に起きると、俄《にわか》に雷が鳴り出したというんだ。庭に出て、空を見上げると、まさにキープのような、幾重にも連なった雷が、空に現れたらしい。いまだかつてない落雷だったということだよ」

「キープとは？」

「僕も詳しくはないが、紐《ひも》をよって数字を表したという原始的な紐文字のことだよ。長さ約一メートルぐらいの羊毛で作った細い縄に結び目を作って、数字を表していたんだ。紐の色によって、緑の紐は穀物の貯蔵量、赤は軍隊、兵士の数、黄色は黄金の量というようなことを表していたと分かってる。しかし、これは数字の記録には使っていても複雑な文章には使うことはなかっただろうというのが定説なんだ。だけど、アステカにはキープは存在しない。キープはインカの文字さ。氏はどうやら勘違いしているようだね。

ともかくそのキープは、氏に、『我が意志をなせ』という言葉を語りかけてきた。そうすると、氏のアトリエ付近に雷が落ち、庭の大木が炎を噴き上げた。そして氏は、十字架の幻を見たそうだ。

氏はそれを神からの啓示と受け取り、即座にアトリエにおいて、あの十字架の制作を執り行ったと言うことだ。

氏は少年時代に、あのグアダルーペ寺院によく通っていたということだ。

今でも時折通い、聖母に死後の世界について願いを聞き届けてもらうように祈っているらしい。

彼の話によるとね、彼らの言い伝えには、死後の世界には四種類あるらしい。特別なことなく普通の死を迎えた人は、ミクトラン—ナワトル語で『死者の地』という意味の場所へ行き労働をしなければならない。戦死した人、太陽へ捧《ささ》げる生贄《いけにえ》として死んだ人、初産で死亡した人、行商中に死亡した商人は『太陽の住む天空』へ、雷に打たれて死んだ人、溺死《できし》または水と関係する病気で死んだ人はトラロカンという『楽園』へ、死亡した乳児は

『母樹の場所』と呼ばれる地にとどまり、次に生まれる機会を待つらしい。そして、死後四年経つと魂は消滅し、種となり、新しい生命として誕生すると考えられている。

モラレス氏は、自分はトラロカンという楽園に行くのが希望らしい。何故なら、死後の世界で唯一労働を強いられることがない場所だからだそうだ。雷が落ちたのは、彼の死後を神が約束したからであり、それであるから、十字架に奇跡が起こったとしてもなんの不思議もないとね」

「枢機卿の名前を刻んだ訳は？」

「特にないと氏は言っているね。全てはジャガーの霊から授かった天啓だそうだ」

「成る程……。もしよろしければ、アトリエを見せてはもらえないものでしょうか？」

ロベルトがその旨を伝えたが、モラレスは大きく首を振るばかりであった。

会話はそれ以上の進展を見せず、二人はモラレス邸を後にした。

帰る道々、平賀とロベルトは話をした。

「何故、材質などを隠す必要があるのでしょう？」

「芸術家が素材を秘密にすること自体は、さして変わったことではないよ」

「そうなのですか？」

「そうだね。現代美術においては、作品の表面的な出来以外にも、斬新《ざんしん》な素材や制作方法によって、評価がなされるという現実があるからね」

「それは知りませんでした」

「中世の画家が、自分達の絵の具の調合法や素材を秘密にしたのと同じだよ。僕が知っているのは、モラレス氏が信じられないほど計算しつくされた精巧な鋳型によって、不可思議な作品を作り出す彫刻家として有名だということだ」

「成る程……」

「一見、倒れそうに見える不安定な彫刻が、決して倒れないバランスで置かれている様子は、見る者を不思議な世界に誘《いざな》うのだとね」

「それは興味深いですね」

ロベルトは携帯でダウンロードした、モラレスの他の作品を平賀に見せた。

逆L字形のごつごつとした岩のような巨大彫刻が、いくつも公園に立っている写真である。

眺めていると、いつ倒れるか不安な気分にさせられるような作品群だ。

ロベルトは、モラレス氏は、大きなものを自在に操りたいという欲望を強く持っているのだろうと推察した。

大男になったモラレス氏が、人を飲み込むように大口を開けている玄関のデザインも、そんな欲求の表れに違いない。

真剣にモラレス氏の作品に見入っていた平賀が呟《つぶや》いた。

「これは大変な作業ですね。一見したところ彫像の素材は均一に見えますが、おそらく各部分、比重の違うものが使われていて、絶妙なバランスを保っているのでしょう。本来なら、精密な計算能力と、地味ながら大変な技術が必要とされるものです。モラレス氏がこれら全てを直感で造ったなら、彼はまさしく天才です」

「そうだね。彫刻じゃなく建築の話になるけれど、近年のドバイのダイナミックタワーを始めとする未来的な高層ビル群や、シンガポールのマリーナ・ベイ・サンズホテルの空中プールなどは、ＢＩＭ（ビルディング・インフォメーション・モデリング）と呼ばれる３Ｄソフトを利用して、高度なバランスと複雑な曲面を持つ建築物を実現させている。

僕はね、モラレス氏の彫刻からも、そういった匂いを感じるよ。モラレス氏は一見、エキセントリックな芸術家を装ってはいたけれど、神経質で緻密な技術者といった印象だった。もっとも『芸術』という言葉の語源は『技術』と同一だから、彼が偉大な芸術家であることに異論はないよ」

「はい。彼の作品が精巧緻密なものであることは事実です」

「いずれにせよ、モラレス氏がその優れた技術を以《もっ》て、意図して十字架浮遊を起こすことができたかどうか、そこが問題なわけだが……」

「いえ、それは無理です。彫刻の力学的バランスをどれほど計算したところで、それが空中に浮かぶことは考えられません」

「そうか、まあ当然だよね。それが可能なら、落ちても絶対に割れない食器だって何だって、作れてしまうわけだから」

「そういうことです。あ、しかしそういうことができれば、特許ものですね」

平賀は奇妙に真剣な顔で、考え込んでいる。

こんな時の平賀は、なんの変化もない現状から、蜘蛛《くも》の糸のように細い真理の糸口を引き出そうとしているのだ。

「次にすべきことは映像分析です。帰りにグアダルーペ寺院に寄って、丸一日分のデータを回収したいと思います」

平賀は、いつものように非常に地道な作業から取りかかるつもりのようであった。

第三章　聖母達の黙秘

1

帰ろう。
帰らなければ……。
僕には確か、行くべき処があったんだ。
なのに、どうして何も思い出せないんだろう。
暗い世界だ。
しかも周囲にある物全てが歪《ゆが》んでいる。
傾《かし》いだサボテンや、金属の歪《いびつ》な立体オブジェ。
それらがふわふわと地面から数センチの所に浮かんでいる。
此処《ここ》は僕の場所じゃない。
帰らなければ。
でもどうやって？
ひどく焦った気持ちでいた時、彼方《かなた》から一筋の光が差し込んできた。

見上げると、眩《まばゆ》い黄金の光を放つ十字架が天にある。
そこから天使の声が聞こえてきた。

私はここにある
ここに来なさい……

そうだ、彼処《あそこ》に行けばいいのだ。
彼処に行けば、平賀もいるに違いない。
僕は両手を広げて、空を見た。
すると自分の背中に大きな翼が生えてくるではないか。
よし、飛べる。
飛んであの場所に行ける。
歓喜にも似た気持ちに満たされる。
ロベルトは翼を羽ばたかせた。
何処までも飛んでいけそうな心持ちだった。
十字架が目の前に近づいてきた。
もう少しでそこに手が届くと思った時……。
突然、背中の翼がはがれ落ちるのを感じた。

身体が傾ぎ、落下する。

真っ暗な中を、どこまでも落ちていく。

遠ざかる十字架。

恐怖で鼓動が高鳴り、ガンガンと耳鳴りがする。

ドンッ、と地面に打ち付けられたかと思うと、ロベルトは目を覚ました。

浮遊感と落下する不快な感覚が体に残っている。

「またか……嫌な夢だ」

ロベルトは頭を振って起き上がり、シャワー室に向かった。

シャワーを浴びてリビングに出る。

平賀の姿はない。昨夜回収したデータを持って、部屋に籠《こ》もったままだ。しばらくこの調子が続くだろう。そして彼ならば、納得のいく調査結果を出してくれるに違いない。

ロベルトは自分のすべき役割について考えた。

今回の奇跡調査に、自分の仕事道具——二十四色の色鉛筆、トレース用紙、極めて質の良い文房具——が役立つとは思えなかった。

それよりも気になる事は、祭壇に飛び散った血と、隠し事をしているらしきマルセル司祭やモラレス氏の態度であった。

メキシコはカソリック大国だというのに、まるでイギリスに行った時のような疎外感を感じる。グアダルーペのマリアの浅黒い肌の色がそれを象徴しているように、やはりこの地の宗教観には独自のものがあった。

そのせいだろうか。ゴンザレス司祭はともかく、グアダルーペ寺院の人々がバチカンの神父である自分達に心を許していないことを強く感じる。

彼らの隠し事が奇跡と関係しているかどうかは分からないが、念のために調べておく必要はあるだろう。

マルセル司祭の反応、そして警察官達の会話から、ロベルトは祭壇の血痕《けっこん》がサンタ・ムエルテの過激派による殺傷事件ではないかと危惧《きぐ》していた。

近年、サンタ・ムエルテ信仰とマフィア、麻薬組織との繋《つな》がりを危険視したメキシコ政府およびバチカンは、サンタ・ムエルテに関する宗教活動を慎しむよう呼びかけている。

それでも市民の間で、サンタ・ムエルテの熱狂的流行はやむ気配がない。

貧困から罪を犯し、あるいは病や借金苦により、社会からも教会からも見捨てられたと感じた人々が、サンタ・ムエルテに救いを求め、狂信者となるケースもあると聞く。

自爆テロを起こし、マフィアと繋がりのあるような連中が、日常的にグアダルーペ寺院に出入りし、殺人事件でも起こしていたら、どうなるだろうか？

カソリック界は大きなスキャンダルに揺さぶられるに違いない。

もし、そんな奴らとカサレス枢機卿《すうききょう》の間に、裏の繋がりでもあったなら？

そして危険な輩《やから》とモラレス氏が共謀し、十字架浮遊のトリックを行っていたとしたら？

バチカンにとって致命的な大問題となる。

そのようなことは決してあって欲しくはないが、客観的に事実を判断できるだけの材料は揃えておきたい。

まずはサンタ・ムエルテ信仰の実態と、その狂信者達の動きを、ここ数年の新聞と民俗資料から調べることだ。

幸い、ホテルから三キロほど先に、バスコンセロス国立図書館がある。

ロベルトは隣室にいる平賀に自分の予定をメールで伝えると、徒歩で図書館へ向かうことにした。

ソカロ周辺の建物は、築百年以上の石造りの重厚なものが多く、石畳で舗装された道とあいまって、ヨーロッパの古い町並みを連想させる。

とりわけ目につくのは、国立宮殿とメトロポリタン大聖堂の威容であった。

ここにはかつてアステカ帝国の心臓部があった。国立宮殿の場所には、アステカ九代目の君主、モクテスマ二世の居城が建っていた。

だが一五一九年、モクテスマ二世の許《もと》に、スペインからのコンキスタドール（征服者）がやって来る。征服者の名はエルナン・コルテスといった。

この厄災の到来は、アステカの占星術師によって予言されていたという。

数年前からアステカでは、北の夜空に彗星《すいせい》が現れたり、火山が爆発してテスココの湖が煮えたぎるなどの不吉な現象が起こっていたからだ。

当時のアステカ帝国の最高神は、太陽神ウィツィロポチトリ。ウィツィロポチトリはアステカ人をメキシコの地に導いた神である。

一方、ケツァルコアトル（羽毛のある蛇）はトルテカ族の祖神として篤《あつ》く崇拝されていた古き太陽神であり、戦争神として恐れられる存在であった。

太陽神は日々、地平線から地下世界へと沈み、穢《けが》れてしまう。これを再び地上へ呼び戻すため、アステカの王は日々、生贄《いけにえ》の儀式を行っていた。

そして一五一九年、征服者コルテスがやって来た。

それはアステカの暦で丁度「一の葦《あし》の年」にあたり、古き神ケツァルコアトル（羽毛のある蛇）が復活する年だといわれていた。そこでモクテスマ二世は、コルテスをケツァルコアトル神の使いと信じて恐れ、「貴方《あなた》に王位を返還する」と自ら進んで国を譲った――という有名な逸話がある。

無論それはスペイン人によって後から捏造《ねつぞう》された物語で、実のところ、アステカ人はスペイン人を神と信じて国を譲り渡したりはしなかった。

激しく抵抗した末に、征服されたというのが事実だ。

だが、先住民から国を略奪したと思われたくないスペイン側は、まるで和睦《わぼく》の末に、国を譲り受けたように吹聴《ふいちょう》したのである。

そして、征服者であるコルテスは、アステカ人の信仰している神の姿――ハチドリを模した神ウィツィロポチトリや、ジャガーの神、蛇の神の像を見、生贄の血で汚れた祭壇を見て、アステカ人達に改宗を迫った。

「あなたがたのあがめる偶像は、我々が悪魔とみなす存在である。あなたがたの神殿に聖母マリアの像を建てなさい」と。

コルテスはアステカをうち滅ぼし、モクテスマ二世の居城を破壊、居城の石を使って、メキシコ統治の本拠地となる総督府を建設した。それが現在の国立宮殿である。

さらに一五六三年、コルテス達はケツァルコアトルの神殿の基礎を残したまま上部を平らに取り壊し、その上に新たな神殿を打ち立てた。

その後二百五十年以上の歳月をかけて完成したのが、現在のメトロポリタン大聖堂であった。その建材には、やはりケツァルコアトルの神殿石材が用いられている。

ソカロも元々は、大聖堂の庭であった。屋外で宗教儀式を執り行う先住民の習慣に則《のっと》って、メトロポリタン大聖堂の前には広場が設けられたからである。

今も大聖堂の前にある十字架は、その台座部分にある蛇を刺し貫いて立っている。その姿にはケツァルコアトルに対するキリスト教の勝利の意味が込められている。

しかし、そこが先住民族達の中央神殿であったことは、大聖堂の入り口の所から現在でも窺《うかが》い知ることが出来る。

入り口近くの地面に、硝子がはめ込まれていて遺跡が確認できるのである
ロベルトが覗《のぞ》き込んで確認したのは、石積みと、おそらく古代の神への生贄とされた人の頭骨であった。

複雑な気持ちを抱えつつ、大聖堂の中へ足を踏み入れる。

ローマのカテドラルとの違いはすぐに感じられた。ヨーロッパの教会が中世の暗い森を思わせる空間であるのに比べて、明るいのだ。

その理由は明白であった。ステンドグラスがないからだ。

窓という窓から、朝の日差しが直接差し込んでくる。

白い日差しに照らされたバロック様式の内装は、外観から想像していたよりもずっとシンプルであった。

がらんとした構内を少し歩くと、聖堂全体が歪《ゆが》んでいるのが分かる。

あまりに巨大な石造建築を建設したがために、数百年にわたる地盤沈下により床が陥没し、ひずんでいるのだ。聖堂内部のあちこちに補強材が見て取れた。

ゆっくりと身廊を回る。

小さな礼拝堂が十四、側廊の奥行きは百メートル以上ある。

突き当たりにある古く巨大なパイプオルガンが荘厳な響きを奏で、聖歌隊の歌声が聞こえてきた。

主祭壇に近づくと、ようやくメキシコの教会らしい姿を見ることができた。

数十名の人々が集う主祭壇は煌《きら》びやかで、眩《まばゆ》い黄金色に輝いている。

高さは二十五メートル、幅は十三メートル、奥行き七メートル。

巨大な祭壇の表面には王や天使、花輪、花束、植物の葉などの装飾がびっしりと絢爛《けんらん》豪華に施されている。その合間を縫って、スペイン女王や列聖者の多色彫刻が所狭しと刻み込まれ、金枠に縁取られた聖人の油絵も多数掲げられている。

チュリゲラ様式の傑作と呼ばれる、諸王の祭壇だ。

チュリゲラ様式とは、十七世紀末から十八世紀のスペインで独自に発展したバロック様式で、メキシコの教会建築にも大いに取り入れられた。

その特徴は、一言で言えば装飾の過剰さである。

中世の建物、特にバロックなどはそれが普通ではあるが、彼らの施した装飾は、バロックの装飾過多をさらに上書きするものだった。

植物が支柱を這《は》うかのような、ねじり柱に特徴があり、金銀細工、化粧漆喰《しっくい》などあらゆる装飾方法を建物に詰め込む。

目の前の主祭壇も、まさにそうだ。

豪華絢爛ではあるが、悪趣味ともいえる部分があり、必ずしも調和していると言えない過剰な装飾群。

しかし、それ故に悪夢のように幻想的な美しさがある。

装飾群を見て感じられるのは、狂おしいほどの神への崇拝であり、ラテンの熱い血のわき上がりだ。

祭壇脇には、黒いキリスト像があり、その反対側には白いキリスト像があった。

中央に描かれている絵画は、ファン・ロドリゲス・ファレス作の『マギの崇拝』。

キリストの誕生の瞬間に、マギ達が贈り物をもってきた場面が描かれている。

その上に、聖母マリアの昇天を描いた絵画。

そして金色の巨大シャンデリアが高い天井から垂れ下がっていた。

中国から取り寄せた金で作られたと言われるこの祭壇を暫《しばら》く鑑賞した後、ロベルトはカテドラルの裏手に向かった。

そこに広がっているのは、テンプロ・マヨール遺跡。

太陽神ウィツィロポチトリと、雨の神トラロックを祀《まつ》った双塔のピラミッドを有する、アステカ帝国の中央神殿跡だ。

二つのピラミッドの間には、不思議な帽子を被《かぶ》り、腹を上に向けて横たわる男の像、チャックモールがある。それは生贄の心臓を置くための石像であった。

かつてここに栄えたアステカの首都テノチティトランは、世界に類のない、湖上に浮かぶ水上都市であった。

湖の大きさは、三千平方キロもある。

その中に浮かぶ都市には、陸地からそこに渡るための堰堤《えんてい》が三本造られていた。

そして、壁で囲まれた都市中央部の神域には、高さ四十五メートルの大ピラミッドがそびえ立ち、神殿、祭壇など百以上もの建築物があった。

運河や上水道がめぐらされたその壮大な都では、二十万人以上の人々が生活していたという。

アステカ帝国を滅ぼしたスペイン軍の軍記には、高度な文明を持ったアステカの都市に対する驚きが書かれている。

「夢幻の世界とはこのことか、と我々は口々に言った。高い塔、神殿、建物などが水中からそそりたち、兵士の中には我が目を疑うものもいた」と。

そのような素晴らしい都市を破壊し、そこに自分達の教会を築く。

それはキリスト教の暗い歴史である。

メキシコにおける教会は、その殆《ほとん》どが先住民族の聖地や神殿を壊した跡に建てられたのだ。

民俗学を学んだ者として、小さな怒りを覚える現実である。

やるせない気持ちで遺跡を出て歩いていると、背後からロベルトを呼び止める声があった。

「バチカンからいらした、ロベルト司祭様でらっしゃいますね？」

振り向くと、六十代と思われるメキシコ人の尼僧が一人立っている。

「ええ。どうして僕のことを？」

「グアダルーペ寺院でお見受けしたのです。バチカンから司祭様がいらしていることは、私達の間ではすっかり有名ですわよ。

申し遅れました、私はサンドラ・マリア。実は、私どもにはどうにもならない困ったことがあり、是非、神父様にご相談に乗って頂きたいのです」

「僕が何かのお役に立てるなら……」

ロベルトは戸惑いながら頷《うなず》いた。

バチカンから来たというだけで、普通の神父にはない特別な加護が彼らにあると信じる人々がいる。それは常に悩ましい問題だ。

だが、人が困っていると聞けば、どのような場合であれ手を貸すこともまた、神父としての務めであった。

「有難うございます。ただ、口で説明するのがとても難しくて……実際に見ていただいた方がよいかと思うのです」あまりお時間は取らせません」

尼僧の表情が酷《ひど》く深刻なので、
サンドラはロベルトを、名もない小さな修道院へと導いた。

けばけばしい色彩に塗られた木彫りのキリスト像や聖人の像が飾られた祭壇といい、柱に刻まれたトウモロコシや動物のモチーフといい、妙に異教的な香りのする教会である。

「教会の奥に、生活に困っている方々に一時的に住んでいただく居所があるのですが、そこにいる方を看ていただきたいのです」

「ご病気かなにかですか？　それなら医者を……」

「いえ、そうではなく、その方の気持ちを知りたいのです。私には、彼女が何をしたいのかが分からないのです」

サンドラ・マリアは不思議な言い回しをして、ロベルトを教会の小さな居所へと案内した。

かつて修道女達が暮らしていた居所なのであろう。

ベッドと小さなクローゼットだけの部屋。

灯《あか》りも薄暗い。

最低限の家具しかない、狭い部屋の空気はひっそりと重く、外界から切り離された死の世界のようだった。

そこに五十代半ばかと思われる女性が一人、ベッドに腰掛けていた。

小柄な身体。褐色の肌。顔立ちは明らかにモンゴロイド系だ。刺繍《ししゅう》の入った鮮やかな花柄の民族衣装を着ている。

インディオの女性であった。

一見したところ、彼女は困っていそうな様子には見えなかった。

ロベルト達が部屋に入ってきたことを無視して、黙々と刺繍をしているだけだ。

ベッドの脇には籠《かご》があり、刺繍された布が重なって入っていた。

「こんにちは。刺繍がお好きなのですね」

ロベルトが言った。

インディオの女性は何も答えなかった。

サンドラ・マリアは辛《つら》そうな溜息《ためいき》を吐いた。

「彼女の名は、シワクアトリ。メキシコシティに点在する、インディオの居住区で暮らしていた方です。シティの中には、およそ百万人のインディオ達が暮らしていますが、皆、貧困に苦しみ、生活費は普通のメキシコ人の十分の一しかありません。私達はそんなインディオの方々のお世話をしているのです。

彼女……シワクアトリは、以前は刺繍を生業《なりわい》としていましたが、子供が生まれて三年後に脳膜炎を患い、目も耳も不自由になり、口もきけない状態になったのです。見えなくては当然、仕事もできません。そこで私達が彼女をここに引き取って、面倒を看てきました。もう十八年にもなるでしょうか……。でも彼女は決して私達と会話しようとはしません。それどころか、少しでも触ると悲鳴をあげるような有様です。

そうしてある時から、毎日毎日、食事時以外はああして刺繍をしています。かといって、売れるような物を作るわけでもありません。糸にはこだわりがあるらしく、手触りが違う物を与えると決して使いません。

私は彼女が他の何にも興味を示さず、刺繍に没頭しているのが心配で……。かといって無理に刺繍道具を取り上げれば、怒って暴れます。酷いときは、物を壊し、大声を上げます。どうにも手に負えないのです」

「彼女と会話ができるような、ご親族やご友人は？」

サンドラは首を横に振った。

「彼女の子供達でさえ、もう面倒が看きれずに、様子を見にも来ないのです。上の子はアメリカに行ってしまいましたし……。教会は、彼女を精神疾患として入院させるほうがいいだろうという意見です。でも私は……。

私はこうなる以前の彼女を知っています。彼女は古いインディオの一族の古老なんです。学校へは行っておらず読み書きは一切できませんでしたが、強く、誇り高い女性でした。そんな女性が病気の不幸に耐えかねて正気を失ったとは、私には思えないのです。ですから、彼女はおかしくなってはいないと、この教会で世話をすることが可能な人だということを証明したいのです」

サンドラは切々と訴えた。

「立ち入ったことを聞くようですが、教会がずっと面倒を看てきた方を、看護人の反対を押し切ってまで急に病院へ、というには、何か理由が？」

「最近、彼女の一族であるクアトリ族のリーダーになった男性が、政治的な過激派で、度々、警察沙汰《ざた》になっているんです。それで教会としても、地域との摩擦を避けたいのだと思います」

「クアトリ族というと、鷲族《わし》ですか？」

「ええ、よくご存じですわね。先住民族は、それぞれ自分達のトーテムを持っています。クアトリ族は鷲。アステカの太陽神ウィツィロポチトリの戦士で、祭事や戦争の時には、鷲の羽根から作った大きな色とりどりの羽根飾りを付けて、鷲の頭の形をした被り物をかぶるという習わしを持っていた、エリート貴族戦士の集団名です」

ロベルトは、グアダルーペ寺院の前で踊っていた一団がいたのを思い出した。

「言い伝えによると、鷲の戦士は、他のトーテムの戦士と比べて軽装で、機動力に優れた部隊だったといいます。ほかの戦士団が主力戦力として敵に真正面からぶつかって行くのに対して、彼らは偵察や奇襲、ゲリラ戦などを行っていたんです。今でもメキシコシティの地下から、鷲の戦士の土偶が出ます。新兵を鷲の戦士に育成するための『鷲の家』と呼ばれる建造物も発掘されているんです」

「彼らの居住区はどの辺りになるんですか？」

「テピート地区にある先住民ブロックですわ」

「有難う」

ロベルトは軽く答え、シワクアトリを見た。

暗い部屋の中、小さな窓から漏れる光に浮かび上がる横顔には、厳しさと思慮深さが感じられた。

ロベルトはそっと、婦人の側に寄って行った。

すると何も見えず聞こえないはずのシワクアトリが、ぴくりと顔をロベルトの方に向け、ベッドの奥へと後ずさった。

鼻の穴を動かしている様子を見ると、嗅覚《きゅうかく》で気配を感じているのだろう。

「大丈夫、あなたを傷つけるようなことはしませんよ。何をしているのか見せてもらってもいいでしょうか？」

仮令《たとえ》耳が聞こえなくとも、語りかける心が伝われば、会話が成り立つことがある。

ロベルトはゆっくりと時間をかけて、シワクアトリの側へ近づいていった。

どうやら何もされないと悟った様子のシワクアトリは、再び刺繍を始めた。

手元の刺繍をよく見てみる。

色鮮やかな幾何学模様の刺繍だ。

幾何学模様は横棒と、円形、あるいは貝殻のような形で構成されている。

残念なことに、美しいとはとても言えない仕上がりだ。色がちぐはぐで、花や鳥のような愛らしいモチーフも見当たらない。見えないのだから仕方が無いが、これでは確かに売り物にはならないだろう。

籠の中に何重にも折りたたまれた布地を確認してみても、皆同じような有様で、まとまりのある模様に仕上がっている布は一つもなかった。

「シワクアトリさんの刺繍歴はどのぐらいだったのですか？」

ロベルトは訊《たず》ねた。

「先住民の女の子は五つになる頃から刺繍を始めます。彼女は市場で刺繍をした布を売っていた名人でした」

「そうですか……。彼女が着ている民族衣装は誰が用意を？」

「美しいでしょう？　全て彼女の手製なんです」

「服は自分で作るのですか？」

「ええ、服の手直しなどは人にさせたがらないのです」

それは奇妙な話だった。

服を繕えるぐらいに意識のしっかりした女性が、何十年も手慣れた刺繍をするのに、これほどちぐはぐなミスを繰り返すだろうか。

ロベルトは、そうっと、シワクアトリの手にある布の端に触れ、描かれている模様を確かめようとした。

「ゥアァァ――――ッ!!」

その時、婦人は耳をつんざくような叫び声を上げた。

そして、ロベルトが倒れそうになるほどの勢いで、彼の身体を突き飛ばした。

シワクアトリは身体を丸めて刺繍の束を抱きかかえ、怒った野生動物のような顔をして震えていた。

「大丈夫ですか、司祭様!」

「ええ、心配はご無用です。僕が不用意に触れたからいけないんです」

ロベルトは狼狽《うろた》えている尼僧を宥《なだ》めると、再びシワクアトリに話しかけた。

「シワクアトリさん、怖がらせてすみません。今日はこのまま帰りますが、またここに通ってきてもいいでしょうか?」

当然のことながら、シワクアトリは何も答えなかった。

「司祭様、よろしいのですか?」

サンドラは驚きつつ、遠慮気味に訊ね返した。

「今の僕では、彼女に心を開いてもらえそうにありません。ですが暇を見て、また彼女の様子を伺いに来ます。教会の方々には僕の方から、彼女がここに今まで通り滞在出来るよう、話をしてみましょう」

それを聞いたサンドラは、ほっとした表情を浮かべた。

2

十四世紀の中頃、好戦的な一つの種族が、今日メキシコシティと呼ばれている盆地に住み着いた。彼らこそがアステカ族である。

トウモロコシ畑を耕しながら、巨大神殿をつくってはいたが、彼らの文化は極めて貧弱なものだった。その当時においても鉄を知らず、車輪で荷を運ぶこともできなかったのだ。

アステカ族は荒々しい性格をしていて、死を恐れなかった為、他の部族から戦いの応援を求められたり、傭兵《ようへい》となったりすることが多くなっていった。

やがてアステカは、他の地から流れ着いた無頼者や犯罪逃亡者、無鉄砲で冒険好きな者などが寄り集まる国となり、その人口は急激に増えていった。

こうして勢力を拡大したアステカ族は、テノチティトランの都を築いた。

そして絶え間なく戦争を行い、領土を拡張することに情熱を傾けた。

属領とした人々からは、貢ぎ物を容赦なく取り立て、莫大《ばくだい》な富を持つ帝国になった。

だが、アステカ帝国は、生贄《いけにえ》に支えられた、血塗られた文明であった。

月の祭り、生活、風習……何をするにも、彼らは生贄を求めた。ただトウモロコシの植えつけを開始するというだけのことにすら、最低一つの人間の心臓が必要だったのだ。

帝国の神殿の大きな祭儀には、ケツァルコアトルとテスカトリポカという双子の神が奉られていた。

アステカ人は、そこに敵の国から連れてきた捕虜を一挙に生贄として捧《ささ》げた。その数はなんと八万人近くに及び、生贄となる犠牲者の列が、延々三・二キロ以上も連なったという。

長蛇の列に並ぶ生贄達は、ピラミッドの階段から頂上のチャックモールへと続く。

チャックモールの前で、捕虜は裸に剥《む》かれ、そのそりかえった腹の上に仰《あお》向《む》けに寝かされる。

人の生皮をかぶった五人の神官が、生贄の手足と頭をしっかりと押さえる。

そして、柄の部分に青いトルコ石の装飾を施した黒曜石のナイフを捕虜の胸にぐさりと突き立てるのである。

捕虜は絶叫し、噴水のように血を飛び散らせる。

神官はナイフで胸を切り裂き、切り開いた捕虜の胸の中に両手を突っ込んで、血まみれの心臓をつかみ出す。

心臓は、まだ脈打っている。

それをチャックモールの腹の上の皿にのせるのだ。

生贄の血は、太陽神に活力を与え、それによって今宵《こよい》沈んだ太陽が、また明日には昇ってくると信じられていた。

そのあと生贄は首を切り落とされ、物干し竿《ざお》のような棒に串刺《くしざ》しにされて、さらし者にされた。

胴体は階段から乱暴に転がされて、祭壇の下の溝に落とされる。

そして下で飼われているジャガーの餌になった。

そのようにして四日の間、犠牲者の列は続き、神殿には大きな血の池がいくつも出来た。

首のほうは、それ用につくられた柵《さく》の中に投げ入れられた。

すべてが終わった時、街には血の匂いが充満していたに違いない。

スペイン人がアステカ帝国を征服した時、ピラミッドのそばに、十三万六千個という数の骸骨《がいこつ》の山があったのだ。

大がかりで大量の人身御供《ごくう》が捧げられた他にも、日常生活の中で、迷信的な暦によって、彼らは様々な生贄を捧げる儀式を行っていた。

彼らの一般的なカレンダーは、一カ月を二十日とし、一年を十八カ月に区分するものだった。

例えば、十八番目の月から三番目の月まではひでりが激しいので、雨乞《あまご》いの儀式が行われる。

一月から四月の儀式では、雨の神に捧げるために、多くの子供が殺された。生贄に選ばれた子供は、立派な衣装を着せられて山の頂や神殿や湖に連れていかれる。子供らの行列を見て、人々は笛を吹き、歌い、踊りながら付き添った。その子供が泣けば泣くほど、雨の多い年になるのである。

子供の選び方には様々なものがあるが、特に頭につむじがふたつある子供や乳飲み子は、生贄に最も適しているとされていた。

それはつむじが渦や竜巻といった水の霊と関係していると考えられたからだ。子供らは生皮を剝《は》がれ、刻んでバラバラにされ、トウモロコシなどとともに煮て食われた。

二月にはシペの祭りというのがあった。沢山の捕虜の心臓を取りだして殺し、そのあとで遺体の皮を剝ぎ、捕虜の持ち主が剝がれた皮を纏《まと》って次の月まで二十日間着ておくのだ。

ひでりの四カ月間が過ぎても、各月の初めは趣向を変えた様々な生贄の儀式から始まる。五月には、選ばれた美しい若者が、テスカトリポカ神の化身として迎えられる。彼は、一年間着飾り、最高の贅沢《ぜいたく》を許されるのだ。

最後には美女に傅《かしず》かれて二十日間、酒池肉林の生活を送った後で、髪の毛をそられる。そして立派な衣装を脱ぎ捨て、一年間吹き鳴らした笛を、一段ごとに割りながら、自らが生贄にされる神殿へと上がっていく。

そしてそこで心臓をえぐり取られる。

彼の頭蓋骨《ずがいこつ》はモザイクで美しく飾られ、皆から崇《あが》められるのだ。

女神に見立てられた若い女性が生贄にされることもある。

彼女は死の直前まで笑顔で踊らなければならない。

十月には火の神の祭りがある。

生贄達は、次々と火の中に投げ込まれ、死ぬ直前まで焼かれた生贄の心臓が取り出される。

生贄達の殆《ほとん》どが、心臓は神に捧げられ、首は切り落とされて祀《まつ》られ、身体はバラバラに解体されていた。

人々は生贄の肉をトウモロコシとともに煮て食べることを厄落としと考えていて、この煮物はトラカトラオリと呼ばれていた。

儀式の時には、人々は、トラカトラオリを食べてから、酒場を飲み歩くのだった。

彼らはまた、三百六十日を一年とするカレンダーも持っていた。

だが、本来の一年の三百六十五日には五日不足する。

そこで、彼らは三百六十日のあとに余分に五日を加えた。

この五日間はネモンテミと呼ばれていて、旧年にも新年にも属さない不吉な日とされていた。

この日はだけは何をしても駄目な日とされ、積極的な生贄行為は行われなかった。

そうして、彼らが使用する二つの暦が一周する五十二年ごとには、盛大な火祭りがあった。

太陽が死する年とされるこの日には、夜になるとアステカの住民は、皆一斉に灯《あか》りを消した。

その間、丘の上で神官達が星を観察する。

このとき、昴《すばる》が天頂を通過すれば新しい世紀も無事という占いの結果が出される。

そして一斉に火がたかれるのである。

この時、生贄の上で最初の火がおこされる儀式がある。

ともかくアステカ人は好戦的で血を好んだ。

彼らの死生観は不可解なもので、死を恐れなかったし、通常の死より生贄として死ぬことで、死後の生活を保障されると考えられていたため、望んで生贄になる者も多かった。

食人行為は尊い生贄の力を分かち合う行為であった。

図書館で何気なく手に取った本をそこまで読んで、ロベルトは気分が悪くなった。

この著者はアステカにかなりの偏見があるらしい。

確かに生贄の描写にはぞっとするものがあるが……。

ロベルトの脳裏に、グアダルーペ寺院の祭壇に飛び散った血痕《けっこん》がよぎった。

ロベルトは本を閉じ、新聞コーナーへ足を向けた。

調べ物を終えたロベルトがホテルに戻ると、平賀の部屋から話し声が聞こえる。

「平賀、ちょっと入っていいかい？」

ノックと共に扉を開いた。

平賀は机にマイクを置き、パソコンに向かって会話している。

モニタ画面には、チャンドラ・シン博士の精悍《せいかん》な顔が大写しになっていた。

カメラ電話のようだ。

『どうですか、お送りしたものは役に立っていますか？』

「ええ、色々と有難うございます」

平賀が礼を言うと、チャンドラ・シンは表情一つ変えずに答えた。

『私の仕事ですからね。それにしても、祭壇の血痕など、本当に調べる意味があるのでしょうか？』

チャンドラ・シンが鋭い目つきで訊《たず》ねた。

「ええ。奇跡と関係があるのかないのか、調べてみなければ分かりませんので」

平賀は淡々と答えた。

するとチャンドラ・シンは、長い溜息《ためいき》を吐いた。

『一言言わせて貰《もら》って宜《よろ》しいでしょうか……。あなた方の今までの奇跡調査の内容には、じっくりと目を通させていただいていますが、奇跡調査というより、身の毛もよだつようなおぞましい事件ばかり調査しているという印象ですね。殺人と、死体ばかり登場してくる。私は血を見るのは好きではないのですが……。今回もそうなんですかね？』

「どうでしょう。血痕があるのですから、そのうち死体も出るかも知れませんね」

平賀の言葉に、チャンドラ・シンはぶるり、と身体を震わせた。それから徐《おもむろ》に咳払《せきばら》いをすると、手元の紙をめくった。

『科学部からの報告が届きましたので、お知らせします。

祭壇の埃《ほこり》から採取された四種類の毛のうち、三つは人毛、性別は男性と見られる。

DNA鑑定の結果、該当者一名。名はアントニオ・バレラ。残り二名は不明。

残り一つは犬の毛。犬種はダックスフンドが混じった雑種と思われる。

人毛には、植物性の香を燃やした際に生じたと思われる炭素分子が付着。

香の分別は不明。

埃の主成分は、タールとニコチン、粒子状物質（PM）。

タールの種類は単一、床の汚れからも同種の成分を検出。

綿棒に含まれた血液成分からは、七名の人間と鳥類のDNAを検出。

うち一名はアントニオ・バレラ。残り六名は不明。

また、警察記録によれば、アントニオ・バレラは現在十八歳。逮捕歴は二回。罪状は窃盗と軽犯罪ですが、全身にサンタ・ムエルテの入れ墨を彫り、麻薬カルテルの関係者で、要注意危険人物とのことです』

「了解しました。では次に、アントニオ・バレラ氏の居場所を調べて頂けるでしょうか」

『平賀神父。この件は警察が担当すべき事件のように思われます』

「そうかも知れませんが、どうしても知りたいのです」

『そうまで仰《おつしや》るのであれば、警察に情報提供を申請しておきましょう。ですが、私には奇跡調査官が首を突っ込むような範疇《はんちゆう》から逸脱しているように思われてなりません』

　チャンドラ・シンはきつく咎《とが》めるように言うと、通信を切った。

「やり辛《づら》い男だね。まあ、言い分には一理あるが」

　平賀はその声でようやくロベルトに気付いたらしく、背後を振り返った。

「ロベルト、お帰りなさい」

　平賀が言った時、彼のパソコンがメッセージ音を発した。

「あっ、チャンドラ・シン博士からメールです」


　分析調査結果をデータでお送りします。

　それと、犬は栄養不良の状態にある様子です。

　健康面が気遣われます。見かけたら餌をあげて欲しいと思います。

　代金は後ほど私がお支払いします。

チャンドラ・シン

　それを読んだ平賀は微笑んだ。

「事件に巻き込まれたかも知れない犬のことを心配なさるなんて、博士はお優しい方ですね」

「だといいがね。

それにしても、アントニオ・バレラは危険人物だ。

メキシコにおいて麻薬ビジネスは金のなる木だ。アメリカへ流入する大麻、覚醒剤《かくせいざい》、ヘロインのおよそ七十パーセントがメキシコの麻薬カルテルによるものだ。武装し、警官や政治家を買収し、権力を強める彼らは、テロ組織のようなものだ。

僕は図書館で過去の新聞記事を漁《あさ》ってたんだが、確かにここ数年、サンタ・ムエルテの入れ墨を彫った犯罪者が激増している。その多くは貧困ゆえにマフィアの末端構成員になった若者だったり、麻薬の運び屋だったりというわば『歩兵』だ。取引を成功させたい、逮捕を免れたい、金を儲《もう》けたい、という動機からサンタ・ムエルテの加護を求める。

だが一旦《いったん》組織に入ったら、抜け出すのは容易じゃない。組織は常に、使い捨てできる若い労働力を必要としているからだ。いや、単なる労働力じゃない、組織を裏切らない忠誠心も必須《ひっす》だ。そこで、『サンタ・ムエルテに祈れば、現世の欲求を全て叶《かな》えてもらえる』とか、『来世の願いが叶う』といったカルト的な思想を構成員に持たせることで、忠誠心が簡単に手に入るんだ。勿論《もちろん》、そうした洗脳行為を行う時には、麻薬を用いたりもしてるだろうね。

僕は逮捕者のインタビューをいくつか読んだが、彼らは神のためという名目での犯罪に身を投じることで救われるという信仰を持ってると感じた。そのせいで、反社会的行動を行う際に心理的ストッパーがかかりづらくなり、犯罪が凶悪化する傾向が生じる」

「まるで暗殺教団のアサシンのようですね」

「全くだよ。裏切り者には死を、ってやつだ。

ここ数日の間に頻発している子供達の不審死についても、警察はサンタ・ムエルテを信仰する過激派組織の犯行との見解を示している」

「子供達の連続死ですって？」

平賀は眉《まゆ》を顰《ひそ》めた。

「そうなんだ。教会で小耳に挟んだことが気になって調べたんだが、ここ四日間のうちに、七歳から十三歳の子供が三名も転落死しているんだよ。遺書らしきものや、死をほのめかす様な素振りもないことから、自殺とは考えられない状況だそうだ」

「男女の区別は？」

「性別はバラバラだ。共通点は、皆、インディオの子供ということだ。

貧困や差別によって社会に絶望したインディオの中には、サンタ・ムエルテに救いを求めて過激な狂信者となったり、仲間であるはずのインディオが体制派に寝返ることを憎んだりする者もいる。

そうしたインディオの過激派が、裏切り者に対する見せしめや粛清の意味で、インディオの子供を手にかけたのだろうと」

「大変非論理的で矛盾した行為ではありますが、統計的事実として、カルト宗教的な小集団の中では、骨肉の争いともいうべき暴力的抗争が起こりやすい傾向がありますものね」

「いわゆる内部ゲバルトというやつだな。こういう危ない奴らがグアダルーペ寺院に出入りしてるなら一大事だ。

ところで、祭壇の埃の中にタールやニコチンが含まれてたって？」

「ええ。採取した埃にも、床にこびりついた汚れにも同一の成分があったことから、あの祭壇でしばしば煙草を吸っている人物がいる可能性が高いです」

「なんてことだ。つまり、祭壇で煙草を吸うような不謹慎な輩《やから》が、しばしばグアダルーペ寺院に出入りする教会関係者の中にいて、そいつがおそらく犯人の一味ということか……」

ロベルトは苦い顔で腕組みをした。

3

ロベルトは翌日もシワクアトリの居所を訪ねた。

「こんにちは」

声をかけたが、答えはない。

だが、婦人は鼻をひくつかせ、客人の到来を認識しているようだった。

ロベルトは小一時間、じっと婦人を見続けた。

目も見えない、耳も聞こえない、声を出せないような婦人の世界を想像するのは難しい。

おそらく宇宙の暗闇の果てに、ひとりぼっちというような感覚なのだろう。

彼女のような状態ではないにしても、かつて自分自身をそのように感じていたことがある。

そうして人々から見捨てられたようにして生きていた。

だから思うのだ。

決して彼女は見捨てられるべき人間ではないと。

婦人は糸を選ぶときに、入念にその感触を確かめている。

そして、鼻に近づけ、まるでそれしかない自分の感覚をナイフをとぎすますように、奮い立たせ臭いを嗅《か》いでいる。

おそらく嗅覚《きゅうかく》で、染料の種類を察知しているのだ。

その仕草は、ロベルト自身が、古書に使われている顔料を見詰め、その匂いを嗅ぐ時のそれに二重写しになる。

だが、その刺繡《ししゅう》ときたらどうであろう。

昔は市場でも商品を売っていたなら、手慣れた美しい刺繡ができてもおかしくないというのに、著しく美意識に欠けた幾何学模様ばかりである。

言葉と視覚を奪われた孤独のために婦人の心は病み、理性と秩序を失ってしまっているのだろうか。

ロベルトは再び婦人を見た。

白髪交じりの髪を、ぐっと後ろでひっつめ、浅黒い顔には無数の皺《しわ》が刻まれている。喉元《のどもと》には、小さな入れ墨がある。

それは幾何学的で不思議な文様であった。

おそらく先住民族の何かのシンボルなのであろう。

華やかさなど何処にもない婦人であるが、人品卑しからざる品性をその風貌《ふうぼう》に感じるのは自分だけであろうか。

この婦人は正気を失ってなどいない。何故だか、そんな気がするのだ。

「シワクアトリさん、貴方《あなた》は鷲《わし》族の戦士の末裔《まつえい》だそうですね。僕は貴方という人に興味があるんです。どんな小さなことでも、お話がしてみたい。何故だか貴方にご縁のようなものを感じているんです。またここに来ても構いませんか？」

無論、返事はなかった。

ロベルトは婦人の許《もと》を去り、彼女の昔の居住地だというテピート地区の先住民ブロックへ足を運んだ。

だが、そこで見たのは大きな乱闘であった。

警察官が何十名もインディオ達を取り囲んでいた。

インディオ達は赤いパリアカテ（バンダナ）で口元を覆い、木の棒や石を警察官に投げつけている。

血まみれの乱闘がしばらく続いたが、やがて一人、また一人と取り押さえられ、ひときわ体軀《たいく》の良い男が引っ立てられて、パトカーへと連行されていく。

全身に入れ墨をし、耳には大きなピアス、黒髪を腰まで垂らした異様な風体の男だ。

「一体、何があったんですか？」

ロベルトが野次馬らしきメスティーソの男に聞くと、男はぶっきらぼうに答えた。

「強盗が逮捕されたんだよ」

「強盗？」

「ああ。生粋のインディオだって自称してる、パトラナクアトリってゴロツキさ」

また別の野次馬が、横から答える。

「ゴロツキっていうより、テロリストだろ。あいつはかなりヤバいぜ。マフィアとつるんで自爆テロまでやらせてる男だ。いつか捕まるんじゃないかと思ってたよ」

「俺は親父がインディオなんだが、母方の白人の姓を名乗ってるってんで、家に嫌がらせの封書を送って来るんだぜ。最近やたら活発になって、一緒にデモに行こうって誘われたりさ……正直、迷惑してたんだ」

「そうそう、今更インディオの誇りを取り戻せといわれても、俺の祖先にゃスペイン人の方が多いんだから困っちまうよ」

「そういうの、時代遅れなんだよ。白人も混血も憎いって言われても、なあ？」

男達が目配せし、頷《うなず》き合っている。

「彼は何を盗んだんですか？」

ロベルトが訊《たず》ねた。

「さあ……」

男達が顔を見合わせる中、また別の一人が「知ってるぜ」と言った。

「遺跡の発掘現場から色んな物を盗んだってよ。以前からあいつ、アステカの遺跡は自分達のもので、白人や混血には触らせないって息巻いてたから、やっぱりやったなと俺は思ったさ」

「成る程、奴ならやりそうだ。最近続いてる子供の不審死だって、あいつらの仕業だってもっぱらの噂だ。奴らのグループに生贄《いけにえ》にされたんじゃないかってな」

「いっそ奴の仲間のインディオも全員逮捕されちまえばいいんだ。そしたらこの辺も静かになるってもんだ」

男達は愉快そうに笑いながら、去っていった。

取り残されたインディオの集団は、殺気だった様子で奇声を上げている。

ロベルトの姿に気付いた数人のインディオが、刺すような視線でロベルトを睨《にら》んだ。

どうやら今日は、彼らの中に白人の自分が入り込む隙はなさそうだ。

ロベルトは一旦《いったん》、引き下がることにした。

ホテル近くまで戻ったロベルトは、メトロポリタン大聖堂へ足を向けた。

大司教に面会して身元を述べ、教会の記録書を見る許可を求める。

教会の記録は意外に綿密だ。この地にキリスト教がやってきて以降、様々な記録が収められているはずである。そこに奇跡の手掛かりがないとも限らない。

大司教は、古い教会史や信者の履歴を見ることをロベルトに許可した。

記録室はカテドラルの地下にあった。いまにも崩れ落ちそうな天井に、傾《かし》いだ柱、歪《ゆが》んだ書棚が立ち並ぶ、巨大な部屋だ。室内には、かび臭さが立ちこめ、余り良い手入れがされているとは思えなかった。

電気照明は無い。

小さなカンテラに灯《あか》りを入れていくと、黄ばんだ書類の束や分厚い本が、無造作といえる状態で、棚に放り込まれている様子が浮かび上がった。

分類もきちんと行われていない様子だ。

人気のない図書室や、記録室のような場所には、本に埋もれた記憶や匂い、そして音のような気配だけで出来ている霊が住んでいる……と、ロベルトは感じている。

その霊は大抵、寂しがり屋で、構ってあげると、そっと自分達の秘密を打ち明けてくれるのだ。

ロベルトは記録室を端から端まで眺めながら、気になる書を読みあさっていった。

最初に手に取ったのは、グアダルーペの聖母に関する資料だ。

翻訳機械のようになったロベルトの頭は、訳語を次から次へと引き出していく。

ロベルトは、その字面の奥から、次第に霧が晴れるように浮かび上がってくる色鮮やかな天然色のイメージを摑《つか》まえるための作業に没頭した。

教会の記録によると、一五三一年から一五三三年頃に詠まれた二百五十字程度のナワトル語の「詩」が、文字として残されている最も古い聖母伝説の記録である。

グアダルーペの聖母が、メキシコシティの聖堂からテペヤックの丘へ運ばれたとき初めて詠われたものだという。そこにホアン・ディエゴの名はなく、聖母像が司教の目の前で布地に浮かび上がったことが詠われている。

その「詩」が『メキシコの里歌』と呼ばれているところをみると、ただの口伝ではなく「歌」の形で継承されてきたのかもしれない。

次にロベルトは、七百ほどの話からなるインディオの物語を記した本を見つけた。その中に、極めてグアダルーペの聖母出現に近い物語が書かれている。さらに、五百話ほどの同程度に近い物語もあった。

いずれもナワトル語の原典にスペイン語の訳がつけられているが、スペイン語訳がどう考えても間違っていそうな部分もあるし、口伝であったせいか、内容が少しずつ異なっている。

教会の調査報告書もあった。

一五五六年九月、モントゥファル・メキシコ大司教が聖フランシスコ教会において、グアダルーペの聖母崇拝を奨励したことに対し、聖フランシスコ会の当時の管区長ブスタマンテ神父が厳しく抗議したとある。

聖母崇拝を否定されたモントゥファル大司教は、ブスタマンテ神父の抗議が正当か否かの判断を問うために審問を開始した。その際の証言資料が残っている。

資料によると、テペヤックの丘に当時教会があったことは事実だが、そこに司祭はおらず、別の教会から定期的に通う神父によってミサが行われていたようだ。

その教会には「グアダルーペの聖母」と呼ばれた聖母の絵姿が祀《まつ》ってあり、教会の名もこの時点で「グアダルーペ聖母教会」と呼ばれていた。

そして、グアダルーペの聖母が奇跡を起こし、病気を治すという噂が広がっていたことが明記されている。

モントゥファル大司教も自ら教会に赴き、インディオを前にミサを行っていた。

だがブスタマンテ神父は、「この崇拝には根拠がない。聖母の絵は、マルコスという名のインディオが描いたものであり、これを認めるとインディオがアステカ時代の偶像崇拝とキリスト教を区別できなくなる」と、反論をしている。

この記述を見ると、当時のグアダルーペの聖母像は現在の姿とは違い、かなり（神父が心配するほどの）異教的な風貌《ふうぼう》をしていた可能性がある。少なくとも今のように「一見して聖母マリアと同一視できる」という様子とは違ったのではないだろうか。

そしてこの資料は、現在語られているようなグアダルーペ聖母出現の物語について、触れてさえいない。

まるでそのような話は当時なかったかのようだ。

次に重要なのは、一五七一年、グアダルーペ寺院の信者会がスペイン本国に送金したことが分かる資料だ。

このことから見て、この信者会がスペイン系の人々で構成されていたこと、この時点でインディオのみならず、スペイン人にもグアダルーペの聖母が信仰されていたことが分かる。

同じ年、メキシコ総督（ヌエバ・エスパーニャ副王）が「グアダルーペ聖母の家」に宿泊した記録もある。また同時期に「グアダールペの教会堂」付近の街道整備を議題とする会議の記録が数十編。

すなわち崇拝は正式に認められていないものの、インディオ系のみならずスペイン系の人々の信心が広まっていたということだ。

この頃になってもグアダルーペの祝日についての記述はなく、教会が公式に祭典を行った様子もない。

だが、一五七五年にはスペイン系の人々によって、「グアダルーペの聖母のコフラディア（講組織）」が組織され、四百名の会員が集い、その寄付金で教会堂が建築されたという記録もある。信仰の熱はいよいよ高まっていたようだ。

次に驚くべき記載が当時の宣教師の日誌に残されているのをロベルトは見つけた。

一六六八年十二月十日、教会記録にある十数行の記述である。

「おぞましい輩《やから》が、朝からグアダルーペ寺院になだれ込んでいた。派手派手しい羽根飾りを全身につけ、両耳たぶに穴を開け、太鼓に合わせて夜通し踊り続けてきたインディオの群れが、手に生贄を持ち、火を吐く神の像を御輿《みこし》に担いで寺院に押しかけたのだ。

そうした者達の中には本物の人間の頭蓋骨《ずがいこつ》を首から吊《つる》しているものいる。

彼らは、どうやらインディオ達の統率者であるようだが、皆、髪をぼうぼうと伸ばし、歯を削って加工し、狼のように尖《とが》らせていた。

そうしてその頭蓋骨を、木の棒で叩《たた》き、打楽器代わりに使っているのである。

彼ら未開人は、頭蓋骨の収集家だった。

私は、布教のために、インディオ達の家を訪ねたときに、彼らが、多くの頭蓋骨を祭壇に飾っているのを見てきた。

不謹慎なことに、彼らがいうには、死と死者をあざ笑うために頭蓋骨を飾るのだという。

しかも、様々な色彩でごてごてと頭蓋骨に装飾を施し、石などで飾り立て、まるで見世物のように置いているのだ。

彼らが女神と崇《あが》める神像ですら、頭蓋骨を首から下げている始末である。

教会になだれ込んできた一団は薬物を摂取し、ひとしきり騒いだ後、寺院にほど近い『コアトルアルマトル』と彼らが呼ぶ場所で火を起こし始めた。そこで神の化身である生きたままの動物を、火へ投げ込んで焼くというのである。

おそるおそる様子を窺《うかが》った私は、赤ん坊が火の中に投げ込まれるという、おぞましい一瞬を見てしまった。止める間もない、あっという間の出来事で、背筋が凍り付いた。

生贄《いけにえ》が捧《ささ》げられた後、彼らは不気味で静かな踊りを踊り続けた。

新しくこの地に赴任した私には、彼らに果たしてキリストの慈悲の教えが本当に理解されるのかと、大いに困難を感じる」

日誌から、アステカ文化を色濃く残したインディオの祭りの様子が窺える。

確かに生贄は残酷で、現代においてはあってはならない行為だが、アステカ人の感覚には現代の自分達から遠いものがある。

例えば彼らは「生贄による死が最も尊い」という価値観を強く持っていたために、膨大な数の神への生贄を捧げ、自らも生贄になりたいと強く望んだ。

彼らにとって「死」は恐怖ではなかった。

生贄になることはすなわち太陽を活《い》かすための崇高な行為であった。

また、人が死んだあと、天に昇ってハチドリや蝶《ちょう》として生まれ変わるか、あるいは地下世界で苦難の旅を続けるか。それを分けるのは「生前の行い」ではなく、「いかにして死んだか」という死に方にあった。

生贄になった人、戦死した人、お産で死んだ女性。これらの死は太陽の滋養となり、世界の滅亡を遅らせた尊い行為なのである。

後年、彼らの中にキリストに対する敬愛が根付いたのも、彼らが本来持っていた、生贄を尊しとする気持ちから端を発して、「人類の為の生贄になったキリストは尊いものだ」という教えがすんなり受容できたからだと考えられる。

インディオ達は、改宗したというより、自分達の宗教とキリスト教をミックスさせ、受容していったのだ。

キリストは彼らの太陽神であり、グアダルーペのマリアは「キリストの犠牲によって、人の生贄が必要なくなったことを告げに来た女神」として、アステカ文化とキリスト教の橋渡しとなったのだろう。

続いて教会記録を見ていくと、現在のような聖母出現の物語が形を整えていき、グアダルーペが『メキシコシティの守護聖母』として位置づけられたのは、一七三七年。

さらにその九年後に、副王とメキシコ大司教から『ヌエバ・エスパーニャの守護聖母』の称号を与えられ、ローマ法王がグアダルーペの聖母崇拝を正式に認めたのは、一七五四年のことだ。

ここから結論づけられるのは、グアダルーペの聖母信仰とその物語は、後世に作られたものだということだ。

尤《もっと》も、聖母出現の元となる神話は古くから存在していたはずだが……。

ロベルトはなおも丹念に資料を手繰った。

すると洗礼者名簿の中に、ホアン・ディエゴなる名前を見いだした。

彼の洗礼の日付は、一五三一年の八月二十六日。聖母出現の年だ。

テペヤックの丘でグアダルーペの聖母と出会った、あのホアン・ディエゴのことだろうか。

それとも別人か？

不確かな記録の関連性を探りながら、再び本棚の列を奥へと歩いていくと、彼はそこで信じられないものを目にした。

お粗末な内容のものしかない教会の記録書の中に埋もれるようにして、古いコデックス本があったのである。

一見して稀少《きしょう》な品と分かる代物であった。


こんなところに、こんなものがあるとは……

4

ロベルトはごくりと生唾《なまつば》を呑《の》み込むと、コデックス本にそっと手を伸ばした。

それから数日が経過した。

平賀は一日一度グアダルーペ寺院へ通って宙に浮かんだ十字架を観察し、カメラのデータを回収し、分析を続けていた。

ゴンザレス司祭の協力を得て、祭壇に足場を組んでもらうこともできた。

これにより、十字架彫像を真横や真後ろの角度から撮影することが可能になった。

他にも様々な撮影が可能になった。

それから、十字架表面に金属選別器を近づけることで、金属が持つパルスへの反応を測定し、表面部分の材質を調査することもできた。

チャンドラ・シン博士はそれらのデータから十字架の立体画像を作り上げた。

そこまで詳細に調査をしても、十字架の中に特殊な装置があるとか、何かの仕掛けがあるという痕跡《こんせき》はない。

分かったことは、十字架の素材がチタンニオブであるということだ。

チタンニオブは、義歯製作にも用いられる素材である。

原子番号四十一、ニオブにチタンを加えた合金。

ギリシャ神話タンタロスの娘ニオベにちなみニオブと命名された金属は、バナジウム族元素の一つであり、天然にはニオブ石、コルンブ石などとして産出されるものである。

ニオブだけであると、灰白色の金属だ。

展延性があり、融点二千四百六十八度、比重は八・五六。

そこにチタンを加える。

チタンは、生体への親和性と高い比強度をもっている。だが、純チタンであると、弾力性や耐久性、設計の自由度がかなり限られるという難点がある。

この二つを合金とすることで、モラレス氏は、強靭《きょうじん》で設計の自由度をもち、さらには美しい鏡面のような銀色の光沢のある十字架を作り出したのだ。

さらに、チャンドラ・シン博士は十字架の総重量を割り出してきた。

それによると、重量は百三十六・二七キログラムである。

素材と重さは判明した。

そこから明らかになったのは、見せかけだけの軽い素材を使って宙に浮かせているわけではないという事実である。


さらに、平賀は、空気中の成分を調べるべきだという結論に辿《たど》り着いた。

床にも十字架が浮遊する奇跡の原因となるものがなく、そして十字架に触れられないとなると、その間にあるもの。

すなわち空気になにかの原因があると見るのは妥当であろう。

さて、どのようにして調べようか?

空気中を調べる機材はとくに積んできてはいなかったので、平賀は極めて原始的な方法を取ることにした。

そしてその為に、持ってきた数だけのスポイトを用意したのである。

バキュームでは却《かえ》って、煩雑になるような気がしたからである。

平賀が考えたのは、この寺院にある大気を高さや広がり別に、分析しようというアイデアだった。

平賀は小さなスポイトで、その場の空気を吸っては、キャップを閉めた。

そうして脚立を用意してもらうと、床から三十センチごとに空気の収集もした。

つまりは、何もない空間で、スポイトを吸っては、蓋《ふた》をしていたわけで、日本人の奇妙な神父の行動は、巡礼達の頭を捻《ひね》らせ、そしてゴンザレス司祭の首を傾げさせていた。

この日、平賀が採集した空気は、スポイト百二本にも及んだ。

どの場所での大気成分か、分かるように、全てのスポイトに番号をふってある。

平賀はホテルに戻ると、スポイトの大気成分を分析しながら、チャンドラ・シンにメールを書き送った。

チャンドラ・シン博士
あなたは十字架が浮かんだ現象をどのように捉《とら》えておられますか？
平賀

平賀の問いに、チャンドラ・シンはインド人らしい謎めいた答えを返してきた。

現場にいるわけではないので何とも言えません。

ですが物体が浮遊する現象に対し、果たしてそれほど不思議であるかと問われれば、そうではないと言うだけです。

宇宙的観点から見れば、太陽も地球もその上に暮らしている私達も建物も全てが浮かんでおります。

ただ両者の距離が離れている場合、一方の観測点から見て、それを浮かんでいると捉えるに過ぎません。

二つの物体が引き離されているのだとすれば、そこに干渉した運動力を生み出したものを純粋に考えればよいのではないでしょうか。

チャンドラ・シン

（成る程……）と平賀は思った。

だが、いかなる力が働いているかが問題である。平賀は再びメールを書いた。


チャンドラ・シン博士は、どのような力を想定されますか？

平賀

分かりません。

私が知っているのは、アステカ人が不可解な人々だということのみです。

彼らは野蛮でありながらも、高度な数学知識を有していました。

メソアメリカでは、インドより先にゼロの概念が発明されていました。

チャンドラ・シン

インドより早くメソアメリカがゼロを発明したとは、初めて聞きました。

大変興味深く思います。

平賀

チャンドラ・シン博士

インドでゼロの概念が生まれたのは五世紀ですが、マヤ文明では一世紀以前にゼロの数字が登場します。

私にとっては忌まわしく、かつ不愉快な真実です。

私がメキシコが嫌いな理由のひとつがそれです。

また、彼らはアルキメデスよりも早くπを三・一四と算出していました。

彼らの球体に関する執着には瞠目《どうもく》すべき点があるでしょう。

モラレス氏の十字架彫像もまた、完全なる球体を意識して造られています。

数学的に、僅《わず》かな誤差もなく求められた完璧《かんぺき》な中心。

しかも外縁部の曲線は、正確な球の面に沿うようにできています。

彼らの文化には、球という概念が余程重要なのでしょうか。

メキシコシティの北東にはテオティワカンという遺跡があり、「太陽のピラミッド」

と呼ばれる、世界で三番目に巨大なピラミッドが存在します。

それは正確なπを使って作られています。

傾斜角度は四十三・五度。高さは七十一・一七メートル。そして周辺の長さが八百九十三・九一メートルです。

チャンドラ・シン

平賀は、シン博士の出してきた数字を即座に計算し、返信を書いた。


成る程、四πの方式ですね。

七十一・一七メートルに四πをかけると、八百九十三・八九メートル。

わずか二センチの誤差しかないとは、驚きました。

平賀

古代メソアメリカには高度の数学知識が存在していたはずです。

複雑な暦を駆使していたのも、その表れです。

また、ピラミッドが立体物であることを考えれば、彼らは平面的な「円」ではなく、立体の「球」を意識してこれを建設したと思われます。

球とは地球や天体、ひいては宇宙のかたちです。

そのような人々が、車輪や大型家畜などの動力も知らなかったという「常識」には疑念を抱かざるを得ません。

車輪も使わず人力だけで建てたなど、理不尽過ぎて得体が知れません。

チャンドラ・シン

そのことと奇跡には関係があるとお思いですか？

平賀

ピラミッドと問題の十字架の構造上の共通点は、両者が球体を意識しているという点だと私には思われます。

それらに働きかける動力が何かは断じかねます。

チャンドラ・シン

平賀は少し考えながら、メールを返した。


博士が示唆なさっておられるのは、失われた古代文明のような超科学の存在でしょうか？

平賀

決めつけないで下さい。

かつてメキシコに「out-of-place artifacts（時代にそぐわない遺物）」と呼ばれる工芸品が存在するとの報道が多数見受けられましたが、その殆《ほとん》どは考察者の考古学的・工学的知見の不足による認識錯誤、そうでなければ悪質な贋作《がんさく》、捏造品《ねつぞう》でした。

これも、私がメキシコが嫌いな理由のひとつです。

真偽は慎重に見極めねばなりません。

ですが、立証に及ばないという理由で何かを否定する意志はありません。

私の国インドには神話が数多く存在します。

リグ・ヴェーダ、ラーマーヤナ、マハーバーラタには空飛ぶ戦車ヴィマーナという英雄の乗り物が登場します。

ロケットにそっくりな形をし、大気圏外への航行も可能で、『年中快適な気温を保っており、思考するのと同じ速さでどこへでも行くことができた』と書かれています。

インドの航空機は、ヴィマーナと呼ばれているのですが、それは古代の航空機ヴィマーナにちなんだ名前なのです。

チャンドラ・シン

それは大層、興味深いお話です。博士はヴィマーナの実在を信じますか？

平賀

いいえ。単なる神話だと思っています。

チャンドラ・シン

平賀はそのメールに何と答えようかと少し考え、話題を変えた。

ところで博士、アントニオ・バレラ氏の居場所は判明しましたか？　平賀

警察に問い合わせ中です。まだ返答は得られていません。　チャンドラ・シン

その時、平賀の部屋がノックされ、ロベルトが声をかけてきた。

ここ暫《しばら》く、ロベルトは、いつの間にか何処かに出かけ、いつの間にか戻っている様子だった。

ふと顔を合わせた時に行き先を訊《たず》ねても、「あとで話すよ」とはぐらかされる。

そんな時のロベルトの顔には、いくつもの表情が、まるで影絵のように重なっていて、何を考えているのかまるで分からない。

けれど、それがロベルトの人となりの奥深さの表れであることを平賀は疑わなかったし、彼が謎めいた動きをしていても黙って口を閉ざすのは、偏《ひとえ》に信頼からであった。

「入っていいかい？」

「ええ、どうぞ。是非、お話ししたいことがあったのです」

平賀は慌ててパソコンを操作し、ある画像をモニタに大きく表示させた。

それはグアダルーペの聖母像のテラヘルツ撮影像であった。

実は、平賀が足場を組んでまで調査したかったのは十字架だけではない。

三大マリア出現の奇跡のひとつ、グアダルーペの聖母像のことも調べてみたかったのだ。

そこで平賀は、バチカンの絵画修復にも使われている特別な機材を取り寄せていた。

絵画というものは、保管環境や時間の経過によって劣化や損傷を受ける。その美しさを後世に伝えるためには、オリジナルを修復する技術が不可欠である。

そして修復のためには、事前調査が必須《ひっす》なのだ。

修復は医療に似ている。

まず作品を科学的に観察、調査する。その際、X線解析による元素分析、赤外線、紫外線などによる写真撮影がなされる。

その結果に即して、修復方針を立てるのだ。

こうした絵画修復のノウハウは、応用物理系の中の一分野として確立されている。

バチカンでも最先端の計測設備を用いて優秀な常勤スタッフが、プロトン照射による微量元素分析などを行っている。

そんな中、最近、画期的な絵画分析の方法が確立されたのである。

X線を透過してしまう物質でできた内部の構造や、中赤外線では見えないニスの下の顔料がテラヘルツ波によって解析できるようになったのだ。

テラヘルツ波は絵画材料の異なった顔料を、詳細にスペクトル分析することができる。

平賀はそのテラヘルツ波技術を用いた撮影機で、グアダルーペの聖母を密《ひそ》かに撮影したのであった。

するとマントで隠された部分に、不思議な模様が浮かび上がったのだ。

絵画の解釈となれば、ロベルトに意見を聞くしかない。

部屋に入ってきたロベルトに、平賀は聖母を写した画像を拡大して示した。

「見て下さい。最新の機材で聖母を撮影したのがこれなんです。ロベルト、これを何だと思いますか？」

そこに写っていたのは、四つの目を持つワニのような動物だ。その背中に幾重もの渦巻模様がついている。

それを見たロベルトはハッと息を呑《の》んだ。

「これはシパクトリという神だと思う……」

「シパクトリ？　それはアステカの神ですか？」

「そう、アステカ創造神話の一つに出てくる古い神だ。マヤ人の二百六十日暦で初めの日の守護神といわれ、『始まり』とか『創世』という意味がある。

羽毛のある蛇ケツァルコアトルの話はしただろう？　ケツァルコアトルのピラミッドには、ケツァルコアトルがシパクトリを頭に乗せて運んでいるという、不思議なレリーフが彫られてるんだ。それは王権の創世とか、戦争の始まりを意味してるという説があるよ。

ちなみに四つの目のうち本物の目は下の二つで、上の二つは眼鏡らしい。メソアメリカでは丸眼鏡を高価な装飾品として、身分の高い人間がつけていたということが分かっているんだ」

「眼鏡ですか。目でも悪かったのでしょうか？」

「ある理由から、大いにあり得る話だね。ただ、眼鏡をかけた神像や王や神官の像が数多く出土している割に、眼鏡自体の出土は見たことがないんだけれど。

実はここ数日、僕はずっと図書館や博物館に通ってメソアメリカの文化を調べていたんだ。何か奇跡の手がかりがないかとね」

「そうだったのですか。私にもその情報をわけてもらえませんか？」

「僕は全然構わないけど、君の調査の進捗《しんちょく》は？」

「まず、十字架自体に怪しい仕掛けがないと分かったのが、大きな一歩です。それで今日からは祭壇に響いている歌声について調べようと思っていました」

「あの天使の歌声か。僕もずっと気になっていたんだ。今聞くことはできるかな」

「ええ、勿論《もちろん》です。音声を解析するために、性能の良い録音機で記録してきました。声紋のパターンを調べてみると、声は少なくとも数千人分のもののようなんです。そこもひどく謎なのですが、聞いてみますか？」

「是非、聞きたいね」

平賀は頷《うなず》き、パソコンのスピーカーをオンにした。

それは聞き慣れた教会音楽とも少し違うが、それでいて賛美歌を思わせる厳かな響きを持っていた。

同じ音声とメロディが何度も繰り返されたあと、独唱のような声が聞こえた。

ロベルトは、椅子に腰掛けて、じっとそれに耳を傾けながら、目を閉じていたが、一言、

「これは詩編じゃないかな」と呟《つぶや》いた。

「賛美歌の詩編ですか？」

平賀が問い返すと、ロベルトは複雑な表情をした。

「ハッキリとはしないが、ダビデ王の詩編十九番のように聞こえるんだ」

平賀はダビデ王の詩編十九番を頭の中で唱えながら、録音されている声に注意深く耳を傾けた。

天は神の栄光を物語り
大空は神の御手の業を示す
昼は昼に語り伝え
夜は夜に知識を送る
話すことも語ることもなく
声は聞こえなくても
その響きは全地に
その言葉は全世界の果てに向かう

そこに神は太陽の幕屋を設けられた

太陽は花婿が天蓋《てんがい》から出るように
勇士が喜び勇んで道を走るように
天の果てに出《い》で立ち
天の果てを目指していく
その熱から隠れうるものはいない

ラテン語、イタリア語、英語、ギリシャ語、ドイツ語が平賀の頭を駆けめぐったが、どの言語で聞いても、歌はそのような意味を成していなかった。

おそらく自分の知らない言葉で、語学堪能《たんのう》なロベルトは聞いているのであろう。

「私には分からないのですが、これは何語で歌われているのですか？」

「なんというか……極めて古い言語が、少なくとも十種類は混じっているように僕には聞こえるね。気のせいかも知れないが、そんな風に聞こえる」

その歯切れの悪さは、ロベルトが言語や文化について語るときの、あの冴《さ》え冴《ざ》えとした口調ではなかった。

「いくつかの極めて古い言葉とは？　具体的に仰《おっしゃ》っていただけますか？」

「アイスランド語、ギリシャ語、古典スラヴ語、リトアニア語、サンスクリット語、古代ノルド語、古代プロシア語……そしてナワトル語かな……」

「そんなに多くの言葉が？」

「そう聞こえるんだ。妙な話だが……」

ロベルト自身、戸惑っているような口調だ。

平賀は再度、歌声に耳を傾けていたが、ハッとしたように顔をあげた。

「私にも一つ、聞こえるフレーズがあります。私には、『翼を広げて、天に飛び立とう』と、日本語でそこだけハッキリ聞こえたような気がします」

「本当に？」

「はい。全くの空耳かもしれませんが」

「それは奇妙だな。僕の耳に聞こえる言葉の中にも、『天の果てに飛び出そう』というフレーズは確かにあるんだ」

二人は思わず顔を見合わせた。

それは非常に不可解なことであった。

「ロベルト、もう一度この音楽を聞いて、どう聞こえているか書いてみて下さい。解説もお願いします。私も自分に聞こえる日本語のフレーズを書いてみます」

二人はそれぞれ簡単な楽譜を書き、そこに歌詞と意味を添えたものを作った。

それを突き合わせ、比べてみて分かったのは、二人が違う音の部分に反応して、同じ意味を感じていることだった。

「どういうことでしょう？　この声が多重録音だからでしょうか……。チャンドラ・シン博士にはどのように聞こえるか、意見を求めてみましょう」

平賀は録音データとメールをシン博士に送った。

それから机の上のメモの山をあれこれ見比べながら話を続けた。

「あとお伝えすべきことというと、『神の道』についてでしょうか。

地盤が沈む、すなわち地盤沈下の原因でまず考えられるのは、地震による土壌の液状化現象です。震動によって、地表付近の砂質土が液体状になり、沈み込みを起こす現象で、埋め立て地によく起こります。メキシコシティはテスココ湖を埋め立てた町ですから、条件に合致します。

ですが、液状化現象ならば、幅二メートル、深さ一・六メートルなどという範囲できっちりとした地盤沈下がありえるはずはないんです。

六キロにも及ぶ、あのような沈み方が起こりえる可能性として考えられるのは、地殻変動です。

地殻変動の際に圧力を受けた地層が特定の方向に向けて、同じ深さだけ沈み込むという現象は起こりえます。

ところがメキシコシティには、そのような地層がない。泥でつくられた人工島なので、起こりえない現象です。

他の原因というと、地下水の過剰な汲《く》み上げ、天然ガスの採掘、鉱山の坑道掘削、土木工事等による人工的な要因です。これについても多方面から調べてみましたが、工事が行われた形跡も記録もありませんでした。

地下を通るあらゆる管路、すなわち下水道、地下鉄、石油のパイプラインの破損ではないかと調べましたが、そういったことも確認できませんでした」

平賀はそこでロベルトをじっと見た。

「そういうわけで、私の調査も一段落したところなんです。ロベルト神父のお話を聞きたいと思っています」

「それなら食事にでも行かないか？　近くによさそうなレストランを見つけてあるんだ」

「それもいいですね」

二人は立ち上がった。

5

ホテルを出た二人は、ポソルカリという小さなレストランに入った。

注文は、いつものようにロベルトのおまかせである。

ロベルトは手慣れた様子で、メニューの頁をくり、店員にすらすらと注文をした。

しばらく経って目の前に出てきたのは、アボカドが浮かんだスープと、シーフードをトマトと唐辛子、レモン汁などであえたサラダ。タコス。

そしてタールのような黒い粘稠《ねんちゅう》の液体に浸《つ》かった肉塊であった。

平賀がサラダを頬張っていると、ロベルトが黒い肉をさっくり切り分け、平賀の小皿に載せた。

「これは美味だよ。ポージョ・エン・モーレというメキシコ最高傑作の鶏《とり》料理だ」

勧められるままにおそるおそる食べてみると、チョコレートの風味と複雑なスパイスの味わいがした。味も見た目よりずっとあっさりしている。

「不思議な味です。とても美味《おい》しいです」

「そうだろう。メキシコに来てカカオ料理を食べない手はないんだ。この国の先住民族の間では、カカオは神の贈り物と信じられている。古代メキシコのカカオは、大体、三つの用途に使われていたんだ。

まずは通貨として使った。次に宗教行事における供え物としても使った。カカオの実は神に捧《ささ》げる生贄《いけにえ》の心臓を象徴していて、カカオを挽《ひ》いて水と混ぜて作った飲み物は血を象徴していたんだ。そして薬としても使われた。高カロリーのカカオを、様々な薬草と混ぜて飲むことで、色々な病気に対処してきたんだ。

この料理はそうした文化の名残りだよ」

「ロベルトは本当になんでも知っているのですね」

ロベルトの博学ぶりに平賀は感心した。

「ただの料理本の受け売りさ。チョコレートドリンクの起源は、マヤ文明にあるらしいね。だけど、この飲み物は王様や神官、貴族にしか許可されていなかったそうだ」

「では私達は今、大変な贅沢《ぜいたく》をしているわけですね」

ロベルトは愉快そうに微笑むと、紙ナプキンの束を平賀に差し出し、徐《おもむろ》に話を切り出した。

「メソアメリカの文明は、まだまだ謎に満ちている。六千を超える遺跡があるというのに、その調査に関しては二パーセントしか進んでいないといわれているんだ。

今、大きく分類されているだけで、初期に栄えたオルメカ文明、そしてサポテカ文明、テオティワカン文明、マヤ文明、トルテカ文明、そしてアステカ文明がある。

六つの文明の関係性については諸説紛々だが、多くの文化や世界観が共通していることから、大まかには兄弟のような関係にあったと考えていいだろう。

共通点の一つは、同じ暦を使っていたということ。

主食がトウモロコシで、トウモロコシを神聖化していたこと。

天文学に関する情熱。

特殊な球技に熱中していたこと。

頭を小さなうちから木や紐《ひも》で縛って変形させる風習を持っていたこと。

大型の家畜や車輪や鉄の文化を持たなかったこと。

自分の体を傷つけて神に捧げる『流血の儀式』や生贄を頻繁に行ったこと。

それから、共通する神々の存在だ。

代表的な神は、『羽毛のある蛇、ケツァルコアトル』。丸い眼鏡をかけた『雨の神、トラロック』。この二神は、どの文明にも深く敬われていたんだ。

ともあれ、メソアメリカに最初の文明が花開いたのは、紀元前一二〇〇年頃のオルメカ文明だ。

「分かります。ヘルメットをかぶったような、いかつい顔つきの石頭の像で有名だね」

「分かります。鼻のへしゃげた、唇の分厚い、かなりユニークな顔の像ですよね。確か二十四トンの重さの物もあるのだとか」

「そう、平均八トンともいう巨大な石像だ。だけどあの顔は君と同じ、モンゴロイドの顔の特徴を捉《とら》えたものという説が一般的だよ。メソアメリカの先住民は、日本人とほぼ同族といっていいらしい」

「そうなんですか。私もあの像に似ているでしょうか？」

平賀は嬉《うれ》しそうに言った。

いや、全く似ていない、という言葉をロベルトは呑み込んだ。

「どうかな……。巨大石頭以外には、羽毛の生えた蛇の像、それからジャガー人間という不思議な像も出土している。ジャガー人間は、『雨神』の原型だといわれているね」

「そういえば、彫刻家のモラレス氏も子供の頃、舞い降りたジャガーを見たとか言っていましたね」

「オルメカ文明がほぼ終焉《しゅうえん》を迎える頃、その西南すなわち現在のメキシコの南あたりにサポテカ文明が登場する。君が興味を持っている暦は、この文明で飛躍的に発達したとされているんだ」

「天体観測などをしたんですか？」

「そうだね。まず、彼らはメソアメリカ全域に伝わっている特殊な二つの暦、つまり二百六十日暦と三百六十五日暦を用いた。サポテカ文字というのも見つかっているし、天体観測所も球技場も見つかっているが、やはり謎が多い。なにしろサポテカ文字自体が全く解読されていないからだ」

「確かに、あまり聞いたことがありません」

「さて、次の文明が有名なテオティワカン文明。トーテムは蛇だ。紀元前二世紀あたりに、メキシコの中央高原で始まったと考えられている。

　この文明の特徴は、とにかく巨大なピラミッドだろう。『太陽のピラミッド』、『月のピラミッド』そして『ケツァルコアトルのピラミッド』だ。特に『太陽のピラミッド』にいたっては、現存するピラミッドの中では世界第三位という大きさを誇っている。一位がエジプトのクフ王のピラミッドで、二位がカフラー王のピラミッドだ。

　しかも、『太陽のピラミッド』は一年の中で太陽がもっとも高く昇る日にピラミッドの真上を太陽が通るように設計されている。

　ピラミッドだけでなく、王宮や住居や市場も、綿密に設計して造られていて、建物同士の間を八十三センチという単位で割ると、必ず決まった数字――五十二、二百六十、五百八十四、八百十九が現れるというんだ。これらの数字はメソアメリカの暦に関係したものばかりだというよ」

「五百八十四というと、地球と金星の会合周期である五百八十三・九二日とほぼ同一です。彼らが高度な数学知識を用いて正確な天体観測を行っていた証拠ですね」

「興味深いね。テオティワカン文明は、ケツァルコアトル（羽毛のある蛇）をとても深く信仰していたんだが、ケツァルコアトルには金星の化身という伝承があるんだ。

だが、隆盛を誇ったテオティワカン文明も、七世紀の半ばに謎の消滅をしてしまう。何があったかは分からない。テオティワカンには全く文字記録がないんだ。内部クーデターが起きて、全ての記録を焚書《ふんしょ》したのではないかと説く学者もいる」

「だとしたら、勿体《もったい》ない話ですね」

平賀は眉《まゆ》を顰《ひそ》めた。

「全面的に同感だ。さて、いよいよ次に登場するのが、マヤ文明だ。マヤといえば、マヤ暦、そして、チチェン・イッツア遺跡が有名だね。

マヤ暦にはメソアメリカの文明に共通する二つの暦、二百六十日周期のものと、三百六十五日周期のものがある。彼らはこの二つの暦の組み合わせが全く同じとなる五十二年ごとを、西暦でいう一世紀のように考えていたらしい。

それだけでなく、マヤにはもっと複数な暦が存在していたようだ。

まず一日という単位、これはキンと言われている。それからウィナル、二十日を表す単位だ。次にトゥンという三百六十日を表す単位があり、さらにカトゥンという七千二百日を表す単位がある。その上はバクトゥンで十四万四千日。さらにピクトゥンは二百八十八万日。カラブトゥンは五千七百六十万日。まだまだ長期の暦がある」

「天文学的な数字を操っていたというわけですね」

「まあ、気が遠くなるような周期感覚を持っていたことは事実で、マヤのカレンダーには暦が始まった日というのが記されているんだ。それはライデン・プレートと呼ばれるものに書かれた絵文字で分かるのだけれど、それによるとマヤ暦の始まりは紀元前三一一四年八月十三日だという。この途方もなさがマヤの魅力だね。

　マヤの天文台には金星や火星の周期を記したものもあるらしい。金星が『明けの明星』となる日、すなわち日の出より早く東の空に昇る最初の日を『戦争を起こすのにもっともよい日』と考え、戦をしていたのは有名な話だ。

　望遠鏡も持たないマヤ人は、ドーム状の天文台――通称『蝸牛《エル・カラコ》』から何年もかけて天体観測し、太陽暦の一年をほとんど誤差なく測っていた。

　そして、彼らは二百六十五年ごとに栄えていた都を捨て、遷都を繰り返していた。

　マヤ人の世界観では、世界は破滅と再生の周期を循環しているものだった。だから都にも寿命があり、二百六十五年周期で全てをやり直したんだ。その際、焚書《ふんしょ》した形跡もあることから、彼らは前の文明の歴史を一度捨てることで禊《みそぎ》をしていたのかも知れない。

　そこで登場するのが『マヤの終末予言』だよ。

　マヤ暦の開始の日である紀元前三一一四年から十三のバクトゥンが立つと、この世が終了すると騒いでる、終末思想者達が後を絶たない。太陽活動の極大期がきて、大地震や噴火が多発するとか、気象変動が激しくなるとか、ベテルギウスの大爆発が起きるとか言っているけれど、根拠は乏しいね。だいたいマヤにおいて、十三は不吉な数字じゃないのだから。

それに、マヤ人にとって世界は循環するだけで、終わるという概念はない。人も都も自然界もすべては循環し、一つの周期を経ると死んで生まれ変わるんだ。古代エジプト、ギリシャのピタゴラス教団、インド哲学などにも見られる思想だね」

「ええ、インドに影響を受けた日本にも、輪廻《りんね》転生という考え方があります」

「天体を詳細に観測し、自然の周期を注視すれば、循環という考えに至るのも必然かもしれないね。

そうそう、『パレンケの宇宙飛行士』と呼ばれている、宇宙ロケットに乗った王の絵なんかも、マヤ文明のものだね」

「そういえば、チャンドラ・シン博士もインドの古典文学にロケットのようなものの記述があるという話をしていました」

「へえ、彼って、そんな話もできるのか。ロケットや宇宙飛行士を想像させるような遺物は、実は世界中から出土しているんだよ。

まず『パレンケの宇宙飛行士』。この絵が刻まれた石棺の中身は、ロケットのような形をしていて、死んだ王を乗り物で宇宙へ送るための装置だと主張するオカルティストがいるね。ちなみに、この絵にもケツァルコアトルが登場している。

それから『インカの黄金スペースシャトル』。コロンビアで多数発見されている黄金細工の遺物がある。発見場所とナスカの地上絵が地理的にも近く、時代的にも一致することから、何らかの関係があるんじゃないかという説もある。

それにインドネシアのジャワ島のスク寺院にも、高さ二メートルほどのロケットのようなものがレリーフとしてあるし、北米のネイティブ・アメリカンに伝わる遺物『レイブンズ・ラトル』もロケットに似ている。彼らの神話によると、大昔、先住民たちの神はロケットのようなカラスに乗って、空から降りてきたといわれている。

あと、トルコでも推定三千年前の物と思われる、ロケットに似た遺物が見つかっていた。その中央のコックピットのような場所には、首の欠けてしまったパイロットが宇宙服のような服を着て、ひざを抱えるようにして座っているんだ」

「やっぱり古代人はロケットに乗って、宇宙を行き来していたんでしょうか？」

平賀が真顔で言った。天才の頭脳を持ちながら、この子供のような好奇心は何なのだろうと、ロベルトは常々思う。

「それは分からない。夢のない者は『インカの黄金スペースシャトル』を見て、アマゾンに生息するナマズに違いないと言っているしね」

「魚……ですか……」

がっくりと肩を落とした平賀に、ロベルトは「まあまあ」と笑った。

「宇宙ロケットの存在を実証する遺跡は知らないけど、メソポタミアの神話にはロケット発着場の話が登場する。そして、レバノンのバールベックという土地に、『神々が天に昇る場所』と呼ばれる地があるんだ」

「実際、発着場のような施設があるのですか？」

「それはないが、代わりに巨石がある」

「巨石？　それがロケットの発着場と、どう結びつくのです？」

「その巨石というのが、千二百トンもあるんだ。六百五十トンの一枚岩が三つ、他の石も百トン以上あるものばかりだ。

問題は、この巨石をどうやって動かしたか、だ。

石切場から人力で運ぶとすれば、千八百人が必要という計算になる。そんなに多くのロープを張り巡らせ、千八百人のタイミングを合わせるなんて、本当に可能だろうか？

縄跳びを百人で跳ぶ記録というのがギネスにはあるけれど、百人ですら十分も息を合わせることが出来ないのが分かる。

しかもその石切場は、巨石のある場所の坂の随分と下なんだ。

だから、その場所が『神々が天に昇る場所』と記されている通り、ロケットを発着させるような何らかの動力が過去に存在し、その力を用いて巨石を運んで積み上げたんじゃないかなんて言われているんだよ」

「成る程……。世界各地にある巨石文化には謎が多いですよね。イギリスのストーンヘンジ、マルタの巨石神殿、イースター島のモアイ像。ピラミッドの建築方法さえ、未《いま》だに謎の部分が多いのです。高度な数学知識と天文学、そして力学との関係があるのかどうか……」

平賀は首をひねった。フォークの先からチキンが落ち、テーブルクロスに黒い染みを作るのを見て、ロベルトは話を変えることにした。

「さて、急いで次にいこう。ユカタン半島にマヤ文明が栄えた頃、メキシコシティ付近にはトルテカ文明が栄えていた。

トルテカ人は自らを『ケツァルコアトル神に創造された人々』と称し、この時代、ケツァルコアトルという名の王や神官が何人もいた。そのせいで、伝承や神話がとても複雑になっているんだが、要は、ケツァルコアトル神を信仰する中規模国家が、盛衰を繰り返していたのだろうね。

そして最後に登場するのが、アステカ文明だ」

「いよいよアステカですね」

「そうだね。アステカ人は『アストラン』から来た人々といわれるが、アストランが何処にあったかは不明だ。『洞窟《どうくつ》から生まれた』という伝説や、アトランティスから来たという説もあるが、恐らくは北方の土地から来たといわれるね。

彼らは自分達の神『ウィツィロポチトリ』の導きで、八つの部族を従えながら放浪していたが、一三二五年、テスココ湖に浮かぶ小島に居を定めた。

そして、トルテカの血を引く人物を初代の王として据え、領土拡大に励んだ結果、およそ二世紀かけてメキシコ中央部のほとんどの国を支配下に置いたんだ。

アステカの神話によると、最初の創造神が鰐《わに》のような怪物の背の上に地球を創造し、四人の神をもうけたとされる。

この四神は、アステカの神ウィツィロポチトリ、トルテカの神ケツァルコアトル、トウモロコシの神シペ・トテク、最初の太陽とされる黒いテスカトリポカだ。

黒いテスカトリポカはケツァルコアトルと双子の神で、ともに世界の創世をしたとされるのだが、後にケツァルコアトルに倒され、その頭部がジャガーになった。そしてケツァルコアトルが第二の太陽になったといわれる」

「そういえば、ジャガーは最初の文明オルメカのトーテムでしたね」

「その通り。で、この四神は皆、太陽神あるいは地上の神で男神だが、それと対になるような女神、地下の神というのも存在する。

例えばアステカ人の神ウィツィロポチトリの母は、コアトリクエだと記した、有名な神話がある」

「コアトリクエというと、確か、グアダルーペの寺院の場所に元々祀《まつ》られていたという女神ですよね」

「そうなんだ。テペヤックの丘は、その昔はコアテペック（蛇の山）と呼ばれていて、そこにコアトリクエすなわち『蛇の淑女』という未亡人が住んでいたという。

ある日、コアトリクエが庭掃除をしていると、空から羽毛の玉が落ちてきた。すなわちケツァルコアトルの羽毛だった。

それを見たコアトリクエは、あまりの美しさに玉を自分の懐にしまってしまった。

すると、玉はいつの間にか消え、彼女はウィツィロポチトリを妊娠したんだ。

けれど、コアトリクエは既に四百人の息子と一人の娘がいたために、『汚らわしい』と子供達から追われてしまう。

そしてコアトリクエの子供達の軍勢が押し寄せてきた時、お腹の中からウィツィロポチトリが飛び出して、兄弟達を皆殺しにした。そして兄弟達は星と月に変じたと伝えられている」

「随分乱暴な神話なのですね」

「まあ、ウィツィロポチトリの武勇伝だからね。

ともあれ、コアトリクエには『全ての天の者を生む地球の大母神』、『南の星の生みの親』、『生と死、および再生の女神』などの輝かしい肩書きがある。

そんなコアトリクエは、一体どんな姿をしていると思う？」

「やはり『淑女』と呼ばれるぐらいですし、ホアン・ディエゴが出会った聖母の物語から想像しても、マリア様のようなお姿ではないかと」

平賀があまりに期待通りの反応をするものだから、ロベルトは苦笑した。

「ところが博物館で見たコアトリクエの姿というのはね、ずんぐりとした体型で、手足に悪魔のような鉤爪《かぎづめ》があり、顔は二匹の蛇が向かい合った形で、その片方の目同士が、女神の両目となっている。

その目は丸くぎょろりと突き出ており、丸眼鏡をかけているような異様さだ。スカートはとぐろを巻いた蛇で出来ていて、人間の心臓と手首と頭蓋骨《ずがいこつ》をつなげた首飾りをしている。

さらに腹部には切り落とされた顔があって、そこから二匹の蛇となって流れ落ちる血が表現されていた」

「それではまるで女神というより悪魔像ですね……。しかし、とぐろを巻いた蛇というのは、聖母のテラヘルツ撮影像にあった渦巻模様と共通しています」

「そうだね。渦巻は多くの古代文明において、死と再生の循環の象徴とみなされ、墓などにしばしば描かれてきたんだ」

「大変興味深いことです。アルキメデスやフェルマーも螺旋《らせん》を描いていました。中心を二つ持つコルヌ螺旋、オイラーの螺旋というのもありますし」

平賀は嬉《うれ》しそうに言った。

「そういえば、ホアン・ディエゴで思い出したけど、彼が洗礼を受けたのは、聖母出現の年の八月二十六日だそうだ。メトロポリタン大聖堂の洗礼者名簿で見たんだよ」

「一五三一年の八月二十六日ですか……」

平賀は奇妙な顔をして考え込んだ。

そして暫《しばら》く無言だったかと思うと、ふと顔をあげて訊《たず》ねた。

「ロベルト、水晶髑髏《どくろ》についてはどう思われますか？」

「なんだい、唐突に」

水晶髑髏とは、マヤやアステカ文明、インカ帝国の考古遺物で、当時の技術水準から考えてあまりにも精巧に造られている、オーパーツ（out-of-place artifacts）の代表例だ。

「いえ、聖母のテラヘルツ撮影像の眼鏡について考えていたら、ふと出てきたんです。水晶髑髏を作れるような加工技術があれば、水晶をレンズにして眼鏡も作れたのではないかと」

「水晶髑髏か……。実物を見ていないから何とも言えないな」

「水晶髑髏には、特殊な光の屈折効果があると言われていますよね。下から光が射すと眼《がん》窩《か》に光が集中して、その光を見た人は催眠状態に陥るとか。あるいは、太陽の光を当てると全体が美しい虹色《にじいろ》に光る、蠟燭の炎を当てると神秘的な紫色に光る……そういう現象が起こると聞きました」

「いや、その件に関しては、科学的な根拠もなければ、科学調査をされたものでもないようだよ。少なくともケ・ブランリー美術館と大英博物館および米スミソニアン博物館が所蔵している物は、後世に造られた偽物だったと判明している。

ケ・ブランリー美術館のものは、髑髏表面の傷や溝から、宝石を削る器具など近代の道具が使用されていることを専門家が指摘したし、大英博物館の髑髏も、電子顕微鏡を用いて道具の痕跡《こんせき》を調査したところ、回転式カッターのようなもので髑髏の大まかな形を作ったあと、鼻の穴と目をドリルで掘り、そのあとでダイヤモンドを混ぜた鉄製のヤスリのような器具で表面を滑らかにされたと判定された。

スミソニアン博物館のものも、回転式カッターのようなものが使用された痕跡が認められているよ。髑髏のくぼみに残った堆積物《たいせき》を調べたら、炭化ケイ素が発見されたんだ。炭化ケイ素は、現代の研磨剤にはたいてい含まれている物質で、自然界には隕石《いんせき》にしか存在しないものだそうだ」

「ええ、そうですね。確かに炭化ケイ素は自然界に滅多に存在せず、化合物として研磨剤に含まれます。偽物とは、残念なことです……」

平賀は、がっかりした顔で言った。

「代わりに本物の髑髏の話をしようか？

アステカでは毎年五月、テスカトリポカの祭りというのを行っていた。祭りの一年前から、健康で身体に傷のない若者を選び、彼をテスカトリポカの化身として、最高の贅沢《ぜいたく》をして過ごさせるんだ。四人の美女が与えられ、大きな宴《うたげ》も開かれる。そして祭りの最後の日に、彼は心臓を取り出され、太陽への生贄《いけにえ》となるんだ。死んだ若者の頭蓋骨は、黒曜石や翡翠《ひすい》やターコイズのモザイクで加工され、皇帝や神官が腰に吊《つる》して歩いたそうだよ」

「成る程、分かる気もします。頭蓋骨には特別な美しさがありますからね。もっとも私なら、宝石で飾ったりはしませんが」

平賀はしゃあしゃあと言った。

二人が食事を終えてホテルに戻ると、平賀のパソコンにチャンドラ・シンからの着信メッセージが届いていた。

平賀がパソコンから電話をかけ直す。

チャンドラ・シンの顔がモニタに大写しになった。

「平賀です。外出先から戻りました。ご用件をどうぞ」

『アントニオ・バレラ氏の住所が判明したので、ご連絡したのです』

チャンドラ・シンは、杓子定規《しゃくしじょうぎ》な調子で言った。

「ああ、警察からようやく返答があったのですね。お待ちしていました。あの、メモの準備をするので、少しお待ち下さい」

平賀がメモの山をひっくり返しているのを手助けしながら、ロベルトがひっそりと言った。

「やれやれ。住所ひとつ調べるにも、手間がかかるもんだね」

「仕方ありません。ハッキングして欲しいとは言えませんから」

「そうだね。ローレンのようにはいかないか」

ロベルトがそう言った瞬間、モニタに映っていたシン博士の端整な顔が歪《ゆが》み、敵意とも嫌悪とも呼べる表情が浮かんだのを、ロベルトは見た。

小声で話していたつもりだが、こちらの会話は相手に筒抜けだったようだ。

いたくプライドを傷つけてしまったのだろうか。

いや、それにしても異様なほどに過敏な反応である。

(彼はまるでローレンに執着でもしているみたいだ……)

ロベルトが考え込んでいる間に、チャンドラ・シンは住所らしきものを平賀に告げ、一方的に通信を切ってしまった。

「ロベルト、明日はここに行ってみますか？」

平賀から差し出されたメモを見て、ロベルトは我に返った。

そして書かれた住所を確認して驚いた。

「なんだ。テピート地区じゃないか」

「どうかしましたか？」

「いや、関係のない用事で、近々訪ねようと思っていた所だったからさ」

「関係のない用事とは？」

尼僧から頼まれ、三重苦の婦人の許《もと》に通っていることをロベルトが話すと、平賀は頬を緩ませた。

ロベルトが大事な調査と同じぐらい、孤独な婦人のことを心から気遣っているのが分かったからだ。

「明日、私もそのご婦人のところに連れて行って下さい」

平賀は率直に申し出た。

「調査中に手間を取らせることになるけれど、大丈夫かい？」

平賀は深く頷《うなず》く。

「私も貴方《あなた》も神父です。奇跡も大切ですが、人を助けることが神父の本分なのですから、私も協力したいと思います」

「有難う」

ロベルトはほっと癒《いや》されたような気分になって、柔らかく微笑んだ。

第四章　髑髏は語り始める

1

翌日、平賀とロベルトがシワクアトリの居所を訪ねると、丁度、尼僧が床掃除をしているところだった。

「サンドラ・マリアさん、お邪魔していいですか？　今日は僕の友人と一緒に来ました」

ロベルトが声をかけると、サンドラは笑顔で振り返った。

「いつもすみません、ロベルト司祭。お友達の方もようこそ」

「こんにちは、平賀です」

平賀がぺこりとお辞儀をする。

シワクアトリは刺繍《ししゅう》の手を止め、不審そうに二、三度鼻をひくつかせた。

平賀は何度か彼女に話しかけ、反応を待った。

だが、婦人の様子は変わらない。黙々と手を動かしているだけだ。

もっとも目も見えず耳も聞こえず、口さえ利けない彼女に、誰かが助けの手を伸べようとしていることなど理解しようもないだろうし、また理解できたとしても、簡単にコミュニケーションが捗《はかど》る筈《はず》もないことは明白だった。

平賀はその様子をしばらく観察していたが、ロベルトを振り返った。

「彼女の嗅覚《きゅうかく》は機能していますよね？」

「そのように感じられるんだけどね……」

ロベルトとて断言は出来かねる。

「あの方をリラックスさせるような香りはないでしょうか」

「そうだね、試してみよう」

ロベルトはサンドラに頼み、教会にある数種類の香を用意してもらった。

順番に香炉で焚《た》いてみる。

シワクアトリは鼻孔をひくつかせている。

やはり臭いを感じているようだ。しかし、特別な反応は起こさない。

嗅覚に訴えるのが駄目なら残された機能は触覚だが、彼女に少しでも触れると、狂ったように声を上げ、ベッドの隅に縮こまる。

いくら平賀に医学の心得があっても、診察すらできそうにない。

諦《あきら》めた二人はテピート地区へ向かった。


いかにも下町らしい活気を帯びた雑多な町並みの外れに、伝統舞踊用の色鮮やかなドレスや伝統衣装、海賊版ＤＶＤ、日用雑貨などの屋台が迷路のように入り組んだ市場がある。

市場を抜けた先には、古びた小さなアパートメントが軒を連ねていた。

アントニオの住所メモを頼りに、壁のタイルが所々剝《は》がれ落ちた建物に入っていく。

アパートには電灯もなく、エレベーターもなかったので、二人は急な階段を使って五階まで上らねばならなかった。

汚水の臭いが空気の中に混ざり込み、階段の手すりもさび付いている。

時折、癖のあるナワトル語が響いてくる。

踊り場ではインディオの子供達がままごと遊びをしていた。赤や黄色の民族衣装を着たインディオ人形の中に、ドレスを着た骸骨《がいこつ》人形が混じっている。

五〇二と刻まれた扉をノックすると、犬の鳴き声が聞こえ、もみ上げの濃い、人のよさそうな大男が現れた。

男はロベルト達の顔を見るなり、ハッと顔色を変えた。

ロベルトにもその男が何者なのか、すぐに分かった。

グアダルーペ寺院にいた警備員だ。

男の足元で、小さな黒毛の犬がしっぽを忙《せわ》しなく振っている。

「ど、どうしたんですか、司祭様がた」

男のオレンジ色のシャツの胸元や袖《そで》からは入れ墨が覗《のぞ》いていた。

「こちらはアントニオ・バレラさんのお宅ではないのですか？」

ロベルトが訊《たず》ねた。

「アントニオはいません。ずっと昔に出て行ったきりで、会ってもいませんし、行方も知りません」

男はそう答えると、ポケットから煙草を取り出し、忙しなく吸った。

男の指と爪はニコチンで黄色くなっている。かなりのヘビースモーカーのようだ。

(祭壇で煙草を吸ってた教会関係者は、彼か)

ロベルトは直感した。

「本当にそうですか？　ずっと会ってもいないと？」

「ア、アントニオがここに居ないのは本当です。嘘じゃないです」

「そうですか。僕達はアントニオ氏がグアダルーペ寺院で、教会関係者の誰かと行動を共にしていたことを知っています。それが貴方かどうか、調べるのは簡単なんですよ。僕らの知っていることを警察に伝え、貴方の指紋やDNAを調べてもらえば、真実はすぐに分かります。

ですが、貴方が僕達の質問に答えてくれるなら、そうはしません」

ロベルトの言葉に、男は落ち着かぬ素振りで空中に視線を泳がせたあと、観念したように溜息《ためいき》を吐いた。

「……何が聞きたいんです？」

「貴方とアントニオ達がグアダルーペの祭壇で行っていたことが何なのか、教えてもらいたい」

「……警察にも、ゴンザレス司祭様にも黙っていてくれるなら……。仕事を無くしたくないんです」

男は小さな声で言った。

その真剣な眼差《まなざ》しは、嘘を言っているようには見えない。

男からは犯罪者臭もしない。

彼が、そこそこの給金を貰《もら》えるであろう警備員の職をクビになりたくない気持ちも本物だろう。

ロベルトは頷いた。

「お約束しましょう。僕達は神父です。嘘は言いません」

すると男は、ほっとしたように息を吐いた。

「他人には聞かれたくないので、中へ……」

男がドアを開く。

「中に入れと言っている。話をしてくれるそうだ。用心して入ろう」

ロベルトが平賀を振り返って言った。

「ええ、行きましょう」

男のあとについて部屋の中に入ると、いかにも男の住居といった雑然とした部屋の一角に、不可思議な祭壇が設けられていた。

中央には額に入った、等身大のグアダルーペの聖母のレプリカ。

その両脇に、不気味な骸骨が二体いる。

一つは血まみれの骸骨で、頭部に梟《ふくろう》の羽根が飾られ、人の目玉の首飾りを付けていた。片手に大鎌《おおがま》、片手に地球を持っている。

もう一つは、同じ骸骨だが、白い聖者の衣装をまとっている。片手には大きな鎌、もう片方の手には砂時計を持っている。

二体の骸骨像《サンタ・ムエルテ》の前には各々、大皿が置かれ、皿の周囲には大量の血痕《けっこん》がこびりついていた。

「サンタ・ムエルテだ……」

思わずロベルトは呟《つぶや》いた。

生贄《いけにえ》を捧《ささ》げればどんな願いでも叶《かな》えるといわれる「死の聖者《サンタ・ムエルテ》」。

これだけ立派な祭壇があるということは、ここは信者達が集まる祈禱所《きとう》かも知れない。

政府とバチカンから信仰を禁じられたサンタ・ムエルテは、貧困地区の民家を使った「祭壇のある教会」を通じて信者を増やしているという。

祭壇中央の聖母の前に飾られた十字架は、皮をむかれた枯れたトウモロコシを交差させたものだ。

その側に、双頭の蛇の彫像がある。

香炉から立ち上る松ヤニの臭い。そして赤い蠟燭《ろうそく》が四本。

背後の壁一面にはキリスト教の聖人のイコンが掛けられていた。かと思えば、先住民の神と思われる数々の像がぶら下がっていたりする。

祭壇に置かれた瓶の中には、黄ばんだ液体と、干からびた白い糸のような物体が詰まっているのが見えた。その隣には浣腸《かんちょう》用の空容器が並んでいる。

ロベルトが警戒しながらそれらを観察していると、平賀が、すうっと引かれるように、祭壇の瓶に近づいていった。

「これは恐らくPsilocybe cubensisですね」

「なんだいそれは?」

「別名ミナミシビレタケ、俗称マジックマッシュルームです。この辺りでは雨期に、動物の糞《ふん》の上に自然発生するもので、シロシビンとシロシンという幻覚成分を含有しています。その作用はＬＳＤと似ています。すなわち視覚が歪《ゆが》み、瞳孔《どうこう》拡散に起因する色彩の鮮明化が現れます。その為、幾何学模様や宗教的シンボルを見る者もいます。皮膚感覚も敏感になり、幻聴が聞こえる者もいます。摂取後六時間ほど、作用は継続するようです。

最初は多幸感を伴う楽しい体験ですが、乱用すれば感情の起伏が激しくなり、偏執的な思考に囚《とら》われることも多いのです。いわゆるバッドトリップでパニック症状を起こすのですね」

「幻覚キノコか。ナワトル語では『テオナナカトル』、『神の肉』という意味だ。

メソアメリカの先住民は、古来、幻覚性植物を宗教儀式や病気の治療などに用いてきた。博物館にもキノコの形をした小型石像がいくつもあったよ。

隣の浣腸器は、幻覚成分の腸内膜摂取のために使っているんだろう。アステカ人は浣腸好きで、酒も早く酔いが回るように、浣腸で体内に入れるのが通常だったというからね」

「ここでトリップして、生贄を切断していたのでしょう」

平賀が骸骨の周囲にこびりついた血痕を見詰めながら言った。

「よし、彼に話を聞こう」

ロベルトは二人の背後で所在なげにしている大男を振り返った。

「少し質問してもいいですか？　ええと、お名前は？」

「エルネスト・シバラ……です」

「ではエルネスト、貴方《あなた》は何故アントニオ氏の住所に住んでいるんです？」

「俺達のリーダーの指示です。ここには色んな人間が訪ねて来るんです。もし知らない人間がアントニオを訪ねてきたら『何も知らない』と答えろと、そしてその人物をよく観察して伝えろと、彼に、パトラナクアトリに言われました」

「パトラナクアトリ……」

ロベルトは先日の捕り物劇で逮捕された、長髪の大男を思い出した。

「ええ、俺達のリーダーです」

「成る程……。パトラナクアトリ氏とアントニオ氏、そして貴方は、グアダルーペ寺院でこれと同じようなことをしていたのかい？」

ロベルトは祭壇の血を視線で示しながら言った。

エルネストはロベルトの顔をじっと見つめた後、観念したように頷《うなず》いた。

「聖母に生贄と祈りを捧げていた？」

「そうです。パトラナクアトリとアントニオと俺は、トナンツィンの神殿に仕えていた先祖の末裔《まつえい》です。先祖達は八百九十一日ごとに、トナンツィンの女神に生贄と祈りを捧げてきました。ですから俺達も……」

「生贄には何を捧げたんだ？」

「七面鳥です。俺達はいつもそうします」

「それもパトラナクアトリの指示かい？」

「勿論《もちろん》そうです。彼は『歌う一族』ですから」

「『歌う一族』とは？」

「神に捧げる特別な歌です。パトラナクアトリは歌う血統の保持者なんです。クアトリトランは元々、鷲《わし》族の土地だ。スペイン人に侵略されても、俺達は女神を祀《まつ》ることを忘れるわけにはいかないんです」

それを聞いて、ロベルトには閃《ひらめ》くものがあった。

テペヤックの丘で聖母と出会った聖者、ホアン・ディエゴ。彼の本名は、クアウフトラトアツィンといった。その意味は『歌う鷲』だ。

それはもしかすると、本名というよりは『役職』ではなかっただろうか。

アステカでは、王や高貴な貴族を『語る人』と言った。その言葉に、力を宿しているという意味だ。

それなら『歌う』という役職があってもおかしくない。

「パトラナクアトリは君達の神官だったんだね」

「はい、その通りです」

「もしかすると、あの宙に浮かんだ十字架も、君達の仕業なのかい？」

エルネストは大きく、ぶるぶると首を振った。

「まさかあんなことが俺達に出来るわけが……いや……でも、もしかするとパトラナクアトリは何かを知っているかも知れません。

パトラナクアトリは言ってました。俺達の祖先は、神の力で空を飛べたのだと。それに俺達より先に神殿で、彼だけに許された儀式を行っていましたから……。

俺達の儀式の翌日にあの奇跡が起こったんで、パトラナクアトリは、女神の霊が蘇《よみがえ》って、再びアステカを助けてくれる『しるし』だと言ってました」

「ふむ……。それでパトラナクアトリは、遺跡から物を盗んだのかい？　自分達の先祖の文化を取り戻そうと思って？」

「いいえ、それは違います。パトラナクアトリが遺跡泥棒をしている筈《はず》がありません。盗難があったその日に、俺達は礼拝をしていたんですから。礼拝の後は三人でテペヤックの丘に登って、生贄を投げ入れる火を朝までたき続けました。だから……」

「何故、そのアリバイを警察に言わなかった？」

「アントニオも俺も前科があるんです。言っても信じてもらえないだろうし、ただでさえ純血のインディオは野蛮だと思われてる。こんなことを公に言うと、余計に差別される。だから言わない方がいいと、俺達三人は思ったんですよ。

なのに、パトラナクアトリは逮捕されてしまうし、アントニオは行方不明になっちまった。俺は二人のことを心配してるんです」

エルネストの顔は至極真剣だ。嘘やごまかしを言っている様子は見られない。

だが、彼はパトラナクアトリという男に丸め込まれているだけかもしれない。

「もう一つ聞く。最近、子供達の不審死が続いているが……」

言いかけたロベルトの言葉を、エルネストは勢いよく遮った。

「や、やめて下さいよ。子供達を生贄に使ったとか、俺達がそれに関係してるなんて噂、ひどい出鱈目《でたらめ》です。俺達は人を生贄になんて使ったことはありません。俺達はマフィアやカルトじゃないんです」

「本当だね？」

「神に誓って本当です。亡くなった子供達は皆、グアダルーペ寺院の聖歌隊だったものですから、俺なんかは特に疑われていて……。でも、絶対に違うんです。俺達は何もやっていない。

だけど、投獄されたパトラナクアトリが犯人にでっちあげられるんじゃないかと、俺はもう、気が気じゃないんです」

エルネストは頭を抱え込んだ。

「一寸《ちょっと》待ってくれ給え。死んだ子供達は皆、グアダルーペ寺院の聖歌隊だった？」

「ええ。そうです。だけど俺達は犯人なんかじゃない」

「全員が聖歌隊だったんだね？」

「そうです。司祭様はご存じなかったので？」

ロベルトは首を横に振った。

新聞にはそこまで詳しく載っていなかったし、このところグアダルーペ寺院にも立ち寄っていなかった。

「僕は知らなかった。そして絶対に、パトラナクアトリは犯人ではないと言うんだね？」

「金輪際ありえないですよ。死んだのは皆、インディオの子供達です。彼は同胞を家族だと思っています。同胞を殺すことは、自分の親や子を殺すことなんです。彼は犯人を憎んでました。この手で捕まえてやりたいと言ってたぐらいです」

「成る程……」

ロベルトは暫《しばら》く考え込んだ。

ここは直接、パトラナクアトリに会って真偽を確かめる必要があるだろう。

それに『歌う一族』なるものに対しても、ロベルトは抑えがたい興味があった。

もしかすると特別な伝承や記録を持っているかも知れない。グアダルーペの聖母に関する秘密を知っている可能性もある。十字架浮遊の奇跡にも、迫ることができるかも知れない。

「パトラナクアトリ以外にも『歌う一族』というのはいるのかい？」

「彼ともう一人……。彼の叔母《おば》さんがいるだけです」

「その叔母さんという人は、何処にいるか分かるかい？」

「分かりますけど、会っても無駄だと思います。脳膜炎かなにかの病気を患ってから、目も見えず耳も聞こえなくなって、喋《しゃべ》ることもできなくなったんです。本当なら、俺と同じ年の息子もいたんですけど、街を出て、今はアメリカにいるって噂です。ロミオ・ロレッタなんて気取った名前を名乗っているそうです」

「まさかその叔母というのは、シワクアトリさん？」

「えっ、ご存じなんですか？　シワクアトリ・アハウです」

「なんてことだ……」

驚きと好奇心に輝き始めたロベルトの表情を見て、平賀が声をかけてきた。

「何か分かったんですね？」

「ああ……。どうやら全ての鍵《かぎ》を握る人物がいるようだ」

ロベルトはパトラナクアトリのことを平賀に伝えた。

「その人は何処にいるのです？」

平賀もみるみる瞳《ひとみ》を輝かせ、身を乗り出す。

「無実の罪で投獄されていると、エルネストは言っている」

「会いに行くのでしょう、ロベルト？　私も一緒に行かせて下さい」

「時間はいいのかい？」

「ええ、勿論」

2

二人はその足で、警察に向かった。

取り調べ中のパトラナクアトリに会えるかどうかは分からなかったが、それは杞憂《きゆう》だった。

ロベルトがミゲルに連絡し、彼の甥《おい》である警察署長への取り次ぎを頼むと、間もなくほくほく顔のホセ・マルケス警察署長が直々にやって来た。

「ようこそ、司祭様がた」

ホセは平賀とロベルトに握手を求め、一緒に写真を撮った。

そして、罪人に改心を説くために来たという二人の言い分を認め、あっけないほど簡単に面会を許可したのである。

「ところで、彼には今、何の容疑がかかっているのです？」

ロベルトが訊《たず》ねた。

「パトラナクアトリ・アハウの直接の嫌疑は、重機と遺物の窃盗ですな。そこから口を開かせて、子供達の連続殺人についてもじっくり絞ってやります。

それに、奴は自爆テロの犯行声明を出した『暁の梟《ふくろう》』なる過激派グループにも関係してるという噂だ。我々としても、サンタ・ムエルテのカルトの連中の実態がなかなか摑《つか》めず、頭を悩ませておったのですが、これでようやく一網打尽に出来そうです」

ホセ署長はにこにこ顔で言った。

「成る程、そうですか。重機などを窃盗したら余程目立つでしょうに、彼も間抜けなことをしたものですね。一体、何を盗んだんです？」

「奴は大胆にも、七台の油圧パワーシャベルおよび、一台のロードローラーを盗んだのです」

「それは大事だ、誰かに目撃されても仕方ありませんね」

そういうと、ホセの視線は泳いだ。

「まあその辺りはこれからじっくりと調べるところです。ですが、『アステカの遺跡は誰にも渡さない』と奴が息巻いていたのを聞いた人間は大勢いますからな。それに、グアダルーペ寺院の神父の方々の中にも何人か、盗難事件の当日に、異様に興奮した不審な様子のパトラナクアトリを見た方がおられるのです。

奴は日頃からグアダルーペ周辺によく出没していたそうですから、子供達の連続殺人にも関係しているに違いありません」

ホセ署長は鼻息荒く言ったが、明確な事実は何も分かっていないようだ。

これといった証拠も掴んではいないらしい。

つまりパトラナクアトリがどのような人物かは、自分の目で見て確かめるしかないだろう。

「成る程、よく分かりました。お話し下さって有難うございます」

ロベルトは爽《さわ》やかに微笑んで見せた。


二人が案内された面会室は、コンクリートの味気ない部屋であった。窓には鉄格子がはまっており、質素で古い木の机と長椅子がある。

メキシコに溢《あふ》れる鮮やかな色彩が一切奪われた空間。

だが、何故か一抹の安心感と親しみを覚える。

思えばこういう殺風景な有様は、平賀とロベルトが普段寝泊まりするカソリック教会の居所によく似ているのだ。

部屋の四隅とドアの前には一人ずつ、合わせて五人の刑務官が立っている。

かなり厳重な警戒態勢だ。

暫くすると奥の鉄扉が開き、パトラナクアトリが現れた。

一見して、ただ者ではない威圧感と迫力が感じられた。

その男は獣のような匂いを全身から、火山が硫黄《いおう》を噴き出すように発散させていた。

彼がもし古代に生まれて、猛獣と戦う戦士だったとしたら、かならずやライオンに打ち勝っただろうと思えるほど、凄《すさ》まじく逞《たくま》しい筋肉と、強い眼光と、厳しい表情。

そして、身体の至る所に蛇や鰐《わに》、髑髏《どくろ》、渦巻模様などの入れ墨がある。胸元からは羽根らしき図柄が覗《のぞ》いていた。

その様子は、映画に出てくるネイティブアメリカンの酋長《しゅうちょう》のような威厳があった。

なにがしかの処置をしたのか、髭《ひげ》はまるで無かった。毛穴すら見つからない。

耳には大きなピアス穴があり、耳たぶは垂れ下がっている。艶《つや》のあるまっすぐな黒髪は腰まで長く垂れていた。

手錠をかけられ、二人の刑務官に両脇を挟まれた状態でありながら、パトラナクアトリは炯々《けいけい》とした鋭い眼光でロベルト達を睨《にら》んだ。

特にロベルトには警戒心を露《あら》わにし、全身から怒りのオーラを迸《ほとばし》らせている。

人数では彼を圧倒している筈《はず》の刑務官達も、どこか気圧《けお》されている様子だ。

「白人の神父が、俺に何の用だ？」

地を這《は》うような低く掠《かす》れた声で、パトラナクアトリが口を開いた。

まるで燃え滾《たぎ》った鉄のような男だ、とロベルトは思った。

その目には深く暗い怒りが漲《みなぎ》っていたが、不思議に邪悪な感じはしない。

「僕達はグアダルーペ寺院で起こった奇跡を調査しているバチカンの者だ。君達があそこで行った儀式について詳しく聞きたい。それが奇跡に関係しているのかどうかをだ。

もう一つの用件は、君の叔母さんを助けるために、協力を求めたい」

拒絶を決め込んだ様子で、窓の外を見ていたパトラナクアトリは、叔母の話が出た途端、ロベルトを振り返った。

「叔母？　なんだって、叔母がどうしたというんだ？」

大きく開かれた彼の口元から、サメのように鋭く尖《とが》った歯が覗いた。

それは実に異様な面相だった。

ロベルトは努めて平静を装った。

「シワクアトリ・アハウ。君の叔母さんの名前だね？」

「ああ、そうだ……」

「彼女の面倒を看ている教会は、彼女と意思疎通が出来ない為に困っている。このままだと施設に連れて行かざるを得ないそうだ」

「施設だと？　つまり精神病院のことだな？」

「そのようなものだと聞いている」

「くそっ、だから教会なぞ信用できんのだ。俺達、先住民が入らされる施設とやらは、この監獄より酷《ひど》い環境のところなんだぞ。

シワクアトリは狂ってなぞいない。彼女は理知的で聡明《そうめい》な女性だ。そして強い女性だ。こんなことになったのも、ろくでなしの息子が、教会なんぞに叔母を押しつけたせいだ。

いいか、俺をここに訪ねる暇があるなら、奴を呼びつけて、叔母の面倒を看るよう説教してやってくれ。奴ならバチカンの神父のいうことを聞くだろう。なにしろ先祖の神よりキリストを信仰している男だからな」

パトラナクアトリは鼻息荒く言った。

「息子というのは、ロミオ・ロレッタだね？」

「ロミオ・ロレッタは恥の名だ。本当の名はヨフアリクアウコティ・アハウだ」

「僕もシワクアトリさんが狂っているとは思わない。これからも教会で面倒を看てもらえるよう、責任者を説得するつもりだ。だが、説得材料がなければ相手も動かない。

そこで君に協力して欲しい。シワクアトリさんは来る日も来る日も、刺繍《ししゅう》ばかりをしている。これを見て何か気付くことはないだろうか？」

ロベルトは刺繍の柄をスケッチした紙をパトラナクアトリの前に置いた。

瞬間、パトラナクアトリの表情が変わった。

彼が何かを知っていることを、ロベルトは直感した。

「彼女がこうした刺繍をしていることには、何かの意味があるのだろう？」

だが、パトラナクアトリの表情は、再び石のように頑《かたく》なものに戻った。

「俺の先祖から土地や信仰を奪った白人に、話をするいわれはない」

もはや彼の気持ちに訴えかけるには、慈悲や愛などを説いても無駄だと思ったロベルトは、全ての人間を突き動かす次なる感情に訴えかけるしかないと判断した。

「分かった。では違う質問をしよう。君達はサンタ・ムエルテを信仰していて、その儀式をグアダルーペで執り行った。その時、殺人を犯したのかい？　なにしろ、先住民の男を教祖に仰ぐサンタ・ムエルテのカルト教団が、神像に生き血を捧《ささ》げるために、子供達を殺害した事件があったばかりだし、サンタ・ムエルテの信者には、麻薬の密売人や犯罪組織の者、貧しいインディオが多いというね。君や友人もその類《たぐい》なのかい？　君の友人の家には薬物もあったようだけれど、麻薬密売にも絡んでいるのかな？」

言い終わらぬうちに、パトラナクアトリの顔に、みるみる怒りの表情が現れた。

パトラナクアトリとロベルトの視線は、絡みつき、空中で交錯したまま挑み合っていた。

パトラナクアトリが、がっと歯をむき出しにして、噛《か》み付く仕草でロベルトを威嚇した。

サメのような歯がロベルトの眼前に迫った。

だが、それこそロベルトが待っていたものだ。

「俺を麻薬密売人や、おかしなカルト連中と一緒にすることだけは許さないぞ！　俺達は、あの教会の真の神々に祈りを捧げていただけだ」

「君達の真の神は、ミクトランシワトルだね？　地下世界の冥府《めいふ》ミクトランの王にして、死の神ミクトランテクートリの妻だ」

「貴様……白人のくせに何故、俺達の神のことを語る？」

「僕は変わり者の神父でね、あらゆる神に興味がある。

ミクトランシワトルの祝祭についても、ある程度は知っている。だから、グアダルーペの祭壇にあった血痕《けっこん》の原因も、あの日、君が異様な状態で目撃されたのが何故なのかも、僕にはだいたい分かっているつもりだ。僕なら君を擁護してやることができる。だけど逆に、あの血痕が殺人の痕《あと》だったかも知れないと、僕は警察に告げ口することもできる。そうすれば君の容疑は一つ増え、君の友人は職を失うだろう」

「神父のくせに俺を脅す気か？」

「違うね。救いたいんだ。君のことも、叔母さんのことも」

「お前達のいうキリストの名によってか？」

「そうでなくともいい」

「お前は本当に奇妙な奴だ。俺達と同じモンゴロイドと一緒にいるようだしな」

パトラナクアトリは平賀をじっと見た。

どんな話をしているのかまるで分からない平賀は、そんな彼に向かって、にっこりと微笑んだ。空気が読めないことは、こういう場面においては幸いだ。

「確認しておくが、君は発掘現場から窃盗をしたのかい？」

「するものか。盗みは恥ずべき行為だ」

「そうだろう。君にはアリバイがあると、君の友人も言っていた。なのに何故、そのことを警察に言わない？」

「警察に言ったところで、インディオ同士が庇《かば》い合いをしていると思われるだけだ。俺は奴らに、俺達がグアダルーペで続けている祈りのことを知られたくはない。きっと野蛮なことだと言って、止めさせられるだろう。神への祈りはなによりも大事だ。自分の命よりもな。お前達だってそうだろう」

「確かにね……。では、どうだろう。遺跡窃盗の犯人が君じゃないと、もし僕達が証明できたなら、君も僕達に協力してくれるだろうか？　このままでは、君は子供達の連続死の犯人にもされかねない状況だ」

「お前達がそんな俺を助けるというのか。何故だ？」

「人を助けるのが神父の役目だからだ」

「お前達はそう言いながら、先住民族を殺してきた側の人間だ」

「君達の先祖が受けた理不尽な暴力と痛ましい死については、心から残念に思う。けれど、僕は君達の国を滅ぼしたスペイン人でも、過去の時代の宣教師でもない。僕は、今を生きているバチカンの神父だ。目の前に困った人間がいれば助けろと教えを受けているし、無実の者を裁いたり、裁かれるのを黙って見ていてはいけないとも教えられている。君だって、人身御供《ごくう》の生贄《いけにえ》を繰り返した過去のアステカ人ではない。そうだろう？」

パトラナクアトリはロベルトの顔をじっと射貫《いぬ》くように睨《にら》んだ。

「やはり駄目だ。俺はそんな耳当たりの良い言葉ではお前を信じられない。何を言われても、お前達に話をする気はない。俺は自分の命は惜しくないのだ。エルネストとアントニオには心配するなと伝えておいてくれ」

「いいだろう。だが、アントニオは行方不明だそうだ」

ロベルトが答えるとパトラナクアトリの表情が変わった。

「まさか……」

「エルネストがそう言っていた」

パトラナクアトリは困惑し、青ざめた。

「まずい。アントニオの身が危険だ」

「なんだって？」

「俺は彼をひそかに『暁の梟《ふくろう》』に潜り込ませ、奴らのことを探っていたんだ」

「何故、そんな危険なことを？」

「奴らがインディオの名を騙《かた》る、たちの悪いマフィアだからだ。奴らの正体を暴き、組織を潰《つぶ》そうと思っていた。だから、アントニオをわざと彼らの一人に近づけたんだ。アントニオが危ない。先祖の霊がそう告げている」

パトラナクアトリは風の声に耳を傾けるような仕草をして言った。

「アントニオが何処に居るか、見当はつくのか？」

「分からない。だが、アントニオが接触した『暁の梟』のメンバーは、サニー・ボレロという男だ。サニー・ボレロは、アントニオのムショ仲間だった。彼にうまく近づいて、奴らのアジトを見つけ出せと、俺が命じたんだ」

「それを警察には話したのか？　警察は君を『暁の梟』のメンバーだと疑っていたぞ」

「行方不明だと？」

「警察は俺の話を信じない。そして警察はアントニオを救えない。お前はどうだ？　もし、お前がアントニオを無事に連れ戻してくれたなら、今度はお前の話を聞いてやってもいい。アントニオを救ってくれ」

「わかった。アントニオ・バレラを助けられるよう、僕達が最善を尽くそう。けれど、君と取引したいからじゃない。アントニオ・バレラの命が危険だと聞いたからだ」

「…………」

パトラナクアトリは何も言わなかった。だが、彼の目からはロベルトに対する怒りは消えていた。

少し離れた所に立っていた刑務官が「規定の面会時間終了です」と告げた。

「できるだけのことをするよ」

ロベルトはそう言って立ち上がった。

3

警察署を出たところで、ロベルトは平賀にパトラナクアトリから聞いた話を伝えた。

平賀はじっとそれを聞いていた。

「ロベルト神父はこれから、サニー・ボレロを探しに行くのですか?」

「それが出来ればベストだが、闇雲に聞き込みをしても難しいだろうとは思ってる。さしあたって、エルネストからもう一度話を聞くつもりだ。それで無理なら、先にパトラナクアトリの無実を証明し、共にアントニオを追う」

「どうやってパトナワクアトリの無実を証明するのです？」

「重機を窃盗するような短絡的な犯人なら、きちんと聞き込みすれば見つかる筈《はず》だ」

「成る程。では私達はここで二手に分かれましょう」

「君はどうするつもりだい？」

「私は警察に残ります。私にもお役に立てそうな事を思いつきましたので」

平賀はにっこり微笑んだ。


平賀と別れたロベルトは、再度エルネストの許《もと》に赴き、サニー・ボレロの手掛かりを求めたが、感触は芳しいものではなかった。

エルネストにサニー・ボレロの情報を集めてくれるよう頼むと、ロベルトは町の中心部にほど近い発掘現場へと向かった。

刺繍《ししゅう》のバッグやポンチョなどを安く売る店や露店が溢《あふ》れている街中は、相変わらずの人混みだ。

赤、緑、青、黄色のカラフルな彩り。

ギターの音色とラテン音楽があちこちから聞こえてくる。

しばらく歩くと、サントドミンゴ広場に出た。

広場には色とりどりのパラソルが数え切れないほど立っている。その下の地面に布を敷き、客にマッサージを施す青空マッサージ屋がある。菓子や軽食を売る屋台も多い。

そこから先は下町だ。道端で子供達がサッカーをしたり、地面に座って談笑している。

微笑ましいはずの光景だが、それは彼らが学校へ行っていないことを示していた。

おそらく彼らの中の何割かは親も家も持たず、マフィアの仕事で食いつなぐストリートチルドレンだろう。

教会の温情は、なかなか全ての者には及ばない。

ロベルトは溜息《ためいき》を吐きながら、ラヨンという大きな通りとの交差点に出た。

そこにフェンスとブルーシートで覆われた、遺跡の発掘現場がある。出入り口には立ち入り禁止の黄色いテープが渡され、警官が数人立っていた。

ロベルトはその近くに立ち、周囲を見回した。

盗難事件の目撃者を探すには、通りの向かいのアパートメントにあたるのが良さそうだ。

中でも一階の窓が大きく取られた部屋に目星をつけると、ロベルトはその部屋のドアを叩《たた》いたのだった。

軽いノックで、扉は不用心なほどすぐに開けられた。

三十代半ばと思われる、メスティーソの女性が玄関に立っている。

なかなかの美人であったが、やたらにボリュームのある時代遅れのヘアスタイルで、胸が大きく開いた奇抜な服を着ている。

彼女の髪から服から靴の先まで、至る所にラメの金銀の輝きがあった。そして肩には豹《ひょう》柄のフェイクの毛皮を掛けていた。

「んまあ、司祭様！」

女性は大層驚いた様子で声を上げた。

「司祭様だって？」

部屋の中から数名の女性の声が聞こえてくる。

「初めまして。いきなりお邪魔して申し訳ありません。僕はロベルト・ニコラス、バチカンから来た神父です。お時間がよろしければ、少しお聞きしたいことが……」

ロベルトの声をかき消して、女性が悲鳴に似た声を上げた。

そしてフェイクの毛皮を振り回しながら叫んだ。

「信じられない！　バチカンの神父様がいらしたわ！」

その瞬間、部屋の奥から騒がしい物音と悲鳴が響き、四人の女性が飛び出してきた。大きなカーラーを髪に巻いたままの者や、びしょ濡《ぬ》れの髪をした者もいる。

彼女らはロベルトの姿を見るや、十字を切り、天を仰いで抱きついてきた。

「なんてことだい。有り難いね。死ぬ前にバチカンの司祭様を拝めるなんて！」

「神の御慈悲に感謝を！」

「オー！　ディオス・ミーオ！」

「どうか法王様に私からのキスを伝えて、テ・アーモ・ムーチョ！」

口々に喜びの言葉を漏らしながら、ロベルトの頬に口づけをする。

「みっともないよ、大騒ぎをして。司祭様が驚いていらっしゃるじゃないか」

貫禄《かんろく》のある声が女性達の背後で聞こえた。

見ると、たっぷりと丸い身体つきをした五十代半ばの女性が、花柄のワンピースを着て立っている。その手には鋏《はさみ》と櫛《くし》が握られていた。

「貴方《あなた》がこちらにお住まいの方ですか？　実はお聞きしたいことがあって……」

ロベルトが言うと、女性は誇らしげに微笑んだ。

「ほぅら、みてごらん。司祭様は私に話をしに来られたのさ」

扉が大きく開かれ、中に案内される。

オレンジ色の壁の部屋の中央には大きめの鏡台が六台、背中合わせに二列に並んで置かれている。鏡の周囲はビーズやストーンでびっしりとデコレートされていた。鏡の前には、雑誌、ドライヤー、化粧道具……。

どうやらアパートメントの一室で、美容室を営んでいる様子だ。

突き当たりの壁にはグアダルーペの聖母像と、キリストのカラフルなポスター。家族写真らしきものがべたべたと貼られている。

棚の上には、色とりどりのウィッグをつけた髑髏《どくろ》人形が並んでいた。

その脇にあるドアを開くと、小さなテレビとソファとテーブルのある部屋に出た。

小さなテーブルの上には、食べかけの袋菓子が散らばっている。

部屋の主の女は素早い動作でそれらを鷲掴《わしづか》みにすると、ゴミ袋に投げ入れた。

「私は、アティエル・マジェロというものです。ここでもう二十年近く美容室をしているんですよ」

アティエルは慣れた手つきでお茶を入れながら、ロベルトに自己紹介した。

「初めまして。僕はロベルト・ニコラス、バチカンの神父です。お仕事中、お邪魔してすみません。話は早くすませますので」

ロベルトが言うと、女主人は、とんでもないと首を振った。

「何を仰《おつしや》いますやら。ここいらに司祭様とのお話を邪魔する人間なんていやしませんとも。うちの常連客も皆、神父様とお話ししたくて、ドアの隙間のところに屯《たむろ》してますよ。宜《よろ》しかったら、あの子達にも一緒にお話を聞かせてやってくれませんか？」

「あ、ええ、構いませんよ」

「ナタリア、サマ、アルナ、パウリナ、イザベラ。神父様の許可が出たよ、入っておいで！」

呼ばれて部屋に入ってきたのは、先程の女性達であった。五人はわいわいと騒ぎながら、ロベルトの周りを取り囲んだ。

「実は皆さんに、少しお聞きしたいことがあるのです」

「なんですの？　どんなことでも知っている限りのことはお答えしますわ」

アティエルは真剣な顔で頷《うなず》き、周囲の女性達も同じように頷いた。

「ここの窓から、向かいの発掘現場が見えますよね。そこで盗難事件が起こった日のことを教えて頂きたいのです」

「ええ、よく覚えていますとも。あれは確か、聖母の大祭の日の朝八時頃でしたわねえ。私が出かける準備をしていたら、学者やら教授やらがあそこの交差点で大騒ぎしてるのを見ましたわ。その後すぐに警察が飛んできたんです」

アティエルの言葉に、イザベラという女性が頷いた。

「そうそう、朝から騒がしかったからベランダに出たら、洗濯物がずぶ濡れだったのよね、あの日って」

「そういや、あの前の晩は大雨だった。しかもただの雨じゃない、私は七十年生きてきたけれど、十二月にあんな豪雨にあった事はないんだ。異常気象ってやつかねえ」

サマと呼ばれた年配の女性が溜息を吐いた。

「そうですか。夜のうちにショベルカーが何台も盗まれたと聞いたのですが、どなたか怪しい人影を見たり、車の物音を聞きませんでしたか？」

「やだ、神父様ったら。怪しい人影や物音なんて、この辺りじゃ日常ですよ」

そう言ってからからと笑ったパウリナに、皆から顰蹙《ひんしゅく》の目が向けられた。パウリナは慌てて黙り、ペロリと舌を出した。

「それにしても、司祭様が何故、そんな警察のようなことをお聞きになるんです？」

至極真面目そうな、アルナという女性が訊《たず》ねた。

「窃盗事件の犯人として疑われている人物の無実を証明したいと考えているので……」

ロベルトが答えると、女達は感嘆し、互いに顔を見合わせた。

「やっぱりバチカンの司祭様は慈悲深いねぇ」

アティエルは感極まった様子で涙ぐみ、レースのハンカチを目に押し当てた。

「泣いている場合じゃないよ。司祭様の尊いお志にそうように、皆で協力しなくっちゃね。あたしゃ、ちょっとばかり小僧どもを集めてみるよ」

サマはそう言うと携帯電話を取り出し、部屋の外へ出て行った。

アティエルがその後ろ姿に向かって、「サマ、私の甥《おい》のマルコも呼んどくれ」と声をかけた。

女達は堰《せき》を切ったように、当日を思い出し語り出した。

いずれも大した手掛かりにはなりそうにないが、彼女達が協力的であることだけは確かである。

「ナタリア、あんたはどうなんだい？　この子はこのアパートに住んでるんですよ」

アティエルに声をかけられたのは、最初に玄関を開けた年若い女性であった。

「ごめんなさい。私はその日、泊まりの用事だったから、分からないわ」

ナタリアは気まずそうに言った。

するとパウリナがロベルトの耳元で囁《ささや》いた。

「ナタリアってね、男性相手の夜の接客業なんですよ」

つまりは娼婦《しょうふ》ということであろう。

ロベルトが曖昧《あいまい》に微笑むと、その様子を見てナタリアが、フェイクの毛皮をパウリナに投げつけた。

「ちょいと、司祭様になに告げ口してるのさ！」

「本当のことじゃないか。子供が七人もいるってのに、八人目が出来ないうちに、まともな職につくことさ！」

「あんたの言う、まともな仕事ってのは、金持ちの白人の家の家政婦だろう！」

「なんだって！」

二人が立ち上がった時に、バタンと部屋のドアがあいた。

先ほど出て行ったサマが、腰に手を当てて仁王立ちしていた。

「司祭様の前でつまらない喧嘩《けんか》はおよし！　どうせ私らは五十歩百歩なんだからね。それより司祭様、少しはお役に立ちそうなのに連絡を取りましたから、待ってて下さいな」

サマが言ってから三十分もすると、いかつい大勢の男達がぞろぞろやって来た。

中にはいかにもマフィアの構成員と分かるような物騒な男までいる。

「この子らは皆、私の家族なんですよ。リカルド、ウーゴ、カルロス、フリオ。そしてこの子は、アティエルの甥っ子のマルコ。みんなこの辺りの顔利きですよ。ここいらで起こったことは大概分かります」

サマは自信満々な調子で言った。女性達も頷《うなず》き合っている。

リカルドと呼ばれた赤ら顔の太っちょは、現場の交差点のすぐ西にある二十四時間営業のカフェのオーナーであった。

「あの日のことなら、俺の所に警察が来て、事情を聞いていきましたよ。でも結局、重機が前の道を走ってくのを見た店員は、一人もいませんでした。あの日は常連客も何人かいたんですが、その方達も見てないと言ってました。だから警察は、きっと東にでも逃げたんだろうと……」

「いや、義兄《にい》さん、東ってことはないですよ」

と、やんちゃそうな若者が言った。彼はウーゴといい、交差点の東にあるガソリンスタンドで夜間の店員をしていた。

「うちの店の前を重機なんて通っちゃいません。車のことなら、俺はよく覚えてる。あの夜は雨だったから室内にいたけど、表通りがよく見える窓際で店の連中と朝までポーカーしてたから絶対間違いないです。怪しい人影も見てません」

次に紹介されたカルロスという男は、白いスーツに金時計をつけた色男で、やたらと目つきが鋭かった。

「カルロスは交差点の北側に夜中じゅう立って、道にいる子達を見張ってるんだ。そういう仕事なんでね」

サマが言った。

要するに彼の職業は、北の通りを縄張りとする売春婦達のポン引きであった。

「俺も重機なんて見ちゃいないね。俺のシマを不審な奴が通ったら、たとえそれが雨の日だろうが槍《やり》の日だろうが、絶対に見逃しゃしねえ。俺らは警察なんかよりずっと、この辺の治安に貢献してるんだ。余所者《よそもの》が来りゃすぐ分かる」

三人の話が終わると、サマは不思議そうに首を傾げ、腕組みをした。

「そりゃあ奇妙なことだねえ。ここから南に逃げる馬鹿はいないと思うがね。なにしろ目立つ繁華街へ行く路《みち》だもの。夜は若い恋人達が、あちこちにいるしね」

サマの言葉に、誰も異論を挟まなかった。

だからと言って、犯人の逃走経路が西とも東とも北とも思えない。

可能性は低くても、南に逃げたとしか思えない状況だ。

(後で南方面の聞き込みをしてみるか……)

ロベルトは思った。

「さあ、あとはフリオとマルコの番だ。フリオはこの辺りの金属の闇市場を取り仕切っている。マルコは盗難車の売買をしてるんだ。重機を解体して売りにかけるとしても、そのまま売っぱらうにしても、二人が知らないはずがない。どうだいあんたたち、心当たりはあるかい?」

サマが二人をじろりと睨《にら》んだ。

「いいや、心当たりはないね。うちには売りに来てねえ。八台分ものパーツが市場に出りゃ、一発で気付くと思うんだがな」

フリオが言った。首筋に髑髏《どくろ》の入れ墨のある、ぎょろりとした目の男だ。

「俺も知らないね。重機は日本製だった。買い手はいくらでもいる。早くうちに売りに来ねえかと思ってたが、未《いま》だにどこからも話を聞かねえ」

マルコが言った。彼は唇に三つもピアスを付け、ニット帽を被《かぶ》った青年だ。

「じゃあさ、盗まれたなんていってるけど、また、役人達が自分達の懐に入れたんじゃないの？」

パウリナが手を打って言った。

「そうだとしても、フリオやマルコのところを通るはずさ」

サマは首を振った。

「どうにもおかしな話だね。まさか重機が消えちまうなんて事はあり得ないしねえ」

アティエルが眉《まゆ》を顰《ひそ》める。

「今伺ったようなお話は、どこまで警察にしたんです？」

ロベルトの言葉に男達は肩を竦《すく》め、カルロスが口を開いた。

「そりゃあ、話したのはリカルドとウーゴだけだろうさ。俺ん所にはまだ誰も聞きに来てねえな。フリオやマルコは警察とは話をしねえ」

カルロスの言い分も当然だろう。

それにしても、聞けば聞くほど分からない話であった。

いくら当日が雨で、不審な物音や人影に気付きにくいとはいえ、誰一人として怪しい者を見ておらず、心当たりもないのはおかしい。

「重機を八台も盗難するつもりなら、下調べの一つぐらいはしていたと思うのです。あそこで発掘が始まって以降、不審な人物を見た方はいませんか？」

ロベルトが問いかけた。

しかし、誰もが顔を見合わせ、首を横に振るだけだ。

ロベルトが考え込んでいると、ナタリアが「あっ」と叫んで机を叩《たた》いた。

「分かった、ホルヘに聞いたらいいんじゃない？　あの現場に一番近いところに居たのはホルヘじゃないの？」

ああ、と女達が頷き合った。

「ホルヘとは、誰なんです？」

「現場近くに居場所を持っている、ホームレスの闘犬家ですよ。そういえば、ここのところ、姿を見てないような……」

アティエルが首を捻《ひね》った。

「なんだ、あの闘犬家の爺《じい》さんか。なら、借りた金が返せず、逃げ回ってるらしいぜ。小銭なのに回収が面倒だって、バルカサールが愚痴ってた」

マルコが言った。

「小銭って、いくらなんだい？」

アティエルが訊《たず》ねる。

「確か千ペソほどだったかな」

「立て替えておやり」

「えーっ、勘弁してくれよ。奴の犬はチワワの雑種なんだぜ。どうやったって、闘犬で金《かね》儲《もう》けが出来るはずがねえ」

「いいじゃないか、それぐらい。あんた、儲けてるんだろう？　たまにゃ神様のお役に立たないと、地獄に堕《お》ちるよ！」

アティエルに脅されて、マルコは小さく「分かったよ」と頷いた。

ロベルトは考え込んでいた。

重機の行方を摑《つか》むのがこれほど困難とは想像もしなかった。だが逆に、彼らの濃密そうな人間関係からすれば、アントニオ・バレラやサニー・ボレロのことは分かるかも知れない。

「もう一つ、お聞きしたいことがあるのですが、どなたかアントニオ・バレラとサニー・ボレロという名前に心当たりはありませんか？」

ロベルトの言葉に、フリオが反応した。

「サニー・ボレロ？　なんだって、あんなワルの名前を司祭様が？」

「彼をご存じなんですか？」

「勿論《もちろん》、あいつがガキの頃から知ってますよ。物心ついた頃には、工事現場から電線を盗んで売ってたような奴です。最近は相当物騒な連中と付き合ってるようなんで、なるべく関わらないようにしてますがね」

「物騒な連中とは、『暁の梟《ふくろう》』のことでしょうか？」

「おっと、止《よ》して下さい。そこまでは知りませんよ」

「僕はサニー・ボレロに会いたいのです。何処に行けば会えますか？」

「またなんだってそんな物好きな……」

言いかけたフリオを、サマが物凄《ものすご》い形相で睨んだ。

フリオは頭を掻《か》き、咳払《せきばら》いをした。

「最近じゃ、アイラリリコのあたりの『エルフェバンゴ・デ・ボルベ』ってバーによく来てるらしいです。まあ、俺も噂で聞いただけですがね」

「アイラリリコのどの辺りです？」

「いやいや、行かない方がいいですぜ。前科者が集まるヤバい所です。看板も出てないようなモグリのバーなんです」

「いえ、どうしても行きたいのです。警察にも誰にも他言はしませんから、どうか教えて下さい」

ロベルトの熱意と、女達の責めるような視線がフリオに集中した。

「案内させて頂きなよ」

サマにずばりと言われると、フリオも観念したようだった。

「いいですが、俺は中には入りませんぜ。次の金曜、午前一時にこの店の前に来て下さればば、前までお連れします。それで勘弁して下さい」

「助かります。有難うございます」

深く頭を下げたロベルトに、サマが「いいんですよ」と声をかけた。

「司祭様のお手伝いができるなんて光栄なんですから。ただね、こちらからも少しお願いが……」

その後、ロベルトは女性達の家族と親類縁者の家々を回って祈禱《きとう》を行い、二人の新生児の名付け親になり、記念撮影を受けた。

最後にアティエルの従姉妹《いとこ》が申し出たのは、近所に住むセラーノ一家の許《もと》を訪ねて欲しいという願いだった。

「お気の毒に、息子さんがビルから転落死したんです。母親は酷《ひど》い落ち込みようでしてね……神父様に励ましてやって欲しいんです。バチカンからこられた有り難い神父様の励ましなら、彼女も少しは元気を取り戻すと思うんですよ」

その言葉にロベルトは、連続死した子供達の中にエルナン・セラーノという八歳の男の子がいたことを思い出した。

Entren, Santos Peregrinos, reciban este rincón,
que aunque es pobre la morada, os la doy de corazón
聖なる巡礼者よ、この粗末なうちにお泊まりください
貧しい住まいですが、心から歓迎しますよ

どこからか歌声が聞こえてきた。

見ると、ポサダの祭りの列が蠟燭《ろうそく》を持ち、歌いながら歩いている。

キリスト誕生の直前、マリアと夫が家から家を訪ね歩き、宿《ポサダ》を求めて巡礼したことを再現する儀式だ。

その側で、大道芸人達によるパストレーラ（寸劇）が行われている。

マリア、その夫、天使、東方の三博士、羊飼い、悪魔などの格好をした芸人達がキリスト誕生の様子を演じていた。

悪魔が羊飼いたちに様々な誘惑の言葉を吹き込み、キリストから引き離そうと企《たくら》む様子を、人だかりの人々が見入っている。

道路には鍋《なべ》が置かれ、観客達がそこに小銭を投げ込んでいた。

セラーノ一家は小さなアパートに住んでいた。

リビングには立派な聖家族《ナシミエント》の置き人形が飾られている。

陶器で出来たマリア像、夫の像、東方の三博士、そして天使や羊飼いと羊が、マグサでできた桶《おけ》を囲んで並べてある。苔《こけ》や干草の中には、メキシコ風のカラフルな神像の置物が隠すようにして置かれていた。

セラーノ夫婦の夫はベルムド、妻がカンテと名乗った。

それから亡くなったエルナンの弟だという六歳くらいの子供がいた。

エルナン・セラーノの写真が飾られた祭壇の前で、ロベルトは子供の冥福《めいふく》の為、祈りを捧《ささ》げた。

ベルムドとカンテはそれにじっと聞き入り、感激している様子だ。

祈りが終わると、ベルムドがロベルトにお茶を出してきた。

「エルナンには天国に行って欲しいですね……。兄が亡くなってから、あの子もしょげかえっているんです」

ベルムドが涙に瞳《ひとみ》をうるませながら、残された息子を見た。

カンテと二人、生まれたばかりのキリストの人形を手に持ち、ナシミエントの前で子守歌を歌っている。

「弟さんの名は？」

「セルジオです」

「いい名前ですね」

ベルムドは無言で頷《うなず》いた。

カンテとセルジオの歌が終わると、家族はロベルトを囲んで席についた。

「ねえ、お兄ちゃんは背中に羽根が生えたから、天使様と一緒にお空へ飛んでいったのかな？」

セルジオがあどけない口調で言った。

その言葉を聞き、夫婦は思わず涙ぐんだ。

「そうだね。エルナンは天国へ行ったに違いないよ」

ロベルトが答える。

「やっぱりそうだったんだ。お兄ちゃんはね、空を飛ぶ夢を見たって言ってたよ。飛べるよってね、言われたって。だから、飛んだんだね」

「空を飛ぶ夢……？」

ロベルトの心臓が音を立てて鳴った。自分も最近、同じような悪夢を見ている。

（まさか……）

「お兄ちゃんは誰にそんなことを言われたって？」

「んー。よく分からない……。頭の上の方から声がして、光が見えて……それでね、こっちに来い、こっちに来いって、何度も言われたって、そう言ってたよ」

ベルムドとカンテの顔が青ざめた。

カンテは慌てて立ち上がり、棚の中から古めかしい石の香炉を持ち出すと、黒い塊をその中に入れ、火をつけた。

つん、と不思議な香りが漂ってくる。

カンテは香炉を持ってセルジオの側に跪《ひざまず》き、そこから立ち上る煙を何度もセルジオに浴びせる仕草を繰り返した。

「これは何という香ですか？」

ロベルトの問いに、カンテは少し困ったような表情をした。

「あの……私達の祖先が厄落としの時に焚《た》くお香なんです。私達の祖先は、年明けまでの五日間を不吉な日としてきました。その間は特別な香を焚くことで、悪魔から身を守り、厄災を祓《はら》うのです。きっとエルナンは悪霊に囁《ささや》かれたんです。この上、セルジオまで失っては生きていけません。この子の厄を祓わなければ……」

「それはネモンテミの風習ですね？」

ロベルトが訊《たず》ねると、ベルムドは驚いた様子であった。

「司祭様は、ネモンテミをご存じなのですか？」

「どこにも属さない魔の五日間だと聞きました」

マヤ人達はその五日間を太陽のいない忌むべき日とし、悪霊に憑《つ》かれたり、事件が起こる日と信じていた。そして失った太陽を蘇《よみがえ》らせるための儀式を五日にわたって行っていたのだ。

「ええ、そうです。私達は今もネモンテミの間、このような手作りの香を焚き、用心して過ごす習慣があります。ですが、私は敬虔《けいけん》なカソリックなんです」

「ええ、それは分かっていますよ」

ロベルトは微笑んだ。

旧《ふる》い風習を保っているこの家族を見て、ふと彼の脳裏に過《よ》ぎったものは、シワクアトリの横顔であった。

「すみませんが、そのお香を少し分けてもらえないでしょうか」

ロベルトはカンテに申し出た。

4

一方、警察署に戻った平賀は、ホセ・マルケス警察署長に再度面会した。

そして電話越しにミゲルに通訳をしてもらい、子供の転落事件について捜査のお手伝いをしたいと、真っ正面から訴えたのである。

パトラナクアトリは無実だ。本人とロベルトがそう言っているのだから間違いはない。捜査資料を精査すれば、必ず裏付けとなる証拠が見つかるはずだ。

平賀の思考はシンプルであった。

幸運にも、ホセは平賀の申し出を了承した。

毎日平賀をグアダルーペ寺院に送迎していたミゲルが、「平賀は凄《すご》い機材を持っている」とか「手柄を横取りするような器用な男じゃない」と解説を付け加えていたことなど、平賀には知る由もない。

そうして得た資料によると、痛ましい子供の死亡者数はこれまでに五名に及んでいた。

平賀は検視の資料をじっくり読んだ。医療カルテはドイツ語なので、その点は困らない。

続いて、現場の写真を一つ一つ吟味する。

足が付け根から折れ、見開かれた白目がこちらを向いている者。

聖歌隊の白衣がイチゴジャムのような赤に染まっている者。

頭部がはじけ、頭蓋骨《ずがいこつ》や脳漿《のうしょう》が飛び散っている者。

長い髪が血のりでベッタリと顔に張り付いている者。

手足がよじれ、全身がくの字に折れ曲がっている者。

そして、ビルの屋上の現場写真。

着衣の乱れや遺体に残った傷。

子供達の身長や体重と、転落したビルの高さ。

落下地点。その周囲の状況。血痕《けっこん》の飛び散り方。

パトラナクアトリの身長や体重のデータ。

それらを見るうち、平賀は一つの答えを得た。

次はそれが正しいかどうか、検証する必要がある。

そこで平賀は全ての資料のデジタルコピーを取り、ホテルに持ち帰ると、いつも彼がそうしていたように、データ一式をバチカンの情報部にいる補佐役——チャンドラ・シンに宛てて送ったのだった。

そして平賀はチャンドラ・シンに電話を入れた。

呼び出し音が途切れ、モニタに博士のしかめっ面が映る。

「平賀です。至急博士のご意見を伺いたく、今、データをお送りしたのですが」

『お待ち下さい……。ええ、届いていますね』

チャンドラ・シンは優雅な手つきでデータを解凍し、フォルダをクリックした。

その瞬間、彼の表情は化石のようにピタリと固まった。

「その子供達が『聖なる死神《サンタ・ムエルテ》』への生贄にされて殺されたのではないかと、警察当局が疑っているんです。パトラナクアトリというアステカの末裔《まつえい》のインディオが犯人だと疑われているのですが、私は彼の嫌疑を晴らしたいのです」

平賀は熱を込めて語ったが、チャンドラ・シンの返事はなかった。

その瞳孔《どうこう》は大きく開き、瞬《まばた》き一つしない。

「博士？　私の声が聞こえてますか？」

おかしいな、と平賀はマイクのスイッチを確認し、ケーブルの接続を確かめた。

(回線の不具合でしょうか)

首を傾げながらモニタに視線を戻すと、シン博士の顔面がわなわなと大きく震えている。

『いっ、生贄……にえ……』

そんな単語が聞こえた気がする。

「はい、生贄です。聞こえますか？　あ、でも、生贄といっても、パトラナクアトリさん達は人間を生贄にしていないそうです。彼らがいつも殺しているのは七面鳥で」

『どっちだって一緒だ‼　生贄は駄目だろう‼』

突然、鼓膜が破れるかと思うほどの大声がスピーカーから響いたので、平賀は目を瞬《しばた》いた。

「……あ……はい、確かにそうですね。生贄は良くない風習です。そして七面鳥さんの命を軽んじたつもりもないのですが、つい……。怒らせてしまいましたか？」

平賀は申し訳なく思って言った。

チャンドラ・シンは両手で顔を覆い、前傾姿勢になっている。

スピーカーからは嗚咽《おえつ》の声が断続的に聞こえてきた。

よく見ると、チャンドラ・シンはむせび泣いていた。

『……あ、貴方《あなた》がたの調査記録を読んで以来、いつかこんな……うっうっ……おぞましい殺人事件に巻き込まれる日が来るんじゃ……ないかと、どれほどビクビク怯《おび》えていたか……。それを不意打ちであんな……あんな酷《むご》たらしい……こ、子供の……ひっく……死体を送りつけるだなんて、あ、あなたはひどい人だ……』

途切れ途切れにそのように言っているのが聞こえる。

他人の涙に弱い平賀は狼狽《ろうばい》した。

「あの、すみません、その、博士がそんな、そのご事情とは露知らず、本当に失礼しました。つい、いつもの調子で……。その、私はいつもローレンに」

『わあぁあああああああああーっ!!』

怒りとも恐怖ともつかない叫び声を上げたかと思うと、電話回線はぷつりと切れた。

平賀は面食らった。

それにしても、あんな調子で今後の調査は続けてもらえるのだろうか。

心配になった平賀は、博士に短いメールを書いた。

チャンドラ・シン博士
　色々すみません。今後も調査にご協力頂けると幸いです。　平賀

平賀が送信ボタンを押して暫《しばら》くすると、チャンドラ・シンからのメールが届いた。

不安を覚えつつ、開いてみる。

メールの本文にはたった一行、

『面白い物を発見した』

とあり、資料が添付されていた。

添付資料を開くと、一番初めは日記らしきテキストであった。

『私の宇宙空間での実験参加は、これで四度目となった。

映画には無数の星々が輝く宇宙のシーンがよく登場するが、実際は違う。

地球の軌道上を回る衛星の中で星を見ることは実に希《まれ》である。

太陽の光が地球そのものや宇宙船などに反射し、空に輝く星の光を打ち消してしまうからだ。

星が見えるのは、星の光を妨げる他の光源がない状態——衛星軌道でいうと、地球の本影に入り、満月も出ていないときのみである。

そして宇宙では地球上のように大気による光の散乱がないために、遠い星々は完全な点光源となり、地上で見るより遥《はる》かに微細なものになってしまう。

私が常に見ているのは、漆黒の空間の中で輝く真っ青な球体、地球だけである。

宇宙で見るこの球体は実に魅力的だ。

もはや魔力を持っているとしか思えない不思議さに満ちている。

地球はおよそ四十億年もの間、惑星間の重力という魔力によって、宇宙の固定した軌道に押し留《とど》められ、その奇跡的な位置故に、生命を育《はぐく》み続けてきた。

そしてそこに降りそそぐ太陽光線と地中深くの地熱は、生命活動の基礎となるエネルギーを供給し続けている。

現在、地球上に生活する生物種の数は、少なく見積もっても百万種、多ければ、一億種という推定である。

しかも、その殆《ほとん》どの種族について私達は把握出来ていない。

宇宙どころか地球すら、私達人類にとって未開の地である。

宇宙人ともなれば、全く想像もできない存在だ。

宇宙空間で仕事をしている私はよく友人達から、宇宙人に関する質問を受けることがある。

「宇宙人は存在すると思う？」

「ＵＦＯを、見たことは？」

そんな時、私は彼らにフランク・ドレイクの式を説明することにしている。

ドレイクの式とは、宇宙に知的生命体が存在する確率、そして人類がそれと出会う確率を表す有名な式だ。

その数式は、Ｎ＝Ｒ×ｆｐ×ｎｅ×ｆｌ×ｆｉ×ｆｃ×Ｌ。

意味はというと――

まず、Ｒは銀河系の生涯を通じて、一年間に恒星が誕生する平均値。

ｆｐは、その恒星が惑星を持つ確率。

ｎｅは、その恒星一つあたりが持つ、生命が生存するのに適した惑星の平均数。

ｆｌは、その惑星で生命が存在する確率。

ｆｉは、その生命が知的生命体に進化する確率。

ｆｃは、その知的生命体が、電波天文学を持つ程度まで進歩する確率。

そしてＬは、電波天文学を持つ文明の寿命。

それらを使った公式から導き出されるＮは、我々の銀河系に存在する通信可能な地球外文明の数だ。

Ｒに関しては、最近の観測で10から20と分かってきている。

仮に最も多い20にしておくとしよう。

恒星が惑星を持つ確率ｆｐは、およそ０・５である。

ｎｅは太陽系の例からかんがみても、１が妥当である。

だが、それ以外は、一体どれくらいの値になるのかは分からない。

よって推測でしかないが、いくつかの有力な定義がある。

まず一番人類に優しい定義はｆｌ×ｆｉ×ｆｃ＝０・００１くらいだと考えるものだ。すなわち、ドレイクの式によれば、Ｎ＝０・００１×Ｌとなる。

仮に、この銀河系に我々と交信可能な他文明が一つ、存在したとする。前出の式にＮ＝１を代入すると、Ｌの値は１０００となり、その文明の寿命は千年が限界となる。これは決して長くない年月だ。

ここで、物理学者フェルミが指摘したパラドックス（矛盾）を考慮する。

フェルミは言った。「地球外文明の存在の可能性は高い。にもかかわらず、我々は彼らを目にしていない。一体、彼らはどこにいるのだ？」と。

「もし異星人が存在したとして、その異星人が光速の〇・一パーセント程度の速度で移動できる技術を持ち、宇宙空間に進出したなら、この銀河系は現在までに、その星の文明で覆い尽くされている筈《はず》だ」と。

実にもっともな指摘である。

我々が大航海時代を迎えた時、イギリスやスペインを代表する西洋諸国が大艦隊を率いて世界中に進出し、先住民族を征圧して植民地を増やしていったように、宇宙でも全く同じことが起こってしかるべきだ。

ところが実際には、宇宙の侵略は起こっていない。

それはすなわち、高度な地球外文明の存在する可能性Nが1よりも限りなく小さいことを意味している。

そこで今度はN＝0・1を式にあてはめる。すると、高度文明の限界寿命Lは百年となる。

何と絶望的な数値だろう。やはり高度な文明は、高度な兵器やそれらがもたらす危険と共にあるということだろうか。

いや、驚くほどのこともあるまい。現在の私達とて、核やそれ以上の殺戮《さつりく》兵器によって人類自身を殲滅《せんめつ》することは容易なのだから。

私達の地球において、電波を用いた宇宙交信を試みるほど文明が成熟したのは、一九六〇年であった。

おそらく私達の限界寿命までに残された年月も、もう長くはないに違いない。

それを裏付けるかのように、地球の各地には、神の怒りが大洪水や恐ろしい炎となって、人々の高度な文明を滅ぼしたことを示す神話が数限りなくある。最初の人類は既に死滅し、新たな人間が過去何度か創造し直されていると語る神話さえある。

知恵の実を齧《かじ》った人類には、予《あらかじ》め、遠からず終末が用意されているというわけだ。

それでもやはり、私達は神を求めずにはいられない。

神について考えずにはいられない。

宇宙に浮かぶ青い球体の神秘を見た者には、何故だかそれがよく分かる。

だが、その感情と根拠をどう表現すべきか、私には分からない。

ある日、私はデブリ（宇宙ゴミ）と思われる残骸《ざんがい》の中に、見慣れない物を発見した。

どう見てもそれは人工物であり、小型ロケットのように見えた。

近づいて確かめると、それは長さ二メートル、幅八十センチほどの未知の物体であった。

しかもその胴体には、おそろしい怪物の顔に似せた模様が刻まれていた。

一体、誰がこんなものを宇宙に放り出したというのだろうか。

私は息を吞《の》んだ。

その物体はどういうわけか、衛星やデブリとは違う方向に、すなわち地球を縦に回ろうとするかのような方向に、移動していくのであった。

本部に連絡し、早速、私はこれを回収した。

次に私がそれを目にしたのは、NASAの秘密研究室であった。

学者達が、発見者である私から話を聞くために、この宇宙から持ち帰られた不思議な物体と再び対面させたのである。

その時、あろうことか、その物体は白い石になっていた。

宇宙空間で見た時には、確かに金属の塊であったのにだ。

私があの物体に接触したのはそれが最後であった。

世紀の大発見は公にはされず、私にも口外禁止の箝口令《かんこうれい》が出されたのである。

あれは何だったのだろう。

異星人の作ったロケットであったのだろうか。

そうするとN＝1となり、高度文明の限界寿命は千年。私達にも残された時間はまだあるという訳だ。

誰かが言っていた。かつて高度な文明を持った宇宙人が私達を創造したのだと……。

あながちそのような考え方も、間違ってはいないのだろうか？

アルフレッド・パーネル』

二番目のファイルは、アルフレッド・パーネルなる男のNASAにおける身分証明書であった。

次に写真があった。宇宙空間で撮られたと思われるそれは黒く、ロケットのような形をしていた。

平賀は次のファイルを開いた。

NASAの研究室と思われる場所で、さきほどの物体が白くなっている写真である。

次に、同じものの X線写真。物体の内部が透けて見えている。そこには、人骨のようなものが写っていた。身を屈《かが》め、ハンドルか操縦桿《そうじゅうかん》でも握るかのような姿勢で腕を伸ばしている。その人物の頭部は異様に長い形をしていた。まさしくロケットに乗った宇宙人にしか見えない。

最後に、その物体を分析したレポートがついている。

白く石化状態となった物体は非常に強固で、六千度の熱にも絶対零度の環境にも変化をみせなかったということ。通常のものでは切断出来ず、レーザーを用いなければならなかったということ。レーザーによる切断面から出てきたものは、人間のミイラであったということ。

レポートはそこで不意に途切れ、以下極秘と書かれていた。

平賀がプリントアウトしたそれらの資料をじっと見詰めていると、ロベルトが背後から覗《のぞ》き込んできた。

「何を見てるんだい」

平賀はハッと驚いて顔をあげた。

「ロベルト、お帰りなさい。これはチャンドラ・シン博士が送ってきて下さったんです」

ロベルトは資料に軽く目を通すと、当惑の表情を浮かべた。

「……彼、どうかしたんじゃないのか？　急に頭のネジでも飛んだみたいな内容だぞ。宇宙ロケットだなんて、これじゃあ奇跡調査じゃなくＳＦだ」

平賀はその言葉にハッと青ざめた。

「どうしましょう……。だとしたら、私のせいです」

平賀はチャンドラ・シンとの間にあったことをロベルトに話した。

ロベルトは額に中指をあてて少し考え、「おそらく」と言った。

「シン博士はジャイナ教徒だ」

「インドで〇・四パーセント程度の信者を持つ、原始仏教に似た宗教だよ。信者は徹底したアヒンサー（不害）の制戒を厳守し、菜食主義で、魚も肉も卵も根菜も蜂蜜《はちみつ》も口にしてはならない。なぜなら、不殺生の誓いに反するからだ。

ジャイナ教の不殺生戒はかなり厳格でね、ジャイナの修行僧は、水中の微生物を殺さない為に水こし袋を使って水を飲み、空中の微生物を誤って吸引しない為に口を布で覆い、道を歩く時に虫を踏み潰《つぶ》さない為に鈴のついた杖《つえ》や箒《ほうき》を使って歩く。誤って微細な生き物に害をなさないよう、細かい物の見えづらくなる日没後は外出禁止だ。修行僧ほど厳密でなくても、誰もが『虫一匹殺さない』生活を日々心がけているんだ。

そんな男にとって生贄《いけにえ》や殺人なんて、一寸《ちょっと》刺激が強すぎたんだろう」

「……それは……気の毒なことをしました……どうしましょう」

「放っておけば？　彼が本当に君のパートナーとしてやっていくつもりなら、こういう問題も乗り越えなきゃいけないし、そうじゃないなら何処かに異動願いを出すだろう。彼の選択に任せておけばいい」

ロベルトは軽くそう言いながら、平賀が見ていた写真の一枚にふと目を留めた。

「うん？　ちょっとここの部分を拡大してもらえないかな」

「分かりました」

平賀は写真の倍率を五十倍にあげ、ぼやけた部分にコンピュータ処理を施して鮮明化させた。

　すると羽根や渦巻模様に見えるレリーフらしきものが浮かび上がった。

「これは……。ケツァルコアトルの神殿に刻まれたレリーフとよく似ているんだ。いや、そっくりと言うべきかな」

「ということは、これはマヤ遺跡の一部なのでしょうか？」

　平賀は瞳《ひとみ》を輝かせた。

「遺跡の一部が宇宙にあるなんて、考えられるかい？」

「あり得ないとは言い切れませんよ。このX線写真に写っているものは、人骨の部位の数も現代人とほぼ同じなんです。頭部は宇宙人のように尖《とが》っていますが、古代マヤやアステカには、頭部変形の習慣があったとロベルトが教えてくれたでしょう？」

「うん、まあ……。上方に高く伸びた円錐《えんすい》形の頭は王族の象徴だけどね」

「ほら、やっぱり！」

「落ち着いて、平賀。これはおそらくチャンドラ・シンの復讐《ふくしゅう》だよ。こうして君をからかってるんだ」

「そうでしょうか……そうかも知れませんね」

　平賀はしょんぼりした。

「それより一寸ご飯にしないか？　僕はもうくたくたの腹ぺこだ」

「そうでした。ロベルト、そちらの調査はうまくいきましたか？」

「今日一日で、メキシコに三十人の友人と、三つの家族が出来たよ」

　ロベルトはそう言いながら、ビニール袋の中からタコスを取りだすと、平賀に差し出した。

第五章　世界樹の奥義と死への誘い

1

翌朝。ロベルトはカンテに貰《もら》った魔除《まよ》けの香を持ち、シワクアトリの許《もと》を訪ねた。

シワクアトリはいつもと変わらぬ様子で刺繡《ししゅう》をしている。

「こんにちは、今日は珍しいお香を持ってきたんですよ」

ロベルトは言った。

婦人は刺繡を続けながら、二、三度鼻を動かした。ロベルトの匂いと気配を察した様子である。

ロベルトは机に置かれたままの香炉に香を入れ、火をつけた。

白い煙がゆっくりと立ち上り、部屋の中を渦を巻くようにして広がっていく。

すると突然、シワクアトリに変化が起こった。

ピタリと刺繡の手を止めたかと思うと、左手に布を持ったまま立ち上がったのだ。

それはロベルトが初めて見る、婦人の自発的な行動であった。

婦人は匂いの元を手繰りよせるような動きで、じりじりとロベルトの方へ近づいてくる。

まるで今までの警戒心が嘘のようだ。

とうとうロベルトの側までやって来ると、両手で香の煙を掬《すく》い、自分自身の頭や身体に浴びせかけるような仕草を繰り返した。

間違いない。彼女は厄落としをしているのだ。

ロベルトは彼女が紛れもなく精神的に正常であること、今が何時なのかを理解していることを確信した。

それからシワクアトリは右手を宙に伸ばし、空中を探るように動かした。

香を持ってきた人物のことを探しているような動きだ。

もしかすると、息子が帰ってきたと思ったのかも知れない。

婦人の指先が、じっと椅子に座ったままのロベルトの頭髪を掠《かす》めた。

その瞬間、婦人はビクリとしたように手を引っこめた。だが、彼女は大声で叫んだりはしなかった。

婦人は踵《きびす》を返すと、ゆっくりと部屋の隅へ戻り、いつものように静かに刺繡を始めた。

ロベルトは、婦人が心を開きかけていることを感じた。

だが、急がば回れだ。

今、再び婦人を警戒させてしまったら、意味がない。

ロベルトはいつものように小一時間、壁際の椅子に座って過ごし、そこから見える限りの婦人の刺繡をスケッチしていった。

今日は同じスケッチを二枚作り、そのうち一枚を封筒に入れる。そこに短い手紙を添えた。封筒の宛先は、拘置所のパトラナクアトリだ。

この刺繍に意味やメッセージが込められているとしたら、それを読み解くことができるのは、彼女の甥《おい》であるパトラナクアトリだけだろう。

教会を出たロベルトはポストに手紙を投函《とうかん》すると、遺跡発掘現場へ向かった。

今日は南の通りの聞き込みだ
現場のことを詳しく知る為に、発掘調査員にも話を聞いておきたい
確か、ミゲルの親戚《しんせき》が学者だと言っていたな……

＊　＊　＊

一方、平賀はグアダルーペ寺院へ行き、十字架を観察し、スポイトで大気成分を採集してからホテルに戻ってきた。いつもの日課の行動である。

それから五人の子供達の死亡原因について、レポートを書き始めた。

『検視資料を精査した結果、パトラナクアトリ・アハウが子供達を殺害したという痕跡《こんせき》は全く認められない。

着衣の破れや不自然な乱れがないことから、抵抗の痕跡は見られない。

すべての遺体に殴打や暴行の痕《あと》はなく、成人男性の手が強く摑《つか》んだ際に生じるサイズの痣《あざ》も見られない。

被害者が抵抗し、相手をひっかく、髪をむしるなどの行為に出ていれば、手の中や爪に加害者の痕跡が残るのが通常であるが、そのような痕跡もない。

また、建物屋上にも乱闘の痕跡は見られない。

もし子供達が投げ落とされたなら、落下の際に強い力がかかることによって、落下の軌跡は自然落下とは異なるものとなり、落下の位置にも変化が生じる筈《はず》だが、子供達の遺体の位置は、通常の自殺と同様の範囲に留《とど》まっている。

以下の計算式がその証明である』

平賀はビルの高さと子供の身長・体重から算出した、落下の軌跡の計算式を延々と記載していった。

（これで分かってもらえるでしょうか……）

平賀は一抹の不安を感じ、作成中のレポートをチャンドラ・シンに宛てて送ることにした。

チャンドラ・シン博士
私は今、警察に提出するためのレポートを書いています。
建物の屋上から墜落死した子供達の落下軌道の計算式に誤りがないかどうか、ご確認のうえ添削して頂けないでしょうか。

平賀

シン博士が協力してくれれば良いが、と平賀は祈るような気持ちでメールの送信ボタンを押した。

それから平賀は、今日もスポイトで集めてきたグアダルーペ寺院の大気を分析器にかけた。

そうしておいて、昨日までの分析結果をじっくり見る。

ナンバー九十二の大気中に、直径〇・〇〇二ミリの鉄粉が見つかった。

おそらく参拝者の服などに付着したゴミの類《たぐい》だろう。

ナンバー九十二といえば、床から三・二メートル上方の大気である。普通は空気より重い鉄粉は床に落ちているのが自然である。

風に巻き上げられたのだろうか？


その時、平賀のパソコンにメールの着信音が鳴った。

送信者はチャンドラ・シン博士である。


先日は失礼しました。お訊《たず》ねの件について調査結果を報告致します。

パトラナクアトリ・アハウの出身校に問い合わせ、記録を照会したところ、彼の経歴が判明しました。

彼はメキシコシティT区の貧民街出身者としては初めて、政府の奨学金を受け、UNAM（メキシコ国立自治大学）へ行ったほど優秀な男です。

彼を担当してきた学校教師、および政府への推薦状において、極めて真面目で、向上心が高く、将来のメキシコを担う人物になるだろうと評されています。

大学での専攻は政治経済学。しかし、家庭の事情から二年で中退。

中退の理由は、父親がガンに冒され、治療費を稼がなくてはならなかったことのみ記されています。

その半年後、父親は死去。

その後の彼は、民族運動の指導者として警察のブラックリストに載るようになりました。

運動の内容は、インディオへのボランティア活動を啓発する内容のものが多数。

喧嘩《けんか》による傷害事件を一度、警察と暴力的な衝突を三度ほど起こしていますが、いずれも事件に異常性はありません。

彼が暴力的な信仰のカリスマであるとか、インディオの子供を殺したとは、考えにくい経歴です。

殺人事件の加害者となる可能性は極めて低いでしょう。

なお落下軌道の計算式について細かい部分を修正し、3D映像化したデータを添付しておきます。数式よりも動画の方が、警察の理解も得られやすいと思います。
追伸　『天使の歌声』についての考察は後送します。

チャンドラ・シン

メールを見た平賀はほっと胸をなで下ろした。

さらにデータには、子供達がビルから飛び降りた場合と、ビルから投げ落とされた他殺の場合の二通りの軌道を視覚化した3D動画が添付されていた。

これなら、他殺でないことが一目で分かってもらえそうだ。

平賀は感謝のメールを博士に送った。

そして再び大気の分析にとりかかっていると、ロベルトが戻ってきた。

「お帰りなさい。今日の収穫はありましたか？」

平賀が声をかけると、ロベルトは溜息《ためいき》を吐いた。

「ただいま。今日もパトラナクアトリの無実を証明するために重機の行方を追っていたんだけど、結果は散々だった。やはり誰も重機なんて見てないと言うんだ」

「それは不思議な話ですね」

「だろう？　サニー・ボレロのいるバーに案内してもらえるのが金曜日だから、それまではどうしようもないかな……。

でも今日はひとつだけ、いいことがあったんだ。シワクアトリが特別なお香の匂いに反応して、彼女自身の意志を見せたんだよ」

「それはすごいですね。どんなお香なんですか？」

「そういえば話してなかったかな。昨夜《ゆうべ》、転落死した子供の家に行って、厄落としの香というのを分けて貰《もら》ったんだ」

ロベルトの言葉に、平賀は少し考え込んだ。

「そのお香は今、手元に持ってますか？」

「少し取ってあるけど、どうして？」

「一寸《ちょっと》思いついたことがあって、分析器にかけてみたいんです」

「そう。いいけど」

ロベルトがお香を手渡すと、平賀はそれを分析器にかけ、また席に戻ってきた。

「そういえばロベルト、貴方《あなた》に聞きそびれていたことがあります。グアダルーペ寺院の祭壇でパトラナクアトリ達が何を行っていたか、貴方はだいたい知っていると仰《おっしゃ》った。彼らが七面鳥を殺していたことは私にも分かります。人は殺していないと証言していることも。ですが、あそこには確かに数名の人間の血痕《けっこん》がありました。あれは何だったのでしょう」

「ああ、そのことか。実は僕はちょっとした虎の巻を手に入れてしまったんだよ。これがあったから、ある程度、彼らを信用していいと思えるようになったんだ」

ロベルトは隠し持っていた稀覯本《きこうぼん》を、そっと鞄《かばん》の中から取りだした。

2

美しい芸術品のような本だ。表紙は赤く染め上げられた革で作られていて、渦巻模様の金の装飾がある。

「随分古いもののようですが、これは？」

「それがね……大きな声ではとても言えないが、メトロポリタン大聖堂の記録室から拝借してきたコデックスだよ。

コデックスというのは、古代末期から中世にかけて作られた冊子状の写本を言うのだけど、現存するコデックスの殆《ほとん》どはヨーロッパで作られたものなんだ。けど、中には稀少な例外があってね、七世紀から十世紀頃のメソアメリカの絵文書がそれだ。

鹿皮、アマテ樹皮紙などに図像や独特の絵文字を描く方法は古典期以降、マヤ地域、オアハカ地方、メキシコ中央高原の先住民が発展させて、各地の有力な領主のなかには、それらの文書館を持つ者もいた。だけど、先スペイン期のものは大部分が破棄・焚書《ふんしょ》となってしまったんだ。

メソアメリカのコデックスには、暦法や宗教祭式に関するもの、王統譜、年代記類のほか、貢納や土地台帳という実用的なものまである。

僕が知る限りでは、メソアメリカ中央高原に残されていたコデックスは、ボルジア絵文書、フェイエールヴァーリ・マイヤー絵文書、コスピ絵文書、ロード絵文書、ヴァチカヌスB絵文書、オーバンのトナラマトル、ボルボニクス絵文書の七つしかなかった。

そして、この本はそれらに匹敵する、いや寧《むし》ろ最も完璧《かんぺき》な絵文書だ。状態や内容から見て、おそらく相当古い時代のものを丁寧に写し取ったものだよ。これを見ると、今まで断片的で要領をえなかったメソアメリカの神話が、一本につながるんだ。

恐ろしく価値のある美術品だ。とてもあんな記録室の片隅で、誰にも見向きもされず、一日一日傷んでいっていいような代物じゃないんだよ」

ロベルトは貴重品でも扱うかのように、その本の頁をそっと開いた。

鼻を近づけると微《かす》かな芳香が感じられる。

香木の一種を紙の材料として混ぜているのだ。

中の頁の材質は鹿の皮。その両面に白色の石灰を塗り、屏風《びょうぶ》折りにしてある。

ロベルトは骸骨《がいこつ》に関する礼拝と祭典の様子を記した頁を示した。

見慣れない絵文字が一面に躍っている。

「ロベルト、貴方こんな物も読めるんですか？」

平賀は目を丸くした。

「まさか。僕にメソアメリカの解読されていない文字が読めるわけはないよ。でもね、他の古文書や神話と照らし合わせたら、大まかな意味だけは読み取れたんだ」

「それでも充分驚嘆に値します」

「有難う。でね、あの血痕の原因はというと……ここだ」

ロベルトは慎重に頁をめくり、彼らがどのように死と再生の為の儀式を行ったかを記した頁を開いた。

そこには裸の男達が円陣を組み、自らのペニスに穴を開け、そこに紐《ひも》を通して繋《つな》がり、血を滴らせながら踊っている様子が描かれていた。

「これは……痛々しい……」

平賀は小さな声で言った。

「こういう事だったのさ。他にも色んな事が書いてある」

ロベルトは最初の頁を開き、大樹に巻き付く赤い蛇と、緑の蛇、そして両者に寄り添うふくよかな女性像を示した。

女性像はうり二つで、腹の部分に渦巻があり、まるで小さな蛇を孕《はら》んでいるような姿だ。

「どうだい、素晴らしい発色の色彩だろう？　あんな保存状態の悪い記録室にあったなんて信じられない。他の本は虫食いだらけで、インクの色もあせていた。しかも、この本に使われている顔料は、私見ではあるけど、グアダルーペの聖母像に見られる色彩とよく似てるんだ」

平賀は引きつけられるように近づき、本の中で躍っている色彩を食い入るように見つめた。

「……つまり、聖母が描かれているティルマと同じく、劣化していないということですか？」

「ええと、すまないが平賀、この本に科学的なメスを入れるのは待ってくれないか？　せめて僕が全解読するまでは……」

「ええ、貴方がそう言うのなら」

平賀が答えると、ロベルトは、ほっとした表情であった。

そして最初の頁の説明を始めた。

「ここ描かれている赤い蛇がケツァルコアトル、緑の蛇がミクトランテクートリだ」

「ケツァルコアトルは分かります。羽毛のある蛇で、メソアメリカの六つの文明全てに登場する神ですよね。でも、ミクトランテクートリとは？」

「この絵をご覧よ。二体の蛇は大きさといい、とっている形といい、まるで双子のように同じだろう？　これらは対の蛇なんだ。

この本によれば、ケツァルコアトルとミクトランテクートリは本来双子の神で、創世の時にケツァルコアトルとミクトランテクートリが交互に天界と冥界《めいかい》を治めることに定まったという。

天界を治めるほうは天の神ハリフンに仕え、冥界を治める方は地の神シパクトリに仕える。二人は神々の中の神官の役目を担っていた。

ケツァルコアトルとミクトランテクートリはともに『高貴なる双子』などと呼ばれてい

た。

そして、ミクトランテクートリの別名がテスカトリポカなんだ。

ここには、太陽は『明けの明星』として我らを見守り、冥府《めいふ》の王は、『宵の明星』として我らを見守ると書かれている」

「確か、テスカトリポカは最初の太陽神でしたよね」

「そうさ。彼はケツァルコアトルによって地に落とされたあと、暗闇の支配者になったと言われている。それがミクトランテクートリだったんだ。だが、これは交代劇であるから、ケツァルコアトルの力が弱まって地に落ちれば、彼がミクトランテクートリとなり、テスカトリポカが太陽神になるわけだ」

次にロベルトは、女性像と全体の絵を指さしながら言った。

「ケツァルコアトルの横に描かれているのは、月と豊穣《ほうじょう》の女神、コアトリクエだ。この二人の上には日食が描かれている。

その下にはミクトランテクートリと、その妻ミクトランシワトル。この二人の上には月食が描かれている。

両者の妻であるコアトリクエとミクトランシワトルもまた双子の姉妹だとされている。

そしてこの男女の神々は、お互いが姉と弟という関係であり、しかも彼女は彼らの母でもあったというんだ」

平賀は首を捻《ひね》った。

「待って下さい。その親族関係からすると、二人の姉妹を双子が妻にしたということですが、姉妹が彼らの母だということは、姉妹は同一の存在だとしか思えませんよね……」

「まさにそうだね。コアトリクエとミクトランシワトルは同じ女神だ。

この絵が示唆することは、天界と冥界を治める太陽の双子を、母であり妻である再生力を持つ月の女神が、蘇《よみがえ》らせ続けるという概念なんだ。

中央の世界を支える木は、僕達が言うところの『命の木』と同じ概念のもので、冥府と地上世界を貫いて立っている。

この『世界樹』の枝は渦巻模様となっているだろう？

それと同じような渦巻紋が、冥府と現世の両女神の入れ墨になっている。

つまり両蛇神が渦を巻く木に巻き付いているこの図案は、太陽と月との合体。日食や月食を意味している。

簡単に言えば、太陽と月の交配だ。

僕はこの手の絵は何度も古文書の中で見ているんだ」

「この『世界樹』のような絵をですか？」

「うん。キリスト教に大きな影響を与えた古代宗教――ことにミトラ教の中に、この手のモチーフが多い。

ミトラ教はキリスト教以前にローマで信仰されていた、牡牛《おうし》を屠《ほふ》るミトラ神を信仰する密儀宗教だ。

キリスト教との類似点は沢山あって、例えば十二月月二十五日というキリスト誕生の日は、ミトラ教のナタリス・インウィクティという祭典だ。

この祭典の内容は、不滅の太陽神の誕生を祭るというもので、太陽神ミトラが冬至に『再び生まれる』という信仰に根ざしている。

キリストの誕生日と、死んで蘇るという復活伝説がミトラ教にも見られるんだ。

さらに、古代ミトラでは信徒が額に十字の印をつけていたという説がある。

他にも終末の世の審判の神としての性質をミトラは持っている。

まあ、こうした全ての類似点を、キリスト教の信教者は認めてはいないがね。

とにかくミトラは不滅の太陽であり、それ以前は金星と同一視される神だった。

『ヨハネの黙示録』の中で、裁きを下すキリストはこう語る。

『見よ、私はすぐに来る。私はそれぞれの行いに応じて報いる。私はアルファであり、オメガである。最初の者にして最後の者、初めであり、終わりである。……私はダビデのひこばえ、その一族、輝く明けの明星である』と。

『明けの明星』といえば、普通は堕天使ルシファーの化身なのに、どういう矛盾だろうかと僕は考えていたんだ」

「確かにそうですね。ルシファーは元々全天使の長《おさ》で、唯一、主の右の座に座ることを許された大天使であったのが、土から作られたアダムとイブに仕えよという主の命令に反発し、天を追放されてサタンになったのですよね」

「うん。だけど、そこに別の見方の解釈もあるように思えてきたんだ」

「別の解釈というと？」

「終末に現れる主イエス・キリストが、ルシファーだとしたらどうする？」

「そんなことがあり得るでしょうか？」

「ラテン語のルキフェルは、もともと『光を帯びたもの』『光を掲げるもの』『光をもたらすもの』を意味する語で、悪魔や堕天使を指す固有名詞ではなかった。

例えば、ペテロのこんな言葉もある。

『あなたがたも、夜が明け、明星がのぼって、あなたがたの心の中を照らすまで、この預言の言葉を暗やみに輝くともしびとして、それに目をとめているがよい』」

「『ペテロの手紙』の一節ですね」

「そうだよ。この一節のように、キリストを示す言葉に『ルシファー』の語が用いられた事例が、古文書には多々見られるんだ。

例えば『アラディア、あるいは魔女の福音』に語られる神話において、ルシファーは、『闇の女神ディアーナ』と対となる『光の男神』で、ディアーナ自身の息子だ。そして二人は結ばれて、万物を生んだとされている」

「それはどういう意味なのでしょう？」

「僕はキリスト教、ミトラ教、そしてこの地のミクトランの信仰は、一本の線で繋《つな》がっていると思うんだ」

「キリスト教がアステカの神話と？」

「うん。まずキリスト自身が『明けの明星』と言われることがあったように、ミトラ神もそう呼ばれることがある。

　そして、ミトラ教の『終末の日』には、あたかも黙示録に示されたような地獄図が展開されるんだ。

　彗星《すいせい》が地に落ち、その炎で、地上の鉱物、金属を全て溶かしつくす。

　その時、すべての国と地域を治める冠を被《かぶ》る王の中の王、契約の神、明けの明星であるミトラが天から下り、大きな秤《はかり》をもって、人々を善と悪のふるいにかける。

　これは、終末の世にあらわれるキリストが『王の中の王』と呼ばれ、それぞれの行いに応じて報いる神であり、自らを『明けの明星』と称するのと同じだ」

「確かにキリスト教とミトラ教の類似については、頷《うなず》けます」

「そうだろう？

　ところが、よくよく考えてみると、ケツァルコアトルも太陽神であり、金星神でもあった。そして二度目の世界の滅亡の時には、ケツァルコアトルが火の雨を降らせて、世の中を滅ぼしたという神話がある」

「成る程……」

「まだまだある。古代ローマのミトラ神は、何故かマーキュリーが持つ蛇の杖《つえ》を手に持った形で描かれることが多かったんだ。杖に二匹の蛇が絡みついたカドゥケウスとかケリュケイオンと呼ばれる杖だ。この絵文書の図柄と、少し似ていないかい？」

「確かに。二匹の蛇が木に絡みついているという点はそっくりですね。それにカドゥケウスには羽根もついていますから、羽毛のある蛇が二匹絡みついているというこの図と表されているものは同じでしょう」

　平賀が頷いた。

「問題は、何故、ミトラが蛇の杖を持つのかという点だ。それはミトラが死者の魂を冥界に送る神として表現される場面においてのみ、『死者の魂の導き手』としてのマーキュリーの蛇の杖を手に持っていることが『望ましい』とされていたためだった。

　それは何故か？　その杖の由来には、ローマにあるサンクレメンテ教会の地下に隠されていた秘密がヒントになると考えられる」

「サンクレメンテ教会の地下と言えば、古代のミトラ神殿の跡がありましたね」

「そう。教会の下に隠されたミトラ神殿だ。あそこには、素晴らしいモザイクがあるんだ。テーマは、『主たる神』『命の木』『エデンの園』『四つの川』だ。

　その中で、『命の木』は、この絵文書の『世界樹』と同じように、枝がぐるぐると渦を巻いた形で表されている。

　そして、渦といえばだね、古代信仰において、古今東西を問わず、蛇を意味するものなんだ。

　蛇は古代における最も古い信仰の対象だった。

それには様々な理由がある。

蛇は夜も眠らず、死んだように固まったかと思うと、脱皮して若返って生き返ったように見える。そして、強い毒を持っていて、死をもたらす一方で、その毒が心臓の薬や強壮剤としても用いられたことによって、命を蘇らせることも出来た。だから、永遠の生命を持ち、生と死を超越した存在とみなされた。

さらに、水陸さらに木の上まで、どこにでも素早く移動できることから、異世界同士を行き来できる特殊な存在と考えられ、ひいてはあの世とこの世の往来が可能だと思われた。

また水のように流れる姿形から、水や豊穣《ほうじょう》や女性性と深く結びついた。

そして、光を照り返して輝く鱗身《りんしん》や閉じることのない目を『鏡』と見立て、月や太陽信仰と結びついていった」

「そういえば……日本にも八岐大蛇《やまたのおろち》の伝説というのがありました。頭が八つもある大蛇に人身御供《ごくう》を捧《ささ》げなければならず、英雄がお酒に酔わせて退治したという話が伝わっています」

「それは面白い。ケツァルコアトルも酒で酔わされて、失態を演じ、国を追われたといわれているよ。

ともかく蛇はあの世からこの世へ、この世からあの世へ人を送り届け、そして再生させる存在であり、太陽や月だったんだ。

例えば、旧約聖書では、モーセが死んだ人々を生き返らせるために『銅の蛇』を造ったとも書かれている。

世界中で古代の信仰は、まずは月の女神から始まることが多い。

その後に太陽神が現れる。

だから最初に不死身の存在として認識されたのは、女神のほうなのだろう。

そう考えると、エデンの園に生える『命の木』に蛇が宿っていたのはその為で、最初の女性であるイブがまず蛇にそそのかされたのは当然なんだ。

『死と再生』の神話には蛇と女性がつきものというわけだ。

だから、死者の魂を冥界《めいかい》に導くミトラは、再生を約束する蛇を巻き付けた杖を持っていなければならなかったんだ。

おそらくカドゥケウスには、ケツァルコアトルとミクトランテクートリが巻き付いた『世界樹』と同じ奥義が隠されていたんだろう。

そしてキリストの物語にも、同じタイプの『命の再生の奥義』が見え隠れしているんだ。

例えば、キリストの母はマリアだけれど、十二使徒とともにキリストと連れ添った唯一の女性の名もマリアだ。そして誰よりも先に、マリアがイエスの墓を見に行って、主が蘇《よみがえ》られたことを確認したと描かれている点がそれだ。

つまり、聖母マリアは、キリストの母であり、伴侶《はんりょ》であり、その蘇生《そせい》に関わる力があったことを暗喩《あんゆ》しているんだと思う」

そう言うと、ロベルトは違う頁を開いた。

そこには、植物の葉の中に描かれたコアトリクエか、もしくはうり二つのミクトランシワトルが、眼鏡をつけたワニのかぶり物を、片足が蛇で、手に炎のような槍《やり》を持った若者にかぶせようとしている姿が描かれていた。

「この絵文書にはこうある。

彼女は最初の女であり、神々の姉であり、母である。またその子を宿す妻である。

彼女は四百の乳房を持ち、竜舌蘭《りゅうぜつらん》の乳で神々を養う。そして神々に永遠の命を授け続ける。見よ、彼女は神々を蘇らせ続け、古き体から脱皮した新しき太陽を生む。そして彼に、王位の証《あかし》である『天の目を持つシパクトリ』を授ける」

そしてまた次の頁を繰る。そこには奇妙な像が描かれていた。

一つ目はジャガーの毛皮を被り、片足が蛇の若者。

二つ目は、大きな極彩色の羽根を持ち、片足が蛇の若者。

そして三つ目は、ウサギのような耳を持つ、下半身が蛇の女性。

そして四つ目は、片足が蛇で、鷲《わし》の羽根を持ち、炎の槍を手にした若者だ。

「いいかい、この一つ目は第一のテスカトリポカだ。二つ目が第二のテスカトリポカであるケツァルコアトルだ。そして三つ目は二人の死を悼む第三のテスカトリポカであるところのコアトリクエだ。そうして四つ目がアステカの民族神ウィツィロポチトリと記されている。三人のテスカトリポカの片足が蛇であるのは、おそらく脱皮した瞬間の蛇を擬人化したのか、蛇から生まれ落ちる瞬間を表しているのではないかと僕は思っているんだ。

そして問題は第五の太陽に関する記述だ。

ここにはこう記されている。

ウィッィロポチトリの代を引き継ぐナナワンツインは、第五のテスカトリポカとなるべく、勢いよく火の中に飛び込んだ。その余りの勇姿に感激したテスカトリポカとケツァルコアトルはともに火に身を投じた。

そのため、ナナワンツインは、双子の力を得て、死と生を克服し、沈まぬ太陽となってしまった。そのために、夜は来なくなった。

自分に仕える神官を失ったシパクトリは怒った。その為、地面は炎で焼け焦げた。

神官がナナワンツインに伺いを立てると、それまでの二倍の生贄《いけにえ》を行わなければ、天と地の運行は正常にならないことが分かった。

それなので、王は生贄となる捕虜を得るための戦争を増やさなければならなかった……。

そしてここに、いくつかの暦が記されていて、それは十六世紀、先スペイン植民地時代におきたメキシコの大火山、ポポカテペトルの四回の噴火の時期と一致しているんだ。

僕はここに不思議な一致を見るんだ。

モーセも活火山であったシナイの山で十戒を授かっただろう？

その時、シナイ山は煙で包まれていて、主の火が山に下り、山全体が激しく震えていたと記されている、そして……」

夢中になって話をしていたロベルトは、平賀が考え込んだ顔をしていることに気づき、ハッとした。

「別に僕は、古文書を分析しているだけで、キリストが何か別の宗教の受け売りだと思っているわけではないんだよ」

慌てて取り繕うと、平賀はきょとんとした顔でロベルトを見た。

「当たり前です。貴方《あなた》がキリストを侮辱しようとするはずなんてありませんから。私が気になっていたのはもっと別のことです」

「別のこと？」

「あとで確認してからお話しします」

平賀がそう言った時、彼のパソコンがメールの受信音を発した。

3

「きっとチャンドラ・シン博士です。『天使の歌声』についての調査結果ですよ」

平賀は嬉《うれ》しそうに受信箱をクリックした。

「彼、もう生贄のショックから立ち直ったのか。案外タフだね」

ロベルトは肩を竦《すく》めた。

チャンドラ・シンからのメールには以下のようにあった。

『天使の歌声』なる歌を聴いたところ、不思議なことに私の耳にも、指摘された聖書の詩編に類似した部分が聞き取れました。

このことに非常に興味を惹《ひ》かれた私は、言語学と音楽の研究者として世界的に知られるメリッサ・スチュワートに助けを求めました。

彼女は、音楽のリズムやアクセントを手がかりとして、発声音の種類と、ひとくくりになるグループを特定するという独自の手法を用いて、様々な音声の解読を試みています。

その仕事は非常に優れた成果を生み出しており、アフリカの少数民族に伝わってきた、歌っている彼ら自身でさえ意味を喪失してしまった言語を完璧《かんぺき》に解読してみせたことでも知られております。

彼女が『天使の歌声』を、特殊ソフトで機械処理して分析したところ、その発声から、母体となる音が二十パターンある事がわかったそうです。

コンピュータを用いて、発音を記号列にし、その解析を行った結果、ある記号は文章同士を区切る役割をしていることがわかりました。

すると、記号の配列に厳然とした規則性が見られたということです。

これらの音声を構成する要素を鑑《かんが》みるに、間違いなく言語であると断定できます。

さらに彼女は、音声の中には非常に高いヘルツの音が含まれていて、人の耳に聞こえにくい部分もあると言っております。

そうして導き出された解読結果は、一部不明な部分はあるものの、以下のとおりです。彼女は、どうやら古代バビロニアの大変狭い地域で話されていた方言に非常に似た単語があると報告してきました。

現地の教会司祭が断片的に記録していた単語の中には、カナン語と融合する前の古代ヘブライ語と共通するものもあり、そこでヘブライ語によって解釈がなされていたということです。しかもその言語にも発音は二十パターンしかなく、その言語は、地元の人々からバベルの塔以前の言葉、と呼ばれていたとメリッサは言っています。

そこで彼女は、ヘブライ語の文型を用いて解読を試みました。

すなわち、動詞、主語、目的語という極めて珍しい文型ではないかという推測です。

以下、その解読結果をお送りします。

『天は、（美しい・輝く）という意味らしき形容詞と思われる言語がある模様。
天は意志を伝える
～と～は語る（伝達する？）
～は知恵を（伝達する）
伝達は全地に（覆い被《かぶ》さる？）
伝達は全地の向こうまで～（謎）
そこに神は太陽の神殿を（作るあるいは建てる）

数行不明。

天に向かって飛び立て
天の向こうを感じて、行け
（美しい・輝く）知恵を伝達する』

以上、現状判明していることは此処《ここ》までです。

チャンドラ・シン

「確かに詩編にも似ていますね」

メールを読んだ平賀が呟《つぶや》いた。

「メリッサ・スチュワート博士はノーベル賞候補にも挙がるような有名人なのに、協力していただけるとは光栄だ。解読方法にもその内容にも驚いたけれど、バベルの塔以前の言葉だなんて、まるでエノク語じゃないか」

「エノク語？」

「人類がバベルの塔以前に使っていたという『神の言葉』だよ。十六世紀の霊視者、エドワード・ケリーの主張でしかないんだけどね。

アダムはエデンの園から追放され、本来の言葉を忘れてしまったが、おぼろげな記憶を元に原ヘブライ語を作り出したという。そして、原ヘブライ語はバベルの塔で言語が混乱・分散してしまうまで、人類共通言語だった。だけどその後、ヘブライ語はますます変形してしまい、今は僅《わず》かな面影しか留《とど》めていないそうだ。

まあ、『エノク語』なるものの存在は信じるに値しないが、メリッサ博士が指摘する『古代バビロニアの狭い地域で話されていた、古代ヘブライ語と共通する部分を持つ、バベルの塔以前の言葉』ならば、大いに興味もあるし、信憑性《しんぴょうせい》もあると思える。

それに僕も古代ヘブライ語は二十音ではなかったのかと考えていたんだ」

「それは何故？」

「実に簡単な話なんだ。

まず現在のヘブライ語が二十二文字の子音からなるのは、カナン語の影響だと考えられるのが一つ。そして、僕達が読む聖書はラテン語で書かれているよね。今は違うけれども、古ラテン語ではGJUWYの五文字がない、アルファベット二十一文字が使われていたんだ。非常に古いラテン語の聖書の中には、格式高く書くためにか、あえて二十一文字表記をしているものが時々あるんだよ。

だが、そこで暗号解読家である僕としては、どうしても聖書の重要な一文が気になる訳なんだ」

「どの部分ですか？」

「不謹慎だが、黙示録にある『私はアルファであり、オメガである。初めであり、終わりである』という主の御言葉だよ。僕にはこれが一種のコードに思えて仕方ないんだ。すなわち最初の文字と最後の文字を同じものとして入れ換えて読めという謎かけかと……。だから本来の文字数は二十という わけだ」

「成る程。その方法は試してみたんですか？」

「勿論《もちろん》。だが、残念ながらよく分からなかった。それも当然だろうね。聖書の根底にある物語は、おそらく今や誰も知ることのない古ヘブライ語で、それが様々な言葉に翻訳されて受け継がれ、現在に至ったのだから。それこそ言語の違う人間同士で、伝言ゲームをしているようなものさ。

　それに僕はヘブライ語の研究だけに没頭することは出来ない身の上だからね。知りたいというのなら、それこそ膨大に解読したい文字はあるんだ。未《いま》だ解読されていないヴィンチャ文字だとか、インダス文字、ウルク古拙文字、原エラム文字、ミノア語もだし、キュプロ・ミノア文字……。そして今僕達がいるこのメキシコのアステカ文明が用いたメソアメリカの文字群も勿論のことだ」

「よく分かります。私も知りたいことが世界中に溢《あふ》れていて、何から手をつければいいのか分からなくなる時がありますから」

　平賀は微笑むと、再びメールの画面に視線を戻した。

「それにしても、様々な母国語を持つ様々な人種の方々が聞いても、言語学者が解析しても、詩編に近い内容の言葉が導き出されるなん……」

平賀はそこまで言うとピタリと言葉を止め、突然、何度か目を瞬《しばた》かせた。

「今、気になることが頭を過《よ》ぎりました」

平賀は急に緊張した顔でロベルトを振り返った。

「どうしたんだい？」

「『天に向かって飛び立て』という言葉、それと子供達の高所からの転落……。関係あると思いませんか？」

「思う。しかもそれに関しては、非常に気味の悪い話がある」

「何です？」

「転落死した聖歌隊の少年、エルナン・セラーノは、死ぬ前に空を飛ぶ夢を見ていたらしい。夢の中で光が見えて、『飛べるよ』、『こっちに来い』と何者かに言われたそうだ。その上、僕も最近、同じような夢を見るんだよ」

「なんですって、貴方《あなた》も夢を？　どうして今まで黙ってたんですか！」

平賀は叫んだ。

「いや、夢の話なんてしても仕方ないだろう？　僕だって昨夕、エルナン少年の弟から夢の話を聞くまでは、自分の夢に意味なんてないと思ってたんだから」

「……だとすると、今最も考えられる可能性は、あの歌が何者かによる自死への暗示工作だということです。メリッサ・スチュワート博士に匹敵するような言語学者なら、数々の言語を複合させた『エノク語』のようなものを作成することだって、出来るかも知れません。その言葉を歌に乗せて、流したのではないでしょうか」

「よしてくれよ、暗示だなんて」

ロベルトは忌まわしい経験を思い出し、背筋を強《こわ》ばらせた。

「今すぐ、メリッサ・スチュワート博士のことを調べましょう。彼女もしくは彼女のライバルのような人物の存在を明らかにしなければ……」

平賀はチャンドラ・シンに電話をかけた。

モニタにチャンドラ・シンの顔が現れる。

「メリッサ博士とは何者なのですか？」

いきなりの平賀の質問に、チャンドラ・シンの太い眉毛《まゆげ》が僅かにぴくりと動いた。

『私とメリッサが知り合いだと不思議ですか？　私は彼女と同じぐらい優秀なのです。大学時代、私達はマギー・ウオーカー博士の講座を取っていましたが、彼女は私とメリッサの論文に、同じAをつけました』

「マギー・ウオーカー博士ですって……」

平賀とロベルトは顔を見合わせた。

『ええ、そうですよ。博士は現在、アメリカ屈指の民間研究施設にいらっしゃいますが、以前は工科大にいらした時期があったんです。とても厳しい先生でした。貴方は個人的に、マギー博士をご存じなのですか？』

「それは……」

　平賀は口ごもった。

（平賀、何も喋《しゃべ》るな。一旦《いったん》電話を切った方がいい）

　ロベルトが平賀に耳打ちをした。

『どうかされましたか？』

「いいえ、何でもありません。メリッサ・スチュワート博士の報告書についてもっと詳しく知りたいと思ったのです。報告書の原文と資料を一緒に送って頂けますか？　宜《よろ》しければ彼女の経歴も一緒にお願いします」

　ロベルトが横からマイクに向けて喋った。

『いいですよ。分厚いので郵送になりますが』

「構いません。よろしくお願いします」

　ロベルトは通信を切った。

「マギー・ウオーカー博士の名をここで聞くとは、驚いたね……」

　ロベルトは眉《まゆ》を顰《ひそ》めた。

「ＦＢＩとも深く関わりのあるマギー・ウオーカー博士と、その教え子の博士達……。『天使の歌声』が彼らの陰謀ではないとは、言い切れませんね……」

「一寸《ちょっと》話を整理しよう。転落死した子供は五人。その共通点は、全員が聖歌隊でインディオの子供だったことだ。その意味は？」

「まず全員があの『天使の歌声』を聞いた者であるということです。

大人が影響されなかったのは、メリッサ博士が示唆したように、音声の中に高いヘルツがあることと関係しているのではないでしょうか。モスキート音のように、若者の耳には聞こえるけれど、年を取るに従い、聞こえなくなるという音域は存在します。

ロベルトにそれが聞こえた理由は、単に貴方の耳が良いからでしょう。耳が良くなければ、貴方のように複数の言語を操ることなんてできません。

そして貴方と同じように、あの歌に影響を受けた大人も大勢存在すると思います。けれど、大人は子供ほどには影響を受けなかった。そういう事だと思います。

そして次に、インディオの子供だけが影響を受けた理由ですが、インディオの家でだけ使用されているという特別な香に関係しているのではないでしょうか？」

平賀は席を立ち、分析器が排出したプリント用紙を持って戻ってきた。

そして暫《しばら》く用紙をじっと見詰めていたかと思うと、顔を上げた。

「やはりそうです。このお香の成分から割り出された答えは、香の主成分が、チャボトケイソウというハーブ。そしてテキーラの原材料として知られている竜舌蘭《りゅうぜつらん》。コカの葉。メキシコジンジャーというものです」

「コカの葉？　つまり麻薬のコカインの原材料かい？」

「ええ、ですが非常に微量です。全ての成分にいえることは、セロトニン分泌作用があることです。とはいえ、この分析結果ですと、香を嗅《か》ぐだけなら、リラックスする程度の効果しかありません。でもそこへ『天使の歌声』の高音部が聞こえる、そしてアルコールやコーヒーなど神経に作用する嗜好品《しこう》を摂取したことのない、免疫を持たない子供が吸引するという条件が組み合わさったことにより、飛び降り自殺の衝動が起こったのでしょう。無論、実際の行動にまで移す者は少なかった。だから被害者は五名だけだったのです」

「成る程……。そうなると、『天使の歌声』を止めなくてはならないね。そして十字架浮遊についても、彼らの実験あるいは陰謀ということが考えられる」

二人は暫く黙り込み、それぞれに潜考していた。

するとと突然、ロベルトの携帯が鳴った。

発信者はミゲルであった。

ロベルトは暫くミゲルと喋った後、気持ちを切り替えるかのように深呼吸をすると、平賀に向かって言った。

「明日、重機の盗難現場となった遺跡発掘現場に行けることになった。ミゲルに手配を頼んでおいたんだが、現場の主任教授の許可が出たということだ。君も一緒に来るかい？」

ロベルトの言葉に、平賀は身を乗り出した。

「ええ、勿論です。そうさせて下さい」

第六章　アステカの冥府

1

立ち入り禁止のフェンスの前には、眼鏡をかけたスマートな教授が待っていた。肌の色はほとんど白人で、エリート官僚か会計士かという雰囲気の男だ。

その人物はベニート・マルケス。メキシコ大学の教授で、ミゲルのハトコである。どうやらこの一族はおしなべて成功者らしい。

英語を話せるということなので、ロベルトは平賀のことを考慮して、全て英語で会話をして欲しい旨を伝えた。

入ってすぐ見えたのはタワークレーンとベルトコンベア、数台の汚泥吸排車だ。

ブルーのテントで覆われた現場の中に入る。

ビルの基礎工事現場がそのまま発掘現場となった広い穴の底には、ブルドーザーと油圧ショベルが数台、そしてバケツやスコップを持った作業員達が彷徨《うろつ》いている。

穴の大きさは三十メートル四方ほどだろうか。

「今回の現場はアステカ文化の歴史的大発見です。ミゲルから話はお聞きですか？」

ベニート教授は上機嫌で言った。

「ええ、聞きました。きっと新しい観光名所になると言われました」

平賀が答える。

「ははは。観光名所ね」

ベニート教授は乾いた笑いを漏らした。

「さあ、どうぞこちらです」

教授に案内され、はしごを使って穴へ下りていく。

深さは五メートルほどだろうか。

ロベルトは首を捻《ひね》った。

この穴の底から八台の重機を盗み出すには、地上のクレーンを使う必要がある。平地に置かれた重機を盗《と》るより、相当な手間と時間がかかるし、大きな音もしただろう。なのに、向かいに住むアティエル達が全くそれに気付かなかったとは不思議な事だ。

作業員の間を縫いつつ、三人は遺跡の心臓部へと向かった。

「アステカ帝国の歴史は新しいと言われていますが、それは違います。平賀司祭は、メソアメリカの歴史をある程度はご存じですか？」

ベニート教授が平賀に話しかけた。

「ええ、少しは」

「ではアステカ神話のことは？」

「ロベルト神父に教えてもらいました」

平賀が嬉《うれ》しそうに言った。

「それならお話がしやすいです。これまでの歴史学では、メソアメリカの様々な文明は独自に発達したもので、それぞれの関わりはごく限定的であったといわれてきました。しかし、私は常々、そうではないと思ってきたのです。

今回の遺跡は私の持論を裏付けるものです。メソアメリカ古代文明が、互いに文化のみならず、血統においてもひと繋《つな》がりであったことが分かったのです」

そう言いながら、ベニート博士は壁の一角にある穴の前に立った。

穴は三角形で、その両側には飛行機の翼の形に似た窪《くぼ》みがあった。つまりロケットのような形である。高さは二メートル弱だろうか。

ロベルトは、チャンドラ・シンが送ってきた奇妙なメールの画像——NASAが発見したという宇宙ロケットの姿を思い出し、不思議な気分になった。

三角の穴の横には、穴に丁度嵌《は》まり込む形の石が立てかけられていた。

石の周囲には十二の穴がある。そして不思議な絵文字が書かれてあった。

「工事現場で最初に見つかったのがこの扉部分です。扉は閉まっていました。しかし、連絡を受けてここに来て、これを見た時、私は身震いしました。考古学者アルベルト・ルス教授が、パカル王の墓を発見した時のことを思い出したからです。

アルベルト教授は、床にある奇妙な穴に目をとめたんです。床の一枚に十二の穴があり、穴には石が嵌めこまれていました。その石を抜き取り、板を持ち上げると、地下への階段があらわれ、下に三角の石板があったのです。それを開くと、パカル王の柩《ひつぎ》に到達したのですよ。

ですから私は、これもまた扉だということがハッキリ分かったのです」

「この絵文字はなんと書いてあるのですか?」

ロベルトが訊《たず》ねると、ベニート教授は一つ一つの奇妙な図を示しながら読み上げた。

「これこそアステカとマヤの関係を示す最初のものです。マヤ風の絵文字で『流された血によって、貴方《あなた》は私達を救う』、だいたいそのような意味のことが書かれています」

ロベルトは、その言葉を聞いて、奇妙なことを思い出した。

ローマのサンクレメンテ教会の地下にあるミトラ神殿遺跡の壁にも、同じような文章が記されているのだ。

et nos servasti.....sanguine fuso(そしてあなたは我らを救う……流された血によって)

それはキリスト教と関連した文であるとか、生贄《いけにえ》の儀式に関する文であるとか言われているが、意味がハッキリしていない。

その時、じっと穴の壁面にスポットライトを当てて観察していた平賀が口を開いた。

「礫岩と粘土質が見られますね。この辺りの地層はみんなこんな具合ですか? 『神の道』で現れた地層も同様でしたが」

「ええ、そうですよ。メキシコシティは湖を埋め立てた上に作られていますから。

私達の先祖であるアステカ人がこの地にやって来た時、ここには陸はなく、広大なテスココ湖が広がるのみでした。先祖達はウィツィロポチトリの神託に従って、湖上に人工島を作り、そこにテノチティトランの都を築いたのです。

島を作るには、沼地の表面の厚い水草層を切り取って敷物のように積み重ね、その上に湖底の泥を盛り上げる方法をとりました。ですから地盤が弱いのです。一方、元々湖底であった地層は堅固ですから、高層ビルを建築する際はパイルを地下三十メートルまで打ち込む工法を取るのです。

ともあれ、テノチティトランの最盛期の人口は三十万人でした。都市の中央にはピラミッドが築かれ、対岸へ向けて何本かの土手道が敷かれていました。

テスココ湖は塩分を含んでいたのですが、南東部のコヨアカンには湧水があったので、南北の土手道で湖水を遮断することで東部を淡水域化し、テノチティトラン周辺の農業用水としていました。アステカの農法は、チナンパと呼ばれるものですが、肥沃《ひよく》な泥と豊富な水によって、非常に収量が多く、アステカの国力を支える重要な要素でした。飲料水は別で、西部のチャプルテペックの丘より石造りの水道橋で供給されていたんです」

「やはり『神の道』は断層のずれなどではありませんね」

平賀は深刻な顔で呟《つぶや》きながら、綿棒で近くの壁面を撫《な》で、それをビニール袋に入れた。

「ここから先はまだマスコミにも非公開です。驚きの世界ですよ」

ベニート教授は、三角形の穴の中へと入っていった。

平賀とロベルトもそれに続く。

十数歩進んだ先にフェンスが張られ、ビニールのカーテンがかかっている。

それをくぐり抜けた瞬間、二人は息を呑《の》んだ。

そこにはぽっかりと、大広間のような空間が広がっていた。

床一面には、棘《とげ》のついた車輪状の金属歯車が、大小様々に三十個あまり、投光器の灯《あか》りに照らされて、鈍い赤光を放っている。

直径十五センチ程度のものから、一・五メートル程度のものまでの歯車が複雑に組み合わさって居並ぶ様子は圧巻で、ロベルトはまるで巨大時計の内部に迷い込んだような錯覚を覚えた。

いくつかの歯車からは、ハンドルのような物体が手前に突き出ている。

「教授、これらはなんですか？」

平賀が興奮気味に訊ねた。

「おそらく古代の天文暦計算機です」

「天文暦計算機……。凄《すご》いです。撮影してもいいでしょうか」

「構いませんが、許可なく公開はしないでください」

ベニート教授は意外にあっさりと承諾した。

平賀はデジタルカメラを構えると、歯車の合間を縫って、部屋の隅から隅まで移動していく。そしてそれらを撮影し始めた。

ロベルトが身を屈《かが》めて観察したところ、歯の部分には不思議な絵文字が刻まれていた。その模様に一つとして同じものはない。

ベニート教授は得意げに語りはじめた。

「この部分では十三の歯を持つ歯車と二十の歯車が組み合わせを作っています。すなわち、マヤの一年を計る最もポピュラーなカレンダーの一つです。二十のほうの歯車には一つ一つ、動物の名前や植物の名前が、小さなほうの歯車には数字が記されています。これらの数字と動物の名が一周するのは二百六十日という周期で、アステカ暦の最も小さな単位です」

「二百六十日ですか？　何故、二百六十日なのでしょう？」

平賀は教授の側に飛んできて訊ねた。

「いろいろな説があります。人の妊娠の期間というもの、またメキシコ南部の海沿いイサパという都市の辺りでは、太陽が南回帰線まで降りてきて、再び頭上に戻ってくる周期が二百六十日なので、これと関係があるというものもいます」

「成る程、ではこれは？」

平賀は別の歯車を指さした。

「それは一年を計測する為の暦ですよ。二十の歯を持つ歯車と十八の歯車が組み合わさっているでしょう？　彼らはこの歯車同士が一周する三百六十日を一年とし、そこに五日間の余白日をもうけて、三百六十五日が一年であることを知っていたんです。そして、十八と言えば、重要な天文周期があることをご存じですか？」

ベニート教授の問いに、平賀はハッとした。

「サロス周期ですね」

「ご名答です」

ベニート教授は嬉しそうに頷《うなず》いた。

「サロス周期とは？」

ロベルトの問いに、平賀は食い入るように歯車を見詰めながら答えた。

「同じ場所で同じ規模の日食が起こる周期のことです。そこには明確なサイクルが存在しています。正確には、六千五百八十五日周期、すなわち十八年と十日と八時間です。日食は年に二、三回訪れます。月食を含めると、一年に食の起こる回数は最高で七回、最低で二回。ですが、日食や月食は、部分や皆既、日食の場合はさらに金環があるほか、継続時間もまちまちです。なぜなら、月と太陽と地球の微妙な位置関係、各天体間の距離などの条件によって見え方が異なるからです。

ですが、ある日食から六千五百八十五日を経過すると、月と太陽と地球の微妙な位置関係が再び前回とほぼ同じ状態に戻り、同じ日食が起こります。そして、三サロスすなわち五十四年と約一ヵ月を経ると、ほぼ同じ規模の日食をほぼ同じ場所で見ることができます。ということは、この十八の歯と三つの歯が組み合わさっている装置は……」

「その通り。これらは先祖が自分達の地で日食や月食が起こる日を予測するために作ったものです。

では平賀司祭、この六つの歯と七十二の歯が組み合わさったものは何の周期だと思いますか？」

ベニート博士がさらに違う歯車を指さして訊ねる。

「両方の歯車の歯が同じ嚙《か》み合わせになるのは五百八十四日目。もしかすると、金星の会合周期ですか？」

「ええ、間違いありません」

「それにしても、彼らは何故そんなに長期的な周期を計算していたんでしょうか」

「謎めいていますが、長期暦は十四万四千日で、それを一バクトゥンといい、さらに二十バクトゥンにあたる二百八十八万日を一ピクトゥンといいました。五千七百六十万日を一カラブトゥン。十億一千五百二十日を一キンチルトゥン。そして最も長い単位である一アラウトゥンは二百三十億四千万日で、これは約六千三百十二万年に相当します。気が長い話です。

これらの歯車には四つの歯を持つものや、四の倍数や累乗になるものが沢山あります。私達の祖先は、あらゆるところで象徴的に四という数字を使いました。四は特別な数字だったようです。

二百五十六は、四の四乗の数ですし……。四には遷都に関わる特別な意味や周期を感じていたと考えられますね。ですから、他にも四の五乗とか六乗といった遷都があったとしてもおかしくありません」

「まるで古代のスーパーコンピュータですね。興味深いです」

　平賀は身を屈めて歯車を撮影しながら呟いた。そして目の前の歯車についての質問を繰り出した。

「これは何の周期でしょう。七つの歯と九つの歯と十三の歯が組み合わさったものと、中心に置かれている五つの歯と十三の歯が組み合わさっています」

「そうですよね。それこそが、私の専門の研究分野なのです」

　ベニート教授の眼鏡がきらりと光った。

「地元でも残り少ないインディオの語り部の末裔《まつえい》から、私は少しばかりの話を聞き出すことができました。現代残っているアステカの資料としての絵文書は、スペイン征服後に作られたものばかりです。征服後間もない頃は、神話や儀式の内容をきっちり覚えている神官達もいて、彼らはそれを歌にして伝えていました」

　それを聞いたロベルトは、歌う一族のことを思い起こした。

「そんな彼らには、『七は地上の世界の数、九は天界の数、そして十三は地下世界を表す数だ』という物語が伝わっています。そうして、この三界をつらぬく数、すなわちこれらを組み合わせた周期である八百十九日ごとに、アステカの王室では守護神に捧《ささ》げる秘事が行われていたとされているんです。これは一部のエリート達の重要な秘め事であったために、十三人の儀式の執行官と、九人の占い師、そして七人の語り部以外に、その全容を把握する人間はいなかったといいます。その儀式の謎は私にもまだ解けてはいませんがね」

ロベルトはパトラナクアトリ達が行っていたという儀式に思いを馳《は》せた。

すると、平賀が何かを閃《ひらめ》いた様子で顔を上げた。

「八百十九日はもしかすると、地球が一年間に自転する間に、土星が自転する回数ではありませんか？　土星の自転周期は地球の一日に対しておよそ四対九ですから、八百十九日に近くなります」

「成る程、そうかも知れませんね」

ベニート教授は、頭を掻《か》きむしると、ぶつぶつと口の中で呟き、心ここにあらずと言った様子で、どこか遠くを見詰めた。

「月の公転・自転周期は二十七・三日。天界の数九と三界を意味する三の組み合わせで表せる。天界の数九と地下世界の数十三の周期は百十七。水星の会合周期百十六日に極めて近い。こうしたものを算出していたのだとすれは、これらをパラメーターとして太陽系の動きを観測してたのかも知れない……」

ロベルトはそんな教授を見ながら、まるで平賀の双子のようだと思った。

「それにしても……。アステカには金属文化も、車輪も存在していたということでしょうか。歴史を覆す大発見ですね」

ロベルトの言葉に、ベニート教授はハッと顔をあげ、ロベルトを振り返った。

「ええ、そうなんです。アステカには金属文化も、車輪も存在していたのです。

これらの金属は、銅に四パーセントの金を加えた合金だと分かっています。これはインカ帝国との交流を示す一つの貴重な発見になるかもしれません。これまでインカとアステカに交流はなかったとする説が有力でしたが、これらの合金はインカの出土品と大変よく似た製法で作られているようなのです。インカでは、ヨーロッパの技術が伝わるよりも前から、金と銀・銅あるいは錫《すず》の合金を精錬する技術によって、様々な装飾品を作っていました。いわゆるインカ帝国の金製品の殆《ほとん》どはこうした合金製なのです。

スペインの侵略者達は、その大部分を溶かして純金の延べ板にしてしまったため、インカの文化遺産は極端に少なくなってしまいました。それと同様のことがアステカでも起こったのではないでしょうか？

そして、インカもアステカも、鞴《ふいご》を用いた高温の炉を作れず、鉄の製錬技術が無かったと言われていますが、こちらに来て下さい」

ベニート教授は部屋の突き当たりに張られていた保護シートをめくりあげ、その奥に隠されていたものを二人に示した。

そこには、明らかに鞴だと思われるものが多数並んでいる。

いや、祭壇に祀《まつ》られているという方が正しいかも知れない。

床から二十センチ程度の高さの石の台があり、その上に鞴が並んでいるのだ。

片開きの蛇腹を広げた際に吸気し、押し縮めた際にノズルから排気するタイプのものが殆どであるが、長方形の箱の中に取り付けられた板を上下する箱鞴もある。また、足踏み式の踏鞴《たたら》だと思われるものもあった。いずれも、ヨーロッパの製鉄に用いられた物と比べ、見劣りしないものだ。

台に近づいて見てみると、ロケットのような形をした黄金色の小物や翡翠《ひすい》の原石といった貴重品が鞴の周囲に並べられている。

そして小さな頭部の長い人間の土偶が、台を囲むようにして立っていた。

「その黄金のロケットのようなものは、インカで見つかったものとそっくりなのです。インカとアステカは、やはり同じ文化圏だったのです」

ベニート教授は頬をほてらせ、興奮した様子で言った。

「私達の先祖はこのように優れた文明を持っていました。けれど、ある時それまでの文明を捨て、また新たな文明を築くというサイクルを、定期的に繰り返したのです。そのサイクルを計算していたのが、床に並んだ天文暦計算機です。

先祖達が何故、優れた文明を放棄したのか？　その理由は分かりません。おそらく、一つの時代が終わった時、この部屋のような『墓』を作って、その時代の貴重品を埋葬したのだろうと私は思います。

ほら、見て下さい。これらは墓の副葬品です。翡翠は死者があの世で裕福に暮らせるようにと持たせる冥府《めいふ》のお金、小さな人の土偶は死後の召使い達です。そしてここへの通路の蓋《ふた》の仕方は、柩《ひつぎ》に対してするやり方です。

しかもこの空間は、雨などで浸食されないように特別な処置が施されているんです。床を見ると分かりますが、アスファルトで防水処置までしています。余程大事な空間だったことが分かります。

先祖達は自分達の過去を手厚く埋葬したのではないかと思うのです」

ロベルトが見たところ、床にも壁にも天井にも、天然のアスファルトである瀝青《ビチユーメン》が塗り込められていた。

天然アスファルトは古代から主に接着剤として使われていたものだ。旧約聖書の『創世記』では、バベルの塔の建設にアスファルトが使われている。大変貴重で、滅多に使われる素材ではない。

「確かにそのようですね」

ロベルトは頷《うなず》いた。

「そして、このような文明を持っていた先祖達は白い蛇、すなわちケツァルコアトルを信仰していたようです。先祖の信仰の対象を象《かたど》った大理石の蛇の像が、この祭壇には飾られていました。ところがその神像が、こそ泥に盗まれてしまったのです」

ベニート教授は悔しげに声を震わせた。

「神像が盗まれた？」

ロベルトは思わず聞き返した。

「そうなんです。ホセやミゲルから、話を聞いていませんか？」

「いえ、ホセ警察署長からは重機が盗まれたとしか……」

するとベニート教授は、長く疲れたような溜息《ためいき》を吐いた。

「まったく、呆《あき》れ返るとはこのことです。文化的にも学術的にも価値ある御宝の意味が、ホセにもミゲルにも、分かっておらんかったとは……。写真が残っていますが、ご覧になりますか？」

ベニート教授は、鞄《かばん》から一枚の写真を大事そうに取りだした。

それはとぐろを巻いた白い蛇の彫像であった。表面には大理石のマーブル模様が見て取れる。大きさは直径一メートル半弱だろうか。

「この神像と共に、重機八台、そしてドリルやスコップの先に至るまでが持ち去られました。貧民街のインディオがよくやる、金属泥棒ですよ。この国では鉄製品は金になりますからね。大雨のせいで警備が手薄になった隙を狙われました。一生の不覚です」

それを聞いたロベルトは首を傾げた。スコップの先を盗むぐらいなら、祭壇にある金の装飾品や翡翠を盗む方が自然ではないだろうか。

「金目の物なら他にもあるのに、奇妙な話ですね……」

「ならず者のインディオの中には、『ケツァルコアトルはインディオだけの神』、『アステカの遺物はインディオだけのもの』などと言い張る、忌々しい連中がいるんです」

ベニート教授は断定的に言うと、床に座って歯車を磨いていた助手に何事かを命じた。

助手は脚立を持って壁の前へ行き、壁を保護しているシートを順々に外していった。

一枚目のシートが落ちると、壁に顔料で描かれた丸や直線が現れた。

「こちらの壁にはアステカ神話の一場面が描かれているのですが、かなり重要な意味のある壁画なんです。幸い、先日の豪雨にも破損せずに済みました」

残りの保護シートの覆いも、徐々に壁から取り除かれていく。

ロベルトは思わず目を見開いた。


最初に見えたのは、沢山の流れ星。

そして火のように、いや血のように赤い、羽毛の生えた蛇の姿だった。

ケツァルコアトルあるいはその双子のミクトランテクートリだ。

それがまるでドラゴンのように、口から灼熱《しゃくねつ》の炎を噴き出している。

天も地も、真っ赤に燃えさかっている。

その炎の下に、一人の女性が立っていた。

浅黒い肌に、黒い髪。

インディオの顔立ちをした女性で、立ち姿はグアダルーペの聖母に似ている。

だが彼女は聖母のように服は着ておらず、長い髪を後ろに垂らし、さらけだされた豊満な胸には、眼鏡をかけたシパクトリの顔があり、腹部には渦巻模様が描かれている。

女の腹部は膨れ、身重であることを示している。

腰の部分からは、何本もの赤い蛇が垂れ下がっている。

おそらくそれは出産の時の流血の表現……。

博物館で見た魔女のようなコアトリクエの像の腹部にも、人の顔と、その周りに流血が蛇として刻まれていた。

あの腹部の顔は、彼女が産み落とそうとしている赤ん坊の顔だったのだ。

流血は、蛇で出来た腰巻きのようでもある。

そして流血の先、すなわち女の足元には、まさに今、この世に生まれ落ちんとする瞬間の赤ん坊の上半身があり、両手を広げ、空へ飛び立とうとしていた。

赤ん坊には鷲《わし》の羽根があった。その手に炎のような槍《やり》が握られている。

母子の背後には、二人に迫る数百の星々。

母の背後には、放射状に尖《とが》った葉を大きく広げる、黄金色の竜舌蘭《りゅうぜつらん》――。


「この絵に描かれているのは、アステカの神ウィツィロポチトリの誕生です。

アステカ神話には、こうあります。

蛇の女コアトリクエは、ケツァルコアトルの羽毛に触れて妊娠したが、その時既に、彼女には四百人もの息子と一人の娘がいた。

子供達は母を殺さんと、彼女を激しく追撃してきた。

しかし、その時、彼女の腹から武器を持ったウィツィロポチトリが飛び出して、兄弟達を殺し、アステカの王となった。

王が手に持っている槍は、『シウコアトル』、つまり『炎の蛇』という武器で、王はこの強力な武器で兄弟達を打ち砕いたと言います。

この絵は、アステカの民族神の誕生の輝かしい瞬間を描いたものなのです」


ベニート教授の解説が、ロベルトの耳には遠い潮騒《しおさい》のように聞こえた。

身震いがする。

何故なら、この絵は確かにウィツィロポチトリの誕生を描いているが、それと同時に、この絵こそが『グアダルーペの聖母』の原型であると確信したからである。

コアトリクエの胎内から飛び出したばかりの羽根の生えた赤ん坊と、聖母像の足元で羽根を広げた天使との酷似。

母子の背後に迫る星々と、聖母像の羽織るマントの星模様との酷似。

コアトリクエの背後にある竜舌蘭の形と、聖母像の不思議な後光の形の酷似。

そしてこの絵の母の胸と腹にある入れ墨は、平賀が撮ったテラヘルツ写真の聖母の体の入れ墨と同一である。

ロベルトはずっと、グアダルーペの聖母の足の真下に描かれている、鷲の羽根をつけた幼い天使の姿に疑問を感じていた。「天使が聖母を運んでいる場面」という説明が付けられているのだが、小さな幼児がたった一人で妊婦を運んでいる姿は不自然であるし、美術鑑賞の観点からしても、余白と構図のバランスが妙過ぎて、無理矢理継ぎ足したようにしか見えないのだ。

そうまでして、聖母は一体、何処へ運ばれる必要があるというのだろうか。

黙示録の場面にあるように、「追っ手を逃れて荒れ野に飛んでいく」必要があるならば、聖母の背に「荒れ野に飛んで行く為の大きな鷲の翼」を生やした方が自然である。

あるいは『聖母の被昇天』のモチーフにあるように、聖母マリアが天国へと召し上げられる場面を表現しようとするならば、「大勢の天使が聖母マリアを取り囲み、空へ運んでいく」という構図を用いるのが自然である。たった一人の天使が、真下から聖母を持ち上げ、運んでいる姿は、いかにも不自然だ。

では、あのグアダルーペの天使が聖母を「運んでいる」のでないとしたら、彼は何故、聖母の足元にいなければならないのか。

恐らくそれは、「彼がたった今、産み落とされた」という「輝かしい瞬間」を表現する為に他ならない。出産時の流血や女性の裸身といった、過激で異教的な表現を用いずに「その瞬間」を表現する為に、彼はあの場所に描かれなければならなかったのだ。

ロベルトの脳裏には、メトロポリタン大聖堂から拝借してきたコデックス本の内容とともに、『ナグ・ハマディの黙示録』が蘇《よみがえ》った。

『見よ、その時、印が現れた。
隕石《いんせき》が雨のように降り注ぎ、地上のあらゆるものは燃え、
そして金属はどろどろに溶けた。

死体がそこら中にあふれかえった。

人類の中で死を免れたのは、三百九十九人だけであった。

そのとき、天に、翼のある赤い蛇が現れた。

この蛇は明けの明星であるところの蛇である。

それはかつて神とともにこの世を作り、人類を作り、そして滅ぼすところの大いなる蛇である。

誰もが知る古き蛇である。

蛇は一人の女を見た。

それは蛇の妹であり、次なる太陽王を生み出す女であり、名を偉大なる母であり、妻である女と言った。

この世の初めの女であり、そして最後の女である。

彼女は、星々の冠を被り月の中に宿る天の女王であった。

蛇は彼女に、自らの卵を宿らせた。

女は卵を孵化《ふか》させ、男子を産んだ。

その子は、生まれた時から鉄の体を持っていた。

それはこの世の王となるべき運命にある男子である。

子には天高く飛ぶ強き翼と、敵を打ち砕く炎の剣が与えられていた。

赤い蛇は、子に激しく嫉妬《しっと》した。

その為、蛇は天の星の三分の一を掃き寄せて、子のいる地上に投げつけた。
女は、大きな鷲の翼を持って、子を守る為に荒れ野へ逃げ込んだ。
そして、女の側に立つものたちと蛇とその手下によって、天で戦いが起こった。
女は、子供を守るために蛇に戦いを挑んだのである。
その時、空は真っ暗となり、天空で蛇はその身をくねらせた。
蛇は大声をとどろかせ、地上の山々や家を砕いた。
だが、女の軍勢は、蛇とその手下との戦いに勝った。
そのため、蛇は天から落ちて、地上にその身を落としたのである。
蛇は自分が地上に投げ落とされたと分かると、怒りに狂って息子を追った。
蛇は息子から、この世を支配するための鉄の杖《つえ》と剣を奪おうとしたのである。
蛇は美しい男に姿を変え、商人を装って、女と息子の家を訪ねた。
だが、女は知恵あるものであったために、蛇の正体を見破ることができた。
女は高い買い物をしたあげく、商人をねぎらうふりをして、蛇に乾杯の酒を飲ませた。
すると、蛇は一瞬にして眠りに落ちてしまった。
女は蛇を地下深くへと閉じこめ、鎖で繋《つな》いだ。
そして息子に、もし蛇が出てくることがあれば、
その燃える鉄の杖で蛇の頭を砕くようにと教えたのである。
息子はそのようにして父の頭を砕き、新しき太陽王となった』

じっと考え込んだロベルトに、ベニート教授が話しかけてきた。

「ロベルト司祭、この絵をどう思いますか？」

「……僕の口からは何とも」

ロベルトは言葉を濁した。

「そうですか？　私はね、この絵のコアトリクエと、グアダルーペの聖母は似ていると感じるんです。もしかすると、ホアン・ディエゴがテペヤックの丘で出会った聖母は、こういうお姿だったかも知れませんよ。もっとも、証拠は何もありませんが」

ベニート教授の勘は当たっていた。

似ているどころではない、二者は同一のものだ。何より動かぬ証拠が、平賀の撮ったテラヘルツ写真の中にある。

「今も先住民の文化を守り通している者の間では、テペヤックの丘のことをコアテペック（蛇の丘）と呼んだり、グアダルーペ寺院のことをトナンツイン、あるいは『コアトリクエの住む城』と呼ぶ習慣があるんですよ。

それから、グアダルーペ寺院の新聖堂がある場所を、『コアトルアルマトル』と呼ぶ古参の者もいました。

つまり、明らかにこの壁画は、グアダルーペと関係していますよね。実は、私は常々思っていたのですが……」

滔々《とうとう》と自説を述べ始めたベニート教授の背後で、平賀がとんでもない事をしているのをロベルトは見た。

なんと、ポケットから取りだした小さなピンセットで、聖母の顔の顔料をこそぎ取っているのである。

見つかったら遺跡破損の罪だ。それより前にベニート教授に殴られるだろう。

肝を冷やしたロベルトに対し、平賀は全く平然としたものだ。おそらく彼は又、研究対象を前に全てを忘れてしまっている。ある意味、無我の境地というやつだろう。

平賀はビニール袋をポケットにしまうと、突然、大声を出した。

「ハレー彗星《すいせい》かもしれません」

「ハレー彗星？」

ベニート教授が平賀を振り返った。

「ロベルトに言おうと思って忘れていたのを思い出したんです。貴方《あなた》が記録室で見つけた資料には、ホアン・ディエゴという名の人物が、聖母出現の年である一五三一年八月二十六日に、洗礼を受けた記録があると仰《おつしや》っていましたね」

「ああ、確かに」

ロベルトは頷《うなず》いた。

「それを聞いた時は記憶が不確かでしたので、後で確認してみたのですが、その日はハレー彗星が地球に接近した日でした。

もしかすると、このケツァルコアトルという赤い蛇は、ハレー彗星を暗示しているのかもしれません。一五三一年八月二十六日から、マヤ暦の始まりの日までさかのぼった年数は、四千六百四十五年と二十日です。つまりハレー彗星が地球に訪れた可能性は極めて高く、それから六十一回目のハレー彗星が地球に訪れたのが一五三一年の八月二十六日です。

それに終末のミトラの神話では、彗星が天に現れるのでしょう？あと、ここに七十六を周期とする歯車の組み合わせがあります。四つの歯を持つ歯車と十九の歯を持つ歯車が組み合わさっています」

「凄《すご》い。だとすると、実に興味深い発見だ！」

ベニート教授は呻《うめ》くように言った。

その時ロベルトは、次々と取り除かれていく保護シートの下から現れる、いくつもの色違いの丸と横線、そして貝殻のような模様に惹《ひ》きつけられていた。

ケツァルコアトルと女が描かれた壁以外は、謎の幾何学模様で一杯だ。

暗号解読家としての勘が、そこに重要な意味があると囁《ささや》いていた。

「ベニート教授、この遺跡にある文字は、扉にあった文字だけですか？」

「ええ、そうです。あとは、歯車に記されたものだけですね」

「では教授、この壁に描かれている幾何学模様は？」

「これは……単なる数字です。これもアステカ式ではありませんね。アステカは、王国樹立後に焚書坑儒《ふんしょこうじゅ》が行われたせいだと思うのですが、その文字も、数字の表記の仕方も、ルーツとなったマヤやテオティワカンやトルテカの時代と変えてしまうのです。

しかし、これはマヤやマヤの数字の表記の仕方です。彼らは二十進法を使っていて、横棒の線が五、丸一つを一として数えていました。貝のような模様は零を表しています」

「この数字が意味するところは？」

「いま解析中ですが、分かるかどうかは難しいものがあります。メソアメリカの記録方法は、ほぼ、口頭伝承にのみ頼られていて、地域に一人はいる語り部が、歌として、国家の歴史や事件を後世に伝えていたんです。鹿皮や、アマテと呼ばれる樹皮から作った紙に、神聖文字を使って歴史を記述したりもしていました。いわゆるマヤ文字ですね。

しかし、絵文字は日常的な記録の手段としてはかなり実用性に欠けていて、どうしても完全な文章を表現することができないんです。テオティワカンの文字もマヤ文字も、その解読がなかなか捗《はかど》らないのは、そこに原因があるのですが……」

ロベルトはその説明を聞いて、俄《にわか》に閃《ひらめ》いたものがあった。

歌う一族は確かにいたのだ。

そして、これらは……。

「キープだ！　モラレス氏はインカのキープのことを言っていたんじゃないんだ。先祖達のキープの話をしていたんだ。数表文字だ。僕としたことがそれに気づかなかったなんて……」

「どういうことです？」

ベニート博士が勢いこんでロベルトに訊《たず》ねた。

「博士はインカのキープ文化をご存じですよね」

「ええ、勿論《もちろん》です。私の研究はメソアメリカの文化全体です。

インカ帝国も、アステカやマヤ同様に高い文明を誇りながら、一部の文明が全く進歩しなかったことで有名です。その最たるものが、文字の未発達です。

インカでは、彩色された紐《ひも》に色んな形の結び目をつけることで、数字を表現しました。紐は二本撚《よ》り以上で様々ですが、太さは四種類に限定されています。最も太い紐は親紐と呼ばれていて、そこから下がり紐が、親紐に房状に結びつけられているのです。結び目の形、紐の色、結び目の位置などに情報が含まれ、結び目の位置によって、一、十、百、千、万の位が表されています。下がり紐は三本ほどから二千本近いものまであり、それにまた細い補助紐がつけられる場合もあります。

こうした結縄を作製、解読できたのは、キープカマヨック（キープの保持者）と呼ばれたごく少数の役人だけでした。

ただ、最近、その説が否定されつつあります。単なる数字の記録としてしか使われていなかったと思われたキープが、実はある程度の文章を記録することが出来たという可能性が指摘されているんです。

もし、数字だけを表記したいと思うなら、キープは却《かえ》って非効率なんです。例えば、

『三』という数字を表すだけでも、複雑で手間のかかる結び目を作らなければなりませんから……」

「ベニート教授、僕はキープが文章も表せたということに同感しますよ。文字を持たない高度文明など存在しないというのが僕の信念です。それはただ、見つけられていないだけのことです。

ベニート教授、この壁画をもう一度よく見て下さい。これだけの数字を表す記号と色彩があれば、充分に複雑な文章を表すことが可能です。これもまたキープのようなものだとしたらどうでしょう。絵文字より効率的な、文明ごとに文字の形を変えても、それらを繋《つな》げることの出来る実用の文字だったとしたら？」

ロベルトは言った。

「確かに……。素晴らしいご意見だ。司祭様方、有難うございます」

ベニート博士は感激に満ちた顔で、平賀とロベルトの手を強く握った。

2

遺跡の発掘現場を後にした二人は、ホテルへと戻った。

平賀は遺跡で写した画像をチャンドラ・シン博士に送った。そして、現場から得たものの分析を開始し、測量結果などを記録していった。

ロベルトは数冊の本をテーブルに広げて、読みふけっていた。

それぞれの作業に熱中していると、チャンドラ・シンからメールが届いた。


アステカ人が四を神聖視する訳とは？

四を基本とする数字とマヤの歯車暦は次のように推察される。

四年は、ユリウス暦の閏年《うるうどし》の周期である。

四つの歯車と四つの歯車の組み合わせは、十六。

これは、地球に火星が大接近する平均的周期である。

人の遺伝子は四つの塩基からなっている。

さらにこれに繋がる八つの歯を持つ歯車の周期は、三十二年であるが、これは天文学的に見る金星・地球、火星がほぼ同じ位置となる周期である。

またここに再び四つの歯の歯車が噛《か》み合わさっている。

つまり、周期は百二十八年。

これはユリウス暦がほぼ一日の誤差を生じる周期だと言える。

他に、天文学的な周期として地球と関係するもので該当するのは、近年その存在が確認され、軌道計算がなされた彗星《すいせい》エンキスである。

彗星エンキスは、ケンタウルス彗星群の一つで、周期百二十八年で地球に接近する。

近年のエンキス出現の時期から逆算すると、マヤ暦起源の日に、地球に接近した可能性は高い。しかし、これはあくまでも純粋計算におけるもので、それまでの間の軌道のずれなどは予測できない。

映像で見る限り、ここにさらに八つの歯を持つ歯車が組み合わさることにより、全体において二百五十六年の周期を計算することが出来るようになっている。

これはマヤの遷都の周期であるということだが、天文学的意味は不明。

最初の数字2だけの意味は幾通りにでも理解出来る。

太陽系第2惑星は金星である。

原子番号2の元素はヘリウム。

複数概念を表す最小の数である。

最小の素数であり、最初の偶数である。

また、偶数中唯一の素数であり、1／（p－1）が整数となる唯一の素数である。

最初のメルセンヌ素数の指数である。

3番目のフィボナッチ数である。

最小のオイラーの幸運数である。

球面のオイラー・ポアンカレの特性数である。

数字の5に関しては、次の通り。

太陽系第5惑星は木星である。

原子番号5の元素はホウ素である。

5は3番目の素数である。
n、n＋2、n＋6、n＋8が全て素数となる初めての素数である。
フェルマー素数の2番目の数である。
フィボナッチ数列の第5項である。
2番目のピラミッド数である（1、5、14…）。
3番目のメルセンヌ素数の指数である（$2^5-1=31$）。
5は3番目のオイラーの幸運数である。
いかなる整数も5つの3乗数（正とは限らない）の和で表される。
6に対する考察は次の通りである。
太陽系の第6惑星は土星である。
原子番号6は炭素である。
半素数である。
二つの異なる素因数をもつ最初の数である。
約数の和が6となる完全数である。
最小の完全数であり、他の完全数は全て4の倍数となっている。
6の倍数は全て過剰数である。
5と6の組は最小のルース＝アーロン・ペアである。
クラインの壺《つぼ》の彩色数は6である。これはヒーウッドの公式における唯一の例外である。

土星公転周期は約三十年であり、先の数5と6をかけたものである。

また、木星公転周期は約十二年で、先の2と6をかけあわせたものである。
2、5、6の並びには、三つの素数が確認される。
すなわち2＋5＝7。

5＋6＝11。

2＋5＋6＝13。

すべては素数である。

そして13を分解して足した数は1＋3すなわち4に還元される。

最も大きな歯車に連なる一連の歯車の噛み合わせが、全て同じになる周期は、十二億七千七百五十万日と計算され、これは、ニート彗星の周期と同じである。

歯車の設計を見る限り、太陽系の主だった惑星の周期、ハレー、エンキス、ニート彗星が到来する周期をアステカ人が計測していたとしてもおかしくはない。

しかし考古学というもの自体が、過去という知り得ることのできない事象に対して物語を作るという人文的学問分野である為、全ては解釈次第といえる。

チャンドラ・シン

ロベルトは本を読み終えた様子で、パタリと閉じた。

「またシン博士からのメールかい？」

「ええ」

平賀がメールを読み上げると、ロベルトは顔を顰《しか》めた。

「相変わらず謎めいているというか、偏執的な内容だね。数学者らしいとはいえるが……。要するに彼は、マヤ人達が彗星観測をしていたと推理しているわけだ」

平賀は頷《うなず》いた。

「ええ、そうです。ケツァルコアトルがハレー彗星の暗示であるとすれば、充分に考えられることです」

「確かに古代文明において、彗星出現は一大事件として取り上げられた。王の死や大災害、戦争といった不吉なことの前兆と考えられてきたし、地上の住人に対する天からの攻撃と解釈されることもあった。『ギルガメシュ叙事詩』、『ヨハネの黙示録』、『ミトラの教義』『エノク書』などで、『落ちる星』として言及されていたのは、間違いなく彗星だ。彗星は、古来、不吉な出来事の前兆とされてきたんだ。

現代において、彗星が不吉の象徴だとか、魔王の到来だなんて言うと、おかしな人間扱いされるけれど、その正体が明かされる以前は、世の人々を充分に恐怖させる天体現象だった。

彗星の色自体が、人々に不安を与える暗褐色をしているし、長く光をたなびかせながら天空を通り過ぎる姿は、『火のように大きな赤い龍《りゅう》』と喩《たと》えられてもおかしくないね」

平賀は頷いた。

「そうですね。最近の彗星の出現を記録した有名な記録には、『バイユーのタペストリー』に描かれたハレー彗星があります。調べてみますと、彗星の出現について、信頼できる記録の中で最も古いものは、紀元前二四〇年、秦《しん》の始皇帝《しこうてい》がハレー彗星を見たとする記録でした。不確かなものでは、紀元前二三二〇年の古代バビロニアの記録があります。そして、紀元前一二年十月です。この時の出現が新約聖書のベツレヘムの星だと説く神学者がいるらしいとか……」

「そうだね。キリスト誕生の時に空に現れた輝ける星が、彗星の出現だったとしてもおかしくはないね。

ベツレヘムの星はクリスチャンにとっては輝かしい印だけれども、時の王ヘロデは、自分の地位を脅かすものが出現する凶事の前兆と捉《とら》えていた。だから、その年に生まれた赤ん坊を皆殺しにする命令を発したのだろう。

実際、現実の歴史と付き合わせてみると、ハレー彗星が凶事のしるしであるということを、あながち否定することはできないんだ」

「例えば？」

平賀が身を乗り出した。

「例えば、ハレー彗星が現れた西暦四五一年には、フン族の国アッティラが、北イタリアにまで侵攻し、西洋諸国を脅かしている。

アッティラは現在のロシア・東欧・ドイツを結ぶ大帝国を築き上げ、自らを西方世界の大王だと自称した。これが、ノストラダムスの諸世紀における『終末に災いを及ぼす、恐怖の大王』と解釈する研究者もいる。

当時のキリスト教の信者らが、ハレー彗星《すいせい》の出現とともに襲ってきたこの民族を激しく恐れ、彼らを『神の災い』や『神の鞭《むち》』と呼んでいた記録もある。

だが赤い龍の災いは、西洋にだけ及んだんじゃない。

疫病の流行により、イタリアから撤退したアッティラ王は、その結婚式の初夜の床で激しく吐血し、自らの血液に溺《おぼ》れて窒息死する。この不幸な事故により、アッティラ国自体が解体してしまった。

五三〇年に再び彗星が現れた時には、中国の『魏書』の『天象志』にその姿を認められたことが記され、占星官は『陰謀有りて奸仇興《かんきゆう》る予兆』であると警告した。そして予言通り、孝荘帝はクーデターにより殺害された。

さらに、バイユーのタペストリーに描かれたハレー彗星は、『長髪の星』『イングランド人が誰も見たことのない予兆』と記され、その後まもなくノルマン・コンクエストが起こって、イングランドは征服されてしまった。

そして、一八三五年十月のハレー彗星は、英国とローマ法王との関係断絶を呼び込んだ。

南アメリカにもその爪痕《つめあと》が刻まれた。

インカ帝国には、内戦と天然痘《とう》という災厄が降りかかり、国力が急速に弱体化した。

その為、インカ帝国は翌一五三二年に戻ってきたピサロ兄弟率いる、わずか二百人にも満たないスペイン軍に征服され、インカ帝国皇帝アタワルパは、スペイン皇帝への服従と、キリスト教への改宗を迫られることになった。

バルベルデという神父を通訳とした、この投降勧告状は、言語の障壁と拙《つたな》い通訳のため、アタワルパ皇帝にとっては、その意図を完全に理解できないものだった。

アタワルパ皇帝は、ピサロの使節が説明するキリスト教信仰の教義について、何度も分からない部分を質問したんだが、不幸なことに、これがスペイン人たちを苛立《いらだ》たせ、皇帝の随行者は撃ち殺されてしまった。そして皇帝アタワルパは人質として捕らえられた。

アタワルパ皇帝はスペイン人たちに、彼が幽閉されていた大部屋一杯分の金と二杯分の銀を提供するかわりに自分を解放してくれるようにと懇願したが、ピサロはこの身代金が支払われたにもかかわらず、約束をなかったこととし、アタワルパ皇帝は処刑されてしまう。

そんな頃、ホアン・ディエゴが洗礼を受けた……」

ロベルトは一息ついて、腕組みをした。

「ホアン・ディエゴはどうして洗礼を受けたのだろうね。

彗星の出現によって、一つの周期が終わったと感じたのか？　あるいは何かの始まりを予感したのか？

当時のアステカに不吉な出来事が次々起こっていたのは本当らしい。大火山は噴火を繰り返し、彗星が現れ、湖が煮えたぎったなどと言われているしね。マヤ人の天体観測は占いを目的としたものだったと僕は言ったけれど、もっと面白い空想も膨らんできた」

「どんな空想ですか？」

「もしも彼らの言葉が、僕の推理したように数表文字だったのだとしたら、彼らには歯車の組み合わせ、つまりそこに刻まれた数字の組み合わせを見ながら、なんらかの言葉なり、文章なりを読み取ることができたのではないかと思うんだ。それはまさに『天からの言葉』だったんだろう。彼らが未来予測として暦にこだわり、高度な数学を発展させたのは、数表文字を使っていたという背景があったのではないかとね」

「それは、とても面白い考え方だと思います。彗星が現れたときの暦の数字の組み合わせが、彼らに改宗を決意させる言葉であったのかもしれませんね。

　私が考えていたのは、事象的に、湖が煮えたぎったというのは、巨大隕石《いんせき》が落下した可能性があるのではないかということです。隕石落下時の熱で、水が沸騰することがあるでしょうから」

「そうだね。そういえば最近、ロシアにも巨大隕石が落下したね」

「ええ、空から訪れるものとして、隕石や彗星というのは実に神秘な代物です。彗星がどのように生まれるかという仮説をご存じですか？」

「天文学は余り得意じゃないが……。太陽系を取り巻く『オールトの雲』というところからやってくるんだっけ」

「ええ、そうです。オールトの雲とは、概《おおむ》ね太陽から一万天文単位もしくは十万天文単位の間に、球殻状に広がっていると考えられる天体群です。

それらの天体群は、海王星軌道の外側にドーナツ状に広がる『カイパーベルト』という天体密集領域と繋《つな》がっているんです。

カイパーベルトから内側へ弾《はじ》き出された天体をケンタウルス族と言い、代表的なケンタウルス族にはエンキス彗星があります」

「ケンタウルス族と言えば、僕にはギリシャ神話にある半人半馬のケンタウルスぐらいしか想像はできないけどね」

「そうですよね……。天体の話なんて退屈ですか？」

「いや、勿論《もちろん》、聞かせてもらうよ」

すると平賀は、うきうきした様子で話を始めた。

「カイパーベルトは、地球に訪れる短期彗星の巣のようなもので、それが太陽系の引力に引っ張られて、ケンタウルス族になることを経て短期彗星になるんです。

ケンタウルス族の第一号はキロンで、発見当初は小惑星と認識されていたのですが、太陽に接近するにつれ、彗星として振舞うようになります。太陽に近づくことによって、熱でガスが揮発し、彗星特有のコマが生じたのです。土星の衛星フェーベも、土星に捕らえられたケンタウルス族であるとも言われていますし、実はハレー彗星自体もケンタウルス族の一つだと分かってきています。こうした彗星は最後にはどうなると思われますか？」

「まさか地球に衝突すると言うんじゃないだろうね？」

ロベルトが冗談交じりに言うと、平賀は極めて真面目な顔で答えた。

「勿論、それも考えられますよ。もともと地球という惑星自体が、隕石が衝突を繰り返して生まれた星なのですから」

「そうなのかい？」

「ええ、もはや天文学の常識です。でも彗星に関して言えば、最終的には、木星など太陽系内の他の天体による重力的摂動によって加速されていき、その勢いで太陽系の外へ放出されると考えられています。そしてまた違う重力場に捕らえられるのでしょう。

そういう意味では、彗星は様々な重力に反応して宇宙を渡り歩いているわけです」

「宇宙を渡り歩く、か。なかなかロマンチックだね」

「ええ、そうなんです」

平賀は拳《こぶし》を握りしめた。

「じゃあ、僕も一つロマン的な話をしようかな。

アステカ人という名は『アストランから来た人』という意味なんだが、このアストランというのが何処にあったか、未《いま》だに分かっていない。アトランティスから来たんだ、と唱えた神父もいるんだ」

「アトランティスというのは、架空の大陸でしょう？」

平賀は首を傾げた。

「そうだね。絵文書を自己流に解読した完全な勘違いだった。けど、今日あの遺跡を見ていたら、あながちそれも……なんてことが頭を過《よ》ぎったよ。

アトランティスの伝説を記したプラトンの書『クリティアス』によれば、アトランティスは中央の島と、その外側を取り囲む環状の海水路、さらにその外側に幾重にも環状島と環状水路がある、海中の大都市として表現されている。

環状水路や運河はすべて塀で取り囲まれ、中央の島、内側の環状島、外側の環状島の塀は、オリハルコンという金属で作られていたという。

オリハルコンは謎の金属といわれるけれど、古代ギリシャ語やラテン語で、『オリカルクム』『アウリカルクム』という表現は、金の銅という意味だから、あの遺跡の歯車に使われていた赤っぽい金属こそがオリハルコンだったとしてもおかしくない」

「それは大層、面白いお話ですね」

「そうかい？　じゃあもう少し続けよう。

アステカ人はチコモストク、すなわち七つの洞窟《どうくつ》とか七つの神殿のある場所からやってきた、という伝説もある。僕はこの二つのアステカ人の出自にはなんら矛盾することがないと考えている。つまり、『七つの神殿のある七つの洞窟』からやってきたのだとすれば辻褄《つじつま》が合うだろう？」

「それはそうですね」

「アステカ人は元来、地下で暮らす地下神殿に仕える人々だったのかもしれない。メソアメリカのピラミッドの下には、地下遺跡がいくつか発見されている。地下には川が流れていて、聖なる泉・セノーテがあり、そういった場所で神々が奉られていた形跡があるのだという」

「地下といえば、ミクトランテクートリと関係しているのでしょうか？　アステカ民族は、王国を樹立する前は、『冥府《めいふ》の神』に仕えていたとか？」

「うん。成る程、そういうこともありえるね。それより平賀、君、あの遺跡の壁画の顔料を失敬してきただろう？」

ロベルトの言葉に、平賀はハッとして、自分のポケットを確認した。

「そうでした。気になって……無意識にやってしまったんです……」

おずおずと取りだしたビニール袋には、微量の顔料の粉末が入っていた。

「まあ、そんなところも僕にとっては助かることこの上ないがね。どれどれ、まず僕が見てみよう」

ロベルトは、微粉末を無くしてしまわないように、ビニールのまま光にすかしたり、そっと匂いを嗅《か》いでみたりした。

色合いは今まで見た顔料の中には存在しない。

匂いは無臭。

「あなたでも分かりませんか？」

「残念だが、分からない」

ロベルトは首を振った。

「では、顕微鏡で分析してみましょう」

そう言うと、平賀は電子顕微鏡に微粉末の粒子をセットし始めた。

「なら、僕は少し休憩するとしよう。君もあまり根を詰めない方がいい。明日はアントニオの手掛かりを探しにバーに行く日だ。君の顔色が悪いようなら、置いていくからね」

ロベルトは手を振って立ち上がった。

3

翌日の夕刻、ロベルトがシワクアトリの許《もと》から戻ると、平賀はバチカンから届いた資料を凝視していた。

『天使の歌声』に関するメリッサ博士の報告書と関係資料である。

資料は厳密で詳細なものであったが、電話で聞いた以上の情報は得られず、『天使の歌声』の作製者に迫るヒントも見つけることはできなかった。

二人は近くのレストランで食事をした後、フリオとの待ち合わせ場所へ向かった。

約束より三十分遅れで、いかにも盗難車らしい高級車に乗ったフリオが現れた。

「お待たせしてすみません。ヤボ用が立て込んでいたものですから」

後部座席からドアを開けて降り立つと、フリオは葉巻を吹かした。

「いえ、こちらこそ無理なお願いをしたのですから」

ロベルトがにこやかに言う。平賀が隣でペコリと頭を下げた。

平賀とロベルトが車に乗り込むと、助手席に乗り換えたフリオが手下に命じた。

「『エルフェバンゴ・デ・ボルベ』まで走れ」

運転席の若い男が無言で頷《うなず》き、車を急発進させる。

ダウンタウンの裏通りで車を止めると、フリオはロベルト達を振り返り、細い路地を指さした。

「あそこですよ。赤いドアの家に入ったらすぐに地下へ行く階段がありますから、そこを下りれば『エルフェバンゴ・デ・ボルベ』です。俺はこのまま車で待ってます。何かあったら連絡を下さい。これが電話番号です」

フリオはマッチ箱をロベルトに手渡した。その表に携帯番号が書かれている。

「有難うございます。では行ってきます」

「お気をつけて」

平賀とロベルトは車を降り、路地に向かった。

下水の悪臭が充満する路地には街灯もなく、月明かりの下でゴミ箱を漁《あさ》る野良犬や野良猫のシルエットがぼんやりと見えている。

路地に入ると、それまで建物の物陰に身を潜めていた男や女がゆらりと身を起こし、ロベルト達を胡散《うさん》臭そうな目で眺め回した。

「こんな場所に何故、神父が？」

いくつもの囁《ささや》き声が聞こえてくる。

「神父さんも楽しみに来たのかい？」

「どうせ楽しむなら、私とどうさ？」

原色のミニスカートを穿《は》いた娼婦《しょうふ》達が、面白がって声をかけてくる。

からかいの声を無視し、教えられた通り赤いドアを開くと、途端にロックミュージックが耳に流れ込んできた。

細い階段を下り、木の扉を開く。

そこは異様な空間であった。

青いストロボライトが点滅し、店中に飾られた骸骨《がいこつ》を照らしている。

店の中にはビリヤード台があり、男や女が群がっていた。壁際には目つきの悪い連中がひそひそ話をしながら屯《たむろ》している。

暗鬱《あんうつ》な、有毒ガスのような空気が瀰漫《びまん》していた。

十字架にかけられた等身大の人骨が天井からぶら下げられている。

その下をまだ幼い、十歳ほどの少年がトレーに酒を載せ、テーブルに運んでいる姿があった。

「誰に話を聞きますか？」

「あのバーテンにしよう」

ロベルトはカウンターの中でシェイカーを振っている、入れ墨だらけの男に狙いをつけた。

客の間をかいくぐっていく。

獲物を狙う蛇のような目つきをした男達が、二人とすれ違うたび、ふいと会話を止める。そして静かにすれ違った後、じっとりとした視線が二人に絡みつく。

ロベルトは激しい緊張を感じながら、バーテンダーに声をかけた。

「すみませんが、お訊《たず》ねしたいことがあるんです」

「あん？　あんたら本物の神父か？　それとも冗談のコスプレかい？」

「本物のほうです。私達は人を探しています。サニー・ボレロという男性を知りませんか？」

するとバーテンダーがにやにやとした薄笑いを見せた。

「ほう。サニー・ボレロに用かい。なら、待ってろ。話をつけてきてやる」

バーテンダーはカウンターから出て、店の隅にいる一団の方へ寄っていった。

バンダナをした、体格のいい男に何事かを囁いている。

すると男は、こちらをぞっとするような冷たい目で見てから、側にいた数人の仲間達と話し始めた。

そうしながら、ちらり、ちらりと、男達が平賀とロベルトのほうを見る。

何の話をしているのか唇の動きで読み取ろうとするが、ストロボの光が邪魔で、読み取れない。

一人の男が、腰のベルトから拳銃《けんじゅう》を抜いた。

危険なことが起ころうとしているのは明らかだった。

ロベルトは平賀の手を取り、玄関へと歩き出した。こんな時は、何気ないふりをして店を抜け出すのが一番だ。

「どうしましたロベルト、サニー・ボレロを探すのでは？」

「いいから。危ない予感がする。ひとまずここを出よう」

玄関のドアに手をかけようとした瞬間、大きな人影が立ちふさがった。

男はガムをくちゃくちゃと噛《か》みながら、ニッと笑った。

「サニーを探しているんだろう？　どこに行くんだよ、サニー・ボレロなら俺様さ」

男は背後に隠し持っていた鉈《なた》で、いきなりロベルトに斬りかかってきた。

ヒュッと耳元で風を切る音がした。

刃先は間一髪でロベルトの顔面を掠《かす》め、ガツッ、と音を立てて扉に刺さった。

ロベルトが渾身《こんしん》の力で男に体当たりする。

バランスを崩した男が転び、ひるんだ隙に、ロベルトは平賀の手を引っ張って飛び出した。

ロベルトの目には、拳銃を構えた男が数名、サニー・ボレロの背後から駆け寄ってくる姿が映っていた。

階段を駆け上がり、道に飛びだそうとした瞬間、ロベルトの上着をつかむ手があった。

見ると、さっき店にいた少年だ。

「神父さんなんでしょう？　助けて！　僕、あいつらに殺されちゃうよ」

「一緒に来なさい。さあ、私の手を摑《つか》んで」

言葉も分からないはずの平賀が、そう言って少年に手を差し出した。

三人が走る背後から、大勢の足音が追ってくる。屋根を打つ大粒の雨の落下音のような、慌ただしい足音だ。

怒号。罵声《ばせい》。そして銃声が響いた。

ロベルトは足を縺《もつ》れさせた少年を抱え上げ、表通りに走り出た。

その様子を見たのだろう、フリオの車がタイヤを軋《きし》ませ、目の前に滑り込んできた。

バタンと中から扉が開く。

「さあ、早く！」

三人は車の中に転がり込んだ。

銃弾が車を掠める金属音が、何度か響いた。

運転席の男が舌打ちし、アクセルを踏み込んだ。

身体がシートに押しつけられる。

バックミラーには、手に手に拳銃やナイフを持った男達が何事か叫んでいる姿が映っていたが、みるみるその影は小さくなっていった。

「お怪我は?」

助手席からフリオが振り返った。

「ええ、なんとか……大丈夫です」

ロベルトは平賀と少年の無事を確認して答えた。

「で、そのガキは何なんすか」

フリオは苦虫《にがむし》を嚙み潰《つぶ》したような顔で言った。

「よく分からないのですが、殺されると言うので、つい」

「だから言わんこっちゃない……。面倒事には関わらない方がいいですよ。なあ、お前、親に売られたんだろ?」

フリオの言葉に、少年がこくりと頷く。

「ほらね。こいつを親のところに連れて行ったって、どうせまた売られるだけだ。どうするってんです?」

それを聞くと、少年は心細げな顔でロベルトと平賀を交互に見上げた。

「ですが……放ってはおけないので」

ロベルトは弾んだ息の中で答えたのだった。

ホテルの部屋に一旦《いったん》保護された少年は、温かいミルクを飲み、ようやく落ち着いた様子であった。

「名前は？」

「チコ」

「年は？」

「わかんない……たぶん、十か十一……」

チコはあどけない顔で答えると、じっと俯《うつむ》いた。

「そうか。じゃあ、チコ、今日はシャワーでも浴びてゆっくり眠りなさい。後のことはまた明日話し合おう」

ソファから立ち上がったロベルトを、チコは再び引き留めた。

「待って、あの、僕……」

チコは暫《しばら》く逡巡《しゅんじゅん》していたが、意を決したように顔を上げた。

「こんな事、言っていいのか分からないんだけど……僕、もう一人、助けて欲しい人がいるんだ。僕の友達なんだ。今夜殺されちゃうんだ……」

ロベルトはソファに座り直すと、チコの目をじっと見た。

「その人が今、どこにいるか分かるかい？　分かれば警察に知らせられる」

チコは力なく首を振った。

「……分かんない。でも、エルドラドっていう、食材卸の店の車に乗せられて行った……。その後、どこかのクラブに連れてくって。そこで自爆させるって……」

「自爆テロか……」

チコは頷《うなず》いた。

「友達は嫌がってたけど、体中に爆弾を巻かれて、銃で脅かされて、行ってしまったんだ。そしたら、あいつらが、次はチコの番だなって……。僕はとても怖かったけど、やらなきゃいけないのかなって思ってた。けど、神父様達を見たから、神様が僕を助けに来てくれたって思ったんだ」

「そうだよ、君はもう死ななくていいんだ。悪い連中は警察が捕まえてくれる。でも、君の友人を助けるには情報が必要だ。そいつらの名前や居場所はわかるかい？」

「……よく分からない。いつも変な匂いの煙草を吸って、骸骨《がいこつ》を拝んでるってことだけ。あの人達は嫌いだ。でも、アントニオだけは、いつもパンをくれたんだ。アントニオの親も子供の時にいなくなったから、一緒だなって。今にあそこから連れ出してくれるって言ってたのに、今夜ボスが来て、アントニオは連れていかれちゃったんだ」

「アントニオ？　君の友達はアントニオ・バレラ？」

チコが頷いた。

「なんてことだ……。他に何か、思い出せることはないかい？　何でもいい」

「派手にやらせるって、ボスが言ってた。白人を沢山やるとかって。そしたら全部、インディオの仕業にできるとかって……。それと、『明けの明星が出る時刻に梟《ふくろう》を鳴かせろ』って、ボスが……」

「明けの明星が出る時刻に梟が……」

「すみません、ロベルト、彼はなんと言っているのですか？」

平賀が、ロベルトに話しかけてきた。

「アントニオが今夜、明けの明星が出る頃、自爆テロの道具に使われる。場所は白人が多く集まる、観光客向けのナイトクラブ……もしくはホテルのクラブだ。エルドラドという食材店が物を卸してる先が分かれば、場所を絞れるんだが……」

「明けの明星が出るまで、あと二時間と少しです。こんな時、ローレンがいれば」

パソコンを操作しながら、平賀が悔しそうに呟《つぶや》いた。

「それだ。チャンドラ・シンにそれをさせるんだ」

「ハッキングをですか？　彼は手伝ってくれるでしょうか？」

「一か八《ばち》かだ。彼を説得するんだ。反対するようなら、『ローレンなら五分でやってくれた』と言うんだ」

「何故、そんな事を、シン博士に？」

「意味なんていい。呪文《じゅもん》だと思って言うんだ」

「分かりました」

平賀がパソコンから電話をかける。

幸い、すぐにチャンドラ・シンがモニタに現れた。

平賀は今の状況を伝え、人命がかかっていること、緊急であることを懸命に訴えた。だが、チャンドラ・シンは頑として首を縦に振らない。

「どうかお願いです」

『それは貴方《あなた》の職務でも、私の職務でもない。警察に任せるべきことです。貴方はまさか私に、犯罪者になれと？』

仕方が無い。平賀は息を吸い、思い切って言った。

「こんな簡単なこと、ローレンなら五分でやってくれました」

その瞬間、チャンドラ・シンの顔色が変わったのが、平賀にさえ分かった。

『私なら五分とかかりません』

そして電話回線はぷつりと切れた。

自らもネットで観光客向けのナイトクラブを検索していた平賀の許《もと》に、暫くするとメールが届いた。

送信者はアノニマス。名無しである。

エルドラドと取引のある観光客向けのクラブは四カ所。

大きい方から順に、ラミニヨン、パパンドラ、カサ・デニス、エルルガール。

メールには、それぞれの住所に印を付けた地図が添付されていた。

「……ロベルト、本当に呪文が効きました」

平賀が驚いて言った。

ロベルトが画面を覗《のぞ》き込む。チコもその後ろから食い入るように画面を見た。

「パパンドラなら聞いたことがある。そこのシェフがよくバーに来て、あいつらと喋《しゃべ》ってたから」

チコが言った。

ロベルトはホセ警察署長に連絡を取り、四カ所で自爆テロの可能性があることを告げ、直ちに警官を急行させるよう求めた。

「僕はパパンドラに向かう」

ロベルトが走り出した。

「私も行きます」

平賀も後を追った。

4

ソカロ広場南の連邦局の建物にほど近いところに、パパンドラはあった。

その門の前には数名の巡査が立っていたが、暢気《のんき》そうに世間話をしている。

「中には踏み込まないのですか?」

ロベルトが訊《たず》ねると、巡査達は顔を見合わせた。

「捜査令状が出ないと、入れませんよ」

「上司の指示もありませんし……」

「本当にここで自爆テロなんて起こるんですか？　さっき店内をちょっと覗いてみましたが、平和なもんでしたよ」

半信半疑な様子でそう言うだけで、動く気配もない。

「爆発物の処理班はまだ来ていないのですか？」

ロベルトが訊ねても、巡査達は首を振るばかりだ。

この分では、ここが現場だとしても爆破時刻に間に合いそうにない。

ロベルトは平賀に目配せして、店の裏側に回った。

小さな裏口があり、扉が僅《わず》かに開いている。

巡査達はおそまつにも、裏口を見張ってすらいない。

だが、ここの扉が開いているのは、恐らく巡査の姿を見た犯人が、裏口から逃走したからではないだろうか。

「僕は中に入って様子を確かめてくる」

ロベルトが中に入ろうとすると、平賀がロベルトの腕をつかんだ。

「二人で行きましょう」

裏口の扉を開くと、薄暗い廊下が続いていた。その辺りは倉庫になっているらしく、段ボール箱が山のように積み重ねられている。

くぐもったマリアッチの音楽が、店の表の方から聞こえていた。

「アントニオはいるのでしょうか？」

「恐らく……。人目につかない場所に監禁されているのだろう。シェフが犯人の一味なら、鍵《かぎ》の開け閉めが自由な倉庫か食材庫あたりに……」

廊下の照明を探し当て、平賀が電気をつけた。

瞬間、背後に人影を感じ、振り向くと、大きな鎌《かま》を持った骸骨の絵が、空っぽの目で二人を見詰めている。

「間違いない……ここだ」

二人は頷きあった。

さらに廊下を進んでいくと、前方からすすり泣くような、呻《うめ》くような声が聞こえてきた。

耳を澄ませながら、慎重に進んでいく。

声が聞こえるのは、分厚いビニールのカーテンが垂れ下がっている部屋の向こうだ。

二人は用心しながら、カーテンをそっと開いた。

途端に、頭の芯《しん》が痛くなるような冷気が流れてくる。

そこは食品貯蔵庫だった。

大きな肉塊が天井から吊《つる》され、段ボールが積まれている。

その一角で、猿ぐつわをされ、爆弾を胴体に巻かれた男が血まみれで這《は》いずっていた。

二人は男に駆け寄った。

ロベルトが猿ぐつわを解く。

平賀は男の体に与えられた傷を確認した。

「両足のアキレス腱《けん》を切られていますね。動けないようにしたのですね。この状態で爆発させ、彼の犯行だと思わせようとしたのです」

ロベルトは頷《うなず》き、男に訊《たず》ねた。

「君は、アントニオ・バレラか？」

男は激しく頷いた。

「た、助けて下さい。もうすぐ爆弾が爆発します」

男の胸の部分に付けられたデジタル時計は、あと九分二十八秒で爆発することを示していた。

爆発物処理班など、とても待てない。

店の客を避難させる余裕があるかも怪しい。

アントニオをここに残して外の巡査に状況を知らせ、なるべく多くの人々の避難を呼びかけるべきだろうか？

逡巡《しゅんじゅん》しているロベルトの隣で、平賀はじっと爆発物を観察している。

「平賀、君にこの爆弾処理は可能なのか？」

「見たところ、難しい造りのものではありません。全部で十六個ある鉄パイプの中に爆発物が詰められていて、それにコンデンサとリレー発火装置が接続されています。

発火はこのニクロム線によって電流が流れることで行われ、鉄パイプが爆発するという仕掛けです。

パイプの中にあるのは、おそらく火薬か、硝酸アンモニウムと軽油でつくられるANFOというものか、どちらかでしょうね」

目の前の爆発物のタイマーの残り時間は、最早《もはや》五分を切っているというのに、平賀は動じる気配もなく淡々と言った。

導線は黄色と赤のものが二本ある。

「このどちらかを切れば、時計が止まって爆発しないんだろう？」

ロベルトが額に汗しながら訊ねると、平賀は首をひねって、周囲を見回した。

「えっと、確かあったはずです」

「何がだい？」

「あっ、ありました」

そう言うと、平賀は部屋の奥に置かれていた消火器を持ってきた。

「それは爆発した時の鎮火のためかい？」

「いえ、とりあえず爆弾を冷却するためです」

そう言うと、平賀はアントニオに向かって消火剤を噴射した。

真っ白な粉が舞い散り、側にいたロベルトにもぞわりと寒気が襲ってきた。

タイマーがゼロになるまで、あと二分十一秒しかない。

「平賀、時限爆弾についての知識は？」

「爆弾の知識はありません。ただ、見たままに構造を述べただけです」

そういうと平賀は、またきょろきょろと辺りを見回した。

そして、ついと立ちあがり、肉塊の側に置かれていた肉切り包丁を手に持った。

意味が分からず狼狽《うろた》えているアントニオの側に近づき、平賀は包丁を振り上げると、そのままロベルトを振り返った。

「ロベルト、私の判断が間違っていたら、申し訳ありません」

「いや、こんな事に巻き込んだのは僕だ。たとえどうなっても、君を責めることなどないよ」

ロベルトは覚悟を決め、ごくりと唾《つば》を呑んだ。

「そうですか。よかったです」

平賀はにっこりと微笑むと、まだ一分以上の時間が残っているというのに、全くためらいもせず、黄色の導線を包丁で切断した。

ロベルトは指を組み、神に祈った。

爆発はしなかった。

しかし、時限爆弾のタイマーも止まっていない。

数字は刻々と減っていく。

「駄目だ、止まっていないぞ」

「え？　いえ、多分大丈夫です」

平賀は、事も無げに答えた。

「大丈夫って、タイマーは止まっていないよ」

すると平賀は不思議そうな顔をした。

「どうしてタイマーが止まると思うのですか？」

「えっ？　だって、ゼロになった時に爆発するんだろう？」

言っているそばから、タイマーの数字が03、02、01と進み、0の数字がそろった。

アントニオが悲鳴をあげた。

ロベルトは息を呑《の》んだ。

だが、確かに爆発は起こらなかった。

「……一体、どういうことなんだい？」

事態が分からず半信半疑のロベルトに、平賀は答えた。

「この爆弾の構造からすると、時間通りに正確に爆発を起こすためにタイマーを用いています。

しかし、爆発物に着火させるためには、爆弾や信管に電流が流れなくてはいけないので、どこかに必ず『電線が流れる導線』が必要となります。

つまり、『導線を切る』という行為は、爆弾に電流が流れるのを防ぐためであって、時計を止めるためではありません」

「だけど映画では時計も止まるはずだが……」

「それは多分、時間の切迫を強調するための、映画の技法なのでしょう」

「そうなんだ……。だけど君、よくどちらを切れば、爆発が止まるか分かったね」

ロベルトがほっと安堵《あんど》の息を吐くと、平賀は、きょとんとした顔をした。

「ロベルト、導線はどちらを切っても爆発しないんですよ」

「えっ、そうなのかい？」

「ええ、こんな風に導線が二本あるのは、一本では、起爆に必要な電流が流れないためなんです。ですから、理論的には、どちらの線を切っても爆発しません」

「……なんだ……。僕は一瞬、死を覚悟したのに、とんだ道化だった。だけど、最初に爆弾を冷やしたのは？」

「万が一、液体による発火装置も仕掛けてあった場合や、爆弾自体が液化性の場合なら、消火器の冷却作用で凍らせて、危険を回避できると思ったからです」

「そうか……。平賀、君は凄《すご》いよ。君と一緒でよかった。僕一人なら、せいぜいどちらの導線を切るか、ぎりぎりまで悩んで、命を縮めるぐらいしかできなかっただろうから」

ロベルトは肩をすくめて笑った。

「お、俺は助かった……んですか……？」

アントニオがおずおずと口を開いた。

「ああ。神は君をお助けになった」

ロベルトがそう言うと、アントニオは、ほうっと深い息をついたのだった。

その後はとにかく慌ただしい騒動が続いた。

ロベルトが外の巡査達を呼びに行き、アントニオは救急車で病院へ運ばれた。

アントニオに付き添い病院に行った二人の許《もと》に、刑事達が事情聴取に駆けつけ、三人はこれまでの経緯をそれぞれ語った。

警察署長のホセからは、二人に感謝状を贈りたいと電話があった。

平賀は、子供達の連続死がパトラナクアトリの犯行でないことを訴える資料をホセに送った。

パトラナクアトリの釈放は、まだ認められなかった。

だが、『暁の梟《ふくろう》』に対しては、即座に手入れを開始するということであった。

保護した少年チコは、『暁の梟』を知る証人として、暫く警察の施設に預けられることになった。

平賀とロベルトがホテルに戻ったのは最早夕刻で、さすがの二人もくたくたになって、ベッドに倒れ込んだのだった。

第七章　邪神復活

1

ロベルトの枕元で、携帯電話がけたたましく鳴っている。

寝不足で痛む頭をふりながら、彼はのろのろと電話に腕を伸ばし、通話ボタンを押した。

「はい、ロベルト・ニコラスです」

『司祭様？　アティエル・マジェロです。ラヨン通りの美容室の。覚えていらっしゃいますか？』

「ええ、勿論《もちろん》」

『さっきね、甥《おい》のマルコがホルヘを連れて来たんですよ』

ホルヘ……誰だったろうか、とロベルトは回らぬ頭で考えた。

そう。確か遺跡の発掘現場に近い場所で暮らしていた、ホームレスの闘犬家の名だ。

「闘犬家のホルヘさんが見つかったんですね？」

『ええ、そうなんです。それで、ホルヘはやっぱりあの夜の現場のことも見てたって言うんですけど……それが……夢なのか何なのかサッパリ分からない奇っ怪な話で……。本人は司祭様に会いたいと言ってますが、どうなさいます？』

「勿論、お会いして、話を伺わせて下さい」

『分かりました。じゃあ、お時間のある時に、うちの店にいらして下さい』

「今から行っても構いませんか？」

『ええ、いいですとも』

「支度を済ませたら、すぐに向かいます」

ロベルトは電話を切って時計を見た。時刻は午後七時。

道理で疲れが取れていない筈《はず》だ。二時間足らずしか寝ていない。

ロベルトはバスルームに行き、顔を洗い、髭《ひげ》を剃《そ》った。そしてシャワーを浴びようと服を脱ぎかけたところで、バスルームのドアがノックされた。

「何処かにお出かけですか？　先程、電話が鳴っていたようですが」

平賀の声だ。物音で目を覚ましたらしい。

「アティエル・マジェロから電話で、遺跡発掘現場の夜のことを目撃した男が見つかったそうなんだ」

答えた途端にガチャリとドアが開き、瞳《ひとみ》を輝かせた平賀の顔が現れた。

「すぐ行きましょう、ロベルト」

「いや、すぐには行くけれど、せめてシャワーを浴びて服の着替えを……」

「そんなの誰も気にしませんよ。さあ、早く」

平賀にせき立てられ、仕方なくロベルトはシャワーを諦《あきら》め、美容室へ向かった。

美容室には閉店の札が下がっている。

店の前から電話をかけると、ドアが開き、アティエルが現れた。

アティエルに案内されて控え室に入る。

すると、ボロ雑巾《ぞうきん》のようなグレーの上着と茶色のズボン、帽子を被《かぶ》った老人が、犬を懐に抱き、凍り付いた棒のように突っ立っていた。

犬は噛《か》み傷や擦り傷が体中にある、痛々しい姿の中型犬だ。しかし、可愛がられてはいるのだろう。しきりにホルへの顔を嘗《な》め、尻尾《しっぽ》を振っている。

「初めまして。あなたがホルへさんですね。僕はバチカンの神父で、ロベルト・ニコラス。隣にいるのが平賀神父です」

ロベルトが声を掛けると、暗緑色のデスマスクのような顔が微笑もうとした。だが、それは歪《ゆが》んでひきつった表情を作っただけだった。

ロベルトが差し出した手を、ホルへは弱々しく握り返した。

「お会いできて光栄です、司祭様。おかげで借金をチャラにできました」

殆《ほとん》どシャワーも浴びていないのだろう。ホルへの顔はすすけ汚れて、皺《しわ》の間には垢《あか》がたまっている。

「お話を伺ってもよろしいですか？」

「はい、マルコに聞きました。遺跡現場で何が起こったか、司祭様が知りたいと仰《おつしや》っていると……」

するとと複雑な顔で腕組みをしていたアティエルが、小声でホルヘに言った。

「そういう事さ。知ってることは全部、きっちり正直にお話しすることだ」

ホルヘは頷《うなず》き、顔を固く強《こわ》ばらせてロベルトをじっと見た。

唇が戸惑うように震え、やがてそこから音を殺した息が漏れた。

「あ、あっしが言うことを、信じていただけるのなら……。なにせ、とんでもないことを見ちまったもんですから、お話ししても信じてもらえないかもしれません」

「どんなことでも結構です。安心して話して下さい。信じるのは神父の務めです」

「なら、司祭様、あっしに呪いがかからないよう、お祈りして下さいませんか」

「呪いですか？」

「ええ、そうです。どうかお願い致します」

ホルヘは、ぶるりと背筋を震わせて頭《こうべ》を垂れた。

「その方はどうしたのですか？」

平賀が訊《たず》ねる。

「呪いがかからないかと怯《おび》えているようだ。祈ってくれと言っている」

「では祈りましょう」

「そうだね」

平賀とロベルトは十字を切り、ラテン語で詩編を暗唱した。

どうやらそれはホルへの恐怖をかなり軽減させたようだ。

ホルへは、ほうっと息を吐き、ソファに座り込むと、あの雨の夜、彼が見たことを話し始めた。


「あの日はすっかりツキに見放されてやした。闘犬場での負けが込み、借金の返済日は明日に迫ってる。腹はペコペコ、愛犬のペドロは傷だらけで、薬も塗ってやりたかった。

ところで、いつもあっしが塒《ねぐら》にしてる木のすぐ側には発掘現場がありやして、そこからお宝が出たらしいってことは、なんとなく聞き知っておりやした。けどまさか、それを盗もうなんて大それたこと、あっしは少しも思っちゃいなかったんです。

あれは出来心というより、アクシデントだったんでさ……。

あの日、夜中に突然、どさっと大雨が降り出して、いつもは現場の前に立ってる警備員が二人、わめきながら雨宿りだかに行っちまった。するってと、あっしの目の前にぽっかりと遺跡の入り口が見えて、その奥にはブルーのテントが張ってありやした。

ああ、あそこへ行けば雨が凌《しの》げるなあと思ううちにも、天から反吐《へど》を吐いたみたいな雨が轟々《ごうごう》と降ってきて、恐ろしい潮騒《しおさい》みたいな音に、ペドロも震え出しやした。

頭の上の街灯はパパッと瞬いて消えちまうし、辺りはもう真っ暗闇だ。

それですっかり心細くなったあっしは、ペドロを抱いて、思わずテントの下へ駆け込んだんです。

幸い深夜です。あっしらを追い立てる者もおりやせん。けど、ほっと一息吐いたのも僅《わず》かな間で、今度はテントを打つ雨の音が、そりゃあ激しくなってきたんです。霰《あられ》か雹《ひょう》でも降ってるような大音に、ペドロも気が立って、ぎゃんぎゃん吠《ほ》え始めたんです。

真っ暗なテントの下でペドロを抱いて震えておりやすと、穴の下の方から僅かな光が漏れてるのに、あっしは気が付きやした。

はしごを下りて明かりの方へ近づいて行きやすと、壁に三角の穴が開いていて、その奥にあるカーテンの隙間から、電気の明かりが見えるじゃありませんか。

あっしは暖かそうな明かりに惹《ひ》かれるように、奥へ向かいやした。

カーテンを開きますと、そこには壁一面に絵があって、足元に歯車やなんかが置かれてるっていう、奇妙な部屋がありやした。

こりゃあおかしな部屋だなぁとは思いやしたが、雨宿りにはもってこいです。

それでしばらくその部屋にいるうちに、あっしは床から一段高くなった台の上に、金の細工物やら宝石やらが置かれてるのを見つけたんです。

その時、ふっと魔が差したと言いますか、ああ、あれを売ったら、借金も返せるだろうなあ、ペドロにも腹一杯食わせてやれるし、傷の手当てもしてやれる。あっしも暫《しばら》く飢えずに済むのかなあ……なんて思いが、頭を過《よ》ぎりやした。

けど、司祭様、あっしはお宝には指一本、触れたりしてやせん。何故なら台の真ん中には、あの恐ろしいアステカの神様、ケツァルコアトルの神像が飾られていて、周りのお宝は蛇神様への供え物じゃないかと思ったからです。流石《さすが》に神様の持ち物に手出しはできやせんから……。

あっしは部屋の隅に蹲《うずくま》って、とにかく雨が止むのを待っていやした。するってと今度は、地上の方から、バサバサーッと凄《すご》い音が聞こえてきて、見る間に水が滝のように足元に押し寄せて来るじゃありませんか。

今にして思えば、現場を覆っていたテントが風に吹き飛ばされたんでしょう。けど、その時は何がなんだか分からない。あっという間に膝《ひざ》の辺りまで水浸しになる。

このままじゃ溺《おぼ》れ死んじまう、上へ逃げなきゃと……そう頭では思ったんですが、勝手にこの足がお宝の方へ向かっちまった。

今しかない……。誰も見ちゃいない。一個だけなら……。

ついつい、この手が祭壇に伸びた、その瞬間だったんです。

祭壇の真ん中にあった蛇神様の像が、みるみる艶《つや》めいた虹色《にじいろ》に変色したかと思うと、カッとその目を見開いて、あっしの方へ向かって来たんでさ……」

ホルヘはぞくっと身体を痙攣《けいれん》させ、真っ青な顔で、救いを求めるかのようにロベルトを見上げた。

「一体、何がなんだか……サッパリ分かりやせんでした。あっしは立ったまんま、悪い夢でも見たんでしょうか……？　いや、けど確かにあっしの足元に、ずるりずるりと一匹の蛇が這《は》いずって来たんでさ。

あっしは震えながら手を合わせ、神様どうかお助け下さい、二度と悪い心は起こしませんと、ひたすら祈りやした。

そのせいか、蛇はあっしを襲ってきやせんでした。雨水の中で身体を波打たせながら、あっしの足元に転がっていたスコップの先をごくりと一呑《ひとの》みにしたんです。

蛇はそのまま部屋の出口の方へ向かって泳いでいきやした。

少ししてから後を追っていきやすと、発掘現場に置かれてた重機に一匹の大蛇が食いついて、それを食っている最中でした。わしわしと不気味な音を立てながら、大きな重機がどんどん蛇の腹へと消えていきやす。

部屋から漏れる明かりに照らされて、ちらちらと見えるその蛇の身体が、どんどん大きく膨れあがって、不気味な真っ赤になっていくのが見えやした。

あっしはもう恐ろしくて恐ろしくて全身が震え、頭がおかしくなりそうで、すぐにもそこから逃げ出したかった。けど、外へ出るには大蛇の前を横切らにゃなりません。

あっしはペドロをぎゅっと抱いて、目もつぶって、ひたすら身を縮こまらせておりやした。

……どれぐらいそうしていたか、分かりやせん。

ふと気がつくと、不審な物音はすっかり止んで、大蛇の姿もどこにもありやせん。

そいでもって、さっきまで目の前に沢山あった重機は、全部すっかり消えておりやした。目を凝らしても、もう何も見えません。

ただ、大雨が降っていて、時々、空に稲妻が走っているだけです。その稲妻が大蛇にそっくりで、あっしは蛇神様が空へ還《かえ》ったのだと思いやした。

そうして空を見上げておりますと、どこからともなく、またあのわしわしという厭《いや》な音が聞こえてきたんです。

あっしは天から蛇神様があっしを狙ってるんじゃないかと思いやした。

今度こそ食われちまうと、必死ではしごに飛びついて、息が出来なくなるまで走って走って、浮浪者の溜《た》まり場の地下道に逃げ込みやした。

それから後は借金取りの追っ手から逃げ回りながら、あっしは居場所を転々としておりやした。怖くてとてもじゃありやせんが、元の塒には戻れなかったんです……」

全てを語り終わったホルへは、ほうっと長い息を吐いた。

ロベルトはその話の余りに信じがたい内容に、呆然《ぼうぜん》とするばかりだ。

「ロベルト、彼は何と言っているのですか？」

平賀が早く知りたくて堪《たま》らないという顔をして訊ねてくる。

「いや、何というか……。彼が言ったままのことを伝えると、遺跡の蛇の石像が生き返って動きだし、重機を食べて空に還ったらしいんだ」

「なんですって？　それは凄い。蛇が生き返って重機を食べたんですか？」

「いや、その、あくまで彼が正気で、当時酔ってもいず、薬物も摂取していなかったのならば……だ」

平賀はまるで無垢《むく》な童話の主人公のように疑いのない表情で、ホルへの話を詳しくロベルトに聞いてきた。

聞き終わると「失礼」と言って、ホルへの脈を取り、瞳孔《どうこう》の様子を確認する。

「脈拍は正常域で、瞳孔拡張などの様子もみられませんから、薬物中毒や神経症の可能性は低いと思います」

平賀は至って真面目な顔で言った。

「ホルヘさん、その夜はお酒を飲んでいませんでしたか？」

ロベルトが訊ねると、ホルへは強く首を振った。

「いえいえ、酒を買う金などありませんよ。少しでも金がありゃ、まず自分とこいつの食べ物を買います」

ホルへは、ぎゅっと愛犬を抱きしめた。

「分かりました。有難うございます」

ロベルトは礼を言ったが、ホルへの目撃談については半信半疑というところだった。

空腹と大雨と借金取りの恐怖から、一時的な錯乱状態となり、幻覚を見たと考える方が自然である。信心深い彼にとって、神像の供え物に盗みを働きかけたという罪悪感が、恐らくその最後の引き金になったのだろう。

「折角の証言だったけど、この内容じゃ、とても警察には信じてもらえそうにないね」

　ロベルトの言葉に、平賀は不思議な顔をした。

「どうしてですか？」

「だって、そりゃあ、こんな話、警察は信じやしないだろう」

「ですが、彼の話が本当なら、大型重機が一夜にして何台も盗難にあったのに、近所の誰もがその物音に気づかず、走っている重機自体の目撃者も見つからないことの説明がつきますよ」

「まあ、そりゃあその部分に関して言えば、君の言う通りだよ」

「そうですよね。つまり私達がするべきことは、犯人が蛇の石像であったという証拠を見つけ出すことです」

　平賀は大真面目な表情で答えた。

「……それができるなら、そうしたいね」

「はい。ですが、その為にはデータが必要です。ロベルト、申し訳ありませんが、ホルヘさんの証言をもう一度詳しく、彼自身の言葉と、私に分かる言葉で、レコーダーに録音して下さいますか？」

　平賀はそう言うと、鞄《かばん》の中から小型レコーダーを取りだした。

「それから、ホルヘさんに立つように言って下さい」

　ロベルトがホルヘにそれを伝えると、ホルヘは訝《いぶか》しげにソファから立ち上がった。

平賀は鞄からメジャーを取り出すと、いきなりホルヘの身長を測った。

「蛇が動き出したとき、身体のどの辺りまで水に浸《つか》っていたのか、訊《たず》ねて下さい。具体的に、手で示して欲しいのです」

ロベルトが平賀の言葉を伝える。

ホルヘは何が何だかわからない様子で、自分の膝の上を指さした。

平賀は床からそこまでをメジャーで測った。

「およそ六十二センチですね」

呟《つぶや》きながら、メモを取る。

「私はこれから遺跡の発掘現場に行って、確認してみたいことが出来ました。ロベルト、あとで落ち合いましょう」

平賀は突然、テキパキとした動きで鞄にメジャーとメモを放り込み、立ち上がった。

何かの宇宙的な符合が、彼の中で繋《つな》がりを見せてきたようだ。

「いいだろう。だけど、石像が重機を食べる可能性っていうのは、この世にどのくらいの確率であるのかな？」

「無限にありますよ」

平賀はそう答えると、慌てたように行ってしまった。

＊　＊　＊

平賀は美容室の向かいにある発掘現場へ駆け込んで行った。

すでに平賀を知っている警備員に案内され、ベニート教授の許《もと》へ案内してもらう。

ベニート教授は壁画の前で腕組みをして唸《うな》っているところだった。ロベルトの言葉に触発され、壁の記号を読み解こうとしている様子だ。

平賀が声をかけると、ベニート教授はにこやかに握手を求めてきた。

「ベニート教授、ここの祭壇にあった神像は、盗まれたんじゃなかったんです」

平賀がホルへの証言を伝えると、ベニート教授は鳩が豆鉄砲を食ったような顔をした。

「はあ？　そんなホームレスの言うことに、信憑性《しんぴょうせい》があるとでも？」

「私は嘘とは思いません。いずれにせよ、真偽を検証するにはデータが必要です」

そう言うと平賀は、やにわに壁画の前にしゃがみ込み、地面から壁画の最下部のところまでをメジャーで計測した。

それはおよそ六十二センチであった。

同じ作業を二十カ所あまりで繰り返すと、平賀は突然、振り返って言った。

「教授、最初に壁画を発見された時、何か記録を取りましたか？」

「ええ、発見当日に撮影した写真があります」

ベニート教授は鞄から数枚の写真を取り出して見せた。

「ほら、やはり最下部に、僅《わず》かに消えた部分があります」

平賀が指摘する写真の部分と現在の壁画を見比べると、確かに最下部にあったはずの線の数本が消失している。

「意味の分からない幾何学模様の一部ですから、気付きにくかったのでしょう。でも、この部分では、丸の図形の下部分が僅かに欠けているのが分かるでしょう？」

平賀は壁画の側にかがみ、図の一部の欠損を指さした。

「ホルヘさんが言った通り、あの日の雨は床からおよそ六十二センチまでを水浸しにしました。そして、そこにあった壁画の一部が水に溶け出したのです」

「ああ、よく見れば本当だ。なんということだ……」

ベニート博士は愕然《がくぜん》とした様子であった。

「ベニート教授、この空間には防水処理をしてあると仰《おつしや》っていましたよね」

「ええ、そうです」

「もしその処理が、この空間に水を入れないために施されていたのだとしたら？　もし、水が入るとホルヘさんの見たような、恐ろしいことが起こると予想されていたのだとしたら？」

平賀の目がキラリと光った。

「平賀司祭、一体、何を仰っているんですか……。非常に残念なことに、壁画の一部が雨によって破損してしまった。ただそれだけの話でしょう？　まさか貴方《あなた》は本気で古代の邪神が蘇《よみがえ》ったとでも……？」

「邪神かどうかは分かりません。でも、蛇の石像は命を得たのです。そして壁画の最下部の一部もあっけなく水の中に溶け出した……。蛇の石像は生き返った時、虹色《にじいろ》に変化したらしいです。あの日、ここで何かが起こったのは間違いありません。

ベニート教授、この部屋以外に防水処理がなされた場所はありましたか？」

「いいえ、防水処理をしたのはこの部屋だけです」

「やはりそうですか」

平賀は身を屈《かが》めながら、室内を歩き回っていたかと思うと、入り口から外へ歩いて出た。

ベニート教授がその後を追ってくる。

「蘇った蛇はスコップを食べ、重機を食べながら、水中を泳ぎ、こんな風に部屋を出ていきました。蛇が水によって動き出したものだとすれば、行く先は水が染みこんで行く場所、すなわち防水処理がなされていない地面の下ではないでしょうか。蛇の姿が消えたとすれば、それが一番自然だと思いませんか？」

「いえ、その……私には余りに突拍子もなさ過ぎて……」

ベニート教授は顔を顰《しか》めている。

「私には何かが見えてきた気がします」

平賀は、地面に這《は》い蹲《つくば》って、遺跡の床を嘗《な》めてみた。

僅かに塩の味がした。

「何をされてるんです？」

「少なくとも、この辺りを襲った不思議な大雨の原因は見当がつきました」

「大雨の原因……ですか？」

「はい。降ったのは雨ではなく、恐らく海水です」

「海水？」

「ええ。古来、動物や魚や、ありえないものが空から降る現象が、世界各地で起こっています。ファフロッキーズと呼ばれる現象です。落下物には水棲《すいせい》生物の例が目立ちます。この現象の原因の最も有力な説は、竜巻によるものです。竜巻は強力な風力で発生した場所の周辺の物体を持ち上げ、巻き込んで上空へ放り出します。竜巻に巻き上げられた物は時に雲の中の上昇気流に乗って、信じられないほど遠くまで運ばれることがあるのです。実際、海上で発生した竜巻により魚が海水と共に巻き上げられて遠く離れた内陸部へ落下した事例がいくつもあります。ここに降った雨は、おそらくそういった竜巻で巻き上げられた海水なんです」

「成る程……。では蛇の石像は海水で蘇ったと？　ウミヘビの一種ですか？」

「いえ、そうではないでしょう」

平賀の言葉に、ベニート教授は頭を抱えた。

「もし仮に、もし仮にですよ、大蛇がここに現れたとして、その後地面に潜っていったとしましょう。それなら、地面に大穴が開かなかったのはおかしいのでは？」

「そういう穴はなかったのですか？」

「私が見る限り、なかったように思います」

「ええ、そうですよね。ホルヘさんもそう言っていました」

平賀は嬉《うれ》しそうに言った。

「ベニート教授、よろしければ、無くなった重機や機材のリストを頂けませんか？」

「ええ、分かりました。私もここで起こった出来事について知りたいのは山々です。何でも協力しますから、もし何かが分かったら、私にもお知らせ頂けますか？」

「はい、勿論《もちろん》です」

浮かぶ十字架の彫像、『神の道』、そしてグアダルーペの聖母の奇跡。そうしたものが少しずつ、平賀の頭の中で繋がっていった。

それは神の神秘へと誘《いざな》う遥《はる》かな道のりであった。

だが、その仮説を証明するためには、まだまだ実験と調査、そして事実との照合が必要であった。

2

ホテルに戻ったロベルトに、サウロ大司教から短い電話があった。

法王選出の決着は未《いま》だついていないが、グアダルーペの新たな奇跡についてのニュースはバチカンでも大いに騒がれているらしい。

決断を迫られる時は刻一刻と近づいている。

ロベルトは絵文書を解読しながら、手がかりとなるものはないかと探し続けていた。

焦る気持ちとは裏腹に、頁をめくる手と目が重い。

ロベルトはいつの間にか、机に伏してまどろんでいた。

ロベルトは暗闇の中を歩いていた。

夢の中で自分は、自分ではなく、ティルマを羽織り、帽子を被《かぶ》った一人のインディオの男であった。

心は不安にさいなまれていた。

スペイン軍が再びインカに迫っているという知らせが伝わっていた。

自分達の王国も崩壊しかけている。地震は頻繁だ。流行病《はやりやまい》も猛威を振るっていた。

そして彼の親族にも、次々と災いがもたらされていた。

なにより心配なのは叔父《おじ》の病である。

だから、祈りに行こうとテペヤックの丘を目指していたのだ。

昔、丘の頂上には聖なる母であるトナンツィンの神殿があった。

今はスペイン人に打ち壊されて跡形もないが、せめてその場所で、女神に祈ろうと思っていたのである。

右手には女神に捧《ささ》げる為の七面鳥を持っていた。

そして左の脇で、火をくべるための薪を抱えていた。

南の星々が見守る中、暗い道のりを、とぼとぼと一人歩いて行く。

そして途中の道で、丘の頂上までの距離があとどのくらいかと思って見上げた時である。

天空に、真っ赤な光が現れた。

そしてその光は、みるみる長い尾をたなびかせた蛇の姿へと変化したのである。

それが長い胴体をくねらせながら、落ちてくる。

その姿は燃える火のようであり、今にもこの地上を焼き尽くさんとしているように見えた。

心が恐怖に打ち震える。

「ケツァルコアトル……」

かの神が、交代の時を終え、最後の災いを運んでくる……。

アステカの王国も自分達も完全に消滅しようとしているのだ。

だが、すでに女神の神殿は失われ、新しい神として人々を照らすものは生まれない。

日はまだ昇らず、彼がほとんど絶望しかかった時、
突然、眩《まぶ》しい光とともに、目の前に一人の女が立った。

長い髪を後ろに垂らし、全身に入れ墨がある、

見たこともない美しい女だった。
女は身重なのだろう。腹部が大きく膨らんでいる。
そしてその腹部は何故だか透けていて、そこには鮮やかな血の中で眠る、小さな蛇の姿があった。

……この方は、女神か……。

言葉を失って跪《ひざまず》くと、女は微笑みながら、語りかけてきた。
「私はコアトリクエ。蛇の女である。
新たなコアトルを孵化《ふか》させる女である。
新しいコアトルの卵を抱く女であり、
古いコアトルの頭を砕く女である。
クアウフトラトアツィンよ、生まれる私の子のために、
丘に産屋となる神殿を建てなさい。
そうすれば私の子がお前たちの新たな道標《みちしるべ》となるだろう。
蛇は何度でも生まれ変わり、死ぬことはないのだから。
いってスペイン人の司教に、そうせよと私が命じていると伝えるのです。
この子が生まれなければ、あなたたちに明日はありません」

「女神よ、仰《おつしや》ることは分かります。けど、私のようなものの言葉にスペイン人の司教が頷《うなず》くはずがありません」

地面にひれ伏しながら言うと、女神の声が答えた。

「心配しなくともよい。彼らは必ず、神殿を建てるでしょう。彼らの神々と私は、何一つ変わるものではないのだから。私は最初の女、そしてこの世の王を生み続ける母です」

その時どこからともなく何千人もの歌声が聞こえてきた。

コアトリクエが天を指さすと、天に鳥船が浮かび上がった。

コアトリクエが地を指すと、轟音《ごうおん》が響き渡り、目の前の地面が、雪崩のように崩れていき、一直線に割れていく。

そして光の筋が、オーロラのカーテンのように走った。

「この道はテンプロ・マヨールへと続く道。死と生を繋《つな》ぐ、『死者の道』。さあ、クアウフトラトアツィンよ。私の力を信じて行くのです」

ハッとロベルトは目を覚ました。

そして思わず、今見た夢の意味を考えた。

テペヤックの丘で（インディオ風に言うと、コアトルテペヤックの丘で）、ホアン・ディエゴが（クアウフトラトアツィンが）、聖母マリアから神託を授かった時（コアトリクエから神託を授かった時）、恐らく彼には彼女の言葉がこう聞こえた筈《はず》だ。

『私はコアトリクエ（蛇の淑女）。コアトル（Coatl＝蛇）の女である。古きコアトルの「頭を砕く（＝Cuatlapan）」者である。「石（＝Tetl）」の「卵を孵化させる（＝Tlapan）」女である』と。

石、とはこの場合、蛇の卵であり、同時に遺跡にあったような蛇の石像のことではないだろうか。

コアトリクエには、蛇の卵を蘇《よみがえ》らせることも、蛇の頭を砕くこともできた。ハレー彗星《すいせい》が地上に落ちた日（火を噴く羽毛のある蛇が冥界《めいかい》に落ちた日）、テペヤックの丘で、ディエゴはコアトリクエの神殿を建てるよう、神託を得たのだ。

そこでディエゴと彼の一族は、白人の司教に会って、丘に女神の神殿を建てる許可を求めた。

だが、ナワトル語とスペイン語の間の翻訳はつたなく、司教はなかなか理解してくれなかった。

Coatl（蛇）、Cuatlapan（頭を砕く）、Tlapan（卵を孵化させる、あるいは「根絶する」）、Tetl（石）という言葉が執拗《しつよう》に繰り返された結果、「石の蛇を踏み、砕き、根絶する乙女」という誤訳が生じ、司教はそれを黙示録の聖母マリアと重ね合わせたのかも知れない。

コアトルラパンなら、グアダルーペに発音が極めて近くなる。

そしてロベルトは、「天の鳥」や「死者の道」というフレーズを、最近どこかで目にしたことを思い出した。

彼はコデックスの頁をめくった。

「カトゥン8アハウ。

王は新しい都をつくるため、神殿の建設を始められた。

都にはコアトリクエの産屋である神殿が最初に築かれた。

そして、コアトリクエの卵を孵化させるコアトルアルマトルの地を設けられ、貴族達の中から、生贄《いけにえ》が捧げられた。

奴隷達の中からは、三千人の生贄が出された。

コアトリクエには、新しい装束として頭蓋骨《ずがいこつ》が捧げられた。

コアトリクエは着飾っていた古い頭を砕き、大いなる炎と血によって、彼女は卵を再び孵化させた。

コアトルアルマトルの力によって、神殿は天に向かって築き上げられた。

さらに王は、ここより死者の道を整えられ、ケツァルコアトルの力を新しい王宮へと迎え入れられた。

そこにさらに巨大なコアトルアルマトルの地を設けられていたので、王宮と神殿は壮大なものとなった。

王は神官達をコアトルアルマトルの力によって、天の鳥に乗せ、空に送り届けた。

「神に新しい都と王権の繁栄を願い出るためである」

コアトルアルマトル（蛇の車輪）という言葉は、記録室にあった宣教師の日記にも「インディオが火を焚《た》き生贄の儀式を行った地」として綴《つづ》られていた。つまりコアトルアルマトルは、現在のグアダルーペ寺院の近くにあった筈だ。

それから、『死者の道』というフレーズ……。

『死者の大通り』と呼ばれる道なら、メキシコ最大の遺跡テオティワカン（アステカ語で「神々の都市」）に存在する、街をほぼ南北に貫くメインストリートのことである。

道の北端には「月のピラミッド」が、南の突き当たりには「ケツァルコアトル神殿」の入り口があり、二つの神殿を結んでいる道だ。

その道は北端から南端へ向けて、ゆるやかな下り坂になっており、真北と真南を結ぶラインよりも十五度三十分ほど東に傾いていることで知られる。

また、かつてその道に直角に交わる東西の道もあったことが判明しており、道の示す方角は、北は北斗星のアルファ星、東はシリウス、西はスバルに対応しているといわれている。

ロベルトはグアダルーペ寺院とメトロポリタン大聖堂を結ぶように現れた『神の道』について、改めて地図と資料を確認した。

その道は、アステカ時代には「コアトリクエ神殿」と、「ケツァルコアトル神殿」を結んでいた筈であり、道の方角はやはり南北より十五度と少し東に傾いていた。

そしてこの道は、北端から南端へ向けて、ゆるやかな上り坂になっていたのである。

アステカにもテオティワカンと同様、『死者の大通り』が存在していたのだろう。

征服者達によってその道は埋められてしまったが、それが先日の地震による何らかの影響によって、出現したのではないだろうか？

ロベルトは思わず平賀の意見を聞きたくなり、彼の部屋の扉をノックした。

「はい、どうぞ」と声がする。

「平賀、分かったよ。『神の道』は、『死者の道』だったんだ」

ロベルトの言葉に、電子顕微鏡を覗《のぞ》いていた平賀が顔を上げた。

ロベルトが自分の推察と、コデックスの絵文書の内容を説明すると、平賀は一つ一つの言葉に小さく頷きながら、じっと耳を傾けた。

「成る程。鋭い推理だと思います。

それに、その絵文書の文章と、あの遺跡現場にあった物から、私も大きな発見をしたような気がします」

「大きな発見？」

「ええ、こちらに来て良く見て下さい」

平賀は自分のパソコンの前に座り直した。ロベルトはその隣に移動した。

まずパソコンに映し出されたのは、チャンドラ・シンの悪戯《いたずら》メールに添付されていた、いわくつきの「宇宙ロケット」のX線写真である。中に頭蓋《とうがい》変形をした人骨が入っている。

平賀はもう一つウインドウを開いた。そちらは遺跡の祭壇に置かれていた金色のロケットのような副葬品である。

「この二つの形とサイズが完全な相似形なんです」

平賀は二つの写真の角度を調節し、倍率を調整し、透過処理をして重ね合わせた。

それらの外形は見事に一致した。

その上、小さな副葬品の表面に刻まれた模様までもが、宇宙ロケットの模様とほぼピッタリ重なったのだ。

「一体、どういう事だ？　このX線写真はチャンドラ・シンの悪戯だった筈なのに……」

ロベルトが眉《まゆ》を顰《ひそ》めると、平賀は不服そうな目をロベルトに向けた。

「この写真は悪戯なんかじゃなかったんですよ。だって、貴方《あなた》が先程教えて下さった絵文書の中に、『王は神官達をコアトルアルマトルの力によって、天の鳥に乗せ、空に送り届けた』というフレーズがあったじゃないですか」

「……それはつまり、NASAが宇宙空間で発見したロケットには、本当にメソアメリカの神官が乗っていて、彼らはロケットを打ち上げる技術を持っていたと？　そして、遺跡にあった副葬品の小さなロケットは、本物のロケットのミニチュアだと？」

ロベルトはとても信じられないという顔で訊《たず》ねた。

平賀はにっこり微笑んだ。

「そうですとも。十字架の彫像が宙に浮くのですから、マヤの神官が宇宙に飛んだとしても、それ程の不思議はないでしょう？　彼らは不思議な力を持っていた。だから、車輪など使わなくても済んだ。それ故、車輪が出土しないのです」

「物を運んだり、積み上げたりするのに、未知の力を使ったとでも？　いやいや、それじゃB級SFの『失われた古代文明』モノのようだ」

「いいえ、ロベルト。これはB級でも、SFでもないのだと私は思います。私が予想している答えは、あの中にあるのですが、まだ今はなんとも言えません」

平賀は三つのシャーレを指さした。

「それは何だい？」

「その答えを待っています……」

平賀は鋭く研ぎ澄まされた目で、ロベルトに言った。

「それなら、君の答えを楽しみに待っているとしよう。僕は僕の出来ることをしてくる」

「どこに行かれるのですか？」

「少し遅い時間になったけど、あのご婦人を訪ねてみるよ」

「教会のシワクアトリさんですね」

「ああ、そうさ。彼女やパトラナクアトリ達が、きっと何かの手がかりを知っているはずだ。僕は彼らと心を通じ合わせるために出来る限りの努力をする。それが僕に出来ることだろう？」

「ええ、そうですね。貴方は頼もしいです」

「君もね」

ロベルトが部屋を出て行こうとした時、ふと思いついたように、平賀が言った。

「ロベルト、一つお訊ねしてもいいですか？」

「なんだい？」

「ナワトル語で、地面の土や塵《ちり》のようなものを何と言いますか？」

「トラロー（Ｔｌａｌｌｏｈ）かな……」

不可解な平賀の質問に少し戸惑いながら、ロベルトは答えた。

「トラロー、コアトル、トラロー、コアトラロー……」

平賀はそう呟《つぶや》いた後、微《かす》かな笑みを浮かべた。

「ロベルト、貴方は人間がどのように誕生したと思われますか？」

「聖書によると、神は赤土からアダムを作られたというが、進化論だと色んな説があるのだろうね。そこのところは僕は詳しくはない」

「進化論でも、人は土から生まれたという説があります。聖書にそう記されている限り、私はその説の支持者です。そして貴方がいつも私にその確信をくれるのです」

平賀は相変わらず宇宙人のように不思議なことを言って、また顕微鏡を覗き込んだ。

3

シワクアトリの許《もと》に通い続けて、もう何日が経ったろうか。

ただ、彼女のもとでインディオの香を焚くだけだが、シワクアトリはロベルトの存在を警戒しなくなった。

シワクアトリは乱れた髪の毛を洗い、櫛《くし》ですかせることを拒絶しないまでになった。

普段なら、尼僧のサンドラ・マリアにしかさせない行為らしい。

もしかすると、こうして香を焚いていることで、彼女は自分と同じインディオの仲間が来ているのだと思いこんでいるのかも知れない。

ロベルトは毎日、彼女の刺繍《ししゅう》をスケッチし、それに短いメッセージを添えて、パトラナクアトリに送り続けていた。

ホルへの証言を記した長い手紙を出した翌日、ロベルト宛に一本の電話が入った。

パトラナクアトリの仲間であり、グアダルーペ寺院の警備員をしているエルネストからだった。

彼が言うには、昨夕、パトラナクアトリに面会に行った際、ロベルトに会いたいと伝えるように指示したというのだ。

ロベルトはすぐさま、パトラナクアトリのいる警察署に向かった。

面会室に連れてこられたパトラナクアトリは、ロベルトを見ると、「友よ」と呼びかけた。

「貴方からの手紙は毎日読んでいる。貴方が約束を忘れず、自らの命を危険にさらしてまでアントニオを助けてくれたことも、盗難事件のことを調べてくれていることも、ケツァルコアトルが蘇《よみがえ》ったことも。そして私の叔母《おば》であるシワクアトリに心をかけてくれていることも。貴方は、私が嫌いな神父だが、友という最高の称号を贈るのに相応《ふさわ》しい人だ。

ロベルト神父、貴方からの刺繍のスケッチを見て、私は考え続けてきた。そして結論が出た。私は民族運動といううわべの活動にうつつを抜かし、本当のインディオの誇りと文化を守ることをしていなかった。シワクアトリの刺繍と貴方がそのことを教えてくれた」

パトラナクアトリは覚悟を決めた目で、ロベルトをじっと見た。

「有難う。僕もキリスト教の宣教の歴史の中に、多くの罪があることを知っている。どのような文化であれ、他の文化から、野蛮だと言われたり、ゆえなく軽蔑《けいべつ》されたりするいわれはない。それは一つの人間の集団が必要として育《はぐく》んできた精神的な財産だからだ。だが、キリスト教は、自分達の正当性を信じる余り、様々な民族に考え方を押しつけ過ぎてきた。

確かに過去の宣教師達は蒙昧《もうまい》だった。だが、正直で熱意を持っていた一面もまた真実なんだ。彼らは正しいと、よりよいと信じたから、キリストの教えを惜しみなく皆に分け与えようとした。

だから考えて欲しい。インディオの文化を本当に素晴らしいものだと君が感じているのならば、隠すのではなく、僕達に伝えて欲しいんだ。それがいかに重要なもので、どれほど尊ぶに値するものかを。沈黙から理解は生まれない」

ロベルトの言葉に、パトラナクアトリは頷《うなず》いた。

「私は同じ一族の叔母のことさえ見えていなかった。修道院に預けられた哀れな女だと思うのみで、ろくに会おうともせず、彼女の動向を気にすることすらなかった。なんということだろう。インディオの仲間の権利を主張し続けた私が、もっとも血のつながりの濃い身内のインディオを見捨てていたんだ」

パトラナクアトリは、深く溜息《ためいき》を吐いた。

「友よ、貴方の言うとおり、シワクアトリは正気を失ってはいない。彼女は尊敬すべき勇気と知恵を持ったインディオの女性だ。貴方の言うとおり、彼女の刺繍は無意味なものではない。あれは彼女の日記であり、息子に対する手紙であり、そうしてインディオ達が知らなければならない習わしや、神話を記したものだ」

「そうか。やはりそうなんだね」

パトラナクアトリは、ロベルトから届いた手紙を取り出し、刺繍の模様を解説し始めた。

「最初の行には日付。そしてその日に行わなければならないアステカの習わし。その日にちなんだ神話。そして今日感じたことの様々。最後が彼女の息子への手紙だ」

「やはりこれらは文字なんだね？」

「そうだ。私達『歌う一族』は、祖先の偉大さを忘れてしまわないよう、歌うだけではなく、数字と色で様々な言葉を表して保存していた。一族の者ならば、これらを読むことは出来る」

「もし良かったら、この字の読み方を僕に教えてもらえないだろうか？」

「いいとも、友よ、私の知っていること全てを貴方《あなた》に伝えよう。まず最も重要なのは、私たちが自らをメシカと名乗る訳だ」

「『メシカ』はナワトル語で『月のへそ（月の中央）』を意味する言葉だと思っていたのだけれど、違うのかい？」

「違う。メシカは、アステカの守護神ウィツィロポチトリの秘密の名である『メシトリ』の民という意味だ」

「秘密の名前？」

「そうだ。神官以外、みだりにその名前を口にすることはできない秘密の名だ。『メシトリ』の意味は『巡る太陽』。そして『巡る月』である『メットリ』の夫だ。『メットリ』は、脱皮をして若返るので永遠の命を宿していている。それなので、死んだ夫を生まれ変わらせる役目を果たし続けている」

「成る程、そうだったのか……。

　古文書には『メットリ』という神について描かれていた言葉があった。『メットリ』は月の女神で、作物の保護者、竜舌蘭《りゅうぜつらん》の化身、ケツァルコアトルと恋仲だったという。別名はヨフアルチシトルル、すなわち『夜の貴女』という意味だ。

つまり『メツトリ』とは、ケツァルコアトルの伴侶《はんりょ》であるコアトリクエのことでもあるのでは？」

パトラナクアトリは、深く頷いた。

「『メツトリ』とは、シワコアトル、コアトリクエ、ミクトランシワトル全てを総称する言葉だ。そして『メシトリ』はテスカトリポカ、ケツァルコアトル、ウィツィロポチトリ、トラロックの総称だ。それだから、グアダルーペの女神は、本来は竜舌蘭の葉の中に描かれていた。国を変えるときは、神の呼称も変えなければならない。だが、私たちだけは真の名前を知っている。私たちは、儀式の時は『永遠なるメツトリ』よ、『輝ける熱き炎メシトリ』よ、と神に呼びかけるのだ」

やはり彼らは遷都をする度に、歴史を塗り替えたのだ。ベニート教授の考えていたことは、当たっていた。

グアダルーペの聖母の後光は、鋭く尖《とが》ったとげを持つ竜舌蘭の葉によく似た形をしている。

元来そこには竜舌蘭の中に立つ女性が描かれており、彼女が竜舌蘭の化身である『メツトリ』であることを表していたのだ。だが昔の宣教師達が、それを後光に見せるため、泥金で塗りつぶしてしまったのだろう。

「それよりケツァルコアトルの復活のことだが……」

パトラナクアトリは低く押し殺した声で言った。

「ケツァルコアトルが復活すれば、彼は血を求め、犠牲を差し出すように命じる。神の言葉に人は抗《あらが》えない。だから大勢の犠牲者が出る。おそらく子供達が飛び降りたのもそのせいだ」

「ケツァルコアトルについて、僕は何も分かっていない。だから君の言っている言葉の意味が分からない。けれど君の言葉は信用できる。そう強く感じるんだ。

僕は君が重機泥棒でないことを証明しようと努力した。けれど、蘇ったケツァルコアトル神が重機を食べてしまったというのでは、とても警察には通じないんだ」

パトラナクアトリは数秒黙り、短く答えた。

「ケツァルコアトルは、コアトルアルマトルの地にいるはずだ」

「コアトルアルマトル……。グアダルーペ寺院の近くだね」

「そうだ。まさに今、新しい教会が建っているあの場所だ。教会はインディオの聖なる地を次々と汚していく……」

「だから君達はあそこで儀式を行っていたんだね。秘密の祭場があるのかい？」

「そうだ。選ばれた者しか行くことの出来ない場所だ」

「僕と友人が行くことは可能だろうか？」

「先祖からの儀式に則《のっと》って、身を清め、資格を貰《もら》うことで可能になる。ただ、そこに案内するときには、目隠しをしてもらわなければならないし、案内できるのは祭儀の有資格者である十三人の儀式の執行官と、九人の占い師、そして七人の語り部だけだ。儀式の執行官の血筋にあたるものは三人しか今はいない。占い師は七人いる。そして語り部は私とその一族が五人だ。彼ら全員の同意が必要となる」

「十三人の儀式の執行官と、九人の占い師、そして七人の語り部が執行する祭儀と言ったね？」

「ああ、そうだ」

おそらくそれはベニート教授が、もっとも知りたがっている情報に違いなかった。

「もしかすると、君はここを出られるかもしれない」

「どうやって？」

「君の意には沿わないかも知れないが、それこそ教会の威光と人脈を使ってね」

＊　＊　＊

面会を終えホテルに帰ると、ここ数日間ろくに寝もせず電子顕微鏡を覗《のぞ》き込んでいた平賀が、珍しく部屋から出てきた。

そして久しぶりにロベルトの顔を見て、にっこりと笑った。

「お帰りなさい、ロベルト。今日は貴方《あなた》を喜ばせるものがあります」

「僕を喜ばせるもの？　なんだい、それは」

「こっちに来て下さい」

平賀は自分の部屋へロベルトを招き入れた。

彼が案内したのは部屋の隅にひっそりと並べられていた、あの三つのシャーレであった。

今朝食事を運んで来た時までは何の異変も起こっていなかったシャーレの中に、僅《わず》かな変化が起こっていた。

シャーレの水に色がついている。

一つは赤褐色、もう一つはブルーグリーン、そして黒だ。

ロベルトは慌ててモノクルをかけ、じっとその色目を観察した。

「これは……グアダルーペの聖母像に使われている顔料では……？」

「そう思われますか？」

「ああ、恐らく間違いない。どうやってこれを？」

「貴方もご存じでしょう？　あの遺跡の壁画から拝借したのです」

「だけどあれは茶色の粉末だったじゃないか。他の色は後から失敬したのかい？」

「違いますよ。私が取ってきたのは、壁画の顔の部分だけです。それを水に浸《つ》けて培養し、復元したんです」

「壁画の顔料を培養した？　この顔料の正体は何なんだい？」

「ケツァルコアトルですよ」

「何だって？　これがケツァルコアトル？」

ロベルトは眉《まゆ》を顰《ひそ》めて小さなシャーレを見た。

「ええと……僕には話がよく見えないんだけれど、例えばさ、昔この地方にケツァルコアトルと呼ばれる蛇がいて、壁画にはその生物由来の顔料、つまり蛇の外皮やなんかが用いられていたのかな？　で、君がその外皮細胞の一部復元に成功したとか？

で、その蛇は貴重な顔料の原料としても珍重されていたから、遺跡の祭壇にもそれを象《かたど》った神像が祀《まつ》られて……いや、待てよ、それじゃあ全く話にならない。第一、重機が消えた説明がつかない」

「そうですよ。ですから、こう考えればどうでしょう。あの遺跡の神像は、大理石の置物なんかじゃなかったと。石に見えていただけで、生物だったとしたら？」

「なんだって？　なら、あの石像は蛇の化石かなんかで、水をかけたら息を吹き返し、そいつが重機を食べたとでも？　いや、まさかそんな特殊な蛇はいないだろう？」

「ええ、まさかそんな種類の蛇はいませんよ。あれは蛇に見えただけで、蛇ではなかったのです。あれがもっと極小の生物の集まりだったと考えればどうでしょう？

水中であれば、ハロモナス・ティタニカエのように、金属を食べる生物は無数に存在します」

「ハロモナス・ティタニカエ？」

「ダルハウジー大学のヘンリエッタ・マン教授とバーブリーン・カウルという学生が、発見した新種の真正細菌です。一九一二年に沈没した豪華客船タイタニック号を食べていたことで有名です。鉄を食べて活動する鉄バクテリアですが、食べると言っても、直接鉄を捕食するという意味ではなくて、鉄を酸化させることで生じるエネルギーで代謝して活動しているのです。タイタニック号は、この細菌にあと二十年から三十年で食い尽くされると言われています」

「では、蛇の石像が、その細菌だと？」

「いいえ、ハロモナス・ティタニカエは好塩菌なので、塩水の中でしか活発には活動しません。そしていくら活発といっても短時間に重機を食べるほど活発ではありません。酸素に触れると、石像のようになるとも読んだことはありません。でも、彼らのような金属を食べる小さな生物は、沢山存在します。

例えば、イギリスには、鉛、亜鉛、砒素《ひそ》、銅などの重金属を好んで食べるミミズが生息してます。他には、磁気微生物と呼ばれる鉄を食べる微生物もいます。私達人間が食事するのと同じように、これらの微生物は水に溶けている鉄イオンを食べて生きているんです。他に、硫黄《いおう》の化合物も食べます。

もしこうした生物が、あの蛇の石像の正体だとしたら、雨と共に復活し、鉄を食べて大きくなり、水を追って地中に移動していったことも、大蛇が地面に潜っていっても地表に穴が開かなかったことも、不思議はないでしょう？」

平賀の言葉は、すとんと素直にロベルトの中へ落ちてきた。

「そうか……。つまり、このシャーレの中の微生物が、壁画の顔料で、グアダルーペの聖母像の顔料で、これこそケツァルコアトルそのものだったのか……」

「はい。最初からそう言いましたよ。

ケツァルコアトルは、鉱物を食べる微生物の集合体でした。

そして、ホルヘさんが目撃したのは、大量の水分に浸かったケツァルコアトルが蘇《よみがえ》り、『虹色《にじいろ》に変色』したり、重機を食べて『真っ赤になっていった』という姿でした。

それを聞いた時、その蛇は身体に色素を持っていると分かったんです。それは恐らくまだ誰も解明していない未知の色素であり、壁画の顔料、かつ、グアダルーペの聖母像の顔料ではないかと、私は考えました。

ならばあの夜、遺跡で起こったことを実験室で正確に再現すれば、もしかすると、遺跡の顔料も蘇るのではないかと思ったのです。

そこで私はベニート教授から、発掘現場の重機のリストを頂き、それに使用されていた鉱物を調べて、培養していた顔料に、別々の鉱物を与えてみたのです。

そうしましたら、恐るべき生命力を持ったこの生物は、鉱物の粉末を食べることによって、自らのDNAの欠損を補った挙げ句、小さな微生物としての生命体にまでなって、活動しはじめたんです。そしてとうとう、このような色のついた排泄物《はいせつぶつ》と粘液を生み出したんです。

この生物が排出した色素と粘液の混合物は、もの凄《すご》く強靭《きょうじん》です。粘液は生物の身体の一部なのでしょうが、宇宙空間を飛んでくるのにも必要な強靭さを兼ね備えています。

私はその一部をバチカンに送り、科学部に実験を依頼しました。その結果、この生物が圧力をかけると外皮を硬化させ、ダイヤモンドにも劣らない硬さを備えること。さらには、絶対零度にも、六千度という高温にも耐え得ることが分かったのです。

道理でいつまでもグアダルーペの聖母像が色褪《いろあ》せないわけだと思いませんか？　そしてその粘液が付着し、強靭になったホアン・ディエゴのティルマも、貴方の持っているコデックスもまた、少しも傷まずにいるのです」

平賀は興奮した様子で、ひどい早口で喋《しゃべ》った。

「いや、平賀、だいたいの話は分かったけど、宇宙が何だって？」

ロベルトの言葉に、平賀はハッと口を閉じた。

「すみません。少し先走りました。とにかくまずは電子顕微鏡で、復元された微生物を見てみて下さい」

「分かったよ」

ロベルトは平賀に言われるがまま、顕微鏡を覗き込んだ。

顕微鏡の中では、扁平《へんぺい》な袋状の膜構造が重なったような奇妙な生物が沢山動き回っている。

その生物はほぼ透明で、身体の中に染色体と、消化器系ともなんともつかぬ管と、いくつもの小さな赤い粒があった。

そして、微生物の群れは整然と一定の方向に、時計回りで回転していた。

恐ろしいほどの高速でだ。

「面白いでしょう？　この微生物は金属を食べるのですが、主に鉄を好みます。あと鉛、硫黄なども好みます。というか、食べないのは金と銀と銅と錫《すず》ですね。ですから遺跡にあった金と銅の合金は、無事だったのです。というより、無事なように作られていたのでしょうか。

ともかく、微生物の身体の中に見える赤い粒は、磁気を帯びた鉄なんです。つまりこれらはマグネトソームを体細胞内に持つバクテリア、すなわち走磁性細菌と言われているものに極めて近しい生物です」

「走磁性細菌というのは？」

「伝書鳩や渡り鳥、ミツバチなどは、コンパスのような能力を持っており、地球の磁場を感知し方角を知ることが、古くから知られてきましたよね。人間の頭の中央部にある松果体でも、磁場を感知できるということが最近ようやく分かってきています。

それらの研究のきっかけになったのが、一九七五年、マサチューセッツ工科大学の学生ブレイクモアが海底の泥から発見した、走磁性細菌だったのです。この磁気微生物には、マグネトソームという器官がありました。

マグネトソームの内部には、十五個から三十個もの磁力を持った鉱物すなわち磁石があり、それらが細胞の中の管状の構造の中に長軸に沿って並んでいます。

一般的な磁気微生物のマグネトソームの構造は、大きさ約五十ナノメートルの単結晶の磁鉄鉱がリン脂質の膜小胞で被《おお》われたものですが、この微生物もほぼ同じです。

この微生物のマグネトソームの膜は、鉄といくつかのタンパク質が結合したもので、このような赤色をしています。

そして磁気微生物は、マグネトソームをコンパスのように用いて、磁気を感知することができるのです」

そう言うと、平賀は鞄《かばん》から磁石を取り出して、S極を顕微鏡に近づけた。すると、微生物は逆回転を始めた。

「回転が変化したでしょう？　磁気微生物は、体内のマグネトソームで地磁気を感知して、これに沿って移動することで、好ましい酸素濃度や温度を捜して磁針のような磁界の中で整列し、地球磁場ラインに沿って上下にのみ泳ぎます。そうして、自己の生存に適した環境へと移動していくことが分かっています。金属を食べる磁気微生物の合成する磁気微粒子はマグネタイトやグレガイトなど多種多様で、それが生み出す磁気感知物質も種によって異なっています。

そして、この微生物の場合、体内のマグネトソームの電子の方向を意図的に揃えることで、円形になった群れの局所局所にN極とS極を発生させ、両極が引き合うことによって、高速で回転するという動きを可能にしています。まるで緻密《ちみつ》なナノマシンです」

「不思議な生物もいるものなのだね」

「ええ、でもこうした生物の歴史はとても古く、しかもまだ発見されていないものが沢山あると考えられています。

生体磁石を所持する微生物は、何も特殊な環境にいるのではなく、池や川、湖、海などの水環境に遍在する、ありふれた生き物なんです。河川などで採取した沈殿物を容器に入れ、その中に磁石を置いておくだけでも、様々な形態の磁気微生物が集まってきます。基本的に彼らが生きていくには、酸素が余り存在しない水の中こそが最適な環境なのです。私が確認したところ、このシャーレで培養した微生物は、温度が十五度から四十度、酸素濃度が十パーセント以内の水中にある場合、もっとも活性化するようです。すなわち最適な生存環境ということです。

そしてこの微生物のマグネトソームを被う赤い膜は、酸素が細胞内に入り込んだ際、それを吸収して細胞劣化を防ぐ役割を果たしているようです。いわば湿気取りならぬ酸素取り紙のような、そんな感じです。この微生物がいかに酸素を嫌っているかがよく分かります。

この微生物を水中から取り出し、酸素にさらし続けると、まるでさなぎになるように、丈夫で強靭な細胞膜を作り、生命活動を一時停止させます。その時、細胞膜は真っ白に変色します。その状態は、まるでただの鉱物です。

そしてこれは私の推論ですが、この微生物は大変緻密に動いてはいますが、長らく回転を続けていると、恐らく僅《わず》かな電子の向きのコントロールの誤差によって、S極がN極を、あるいはその逆でもいいのですが、追っている末端部分が極の変化時に立ち後れて衝突を起こす場合があると思うのです。するとどうなるかと考えました。もし円形の決められた範囲の中でそうしたことが起こった場合、衝突した部分は上に移動し、そこで反対の極に追いつこうとするのではないかと。つまり渦を巻くということです」

それらの話を聞くうちに、ロベルトの頭にひとつのイメージが浮かんだ。

「酸素を嫌い、水を好んで、渦を巻く生き物か……。

それで思い浮かんだんだが、アステカの、いやもっと以前の時代から、メソアメリカには特殊な地下信仰がある。地上にある巨大なピラミッドも大切な場所だが、それよりもっと前、彼らは地下洞窟《どうくつ》を神殿にしていたんだ。

有名なピラミッドのほとんどに、地下洞窟の神殿があったらしき痕跡《こんせき》が見つかっている。そして洞窟内にある最も神聖な場所には、『セノーテ』と呼ばれる円形の湖が存在しているんだ。

『セノーテ』と呼ばれる泉や湖は、勿論《もちろん》地上にもあるけれど、何故、どうやって、それが出来たのかは未《いま》だにハッキリしていない。人工のものか天然のものかさえ分かっていないんだ。地上の最初の大きなセノーテは隕石《いんせき》の落下によってできたとする説が有力なのだが、地下のセノーテについてはほとんど研究されたことがない」

「もし、マヤやアステカの人々が、そこでこれらの微生物を飼っていたなら？　いえ、恐らくそうではありませんね。偉大な力を持つ何者かとして崇《あが》め、必要の無いときは、水から引き離し、保存していたのではないでしょうか？　むしろ、ある時からその力を恐れて封印していたのかも……」

「そしてその微生物群が、独自の運動法則によって渦を巻き、水から出された結果が、とぐろを巻いた石の蛇の正体か！」

「その通りです」

「驚きだね。全く……驚きだ。確かにアステカやマヤの文明には、途中でわざと文化を後退させたような気配がある。ケツァルコアトルの伝説も矛盾に満ちている。最初、ケツァルコアトルは初めて生贄《いけにえ》を捧《ささ》げた神として神話に登場するというのに、ある時から、生贄の習慣を禁じ、海や空に飛び立ったという神話になっていく。

　だが専門家は、過去に何人もケツァルコアトルという名の王が存在していたことから、ある一人のケツァルコアトル王が生贄禁止の命を出したことと神話が混在してしまった結果だとしているが……」

「ロベルト、まだこれだけでは驚くに値しません。本当の驚きはこれからです」

「まだ何かあるのかい？」

「今はまだ……。私が確信した時にお話しします」

「分かったよ。でも、一つだけ聞かせてもらえるかな？　この蛇が活動し始めたことと、『神の道』が出来たこと、その時、光の帯を目撃した人々がいること、そして浮かんだ十字架の彫像には繫《つな》がりがあるのかい？」

「はい。全ては繫がっていると思います」

　ロベルトは「そうか」と答え、暫《しばら》く沈黙した後、不意に楽しそうに笑った。

「ところで平賀、本物のケツァルコアトルを、その目で見たくはないかい？」

すると平賀は目を瞬《しばたた》かせ、椅子から飛び上がった。

「勿論見たい。見たいですとも！」

第八章　力強き神の言葉に導かれ

1

夜の闇と静寂が辺りを包んでいる。

聞こえるのは、木立が囁《ささや》く音だけだった。

星のない空には、鬼灯《ほおずき》のように赤ばんだ月が浮かんでいた。それは血で赤く染まった頭《ず》蓋骨《がいこつ》によく似ている。

厳かで張り詰めた大気が辺りに満ちていた。

テペヤックの丘に立っているのは、平賀とロベルト、パトラナクアトリ。それからベニート教授とミゲル、ホセ警察署長、警官二名の計八名であった。

パトラナクアトリの一時解放を認めてもらうため、平賀とロベルトが最初にしたことは、ベニート教授の説得であった。壁画の文字を読める者が留置場にいること、王室の秘儀を見ることができるかも知れないことを伝えると、教授はすぐさま動いてくれた。

三人でホセ警察署長を訪ね、パトラナクアトリを解放してくれれば、子供達の連続転落死および遺跡発掘現場からの盗難事件を解決できることを伝え、その上でロベルトは法王代理となっているサウロ大司教からの嘆願の手紙を渡した。

それでもなお躊躇《ためら》いを見せるホセに痺《しび》れを切らしたベニート教授は、ホセの兄貴分として親しい存在のミゲルに命じ、ホセを説得させたのだった。

ミゲルはベニートに頭が上がらず、ホセはミゲルに頭が上がらない、そういう力関係がマルケス一族にはあったらしい。

ホセはようやくパトラナクアトリの一時解放を認めた。ただし、自分と警官二名が同行するという条件付きでだ。

それを隣で聞いていたミゲルは、自分も現場に同行すると申し出た。なにやら好奇心を搔《か》き立てられた様子だった。

パトラナクアトリは、七名という大所帯の同行を意外にあっさり認めた。だが、秘密の祭儀に同席する権利をインディオ達に認めて貰《もら》うのには、二日を要した。

さらに、『コアトルアルマトル』の地へ皆を案内できるかどうかは、その日の占いの結果次第だと告げられたのだった。

全てが整った夜の二時。

その夜のテペヤックの丘は、地球という海にぽっかりと浮かんだ孤島のような静けさであった。

パトラナクアトリの要望で、ホセが一帯の道路と通路を封鎖したからである。

耳が痛くなるような静寂に耐えきれず、ミゲルとホセが小声で喋《しゃべ》り出した。

するとベニート教授は二人を叱りつけ、絶対に儀式の邪魔はしないこと、一切声を出さないこと、遺跡に行っても辺りに指一本触れないことを、きつく命じたのだった。

再び丘に静寂が訪れた。

そうして暫《しばら》くすると、ほう、ほう、ほうと遠近から、梟《ふくろう》のような声が聞こえて来る。

ざわざわと草木をかき分ける、獣めいた気配。

何事かと身構えるホセ達の前に、暗闇の中から、一人、また一人と、不思議な装束に身を包んだ男達が集まってきた。

最初に現れた三名は、模様を刻んだ金色のヘルメットのようなものを被《かぶ》っている。そのヘルメット姿はアステカというより、遥《はる》か昔のオルメカ文明のもののようである。

彼らが執行官なのだろう。

腰までのマントと、細かな刺繡《ししゅう》の入った貫頭衣を身に着け、不思議な眼鏡をかけている。手にはそれぞれ違う細工の黒い杖《つえ》を持っていた。

次に、占い師と思われる一団が現れた。

彼らは鷲《わし》の顔を模した頭飾りを着け、そこから色とりどりの長い羽根が放射状に伸びていた。上半身は裸で、赤い塗料を全身に塗っている。

ビーズと石でつくられた腰巻きに、首飾り。トウモロコシで作られた細工物を体中に吊《つる》していた。

最後に、語り部と思われる人々が現れた。

その姿を見たとき、ロベルトは彼らの入れ墨の本当の意味を知った。

胸元に鷲と思われる姿が描かれているほか、全身に遺跡の壁画にあったような、彩色された幾何学模様が——すなわち彼らの先祖の言葉を数表文字にしたものが、刻み込まれていたのである。

彼らは褌《ふんどし》に似た三角形の布を穿《は》き、腰まで垂れ下がる長い羽根飾りがついた帽子を被っていた。

赤い月の下に集《つど》った古代の亡霊のような人々の姿に、ホセとミゲルは震え上がった。

ベニート教授は息を呑《の》み、目をぎらつかせている。

パトラナクアトリが自分にかけられた手錠を外すよう、警官とホセに身振りで伝えると、二人はすっかり気圧《けお》された様子でそれに従った。

パトラナクアトリはシャツを脱ぎ、入れ墨を露《あら》わにした姿でインディオ達の輪の中へ入っていった。

彼らは無言のまま、薪を積み上げ、火をくべ始めた。

暗闇に揺らめく炎が立ち上がっていく。

語り部達は太鼓を打ち、笛を鳴らし、単調な節回しで歌い始めた。

執行官達は空に向かって杖をかざし、口々に何かを叫んでいる。

ロベルトにはそれがナワトル語かどうか、判別できなかった。自分の知らない、彼らの神々の名を呼んでいるのかも知れない。

やがて占い師達は、七羽、四羽、九羽と束になって足を括《くく》られている七面鳥を、なめした革の上に置き、石のナイフを持って切り裂きだした。

アステカやマヤの人々は、大切な儀式の際、彼らにとって意味のある数で束にされて括られた生贄《いけにえ》を捧《ささ》げていたことが分かっている。七面鳥はその身代わりなのだろう。

彼らが数字に偏執的なこだわりを持っていると分かっていながら、数表文字さえ持たない人々と決めつけられてきたのは、生贄をするような野蛮人に文字など無かっただろうという思い込み、思い上がりに過ぎなかったのだ。

とはいえ、毟《むし》られた鳥の羽根が目の前を舞い、断末魔の絶叫が夜空に響き渡る様はショッキングであった。

鮮血が迸《ほとばし》り、彼らの背後に跪《ひざまず》いているロベルト達の顔や身体に飛び散ってくる。

それは彼らの清めの儀式であり、洗礼《せんれい》と同じようなものだと頭では理解しても、死の間際の恐怖が伝染するかのように、誰もが戦慄を感じていた。

ことに警官とホセの戦《おのの》きようは尋常ではなかった。

「これは本当に必要なのかな、ミゲル叔父《おじ》さん……」

大男のホセが子供のように怯《おび》えるのを、ミゲルは「しっ」と指を口にあてて制した。

「こちらにはバチカンの司祭様がついてる。大丈夫だ」

小声で慰めたミゲルを、ベニート教授が鋭く睨《にら》んだ。

そんなことにはお構いなしに、占い師達は生贄をどんどん火の中に投げ入れていった。

ベニートは、嬉々《きき》とした表情でそれを眺めていた。

平賀は目を閉じ、黙って下を向いている。

最後の七面鳥が殺された後、占い師達は革の上に飛び散った血を見詰め、互いに耳打ちを繰り返し始めた。

血の形で占いをし、その意見をまとめているようだ。

(どうやら終わったようだ……)

ホセと警官は顔を見合わせ、安堵《あんど》の息を吐いた。

ミゲルは高級な服についた血の染みを忌々しそうに見詰めている。

平賀は石のように動かないままだ。

「大丈夫かい?」

ロベルトが耳打ちをして訊《たず》ねると、平賀はゆっくりと目を開いた。

「はい。七面鳥に祈りを捧げていました。彼らが天国に生まれ変われますようにと」

平賀らしい言葉であった。

ざわついていた占い師達の意見も、ようやく纏《まと》まった様子である。

血塗《ちまみ》れの革が火の中に投じられた。

語り部の一人であるパトラナクアトリが、輪の中から離れ、ロベルトに向かって言った。

「占いの結果、この先に進める許可が出た。だが今は不吉な時なので、私以外は誰も同行しない。それでいいか？」

ロベルトは深く頷《うなず》いた。

するとパトラナクアトリ以外の男達の姿は、大きな鳥が夜の闇に紛れて飛び去ったかのようにかき消えてしまったのである。

「俺は行かない！　先祖の霊にたたられる！」

「神様、お助けを！」

ホセとともに来た警官達は、叫び声を上げたかと思うと、わらわらと逃げ出してしまった。

「こら、待て！　解雇するぞ！」

ホセは大声で叫んだが、戻ってはこない。

残り火しかない焚《た》き火のあとをパトラナクアトリは棒で引っ掻いて、熱を冷ましている。そして灰を手に持った筒の中に入れていく。

「それは、どういう意味があるんだね？」

ベニート教授が声をかけた。

「神に捧げるものだ。昔はもっと多くの血をしみこませた紙や革を燃やして、神に捧げた」

パトラナクアトリは短く答えた。

そして五人は目隠しをされ、数珠《じゅず》つなぎに互いの肘《ひじ》をつかみ合った。

先頭を行くのは、パトラナクアトリだ。

時々、石につまずきそうになりながら歩いた末、五人は目隠しをとることを許された。

そこには、草の生い茂った中に、自然にできた狭い坑道のような場所があった。

そしてその中に、彼らの持つ鍵《かぎ》で開ける扉があったのである。

鍵は石でできていた。三角、四角、あるいは多面体の鍵があり、それを扉となっている石の穴に差し込むと、扉が内側に凹《くぼ》んで少し横にずれ、人が通れる隙間が開いた。

扉の内側には、コールタールのような濃い闇が充満している。

パトラナクアトリを先頭に、ベニート、平賀、ホセ、ミゲル、ロベルトの順で中へと入っていく。

しばらくすると、岩の扉はその自重により閉じられた。

ホセとミゲルは一瞬、びくりと背後を振り返ったが、覚悟を決めた様子で頷き合うと、前進を始めた。

懐中電灯の細い光で足元を照らしながら、迷路のように入り組んだ洞穴を進んでいく。

しばらく進むと、低いアーチ状の天井におおわれた細長い空間に出た。

その天井には渦巻模様や南の空の星座が描かれ、不思議な光を放っている。

「なんだろうね？　蛍光色が使われているようだ」

「土ボタルのような生物が生息しているのかも知れませんね」

ベニート教授の問いに、平賀が答えている。

ベニートは立ち止まり、懐中電灯で辺りの壁を丹念に照らし始めた。

ミゲルとホセも同様に、懐中電灯を左右に向ける。

すると頭に羽毛、背中から尾に巻貝をつけたジャガーが、ケツァールの羽根で飾られた法螺貝《ほらがい》を吹いている姿が、光の輪の中に浮かび上がった。その周囲には羽根の生えた巻貝のような模様が描かれている。

「すごいぞ……本物の地下神殿だ。偉大な先祖の遺跡だ」

ミゲルとホセは即席の探検家になったかのように、はしゃいだ声をあげた。

一行はさらに歩みを進めていった。

行く先の闇の向こうからは、かなり大きな水の音が聞こえている。まるでローマの排水のために造られた大下水溝、クロアーカ・マクシマの水音のような響きだった。

いくつかの部屋を通り過ぎ、広間のような場所に出る。

そこにはメソアメリカの神々のレリーフを刻んだ柱が立ち並んでいた。

広間の天井は、赤い渦巻模様で埋め尽くされている。

その一帯は石灰質の土壌らしく、それらを削ったり、石を積み上げたりすることで、柱や壁を作り上げているようだ。それらの加工技術は見事なもので、石と石の間には、一枚の紙も入る隙間がない。

壮大な地下遺跡の規模に、誰もが圧倒されていた。

「すごいぞ。まるでハリウッド映画のようだ……。こういう所へ宝探しに来た主人公達に、次々と罠《わな》や仕掛けが襲ってくるんだ。石像が矢を射たり、毒蛇の罠があったりね」

ミゲルが小声で言った。

それを真に受けたホセが、きょろきょろと辺りを見回している。

だが、そのような事態は一切、起こらなかった。

不気味なまでに静かな空間が広がっているばかりだ。

ロベルトは神秘的な地下遺跡の佇《たたず》まいに感動しながら、思っていた。

こうした遺跡はまだ数多く、メキシコの地下に眠っているに違いないと。

ローマの地下にも、まだ見ぬ遺跡が多数存在している。そうした遺物は、計画的な調査で発見されるよりも、偶然見つかることのほうが多い。

例えば地下鉄や水道管の作業員が道路を掘り返しているうちに、偶然、地下世界への入り口を見つけてしまうのだ。

そして学者が呼ばれ、驚くべき新発見の事実が発表され、歴史が書き換えられる。

ある年の冬には、オッピオの丘で激しい雨が降り続いたため自然に穴が開き、いくつもの地下室が姿を現したこともあった。

今、自分達が見ているこの遺跡も、アステカ文明の歴史を大きく塗り替えるに違いない。

さらに先へと進むと、下へ降りる階段があった。

パトラナクアトリを先頭に、一行は狭く長い階段を降りていった。

最下部に着くと、天井がかなり低くなった。

いくつもの白灰色の柱が整然と並び、中央には川が流れている。そこには魚が泳いでいるのが見て取れた。

地上の神殿のような華美な装飾や色彩はない。だが、実に完成度の高い美しさを備えている。

そのような印象をもたらしているのは、緻密《ちみつ》に計算され、黄金比が多用された空間設計によるものだろう。

自然との調和、そして深い神秘性を感じさせる。

やがて道の先にケツァルコアトルの頭部を模した巨大な彫刻が二つ向き合っており、その間には一際細くなった通路が続いていた。

そしてそこから、『天使の歌声』が響いてくる。

最早《もはや》ロベルトの耳には、その歌はダビデの詩編にしか聞こえなくなっていた。

天は神の栄光を物語り
大空は神の御手の業を示す
昼は昼に語り伝え
夜は夜に知識を送る
話すことも語ることもなく

声は聞こえなくても
その響きは全地に
その言葉は全世界の果てに向かう

そこに神は太陽の幕屋を設けられた
太陽は花婿が天蓋《てんがい》から出るように
勇士が喜び勇んで道を走るように
天の果てに出《い》で立ち
天の果てを目指していく
その熱から隠れうるものはいない

辺りの空気が薄くなってきたように感じられた。

一行は苦しげに前屈《まえかが》みになり、歩を進めるごとに何度も何度も深呼吸をした。

壁には大勢の人物の絵が描かれている。

「これは……すごい発見です！　冠や服装からみて、これらは代々の王族の肖像画ですよ。アステカの王や、マヤの人物……こちらはテオティワカン風だ。オルメカ風の人物もいる。それぞれの名と思われる神聖絵文字も書かれています。これはテオティワカンの遺跡にある文字と似ています」

ベニート教授の声は興奮に上擦っていた。

「そんなに大発見なのかい？」

訊《たず》ねたミゲルを、ベニート教授は冷たい目でじろりと見た。

「世界の歴史が変わるほどの超特大発見だよ。そしてなにより先祖達の素晴らしい遺産だ」

その言葉にミゲルとホセは顔を見合わせ、ガッツポーズをした。

通路の先には最後の部屋があった。

そこが重要な場所だということは、足を踏み入れた瞬間、誰もに分かった。

重々しい気配が立ちこめ、異臭が漂っている。異様な圧力のようなものが空間を支配していた。

部屋はほぼ正方形で、その四隅には、盾を持つ四つの彫像が立っていた。

一つは黒く、一つは赤く、一つは白く、一つは青かった。

四つの彫像は全て、不思議な眼鏡をかけていた。

四つの太陽を現す、四人のテスカトリポカの像だろう。

部屋の中央には四列の石のベンチがあり、その上に羽根飾りのついた冠や眼鏡が置かれている。

「おお……これも凄《すご》い発見だ。眼鏡らしきものの絵はよく描かれていますが、実物を見るのは初めてです」

ベニート教授が言った。

ロベルトはその中に、際だって奇妙な形の眼鏡を見つけた。

一対の蛇が向かい合うようなフレームの眼鏡である。

「蛇の眼鏡だ……」

ロベルトの呟《つぶや》きに、ベニート教授が駆け寄ってきた。

「もしやこれは、シワコアトルの眼鏡ではないでしょうか……。アステカには、国王と並ぶほどの権力を持った、シワコアトルという謎の役職が存在していたといわれています。『蛇の女』という意味なのですが、もしやその女性の持ち物では……」

「シワコアトルですか？」

「ええ、神話では『コアトリクエ』の娘として登場します。その名前からして、シワコアトルはコアトリクエに仕える巫女《みこ》、あるいは人間でありながらコアトリクエと同一視された『生き神』であったのではないかと私は考えているのです」

「成る程、コアトリクエの像の目は、この特別な眼鏡に由来していたのかもしれませんね」

その時、興味深そうに眼鏡に懐中電灯の光を色々な角度からあてていた平賀が言った。

「皆、レンズが塡《はま》っていますね。光の屈折具合から見ると、恐らく水晶でしょう」

ベニート教授は驚き、平賀を振り返った。

「眼鏡は単なる飾りだと思われてきたのですが、実用品だったのでしょうか」

「頭蓋《とうがい》変形の習慣と関係があるのではないでしょうか。頭部を無理に矯正した場合、顔全体に負担がかかります。勿論《もちろん》、眼窩《がんか》にも深刻な変形がもたらされますし、それによって目の中の水晶体も変形して目に支障が出てくると思われます。当然、視野も狭まり視力も悪くなるでしょう。それで早くから眼鏡が実用化されたのかも知れませんね」

平賀が答えた。

「それには僕も賛成だ。アステカの貴族の特徴は上に長く伸びた頭だけれど、そうすることによって、彼らの目は横に成長することができず、際だって小さかった。アステカは、人を形容するときに美しいとか、高貴だとかいう表現を、『小さな目の人』という言葉で表したくらいだ。おそらく、そんな目を持つ人々は、日常生活に支障をきたしていたはずだ」

ロベルトが言うと、ベニート教授は少し戸惑った顔をした。

「しかし、当時のアステカに、研磨技術は存在しませんでしたよ」

「そうでしょうか。歯車も車輪もあったのなら、研磨機だってあった筈《はず》です。なにより自然の優秀な研磨機を、彼らは持っていたんです」

「何のことです？」

ベニート教授は眉《まゆ》を顰《ひそ》めた。

「すぐにご説明できると思います」

平賀は短く答えた。

部屋の一番奥には、異様な女神像が立っていた。

奇妙に離れて飛び出した、蛙のような二つの目、横に扁平《へんぺい》な不気味な顔。よく見ると、二匹の蛇が向かい合った横顔が、そのまま人の顔を形作っているのだ。

全身に蛇の鱗《うろこ》模様を刻み、人間の心臓と手首と頭蓋骨《ずがいこつ》をつなげた首飾りをつけ、下半身に無数の蛇を巻き、手足には醜い鉤爪《かぎづめ》がある。

そしてその腹部からは、ぎょろりとした目の異様な怪物が飛び出していた。

ロベルトが博物館で見たコアトリクエとよく似ているが、こちらの像は表現が写実的な分、不気味さも際立っていた。

今にも生贄《いけにえ》を求め、蛇の頭が動きだしそうな迫力がある。

神像はケツァルコアトルの姿が刻まれた台座の上に立っており、その周囲にはぞっとするほど大量の頭蓋骨の山が築かれていた。

「昔はここで、王と神官が、神と生贄の肉を分かち合って食べ、一体になる儀式をした。生贄の頭と心臓が神の取り分で、他が人間の取り分だ」

パトラナクアトリの声が、怪しく木霊《こだま》した。

この祭壇の前で、王と神官達は人肉を、神とともに共食したのだ。

祭壇の前には火をくべる巨大な囲炉裏があり、四角く石が積まれた煙突のようなものがある。中を覗《のぞ》き込むと、奥に暗い水の面があった。

パトラナクアトリは、その井戸のような穴の中へ、筒に入った灰を振りまいた。

「その行為はどんな意味を持っているんだね？」

ベニート教授がパトラナクアトリに訊ねた。

「神への供物だ」

パトラナクアトリはトランス状態に入ったような、うつろな目で呟いた。

空気が薄く、肺が重苦しい。

皆の息が荒くなっているのが分かる。

天使の歌声は高らかに響いていた。

ホセは何とも言えない焦燥感が込み上げるのを感じ、服の襟元のボタンを外した。

「……い、今、あの像が動かなかったか？」

ミゲルが弱々しい声で言った。

そう言われ、神像を見上げたホセは「ひっ」と悲鳴をあげた。

「本当だ。生きてる……。あの目、あれは生き物の目だ……」

確かに、その瞳《ひとみ》は黒々とし、生気を放っていた。

まるで皆の姿を見ているかのように、瞳には彼らの姿がうっすらと映ってさえいる。

それはコアトリクエの像のみならず、テスカトリポカの不思議な眼鏡から覗く瞳も、同じであった。

彫像達に見詰められ、一同は身震いをした。

奇妙な感覚が全身を支配していた。

目に映る空間が不可解に歪《ゆが》んでいく。

輝く十字架が目の中にスパークして見える。

毛穴が開き、脂汗が滲《にじ》み、総毛立つ感覚があった。

その時、右手の壁際に歩み寄ったパトラナクアトリが、ハンドルのような器具を、力を込めて回し始めた。

歯車が軋《きし》むような音がしたかと思うと、コアトリクエの神像の背後にあった壁が震え出した。

その壁には三つの彗星《すいせい》が一塊の大きな火の玉となって光り輝く姿があった。

まるでイエスの誕生の時に現れた大いなる印、ベツレヘムの星のようだ、とロベルトは思った。

あるいはイエスが生まれるより、遥《はる》か昔に起こった何事かを表しているのだろうか。

彗星を描いた壁は少しずつ、横にスライドしていく。

その動きに合わせて、天使の歌声はどんどん大きくなってくる。

壁が開き、その背後の空間が現れるのを、誰もが固唾《かたず》を呑《の》んで見詰めていた。

その先には、十数段の階段があり、巨大な丸い池があった。

「セノーテだ……」

ベニート教授の掠《かす》れた声が響いた。

池の水面は不気味にさざめいている。

各々は懐中電灯を翳《かざ》しながら、池の方へと近づいていった。

そして光が水面を照らしたと思った瞬間だ。

白い光の輪の中に、赤く巨大な大蛇が身体をくねらせる姿が浮かび上がったのである。

「ぎゃーっ！」

「うわああ、化け物だ！」

ホセとミゲルの叫び声が辺りに木霊した。

「なっ、なんだあれは……！」

ベニート教授の声も震え、恐怖にかちかちと歯を鳴らした。

不気味なその大蛇の姿は、白亜紀末に絶滅したはずの恐竜にしか見えなかった。

全長は五十メートル、いや、百メートル以上はあるだろうか。

それがとぐろを巻き、水中を動き回っているのだ。

磁気微生物の群れであることを頭では理解しているはずのロベルトでさえ、背筋が凍るほどの恐怖を感じた。

「あ、あいつは何なんだ！」

ホセはパトラナクアトリに摑《つか》み掛かった。

「ケツァルコアトルだ。やはり……蘇《よみがえ》ったのだ」

パトラナクアトリは苦い顔で答えた。

「素晴らしい！」

澄んだ声が響いた。平賀であった。

平賀はポケットから方位磁石を取りだして、床に置くとそれを懐中電灯で照らした。

磁石の針は、ぐるぐると回転している。

「ほら、見て下さい。この大きさなら、とんでもない力を持った電界を造り上げることができるでしょう。そして、これこそが自然の研磨機なんです。ですから皆さん、あれには触らないで下さいね。危ないですから」

平賀に言われなくても、ケツァルコアトルに迂闊《うかつ》に近寄ろうとする者など、誰一人いなかった。

今この場で、喜んでいるのは平賀だけのようであった。

2

「パトラナクアトリさん、一つ質問してもいいですか？　ごくシンプルな質問です」

およそ誰もが正気を保つのが精一杯といった状況で、平賀が言った。

ロベルトが通訳に立って話すと、パトラナクアトリは頷《うなず》いた。

「ケツァルコアトルは何故、まっすぐ此処《ここ》を目指すことができたんですか？　ここが教会の真下だとすると、彼をここへ導いた方法があるはずです」

「ケツァルコアトルを孵化《ふか》させ、それを巨大な力を持つものへと育てるために、彼を泳がせる川は、神の供物となるものでできている」

「それはすなわち鉄ですね？」

平賀の問いに、パトラナクアトリは頷いた。

「鉄で出来た坑道が地下にあったわけか……」

ロベルトの呟《つぶや》きに、パトラナクアトリは語り始めた。

「私達の先祖は、ピラミッドや神殿をつくる時、ケツァルコアトルの力を使った。それは王族とその一部の配下のものにしか知らされない秘密だった。

私達は都市を設計する時、中心となる場所を結ぶ十字の線を引き、その下に巨大な坑道を造り、地下水が流れるようにした。坑道のことは私達は、『コアトルアトヤトル（蛇の川）』と呼んでいた。それはケツァルコアトルの道であり、その所々にコアトルアルマトル（蛇の車輪）の地を定めた。ケツァルコアトルを私達が扱う為には、彼のえさとなるものが必要だった。そして彼が一番好んで食べるものが鉄であった。それであるから、坑道は、彼の好物である鉄の柱で支えられ、川にも鉄が流された」

パトラナクアトリの言葉に、ロベルトは首を傾げた。

「だけど、鉄や砂鉄はどうやって用意したんだ？　この辺りに鉱脈など無かった筈《はず》だ。どうやってそんなものを作れたんだろう……」

「勿論《もちろん》、隕石《いんせき》に含まれる鉄なども使ったと思われます。最初に人類が出会った鉄は隕石で、古代の製鉄は隕石を材料にすることが多かったのです。しかし、そうした偶然の隕石の飛来を待っているばかりではなかったでしょう。

私が思うに、人体から得る鉄も使ったのです」

平賀が、とんでもない言葉を発した。

「人体だって？」

ぴくりとパトラナクアトリの表情が動いた。

「アステカでは神殿や都市が造られる度に、数千、数万という人身御供《ごくう》があったのでしょう？」

平賀の問いに、ロベルトは頷いた。

「その人身御供の本当の目的は、人体の血から鉄を取り出すことにあったのだと思うのです」

「まさか生贄《いけにえ》にそんな意味が……？　そんなことが本当に可能なのかい？」

「勿論可能です。化学者は血液から様々な物質を取り出すことがあります。その場合、まず血液を煮て水分を飛ばし、乾燥させて乾燥血とします。すると大体、一リットルにつき二百グラム弱の固形物が取り出せます。それを粉砕して焼き、還元剤で還元すると、鉄が取り出せます。一人の人間の血液を全て使っても釘《くぎ》一本くらいの分量しか取れませんが、アステカでは毎年何万人もの生贄から、血液を採っていたとすると、そこそこの量になったはずです。

それに、鉄の成分だけを取り出すなら、血を染み込ませた物体を火にくべ、焼き尽くすというもっとも簡単な原始的な方法でも、鉄分は得られます。

儀式の際、パトラナクアトリさん達が、生贄を火に投げ込んだり、血の染み込んだ物を火にくべていましたよね。そしてその粉を祭壇に捧《ささ》げたでしょう？　あれは鉄を川に流していたんです。

同様に、人体から得た鉄粉を鞴《ふいご》を使って鉄柱にすることだって出来たはずです。

アステカ文明において、生贄は神に身を捧げる尊い行為とされていましたが、それは迷信の類《たぐい》というよりも、文字通り、このケツァルコアトル神の身体の一部となる行為だったのです。そして彼らが熱帯の森の中で、不自由のない暮らしを確保するためには、ケツァルコアトルの力が必要だったのです」

「そういう事だったのか……」

ロベルトは絶句した。

そして、旧約聖書においても、神への供物を「焼き尽くす捧げ物」と表現していることを思い起こし、不可思議な気持ちになった。

「すると、あのラヨン通りの遺跡を封印していた扉に刻まれていた絵文字、『流された血によって、貴方《あなた》は私達を救う』という言葉の意味は？」

「そうですねえ……。それはアステカの人々が、ケツァルコアトルの生贄となった人々に向けて語った言葉かも知れませんし、あるいはケツァルコアトル自身が、私達人類に向けて最初に発した言葉なのかも知れませんね」

平賀が答えると、ロベルトは首を傾げた。

「言葉を発した？　ケツァルコアトルが喋《しゃべ》れるとでも？」

「はい。現に、この真上の教会で聞こえる歌は、彼らの声だと思います」

平賀は、あっけらかんと答えた。

「微生物なのにかい？」

「当たり前です。微生物が喋れないと思っているほうが間違っているのです。微生物どころか、私達の身体の中の細胞同士だって、互いに話をしているんですよ。話し合うことによって、生物の一個体としての形と機能を分担して造っているのです。

そういう意味では、この巨大な蛇は、もはや一個の生き物といえるでしょうね」

平賀は至極平然と答えた。

「さて、これで地上に出来た『神の道』の説明もつきました。

全ては、封印されていたケツァルコアトルの卵、すなわち蛇の石像が発見されたことから始まったんです。

あの日、大雨によって水中に放たれ、酸素から解放されたケツァルコアトルは、孵化し、周囲にあった鉄を食べて巨大化していきました。そして食べ終わると酸素を嫌い、水と共に地下へと潜ったんです。その後、彼らは自分達の為に用意された太古の道、すなわち地下坑道を、その体内にあるマグネトソームで感知して突き進んでいったんです」

平賀の言葉に、ロベルトは深く頷いた。

「そうか、成る程……。パトラナクアトリの先祖達は元々、グアダルーペの新寺院の場所に神殿を築くつもりで、地下坑道とセノーテを用意していた。だが、征服者達がやって来て、それらは使われないまま、ケツァルコアトルごと封印されることになったんだ。

だから蘇《よみがえ》ったケツァルコアトルは、残されていたコアトルアトヤトル（蛇の川）を突き進み、コアトルアルマトルへ、すなわちこの目の前のセノーテへと辿《たど》り着いたんだだね」

「ええ、その通りだと思います。『神の道』は、地下にあった鉄の道を支えていた鉄柱が失われたことで陥没して出来たものなのです。そしてその時、周囲にいた人々が光の帯を見たのは、ケツァルコアトルという強力な磁気を持った生き物が、地面を走り抜けていったからなのです。私達の脳の中にある松果体は、光刺激に強く反応する部位なのですが、それは同時に、磁気を探知する部位でもあります。簡単にいってしまうと大きな磁気を感知すると、それが松果体に刺激を与えて、光として認識されるのです」

「成る程、全てに辻褄《つじつま》が合うね。きっと、テオティワカンの『死者の大通り』も同じようにして出来たんだろう。そして、一度陥没した部分には石の舗装がなされたんだ」

「私もそのように推察します。大きな都市を造り上げる力のもとを伏せておくのは、支配者としては当然のことだったでしょう。だから、わざわざ地下に祭儀場を設けたのです。そして、そうまでして彼らが望んだ力が、あの十字架の彫像を浮かせているのです」

いつの間にか平賀とロベルトの会話に耳を傾けていたベニート教授は、困惑顔で腕組みをした。

「ううむ。司祭様が何を言ってるのか、よく分からん。宇宙人の会話のようだ」

平賀はくるりとベニート教授達を振り返った。

「すみません。皆さん、一度、グアダルーペ寺院に戻りましょう。少し実験をさせて下さい」

するとミゲルがケツァルコアトルを指さし、こわごわと訊《たず》ねた。

「あの……これはそのままにしておいて、危険はないのですか？」

「そうですねえ……。それなりの対策は必要でしょうね。今すぐ私達を襲ってその血を啜《すす》ったりは、おそらくしないと思いますが」

微笑んで答えた平賀だったが、ミゲルは話の途中ですくみ上がり、平賀の声を遮るような大声を出した。

「み、皆さん、早くグアダルーペ寺院に戻りましょう！」

＊　＊　＊

長い道のりを引き返し、一同は深夜の教会の前に立った。

教会の扉は固く閉ざされていたが、パトラナクアトリが、ほうほうと梟《ふくろう》の声を真似ると、教会の扉がゆっくり開いた。

そこに立っていたのは深夜勤務の警備員、エルネストだった。

エルネストは教会の後援団体会長であるミゲルの顔を見ると、少しばつが悪そうであった。

「なんだね、君は、こうやって勝手に教会の中に立ち入らせていたのか？」

ミゲルが咎《とが》めたのを、ロベルトが制した。

「違いますよ。今日は僕達が頼んでいたから、扉を開けてくれたのです」

ロベルトの助け船に、エルネストはほっと溜息《ためいき》を吐いた。

「司祭様の頼みですか？　まあ、それならばいいですが……」

ミゲルは少し疑っている様子であったが、それ以上の追及はしなかった。

一同は寺院の祭壇に上った。

ぽっかりと浮かんだ十字架を見上げる。

すると平賀は、ポケットの中から、地球儀の模様が描かれたピンポン球のようなものを取り出した。

「これはネットで取り寄せた玩具《おもちゃ》なのですが、今からこれを使って実験をします。見ていて下さい」

平賀は浮かんでいる十字架の真下あたりの地面にそれを置いた。

すると、驚いたことにその球体は、一同の目の前ですうっと宙へと浮かんでいく。

そうして十字架よりは遥《はる》か下の空間に留《とど》まった。

「これは、どういう魔法なんだ？」

ホセとミゲルは顔を見合わせ、首を捻《ひね》った。

「この玩具には本来、玩具の下に置く台《ベース》がセットになって売られています。この球体自体は磁石になっており、下の台に永久磁石が内蔵されているのです。台の磁場は中央で弱く、周辺部で強く、すなわちドーナツ状に磁極が分布しています。極性は上がN極、下がS極です。上の球はその逆の極性です。すると双方の間には、台の下の磁石から、上に向かって噴き上げる強力な磁力線が生じます。

もし磁力線を目で見ることができるなら、噴水のように噴き上げる力が、両極から発しているのを見ることができるでしょう」

そう言われたミゲルは、噴水の頂上にピンポン球が浮かんでいる図を想像した。

「成る程……」

「浮上の原理は言うまでもなく重力と磁気力のつりあいなのですが、浮かんだ状態を保つためには、そこから下に変位すると磁気力が増し、上に変位すると磁気力が減少するように、常につりあいを保つ必要があります。

磁界の噴水は極から発生して上昇し、両側に広がっていって、再びその先が下方に向かい、また上へと噴き上がるという永久運動をしています。その時に、磁界の噴水間に出来る窪《くぼ》みに磁石を置くことで、互いのN極とS極で反発力が起こって、浮かび上がるのです。窪みは下は小さく、上の方が大きいので、このように小さな磁石は低い位置で窪みにすっぽり塡《はま》り、大きな磁石は、窪みの大きな上方部分に塡《はま》ります。

ですが、何もせず放っておくと、浮かんでいる磁石の極が、下の磁石の反対の極に引かれてくるりと反転し、下に吸い付いてしまうのです。そこでこの玩具は、下にある磁石をコマのように回転させることで、これを阻止し、さらに台に搭載されたセンサによって、上の球の動きを解析し磁力と角度を調整するように作られています。

台に仕掛けられた磁石を回転させ、センサを稼働させるには、当然電力が必要です。これは小さな玩具ですから、さほどの力は必要としませんが、もし同じ原理であの十字架を浮かせようとすれば、ベース部分に相当大きな仕掛けをしなければなりません。電力も食います。ですが、教会の記録を調べても、電力会社に問い合わせても、そのような仕掛けは全く見つけられませんでした。

ですから私は本当に、この十字架が何故浮いているのか、長い間分かりませんでした」

「つまり、この祭壇の地下にいるケツァルコアトルが、天然の永久磁石として働くことによって、こういう現象が生じているのか……」

ロベルトは十字架を見上げながら呟《つぶや》いた。

「そういうことです。この下にいる磁気微生物は、広い範囲でこの場所を中心として渦巻状になり、高速で回転しています。しかも彼らは、おそらく特定の物体形状が造る磁場に反応して、動力となるような力を形成するのです」

「あの十字架彫刻が、その条件とやらを満たしているのですかな？」

ベニート教授が不審そうに言った。

「勿論《もちろん》です。あの十字架彫刻は、モラレス氏の素晴らしい芸術です。氏は魔術師のように完全な中心軸をあの彫刻に造りました。そして二つの円盤があわさることによって、この球のような素晴らしい力学的均衡がとれているのです。だからこそ、この彫像は安定して浮かび続けているのです。もし、少しでも重力のバランスが狂っていたら、いまごろ地上に落下していることでしょう」

「ということは、あの十字架は磁石で出来ているのですか？」

ベニート教授が訊ねた。

「はい。そうでなければなりません」

「けど、君の調べでは、あの彫像の素材はチタンニオブだったろう？」

ロベルトが言った。

「ええ。あの彫像はチタンニオブから出来ています」

「義歯に使われるあれですか？」

ミゲルが訊ね返した。

「そうです。生体に対して害のない優れた金属ですが、それ以外にも、強い電流を流すと永久磁石になることで有名です」

その言葉に、ロベルトは彫刻家のモラレスに会った時のことを思い出した。

「そういえば……彼がこの彫像を造ろうと思ったのは、雷を見たのが発端だったとか」

「そうです。雷が氏のアトリエ近くに落ちたということでしたよね？　その時、すでにこの彫像の元になったチタンニオブの塊は、アトリエに素材として存在していて、落雷によって地面を這《は》っていく強い電流にさらされたんです。そのことによって、チタンニオブは永久磁石化したのでしょう」

「そしてこの地に運ばれて、ケツァルコアトルの回転する磁界の上に置かれ、反発力を生じて浮かび上がったということですか……」

ベニート教授は額に汗を滲《にじ》ませ、念を押すように訊ねた。

「そういうことです」

「なんて素晴らしいんだ！　私達の先祖がこんな原理で建築をしていたかもしれないと思うと、胸が躍ります」

ベニート教授は熱に浮かされたような目で、十字架彫像を見上げた。

「つまりこれは奇跡ではなくて、物理的な現象なんですよね」

ミゲルはがっかりした様子で言った。

「なにを言ってるんだ、ミゲル。これは奇跡なんかよりずっと素晴らしいものだ。古代のハイテクノロジーだよ」

ベニート教授は震える声で叫んだ。

「まだまだ調査が必要です」

平賀は強い口調で言った。

「十字架浮遊の謎も、ケツァルコアトルの存在も明らかになったというのに、これ以上何を調査するんだい？　奇跡調査は終了だよ」

ロベルトが不審に思って訊《たず》ねると、平賀はじっとロベルトを見詰めた。

「私にはどうしても知りたい、知らなければならない事があるんです。ロベルトだって、ラヨン通りの壁画の文字を解読したいと思っているんじゃありませんか？」

ロベルトはぐっと言葉に詰まった。

「それはまあ、許されるなら……」

「ベニート教授、厚かましい申し出ですが、貴方《あなた》の大学の設備を、この奇跡を起こした微生物を研究する為に使わせてくれませんか？　出来れば人手もお借りしたいのです。私が持ち込んだ機材だけでは、これ以上のことを知るには無理があるのです」

平賀の言葉に、ベニート教授は何度も頷《うなず》いた。

「勿論ですよ。どんな協力だって惜しみませんとも！」

3

翌日、ロベルトはラヨン通りの発掘現場に行き、パトラナクアトリの助言を得ながら、壁面に書かれた内容を解読するという作業をしていた。

パトラナクアトリはロベルトに惜しみない協力を提供したが、その眉間《みけん》に深く刻まれた皺《しわ》から、ロベルトは彼の苦悩を察して訊ねた。

「何か悩みがあるようだけど、もし僕でよかったら聞かせてくれないか」

パトラナクアトリは腕組みをし、目を閉じて言った。

「私がしたことは正しかったのだろうかと、未《いま》だ心が落ち着かずにいるのだ」

「君のしたことというと、僕達にケツァルコアトルのことや地下神殿のことを教えたことだね。……後悔しているのか？」

「後悔などしてはいない。しかし、先祖達の守り抜いてきた秘密を私が明かしてしまったことに変わりはない。私達インディオはこの先変わっていくだろう。そうならざるを得ない。私がその舵《かじ》を切ってしまったのだ。私の行動は神の意に沿うものだったろうかと、ずっと心に問うている」

そう言ったパトラナクアトリの横顔に、ロベルトはホアン・ディエゴの姿を二重写しに見た気がした。

アステカが滅びようとしていた時、ホアン・ディエゴはインディオが生き抜く道を懸命に模索したに違いない。結果として彼は、スペイン人と共に教会を建てる道を選び、キリスト教の洗礼を受けた。そうして誕生したのが、現在の聖母像の姿なのだ。

そこに至るドラマには、単なる妥協や計算を超えた、大いなる力が働いていた気がしてならない。そうでなくてはあの聖母が今も毎日、数万人の巡礼者を魅了し、信仰を集め続けることなど、できはしないだろう。

「全ては神の導きだと僕は信じるよ」

ロベルトの言葉に、パトラナクアトリは短く「そうだな」と答えた。
壁画には、最初にケツァルコアトルの降臨が記されていた。
『長老の言葉をかりて、ここに我らメシカの歴史を記す。
始まりの日。
藍《あい》を溶いたように青く、光そのもののような空があった。
空であるハリフンは、この世の全てを見通すことの出来る目を持っていた。
そして、豊かな水をたたえた美しい大地のシパクトリを見つけた。
その時、まだ獣も、鳥も、魚も木も、山も谷もなく、
暗闇の中に、
静寂の中に、
ただ、漠々たる広がりをみせる空と海だけがあった。
やがて、ハリフンはシパクトリとの間に、一人の娘をもうけた。
その名をコアトリクエといった。
暗闇にあって、世を照らす輝かしき女神である。
豊かな四百の乳房を持ち、竜舌蘭《りゅうぜつらん》の乳で、後の世まで神々を養う母となる女神である。
やがてハリフンはシパクトリと仲違《なかたが》いしたために、コアトリクエとの間に高貴なる双子

の神をもうけた。

その一神は、ケツァルコアトルであり、
一神は、支配者テスカトリポカである。

二人は、むいたばかりのトウモロコシのような美しい男神で、黄金の光を背負うものであった。

こうして初めの世には三人の神々がいた。

三神が天上に集うと、ここに初めて言葉が生まれた。

神々は言葉を発して、互いに語り合った。

神々は自分達の役割を決め、長い語り合いを経て、天地が創造された。

神々は、最初の陸地であったアストランの地の中央に巨大な樹木を植え、十三層の天界と九層の地界を繋《つな》げた。

ハリフンとシパクトリの仲を取り持つためである。

このことによって、地上に動物が生まれ、土から人が造られた。

最初の人は、できが悪く、猿になった。

そして最後にできたものはできが良く、現在の人間になった。

ただ、最初の人々は余りに賢かったため、神々はこれを恐れ、目をかすませ、余り物が見えないようにしたのである。

こうして人類は増えていき、地に満ちあふれた。

まだ我らの祖先がアストランの地に住んでいた頃。

先祖達は楽園で何不自由無く暮らしていたが、獣のように野蛮な暮らしぶりをしていた。

それを嘆いた神・ケツァルコアトルは、我らの許《もと》に下られる決意をした。

その日、天に大いなる印があらわれた。

三つの巨大な星が集ったのである。

それは、コアトリクエと、支配者テスカトリポカと、ケツァルコアトルであった。

ケツァルコアトルは二神に、アストランの人々の神となることを伝え、地に降りてきた。

その時、地に落ちるケツァルコアトルの苦痛の声によって、アストランの街は粉々に砕け散り、残った人々は僅《わず》かであった。

そして神が降りた場所には、大きなセノーテが生まれていた。

下られた神と、神の住まうセノーテを敬い、我らは神殿を建てた。

神は最初、鉄を食べ物として望まれた。

人々はあらゆる鉄を神に捧《ささ》げるものとした。

それだから、セノーテに住まう神は日ごとに成長され、巨大になっていった。

しかし、そのことでアストランの村には鉄が無くなってしまった。

神は一人の漁師を神官に指名なされてこう言われた。

「私の名は、ケツァルコアトルである。過去、あなた方を生み出した者であり、今、地に落ちた傷を癒《いや》し、やがて、あなた方を天の高みに連れて行くものである。だが、これ以上傷を癒すためには、あなた方の血が必要である。私があなた方を造り、天へと導いて救うように、貴方は私達を救わなくてはならない」

最初の神官は、神の言葉に従い、多くの生贄《いけにえ》を神に捧げた。

そして神の力によって、大いなる七つの神殿と、神殿に神が行き来できる地下の神殿を設けた。

しかし余りに神が生贄を欲したために、アストランの地には人々がいなくなってしまった。

人々を天の高みに連れて行くという約束は果たされず、人々の心はケツァルコアトルから離れていった。

だが、皆、神のなさることなので、恐れて神にたてつく者はいなかった。

神はやがて、自分の許《もと》に仕える女を要求された。

天上にいる私の母、コアトリクエのような美しい女を、私の傷を癒すために差し出しなさい。

神はそう要求された。

そこで村人達は神の花嫁として、村でもっとも美しい少女を差し出した。

そしてその少女をシワコアトル（蛇の女）と呼び敬った。

やがて、シワコアトルは、ケツァルコアトルの羽毛を吸いこんで子を身ごもった。

それは老いたケツァルコアトルを打ちのめし、新しい太陽となり、地上の王の中の王となるはずの子であった。

そのことを恐れたケツァルコアトルは、子が生まれたらすぐに殺すようにとシワコアトルに告げていた。

そこで、シワコアトルはケツァルコアトルを美酒で酔わせているうちに、彼のもとをにげだしたのであった。

だが、そのことを知ったケツァルコアトルは怒り狂った。

ケツァルコアトルは花嫁を探しに飛び立った。

シワコアトルが身を潜めて、その子を産み落とそうとしていた時、天に翼のある赤い蛇の姿が現れた。

ケツァルコアトルが彼女を見つけたのである。

ケツァルコアトルは、天の星の三分の一を掃き寄せて、シワコアトルと子のいる地上に投げつけた。

シワコアトルは、子を守る為に荒れ野へ逃げ込んだ。

天で戦いが起こった。

シワコアトルの子を守るために勇者達が、ケツァルコアトルと彼に従うものたちに戦いを挑んだのである。

空は真っ暗となり、天空でケツァルコアトルはその身をくねらせた。

ケツァルコアトルは大声をとどろかせ、地上の山々や家を砕いた。

だがその時、シワコアトルの腹から、鋼鉄の身体と、王者の杖《つえ》を持つ、翼あるものウィツィロポチトリが飛び出した。

闇の中に、新しい太陽が生まれる。

新しい空気が、甘美な果実のように彼を蘇生《そせい》させる。

ウィツィロポチトリは、火の蛇の力によって、ケツァルコアトルに仕えていたものたちを打ち負かした。

ケツァルコアトルはそれによって輝きをそこない、再び地に落ちなければならなかった。

ケツァルコアトルは自分が地上に投げ落とされたと分かると、そのまま息子を追った。

ケツァルコアトルはシワコアトルの許を訪ねてきた。

だが、彼女は、息子を蛇に取られることを拒んだ。

それなので、ケツァルコアトルに、乾杯の酒を飲ませると、眠りに落ちたケツァルコアトルを、今度は地下深くへと閉じこめ、鎖で繋いだ。

繋がれたケツァルコアトルは、やがてやせ細り、小さな石となった。

そして、打ち負かされたケツァルコアトルの軍勢は、ウィツィロポチトリに忠誠を誓った。

それなので、ウィツィロポチトリは彼らを石にすることを免じた。

その代わり、ケツァルコアトルが地上に投げ捨てた星の代わりに、星屑《ほしくず》となるように命じたのである。

彼らはウィツィロポチトリとシワコアトルの心遣いに感謝した。

そして何かが起こるときには、天から見てすべてを伝えることをウィツィロポチトリに誓ったのである。

これによって、星達は何が起こるのか、天の心の声を聞き、伝えるものとなった。

だが、神を殺した罪によって、天の神々は暫《しばら》くの戒めを我々の先祖に与えられた。

先祖達は、他の民の奴隷となり、過酷な労働の時代を過ごしたのである。

しかし、再び空に大いなる印が現れた。

天の星は落ち、そして海は二つに割れた。

そのことによって、先祖達を卑しめたものの三分の二は滅んだ。

それは、戒めの時が終わったことの証《あかし》であった。

ウィツィロポチトリは、石となった父の身体を柩《ひつぎ》に納め、それを崇《あが》めることにした。

二度と、天が怒らないようにするためである。

ケツァルコアトルは息子を赦《ゆる》し、自分の力を柩を通じて、彼に分け与えた。

それなので、その柩は『聖なる力を持つ柩』と呼ばれた。

ウィツィロポチトリは、先祖達を従わせていたものたちを砕き、人々を率いて旅が始まった。

人々はケツァルコアトルの御輿《みこし》を担ぎ、多くの戦争と、多くの死をもって、四百年の間、荒れ地を彷徨《さまよ》った。

ある日、ウィツィロポチトリに支配者の声が届き、全ての罪が償われたことにより、新しい地が先祖達に用意されるであろうと告げた。

そのことを祝って、自分達のことをメシカと名乗るように告げた。

メシカとは、太陽の民、神の民という意味である。

そして蛇をくわえた鷲《わし》が止まったところが、私達の新しい国であると神託した。

私達は見た。

蛇をくわえた鷲が、湖の中の一つの岩に生えたサボテンに止まった。

ウィツィロポチトリとシワコアトルは、メシカを率いて、そこに都を築くことを誓った。

ウィツィロポチトリは、父から受け継いだ聖なる力で、湖に巨大な神殿と街とを造るため、再び大勢の生贄を必要とした。

メシカ達は決して他の民に負けることはなく、その勢いを増していったので、大勢の他の民族を奴隷とし、生贄としたのである。

そして見よ、高い塔は建てられた。

火の蛇が走り、大地は裂け、大きな石が神の力によって浮かび上がった。

そして、天にもとどろく神殿と王宮と、街が造られた。

民は神の大いなる力を賛美し、

それらの建物は、すべて神へのあがない物である生贄の血で赤くそめられた』

聖書によく似た三位一体の思想。

そしてモーセの出エジプトを思わせる神の選民達の流浪の物語。

ミトラの神話、ナグ・ハマディの黙示録、そしてアステカの神話が、一つの繋《つな》がりをもって、火花が散るように脳内を飛び交った。

万有引力の法則が働いているかのように、世界中に散らばるあらゆる神話が一つに繋がっていく。

それは聖書が正しいことの証なのか？

それとも聖書も、神話の一つにしかすぎないということの証なのか？

時折ふと、信仰からぶれそうになる心を戒めながら、ロベルトは作業に没頭した。

4

平賀は大学の研究チームと数日を過ごし、かつてない興奮を感じながら、ホテルへと戻っていった。

もっと大学での研究に関わってはいたかったが、法王選出の期日が差し迫っていたからだ。

久しぶりにホテルのドアを開けると、ソファに腰掛け、モノクルをかけて新聞を読んでいるロベルトの姿があった。

平賀に気づいたロベルトは微笑み、読んでいた新聞を平賀に示して見せた。

「やあ、随分と熱心に研究していたみたいだね」

そこには見出しと共に、写真が掲載されていた。

『メソアメリカの脅威の発見・微生物の名は古代の神の名を取ってケツァルコアトルと名付けられた』

その下に、平賀とベニート教授、そしてメキシコ大学生物学教授が並んだ写真が紹介されている。

平賀は照れた様子で真っ赤になった。

「まだ未確認のことも多いのに、もう記事になっているなんて……」

ロベルトはその記事を楽しげに読み上げた後、

「僕も一つ発見をしたよ」

と言い、自分のスケッチブックを開くと、平賀の前に差し出した。

そこには人の等身大の大きさでグアダルーペの聖母像の顔が模写されており、その瞳《ひとみ》には、明らかにこのホテルの窓から向かいの教会を見た様子が、プルキンエサンソン鏡像によって描かれていたのである。

「ロベルト、これは……」

「正確なプルキンエサンソン鏡像になっているかどうかチェックしてくれないかな？」

「ええ」

平賀はすぐにカメラでロベルトの模写を撮ると、コンピュータに読み込んで、解析を始めた。

真剣な表情で作業していた平賀であったが、ロベルトの描いた絵が全く見事なプルキンエサンソン鏡像になっていることを確認し、驚きの声をあげた。

「凄《すご》いです。これはどうやって描いたんですか？」

するとロベルトは一本の細い筆と、硝子《ガラス》か水晶のような四つの物体を平賀に見せた。

四つの物体のうち一つは完全な球体で、一つはそれを半分に割り、その球面に絵が描かれ、裏側の平らな部分に凹凸があるもの。残るうち一つは楕円《だえん》体で、最後の一つは楕円体を二つに割り、その曲面に絵が描かれ、裏の平らな部分に凹凸があるものだ。

「地下遺跡の祭場で、水晶レンズの眼鏡を発見しただろう？　あの部屋にあった、妙にリアルな神像の目にも、水晶が使われていたんだ。

神像の目に、それを生き生きとしたものに見せる為に黒曜石の玉などをはめ込む技法は、日本や中米などにもよく見られる。けれど、アステカ人は水晶を選んだ。本物の目らしく見せたいなら、黒曜石の方が適しているのにだ。

それで僕は、古代アステカ人になった気持ちで考えてみたんだ。水晶のレンズは勿論《もちろん》、身分の高い貴族が身に付けた高価なもので、権力の象徴だったろうけれど、もう一つ、アステカの人々は、水晶を不思議な力を宿した物と捉《とら》えたのではないだろうかと」

「不思議な力？」

「そうなんだ。神像にはめ込まれていた水晶と、発見された眼鏡のいくつかのレンズは、ほぼ完全な球体状だった。これが眼鏡だとしたら、一体、何故球体にしたのだろう？」

「確かに……視力を矯正するだけの目的なら、球体のレンズは極端すぎます」

「だろう？　だから僕は硝子玉を仕入れて、何が見えるのかとそれを覗《のぞ》いてみた。すると、面白い物が見えた。球体の硝子玉越しに空を見ると、天空が百八十度見えるんだ」

平賀は、ロベルトの鋭い思いつきに驚き、手を打った。

「確かに。天体観測には魚眼レンズが使われます」

「うん。それで僕は考えたんだ。エルカラコ（蝸牛《かたつむり》）に代表されるような古代天文で、神官達は、こんな球体のレンズをつけた眼鏡を通して、天空の星を観察し、様々な予言をしていたのではないかとね。その異様な姿を見た者は、神官達が神秘的な力を宿していると感じただろうし、彼らの力の元が眼鏡だと信じただろう。

かくして彼らは眼鏡を信仰の対象とした。人々は、眼鏡のような目を、『未来と世界を見通す力を持つ目』と信じ、神像の目にもそのような細工を施した。

そうして眼鏡やレンズを観察するうち、ある人々はそこに映る自分達や背景の不思議な歪《ゆが》み具合に心を奪われるようになったのではないかとね。

ルネッサンスの画家などは、人体を正確に描くために、その筋肉の付き方や骨格を研究したし、十七世紀のオランダの画家フェルメールが、カメラの前身といわれるカメラ・オブスクーラを制作時に使用したことは広く知られている。

西洋絵画の線遠近法や光と影の表現は、光学的に投影された映像観察から生じたという仮説のもと、カラヴァッジョやアングルといった多くの画家が、レンズ、鏡、光学機器を用いて絵を描いていたと主張している者もいるんだ。

いずれにせよ、三次元の世界を二次元にいかに写し取り、表現するか、という問題は画家にとって大きなテーマであり続けてきたんだ」

「成る程。それはとても興味深い話です」

「だろう？　アステカの画家達、彫刻家達は、レンズに被写体がどのように映るか、人の目に被写体がどのように映るか、それらを追求していったんだと思う。

そこで及ばずながら僕も自分なりに、レンズと目のことを調べてみたんだ。

まず、プルキンエサンソン鏡像とは何なのか？

するとその定義は、暗室で炎を見た時のように、光を発している対象を見ている人の眼で観察される、三つの反射像のことだと分かった。

その一つは、角膜の凸面から反射される明るい像。それと水晶体の前方の凸面から反射される大きく暗い像。最後が、水晶体の後面から反射される、小さくて明るい反転像で、これは近くを見る際に生じる眼の調節作用とともに拡大する。これであっているかな？」

「ええ、間違いありません」

「つまり人の目というのは、外界から入ってきた光が角膜によって屈折し、瞳孔《どうこう》を通過し、さらに水晶体によって屈折し、網膜へと像が投射するものだということが分かった。

そして角膜で屈折した像と水晶体で屈折した像、その二つのレンズを通した投影図が、プルキンエサンソン鏡像だと、僕は解釈したんだけれど、違っているかな？」

「概《おおむ》ねそれで正解です」

「良かった。それで僕は、角膜と水晶体に見立てた二つのレンズを用意したんだ。角膜の屈折率は水晶体の屈折率よりも大きいから、二種類のレンズが必要だ」

ロベルトはそう言うと、完全な球体の硝子玉と、楕円体の硝子を示した。

そしてまず、楕円体の方を手に取った。

「これは角膜を代用したものだ。厚紙をくりぬいた中にこの楕円体の硝子をはめ込み、窓の側に固定した。そして、表のカーブに映る歪んだ像を、正確に裏側の曲面に描き取った」

次にロベルトは完全な球体の方を手に取った。

「こっちは水晶体の代用だ。こいつをさっきと同じ要領で同じ場所に固定して、その表面に映る、さっきとはまた違う歪みを持った像を、裏側の曲面に描き取った。

まあ、トレースの要領だね。

小さい場所に描くものだから、作業は大変だったけど、以前に僕は東洋のアートで、米一粒の中に百文字を書き込んだり、仏像を書き込んだりするのを見ていたので、できないことはないと思ったんだ。そこで僕は、捻筆《ねじふで》というものを取り寄せた。極小のものを描く為に用いられる、特別な筆だ。

そうして二つのレンズに映った像をトレースしたあと、そいつを硝子屋の工房に持ち込んで、半分に切断してもらった。すると、平面になった部分には表の曲面に僕が描いた絵が裏向きに映るだろう？　それを見たまま正確に写し取る。そして、工房のレーザー彫刻器で、その線画を彫刻してもらった。球体の方と楕円体の方、両方ともだ。

そうして凸凹ができた物をスタンプのように重ねて押すと、プルキンエサンソン鏡像が出来上がったという訳だ。かなり根気は必要だったがね。

念のために言っておくと、レーザー彫刻器を使わなくても、乾きにくい顔料を用いて、スタンプの原版を手書きすることも可能だよ」

平賀はほーっと感心の溜息《ためいき》を吐いた。

「ロベルト、貴方《あなた》は凄いです。これまでは、アステカに研磨技術がなかったとされ、水晶の球体など作れる筈《はず》もないと思われてきました。貴方のような方法を誰一人、思いつかなかったんです。しかもそれをやってのけるなんて、貴方は本当に素晴らしい」

平賀の手放しの賛辞に、ロベルトは照れたように笑った。

「まあ、僕にできるのはこういうことぐらいだからね。ただ……アステカの芸術家達に思いを馳《は》せるとしたら、彼らが瞳《ひとみ》の中の像にこだわったのには、西洋の画家達がよくやる『絵画の中の絵画』という手法と同じような思いを感じるよ。

つまり、その絵が描かれた背景や、描いた側の心情、記録しておきたい出来事、あるいは描かれている人物に纏《まつ》わる象徴的なことがらを、絵の中に絵を描くことで、西洋画家は表現するんだ。

　アステカの芸術家達も同じで、神像の目の中に映し出された光景を描くことで、同じような思いを表現しようとしたんじゃないかと思うんだ」

　平賀は、すっかり感心した。

「凄いです。貴方の知識にも感心しますが、貴方の想像力の豊かさにも胸を打たれます」

「そうまで言って貰《もら》えるなんて嬉《うれ》しいね。さて、僕としては、これで自分の成果の発表はおしまいだ。君の話を聞かせて欲しいな」

「分かりました。ではお話ししますね」

　平賀は、ついさっきまでの興奮を思い起こし、身を乗り出した。

5

「まあ、まずその前に」

　ロベルトは、平賀の前にカプチーノとサンドイッチを差し出した。

　平賀のことである。またろくろく食べてはいないだろう。

　平賀は嬉しそうにカプチーノを飲み、サンドイッチを頬張ると、まるで素晴らしい音楽を聴いたように恍惚《こうこつ》とした表情になった。

　平賀のこんな表情は初めて見るといっても過言ではない。

彼は何か、とんでもなく素晴らしいことを見つけたのだろう。

ロベルトは、平賀の声に静かに耳を傾けた。

「大学の研究スタッフと、あのケツァルコアトルの身体の一部を取ったものを培養、観察して得た結果として、まず大変に興味深かったのは、微生物の姿自体が、地球上の生物の身体の中に存在するゴルジ体にそっくりだということです」

平賀はいつものように機械的な言葉を淡々と語り始めた。

いきなり出てきた言葉に、ロベルトは戸惑った。

ゴルジ体……ゴルジ体……。記憶を手繰り、頭の中にある図書館を探し回る。そうしてやっと出てきた答えは、それほど大したものではなかった。

重要ではないという意味ではなく、それに対する知識がほぼ無かったということだ。

「ええっと、それは確か、細胞内の栄養の貯蔵器官か何かだったたような……」

ロベルトが答えられたのは、たったそれだけであった。

だが、平賀は弾むような息をして、首を振った。

「いえ、ロベルト。ゴルジ体は、細胞の中で栄養貯蔵とその輸送を担う小器官として扱われるようなものではなく、もっと重要な器官だということが分かっているんです」

真剣な瞳をして平賀は勝手に話を進め始めた。

「私達動物の細胞内では、ゴルジ体が、染色体のある細胞核を、半ば取り囲むように存在しています。すなわちそれが生物の核心にある重要な器官であることが分かります。そしてゴルジ体は、細胞そのものが分裂する時に、全体が一旦《いったん》数百の小胞に分断され、細胞全域に均等に分布した後、分裂終了後に改めて集合し、再構成されるのです。そこから考えて、染色体と細胞分裂という私達の生命活動の根本を握る機能と特殊な関係があるのではないかと言われるようになったんです」

平賀の言葉を呑み込み、ロベルトは頭の中で情報を処理する。

「えっと、つまり細胞分裂の際に、生物の集合体みたいな動きをするということなのかな？」

「ええ、そうなんです。それに、ゴルジ体は、細胞内で生産された未熟なタンパク質を化学的にアレンジして、違ったタンパク質に変質させ、それらを分類し、周辺の他の細胞小器官とやりとりしたり、TGNからの分泌小胞、分泌顆粒《かりゅう》、リソソームおよびエンドソームの形成などをしたり……」

マシンガンのように繰り出される専門用語にロベルトは目眩《めまい》を覚え、訊《たず》ねた。

「つまり……簡単にいうと？」

ロベルトの言葉でスイッチを押されたように、平賀が答えた。

「簡単に言えば、ゴルジ体の役割というのは、DNAの情報にしたがって細胞質で新たに合成されたタンパク質を、それぞれがあるべき場所に運んでいくというものです。どこに運ばれるかという情報は、個々のタンパク質の構造の中に書き込まれていて、ゴルジ体がそれを見分けて選別し、正しく配送します。そして、ゴルジ体は細胞膜の生成を行います」

「ふむ……。ゴルジ体によって、細胞の塊は自らの持つ役割の情報を見分けられ、あるべき場所に運ばれ、そして活動し、僕達の身体が形作られているということかい？」

「そうです。それでですね、ゴルジ体が運ぶタンパク質に含まれる配送先の住所のもとは、DNAの情報にあるのですが、最近、染色体のどの塩基配列が、こうした情報を持っているかが解明されつつあります。その塩基配列と、私達が見つけた磁気微生物のDNAの一部が、同じ塩基配列なのです」

「それは……どういう意味になるんだい？」

「あくまでも私見ですが、私はケツァルコアトルが私達の身体の中にあるゴルジ体のもとになったものではないかと思うのです。そしてミトコンドリアなどが寄生生物として自己の中に別のDNAを残しているのに対して、この微生物は、自己のDNAを、宿主である細胞のDNAの中に宿らせ、身体を別にして細胞内に残したのではないかと思うのです」

「なんだって？　つまりそれは、あのケツァルコアトルと呼ばれる磁気微生物が、僕達の身体の中に存在しているということかい？」

　ロベルトが訊ね返すと、平賀は激しく頷《うなず》いた。

「そうなんですよ！　もう一つ、ケツァルコアトルが生物の進化に大きな役割を果たしたのではないかと考えられる事実も分かってしまったんです」

「もう一つ……とは？」

ロベルトは夢中になっている平賀の表情の中に、この先自分の感情や思考が置いてけぼりをくらう前兆を強く読み取りつつ、そっと訊ねた。

「いいですか、ケツァルコアトルのマグネトソームを包んでいた赤い膜の構造が、人の赤血球とヘモグロビンに極めて似た構造だと分かったんです」

「ヘモグロビンに？　ヘモグロビンというと、僕達の赤血球の中に多く含まれる、酸素を運ぶ物質だったよね」

「ええ、磁気微生物がヘモグロビンに近いものを持っていることは、以前から分かっていたんです。今回発見されたケツァルコアトルのような特殊なものではなくとも、地球環境の中に数多く存在している代表的ないくつかの磁気微生物のマグネトソームを取り囲む構造物には、固有のアクチン様タンパク質の組織があるんです。

元来、磁気微生物のマグネトソームとその周辺の機構は、リン脂質膜で被《おお》われた磁鉄鉱結晶が鎖状に並んだだけの単純な構造物だと思われていたのですが、実は巧みに組織化された細胞内構造物で、真核生物と同様に特定のタンパク質が輸送され、局在していて、その構成成分としてヘム（鉄）をもつタンパク質があるのです。そしてそれらが酸素を嫌うはずの磁気微生物の生体内で酸素の運搬を行っているんです。つまり私達の身体のヘモグロビンと同じような役目を果たすものがあるということです。

分かりやすく言いますと、人の赤血球の主成分であるヘモグロビンは、アミノ酸と二価の鉄原子を中心に配列したポルフィリン誘導体で、その鉄原子に酸素が結合することによって、人間の身体の中の各組織に栄養分や酸素を運搬しています」

「分かりやすいかどうかはともかくとして、磁気微生物の細胞内にも、酸素の運搬を行うヘム（鉄）を持つタンパク質があり、人間と同じように栄養分や酸素を体内に運ぶ働きをしているのだね。そこまでは僕にもなんとなく分かるよ」

ロベルトが頷くと、平賀はさらに話を続けた。

「はい、その過程で酸素を運びつづけていると、ヘモグロビンは酸化していきます。つまり劣化していくということなのですが、赤血球中には、この自動的な酸化を防ぐために還元酵素系が含まれているのです。

この酵素は、シトクロムB5レダクターゼと呼ばれています。ケツァルコアトルのマグネトソームを包む膜は、ヘモグロビンと酷似していて、しかもシトクロムB5レダクターゼもその中に観察されました。

思うに、酸素を嫌うケツァルコアトルは、自らの体内の酸化を最小限に抑えるために、わざとヘモグロビン状の膜に入ってきた酸素を吸着させ、マグネトソームと自らの染色体を守っているのです。そしてシトクロムB5レダクターゼによって酸化した膜を還元するのですが、余り膜の劣化が酷《ひど》くなった場合、それを体外に排出します」

「合理的な仕組みだね」

「そうなのです。そしてこの動きが、人の酸素の運搬役としての赤血球の動きの原型ではないかと、私は思うのです。人体内の赤血球はヘモグロビンを閉じ込めた柔軟な袋で、その活動そのものに酸素を必要としていません。

それに、赤血球はある意味特殊な動きをします。赤血球として成熟する最終段階で、ミトコンドリア、リボゾームなどの細胞内器官を遺棄してしまうんです」

「赤血球がそんな動きを？」

「そうです。不思議でしょう？　でも、それが元々、酸素を受け付けない微生物からの情報によって生まれた組織なのだとしたら、頷けるあり方なんです」

「そうするとだね……。つまり僕達の細胞の中には、ケツァルコアトルが入り込んでいて、それが人間を生かし、身体の仕組みを操っているということかい？

なんだか気味が悪い話だね。昔、ミトコンドリアが生物の身体に住み着いた寄生虫だったと聞いた時も、ぞっとしたけれど、ゴルジ体までそうだとは……」

「ロベルト、そんなに厭《いや》そうな顔をしないで下さい。ミトコンドリア以外の細胞内小器官も、その形態などの特徴から共生微生物に由来するものではないかとする考え方は古くからあったんです。

今では、細胞内の共生現象自体が、それほど特殊なものではないと分かっています。

原生生物にも共生の事例は数多くあるんです。

例えば、多くの足を持つ超鞭毛虫《べんもうちゅう》では、一部の鞭毛、つまり彼らの足自体が、実はスピロヘータという別の生物であったりします」

「スピロヘータ？」

また分からない単語が飛び出した。平賀は自分にとって、最も謎めいた図書館かもしれないと、ロベルトは思う。

「はい。スピロヘータというのは、らせん状の形態をした真正細菌の一グループです。スピロヘータは、特殊な皮膜構造を持っているので、細胞壁が薄くて柔軟であり、鞭毛の働きが素晴らしいんです。

体をくねらせたりコルク抜きのように回転しながら活発に運動することができます。それを利用できるように、鞭毛虫が自分の足として、スピロヘータを体の中に飼っているんです。それだけではなくて、シロアリや木材食性のゴキブリの消化管に生息するスピロヘータもいます。彼らは腸内細菌としてシロアリが摂《と》った分解の難しい食物から栄養素を摂取したり、エネルギーを生産する役割にかかわるんです。

　今や人間の細胞においても、ミトコンドリア、葉緑体、リボゾーム、これらのもとは、細胞内に住み着いた細菌であったと考えられています」

「そして、ゴルジ体も赤血球もそうだったというわけかい？　人間っていうのは微生物の集合体みたいなものか……。そうなると、聖書の創世記も否定されるね」

　すると平賀は、「とんでもない！」と叫んだ。

「むしろ私は、天の意志によって人が生まれたことを確信しました」

　意外な答えにロベルトは驚いた。

「どうしてだい？」

「それはケツァルコアトルが宇宙から、つまり天から来たものだからです」

「天からだって!?」

「はい。ケツァルコアトルは、隕石《いんせき》や彗星《すいせい》に乗って地球へやって来たのですよ」

「そういえば、翻訳した壁画にも、ケツァルコアトルが空から地上に落ちてきたとあるし、彗星の比喩《ひゆ》だと言われたりもしたけれど……」

「間違いないと思います。ロベルト、水晶髑髏《どくろ》の話をしたことを覚えていますか？」

「ああ、メソアメリカのオーパーツだろう？　だがあれは偽物だと結論が出ている」

「ええ、でもそれを偽物だと判断した根拠こそが問題なのです。

あの時貴方《あなた》は、『水晶髑髏は、回転式カッターのようなもので大まかに形作られたあと、鼻の穴と目をドリルで掘られ、その後、ダイヤモンドを混ぜた鉄製のヤスリのような器具で表面を滑らかにされたと判定されている』と言いましたよね？　そして、髑髏のくぼみに残った堆積物《たいせき》を調べると、炭化ケイ素が発見されたとも。そして、その炭化ケイ素というのは、自然界には隕石にしか存在しないとも」

「確かに。そう言った」

「ですが、あの水晶髑髏がケツァルコアトルの力によって研磨され、造られた物だとしたら、どうでしょうか。

研磨のカットも、あの高速回転する磁石を持った生物に削らせたのだとしたら？　そしてケツァルコアトルが隕石に乗って来たのだとしたら？　炭化ケイ素が残るのがむしろ自然ではありませんか？」

「成る程……。確かにその理屈は通る」

「そうなんです」

平賀はすうっと深呼吸をした。

「ロベルト、私達にはあの微生物が、詩編を歌っているように聞こえましたよね？」

「そうだね。今までの話はなんとか合理的に処理できるけど、全くあれは合点がいかない」

首を捻《ひね》ったロベルトに、平賀はまっすぐな瞳《ひとみ》を向けた。

その視線はロベルトをすり抜け、遥《はる》か遠い星空を見据えているようだった。

「聖歌隊の子供達は空を飛ぶ夢を見、高所から飛び降りました。太古から人は空に憧《あこが》れ、常に天を目指してきました。どうしてこういうことが起こったのでしょうか」

「どうしてって……何故なんだろうね。鳥を見て、自由に飛べる姿をうらやましいと思ったとか、美しいと感じたとか……」

我ながら凡庸な答えだと感じながらロベルトは言った。

「勿論《もちろん》、それもあるかも知れません。ですが私はこう思うのです。

ケツァルコアトルが活動するための適応環境は非常に限られています。酸素がなく、温度は二十度から四十度。その条件を満たすのは、現代の地球上においては熱帯や亜熱帯の夏場の水の中が最適です。それ以外の条件下にいくと、ケツァルコアトルは、まるで植物の種子のように強固になり、生命活動を停止させます。

彼らがそれほどの強固さを持つのは、何故か？

私は宇宙空間を旅する為だと思います。

宇宙には絶対零度域や、プラズマの渦のような灼熱《しゃくねつ》空間が存在します。そうした場所を移動していくとき、あの微生物のような強靭《きょうじん》さが必要だったのです。

そして彼らは、宇宙空間を航行しながら、自分達が繁殖するのに適応する環境に近づいていくと、そこに飛来するのです。

彼らの繁殖する条件とは、豊富な鉄と適度な温度と、酸素を避けられる状態です。そんな星に、彼らはマグネトソームを使って辿《たど》り着くのです」

「微生物にそんなことが可能なのかい？」

「可能ですよ。磁気微生物は磁力に反応して動きます。磁力は宇宙空間の飛行における有力な推進力としてあげられるものです。

巨大な磁石の近くにいくと、ケツァルコアトルは自然とそこに吸い寄せられます。

巨大磁石とは地球のことです。

地球は水の惑星として知られていますが、もう一つの顔は鉄の惑星でもあるのです」

「鉄の惑星？　初めてそんな話を聞いたよ」

「本当です。地球上に存在する鉄の量は、地球上の質量の四十パーセント弱にあたっていて、地球上の全ての元素の中で最も多い物質なんです。

一方で、太陽系にある鉄の存在量は惑星の質量の〇・〇〇三パーセントといわれていますので、地球上の鉄の多さは、太陽系の中でも際だっているんです」

「つまり、もし宇宙を遊泳している彼らが太陽系に近づいたら、もっとも餌の多い地球に来ると言うことかい？」

するると平賀の瞳が、きらきらと輝きだした。

「ええ、そうです。そもそも宇宙空間は、生物にとっては過酷な環境です。宇宙線や太陽風など生命に致命的なダメージを与える物質が飛び交っています。

太古の地球上には、そうした有害物質が常に降り注いでいて、全く生き物がいませんでした。ですが、現在の地球の外周には地磁気とオゾン層という二つのバリアが形成され、安泰な生命活動が可能になっています。その一つの地磁気の形成に、鉄の存在が大きく関わっているんです。いわば地球の生物は鉄に守られて存在しているんです」

「地球上の生物が鉄に守られている？」

「そうです。原始の地球は、隕石が衝突し合ってその元が形成されましたが、それ以降も大小様々な隕石が落下していました。

そしてその衝突エネルギーで高温となった地表はどろどろに溶けた液状となって、様々な金属が自らの重みで、地球内部に沈んで行くという現象が起こったのです。

それが地球の核です。そして核の中では、高い圧力のために鉄が固まり、固形物である内核と液状の外核が生まれました。

そして、液状の外核は地球の自転のために一定方向に流れ、電気を発生させました。そのことによって、地球全体が大きな磁石になるのです。

さらにそこから生じた地磁気が地球全体を覆いました。

地磁気は地球のバリアとなって、有害な宇宙線や太陽風を遮るようになり、そこで初めて、地球上で生物が誕生する環境が整ったのです」

「それは、想像しただけでも壮大な物語だね。隕石が降り注いで金属がどろどろにとけて地下に沈んで地球の核になったなんて、始まりというより、ミトラ神話の終末に近いけれどね」

「でもそれこそが、まさに天地の創造です。神は『光あれ』と最初に言葉を発せられ、そして光が生まれたと、聖書の最初にいわれていますでしょう？　神の言葉はおそらく最初の音ということになるのでしょうが、巨大な隕石が落ちる時に、轟音《ごうおん》を出して光り輝く。私は今回、ケツァルコアトルを研究していて、そんな場面を想像してしまいました」

『終末』と『創世』は同じようなものだというわけか……。

そういえば、イルミナティーが行った聖書解釈に、似たような話があった。

旧約聖書、創世記に記される、神が最初に行ったとされる創造行為は『光あれ』の通り『光』であるが、その前に神は『光あれ』という『声』を発している。神の発した『言葉』は原初の『音』であり、創造の前に『音』が存在したことになる。

『音』はあらゆる生物にとって『光』よりも直接的に干渉するものだ。空気の振動が聴覚だけではなく身体全体を震わせるからだ。また、『光』も人間の視覚に大きな影響を与えるものであり、これら『音』と『光』の両方による干渉からは、何者も逃れることが出来ない。それが人間の意識を形作り、生命が吹き込まれた瞬間であると……」

平賀は大きく頷《うなず》いた。

「まさにそうです。『天使の歌声』は、そこから解明できるんです。私達の感覚器官は、貴方が今、語ったような事情から発達したものです。

だから私達には、ケツァルコアトルの声が聞こえるんです」

「待ってくれ、話が飛躍しすぎて見えないよ」

「失礼しました。では、創世の時に話を戻します。

地球の誕生時に降り注いだ隕石の鉄の大部分は地球の中心部に沈んでしまいましたが、それでも地表にはまだ沢山の鉄が残っていました。そして、海水中に大量の鉄イオンがあったのです。

当たり前のことですが、この時点では地球の海水中にも陸上にも、酸素は存在しませんでした。従って鉄は酸化されることなく鉄イオンとして海水中にとどまることができたのです。

そしてここからは私の推論ですが、古代、あの磁気微生物達は地球の海の中に落下しました。そうして増殖していったのです」

「つまり地球の古代の海には、ああいうケツァルコアトルのような姿をした微生物の集合体が、うようよしていたというわけかい？」

「ええ。でも彼らはすぐに、大変な危機に襲われ、その生態系を変える選択をしていかなければならなかったのです」

「大変な危機とは？」

「地球が地磁気によって安全な場所となった為、太陽光の恩恵を受けられる生物が誕生し、その活躍の場が増えていったことが危機の原因です。

いえ、それは危機というより、描かれたシナリオ通りだったのかも知れません。

最初に彼らを脅かす為に登場したのは、シアノバクテリアの仲間でした。シアノバクテリアという微生物は、原核細胞です。まだ様々な微生物が共生する細胞が生み出される前の生命体です。

しかし、彼らは進んだ光合成システムを持っていて、太陽光のエネルギーを使って二酸化炭素と水を原材料として有機物を作り出すことができました。

その際に排泄《はいせつ》物として放出されたのが酸素だったのです。

つまり、光合成を行うバクテリアが生まれ、この地球に初めて酸素というものが登場して、今のような大気を形作っていくのです」

「それが、ケツァルコアトルの危機なのかい？」

「勿論《もちろん》、そうですよ。シアノバクテリアの画期的な生体内のエネルギー変換システムは、脅威だったんです。それまでケツァルコアトルは、酸素のない世界にずっと生息していたわけですから、酸素は『猛毒』でした。

　実際のところ、酸素が猛毒であることは今でも変わりのない事実です。

　現在でも、酸素をエネルギーとしない原始的な生き物は、細胞の劣化を免れて、ほぼ不老不死という形態で存在します。

　しかし私達人間や動物は、自分達がエネルギーとして取り込んだ『活性酸素』によって、細胞を破壊され、最終的に死に至るのです。

　このことから考えても、太古の地球で、シアノバクテリアのもたらした酸素によって、酸素を嫌うケツァルコアトルは、酸素の少ない海底などに、集団で追いやられることとなったと考えられます。しかし、彼らの居住地はどんどん少なくなる一方でした。

　そのような中で、彼らは奇跡的な出会いをするのです」

「運命の恋人とでも結ばれたとか？」

「まさに、そういうことです。極めて簡単にいいますと他の生命体との出会いです。

　まだ鉄分が豊富にとけていた太古の深海では、地下のマグマの影響による熱水噴出口付近で鉄と結合し、黄鉄鉱が沢山存在していました。

　ロベルト、私は神が泥から人を造られたという説を支持しています。

　ジョン・バーナルという学者は、『粘土の界面上でアミノ酸重合反応が起きる。それが生命の発祥のもとだ』という『粘土説』を唱えました」

「粘土から生命が？　それは面白いね。神が最初に造った人類のアダムは、『赤い土』という意味だけど……」

「ええ、まさにその黄鉄鉱も『赤い土』なんです。熱水の噴射しているような温度の高いところでは、黄鉄鉱は、やや黒みがかった赤い泥のような形で存在しています」

「その赤い泥から、どうやって命が生まれたんだい？」

「黄鉄鉱のプラスに荷電した表面に、マイナスに荷電した有機分子がとらえられ、そこで得られるエネルギーを利用して長い有機分子が形成されていくところから、生命的な活動が始まったのです。

この反応を繰り返しながら、マイナスに荷電した長い有機分子は、さらに長くなっていきます。

現在、実験で分かっているのは、硫黄《いおう》鉱の表面では、有機物生成反応が起こるだけではなく、グリセルアルデヒド三リン酸、ジヒドロキシアセトンリン酸、リン酸基などといった物質が吸着されやすいということです。

これらは、そのままDNAやRNAの材料となる物質です。つまり原始的なDNAのモデルが出来たのです」

「元となる物質はできたのだろうけれど、そんな無機的な反応の繰り返しで、土に生命が吹き込まれるものなんだろうか？」

「まさにそこですよ。最初のDNAのモデルが出来たとはいえ、それらは細胞膜すら無い、黄鉄鉱表面に存在するエネルギー代謝器官でしかありませんでした。具体的に言うと、二酸化炭素などの無機化合物を炭素源としたり、熱水の熱を代謝に利用するというスープ状の半生命体です。細胞膜系を持っていない、自己複製能力を有しない、生物と物質の中間のものでした。

ですがこうした半生命体が、時折、沈殿した鉱物結晶に閉じこめられる状態が生じます。そこでDNAは、自己複製の技術を学んだのです」

「生命が泥から生まれ、その泥が固形化した鉱物から自己複製の技術を学んだ？　これは、ネズミが『わん』と鳴く以上の驚きだ」

「至極真面目な話なのです。鉱物の結晶こそ、この地球上で最も早く『自己複製する能力』を有していたのです。

鉱物結晶は自らの分子パターンを周囲の物質に転移し、自己の情報を複製し、増殖します。みょうばんや硫酸銅の結晶を、それらを構成する分子の混ざった溶液の中に糸でぶら下げておくと、鉱物結晶がどんどん成長して大きくなっていくことは知っていますでしょう？」

「確かにそんなことを、学生時代に実験したことぐらいは覚えているが……」

ロベルトは淡い記憶をたぐり出して答えた。

平賀の話は、相変わらずロベルトの前頭葉を奴隷のようにこき使ってくれる。

「そういった結晶のパターン転写能力が、原初の半生命体に『転移』したのです。

実際、増殖するという点では生命体のように振舞いながらも、その実、細胞をもたない遺伝子の断片にすぎない為に、しばしば無生物だと定義されるウィルスの中には、活動していない時に、鉱物のように結晶化しているものがあるんです」

「成る程。それで？」

「生命が『泥から生じた』という説には、大きな問題が横たわっているとされていました。現在までの科学では、研究室での実験で、黄鉄鉱の表面に薄い膜と、原始的DNAに似たものを持った生命の前段階的なものが出来ることは認められました。ですが、その時点では、細胞核をもたない古細菌にしか、進化の過程としての道筋がたたなかったんです。

第一の問題は、古細菌からさらに進んだ細胞核を持つ真正細菌への分化の原因が分からないこと。第二の問題は、細胞内でのエネルギーの能動輸送系の成立がどう行われたかが不明なこと。そして、効率の良い運動力の源となる酵素運動への進化過程が分からなかったことです。

ところが、今回、私達の実験において、人工的に造った細胞前段階のものに、ケツァルコアトルを混入したところ、細胞膜と角膜らしきものを生じ始めたのです」

「ケツァルコアトルを混入させたら、進んだ細胞核を持つ、真正細菌が発生したというのかい？　何故？」

「ロベルト、ゴルジ体や赤血球のことを思い出して下さい」

「待ってくれ……。ゴルジ体は細胞核の間近にあり、DNAの情報に従って、細胞質で新たに合成されたタンパク質を、それぞれがあるべき場所に運ぶんだったね。そのゴルジ体のもとになったのは、ケツァルコアトルではないかと君は言った。

そして、赤血球は人の酸素の運搬役なわけだが、その元々の機能はヘモグロビンの膜に入ってきた酸素を吸着させ、酸化を防止させる機能を担うものであって、その原型もケツァルコアトルにあるのではないかと言っていた。

そういうことか……。つまりケツァルコアトルからゴルジ体になった微生物、ケツァルコアトルから受け継いだ赤血球の設計図。それらがあって初めて、細胞は、DNAを包む細胞膜を造ったり、エネルギーの輸送経路の伝達を行ったり、赤血球で酵素運動をする仕組みを形成させることができるようになった……」

「そうですね。では、それを今度はケツァルコアトルの側からみてみましょう。

おそらく鉄が海中から消えていった当時、困っていたケツァルコアトルは、彼らだけではなく、同じように困っていた有益な機能を持った原始生物と出会ったんです。

その当時の生命体は皆、細胞小器官などの複雑な構造を持たない生物でした。あるいは細胞核などもなく、ただの代謝器官でしかなかったり、細胞核のない古細菌だったりしたかもしれません。

そんな彼らを、ケツァルコアトルは自分達が造った防壁である細胞膜の中に取り込んでいったのではないかと思うのです。

そして永遠に共存できそうなもののDNAは失わないように細胞核の中に取り込んで自

らのものとし、無くしてもいいようなものは核内には入れなかった。

その最たる例がミトコンドリアです。ケツァルコアトルはミトコンドリアのDNAを核内に入れることはしなかった。けれど、共生物として細胞膜の中に取り込むことはしたのです」

「何故、ミトコンドリアだけが例外なのだい？」

「ミトコンドリアは細胞内で唯一の好気呼吸を行う器官です。そして酸素を用いて好気呼吸を行うことで、嫌気呼吸と比べてはるかに効率よくエネルギーを生産できる小器官です。

本来なら、嫌気性（酸素を嫌う）のケツァルコアトルとは相容《あいい》れない存在の筈《はず》でした。

しかし、自分達が食せるような鉄分が豊富にとけた海が失われ、行き場を失ったケツァルコアトル達が、他の場所にある鉄を求めたとしたら？　その為には好気呼吸というもっとも効率のよい呼吸法を利用しなければならなかったとしたら？　そこでケツァルコアトルはミトコンドリアを細胞内には引き入れましたが、そのDNAを細胞核の中までは引き入れなかった。もし引き入れたら、自分達が大ダメージを被るからです。しかし、そうまでしても鉄を欲したんです」

「じゃあ、生き物が地上を目指したのは、そこに鉄があったから……だって？　海の中で生まれた生物が進化し、魚になり、陸に上がり、四足歩行の動物となり、人間となったのは、すべて鉄の為だとでも？」

「さほどおかしな話ではないと思います。

生物の細胞液の成分が海水の成分に似ていることが、生物が海で生まれた根拠だといわれていますが、実は細胞液の成分は、海水よりも遥《はる》かに鉄分や金属成分の割合が高いのです。ことに血液中の鉄の濃度は海水の三万倍もあります。

このことは勿論《もちろん》、生命が誕生した太古の海に、鉄をはじめとした金属が多量に溶けていた証《あかし》ですが、別の観点から見れば、生物が地上に進出し、酸素をエネルギーとした効率のよい生命活動を行い、狩猟採集を主とした生活を営むことで、『海水から最早《もはや》得られなくなった鉄分を、自分の身体に摂取している』ということでもあるのです」

「鉄を食べたいという微生物の意識が僕達に宿って、人類を生み出したと？」

「ええ、そうです。魚は陸を目指し、陸に上がった動物は、鉄分を含む豊富な生態系を作り上げました。そして人類は何を目指しましたか？

人類は空の高みに昇ることを目指したのでは？　ですから、バベルの塔の物語があるのではないでしょうか。

人類は何故か危険な空に向かいたがります。そして飛行機を飛ばし、ついには宇宙へとその翼を広げています。それだから、『天使の歌声』を聞いた子供達は、空を飛ぼうとしたんです」

「待ってくれ、よく分からないよ」

「喩《たと》え話をします。ある植物の種が大きな平地に運ばれてきて、その平地を一杯に覆い尽くしました。もうその限られた環境の中では、増えることができません。ロベルトが植物ならどうします？」

「植物なら、自分の種子を風に乗せて運ぶんじゃないか？　あと、植物は虫や鳥に自らの蜜《みつ》や実を食べさせることによって、彼らを招き寄せ、彼らの広い活動範囲を利用して、種子を遠くまで運ばせる……ということは、もしかすると、ケツァルコアトルは新天地を求めるため、宇宙空間に飛び出したくて、人類を宇宙に向かわせていると言うのか？」

「はい、そのように思います。宇宙空間に戻り、再び旅に出る時、彼らにとって一番いらない機能はなんだと思いますか？」

「宇宙空間には存在しない、彼らが嫌う酸素をエネルギーに変換する機能……つまりミトコンドリアか！」

「そうですとも。そして私達のＤＮＡが螺旋《らせん》を描いているのは、あの微生物の回転運動に由来しているのかもしれません。ロベルト、貴方《あなた》は蝸牛《かたつむり》に寄生するロイコクロリディウムという寄生虫を知っていますか？」

どこかで聞いたことがあった。だがロベルトは無言で首を横に振った。

あまりに宇宙的な話の展開に、思考が停止しかけていた。

「ロイコクロリディウムは、蝸牛の触角に寄生して、その触角を青く染め、形も芋虫そっくりにしてしまいます。それを芋虫と勘違いした鳥がそれを食べると、鳥の体内で彼らは卵を産みます。そして鳥によって彼らは遠くへ運ばれ、糞《ふん》と共に彼らの卵が排出されます。その糞を蝸牛が食べることで、寄生虫は再び蝸牛の体内に取り込まれるのです。

蝸牛の体内で孵化《ふか》したそれは、時期がくると蝸牛の触角の部分に移動します。そして触角の中で、膨れたり脈動したりする事で、触角に異物を感じる蝸牛は触角を回転させ、あたかもその触角の動きまで芋虫のようにしてしまうのです。普通、蝸牛は鳥に食べられるのを防ぐために、木陰のような暗所に隠れているのですが、この寄生虫に感染した蝸牛は、寄生虫に脳を支配され、明るいところを好むようになり、自ら鳥に食べられるために木の葉の上に登っていってしまいます。そして、その触角を芋虫と間違えて鳥が蝸牛を食べるという循環です」

ロベルトは、背筋がぞっと凍り付くのを感じた。

「つまり僕達は寄生虫にコントロールされた蝸牛と同じだってことか……」

「はい。そうだとすると、全てに説明が付くんです。

人間の体の中にも、ケツァルコアトルのマグネトソームに由来すると思われる生体磁石が数多く存在しています。

中でも、脳に一番多いのです。松果体の周辺にも多いのですが、脳表面の細胞になると、細胞一グラムあたり五百万個も存在します。

でも、そのことも、ケツァルコアトルの意思が、重力を離れて天に飛び立とうとするものであれば、人間の体の一番上にある部位――つまり頭部の表面に多く集まるのだと納得できます」

平賀はけろりと言ってのけた。

「君は聖書の創世を支持するといったのに、それだと人間は寄生虫の巣だってことにしかならなくなるのじゃないかい？」

「どうしてですか？」

「どうしてって……」

「微生物だとか、寄生虫だとかいう言葉で考えてしまうから、そう思うだけですよ。それは私達が勝手に付けた名前です。でも、遺伝子の持つ情報を、『神の言葉』だと置き換えてみたらどうでしょう？」

「それは随分と、ぶっ飛んだ発想だね」

「そうでしょうか？　私はそうは思わないんです。

例えば、宇宙人がいたからといって、微生物によって赤土から人間が生まれたからといって、神の存在が否定されることになるでしょうか？

地球も私達も宇宙人も、あるいは私達が天体望遠鏡で見ることの出来ない果てしない銀河の様子にしても、この宇宙のほんの一角です。

そんな枝葉の末端から少し覗《のぞ》いただけでは、宇宙を生み出し、現在のような形に進化させている幹の部分、すなわち神の意志——もしそう単純に呼べるとすればですが——が行われた偉大なる創造の神秘の本質を見通すことなど、そう簡単にできる筈がありません。

蝸牛は寄生虫によって鳥に捕食されますが、そのことによって鳥は蝸牛がいる場所に大量の糞をし、その糞を食べることで蝸牛は再び繁殖します。

これは謂《い》わば、寄生虫を介して、『種を超えた会話と両者間にとって有利な契約』が成立しているということなのです。

ですから、ケツァルコアトルのことを微生物ではなく、『神の言葉』として考えてみたらどうでしょう。それは恐らく、DNAレベルでの言葉です、生体内の電気信号でもって交わされる種を超えた『神の言葉』です」

「『神の言葉』か……」

「ええ。そうは思いませんか？

言葉には『喋《しゃべ》る』という、口蓋《こうがい》と舌と声帯の組み合わせによって音声を表現する方法のほかにも、数字や絵といった、意思伝達を図る様々な手段があるでしょう？

現在の情報科学では、生命起源の謎の本質は、自然界における計算の問題だと考えています。つまり、原子的なイオンの結合によって膨大に存在する化学的選択肢の中から非常に特殊なタイプの、すなわち生命というものに辿《たど》り着く分子システムを、いかにして発見するかという計算の問題だと考えられているということです。

では、膨大な数の生物学的失敗をうまく回避して、物質に『情報を吹き込み』生命というものに至る軌道にどうやって乗せるのか。その最初のステップが、どんな風に実現したのかというと、これらの計算には量子レベルのコンピューティングが関わっていたと考えられているのです」

「量子レベルのコンピューティング？」

「そうです。私はそのコンピューティングを行ったのが、磁気微生物であったという考えに至りました。

　磁気微生物を使った量子コンピュータを製作する取り組みもあるのですよ。例えば、イギリスのリーズ大学と日本の東京農業工業大学が共同で開発した磁性細菌は、未来のバイオコンピュータを構築できる可能性を持っています。

　その原理としては、磁気微生物の持つマグネトソームに対して磁場をかけ、核磁気共鳴というものを引き起こします。そうすると、量子ビットに原子核のスピンを使うことができ、高性能の情報処理能力のあるコンピュータを造ることが可能なのです」

「磁気微生物を使ったバイオコンピュータか……」

「そうです。ケツァルコアトルらを生きた量子コンピュータだと考えれば、彼らが複雑な会話をしていて当然です。

　だいたいケツァルコアトルらが、ああして体内の電気的な極を変化させながら回転運動できること自体、電気的システムで会話しあっていることの証《あかし》です。

　彼らはお互い、どの群れがS極になり、どの群れがN極になるか、体内の電子のスピンをコントロールして、電気的システムで会話しあっているのでしょう。

　実際、優れた量子コンピュータの開発には、こうした電子スピンのコントロール方法が確立されなければならないと考えられていますが、彼らは既にそれを行っているのです。

　そして、電気的シグナルによって行われる会話であれば、磁気としてテープにも音声的に拾えていることが不思議ではありません。

　この世を形作っているものも、生命を形作っているものも、乱暴に言ってしまえば、プラスとマイナスの電気的な力による結合です。つまりS極とN極の関係性なのです。音も光も、そこから生まれてくるものです」

「だから、ケツァルコアトルの『天使の歌声』が聞こえると……」

「ええ。我々の耳も、空気の振動を音として感じているわけではありません。空気の振動を一旦《いったん》、耳で電気的信号に変換し、それが音として脳で確認されているのです。だから彼らの電気信号が、音に聞こえるのですよ。

　ケツァルコアトルという生物的な量子コンピュータの言語ですから、ある意味マシン語にもそれは似ているでしょう。

　そして、ケツァルコアトルが生命の誕生に深く関わっていたとすれば、彼らの言葉は、我々の身体の中に等しく存在する言葉であり、自覚はなくても、私達はケツァルコアトルと互いに会話することができるということです」

「だから、DNAに直接話しかけてくる『神の言葉』だということか……」

「そうです。ですからケツァルコアトルの奏でる不思議な歌……というか、電気的な情報信号を聞いたとき、私達はいかなる言語でも、マシン語であっても、同じような意味を感じ取ることができたのです。

　特にこの微生物の言葉に鋭く敏感に反応したのが子供達であったのは、進化というものの本質からして不思議なことではありません。

進化の原理上、子供達は、常に現状の環境を飛び出そうという熱意を最初に実行に移す開拓者でありつづけるからです。

出来上がっていない身体のほうが、成人のものより新しい環境に適応します。最初に陸に上がった魚、空を飛ぼうとした鳥、それらは恐らく種の若者達です。そして海底から宇宙にまで行きたいと願う人間の熱意……。

全ては、細胞レベルでの言葉が彼らを上方に向かう開拓者にしていったのです。新天地に出られた者は更なる新天地を目指し、ついには宇宙へと向かわせる。そのようなプログラムがあったのです。

特に今回、インディオの子供達に聴覚的検査をしてみて分かったことがありました。彼らの耳の有毛細胞は、他の人種よりも八十パーセント多かったんです」

「有毛細胞？」

「簡単に言うと、空気振動である音を電気信号に変えて脳に伝える役割を持つ、耳の中の細胞です。人体からは、様々な電気的信号が出ています。その信号を、準静電界というのですが、その中には遺伝子や細胞同士がやりとりする電気的信号が当然のことながら含まれるでしょう。有毛細胞は、そういうものまでを感じ取る器官なんです。

例えば、姿が見えていない人の気配を感じることがあるでしょう？」

「ああ、確かにね」

「それはこの人の有毛細胞が、人体の準静電界に反応することで気配が分かるのです。

つまり人間は多かれ少なかれ、電気的信号を音として感じるし、自分や他人の体内において囁《ささや》き合っている細胞同士の電気的な囁き声を聞いていることになります。

そういう場合、皆がその意味を『感じ取ること』はできるのですが、『言葉で表すこと』は大変難しいという状況が起こります。

『神の言葉』に従って、人々は高い天上まで届く塔を建てたけれど、共通の言葉でその意味や目的を情報交換することができず、バベルの塔は完成しなかった。それがつまり、人が神の言葉を見失ったという表現に変わったのかも知れません」

「ではNASAが発見したという宇宙船の中の謎の人物は、やはりアステカの神官だったのかな？」

「それは謎です。ケツァルコアトルの力で、本当に成層圏を突き抜け、ロケットが宇宙まで飛んでいくかどうかは分かりません。

ですが強い磁力を利用すれば、ほんの僅《わず》かな力をかけることでパチンコ玉ほどのものを弾丸のように飛ばし、金属を貫通することも出来るのです。ケツァルコアトルが充分に成長したならば、ありえないことではありません。

彼らは、地球のように磁気を帯びた球状のものに対して、自らの磁気を調整することで、反発したり、吸い寄せられたりする状況を生み出す性質があります。その力を利用するような方法が、あるかも知れませんよ。

アステカのピラミッドが球を意識した作りになっているのは、もともと球状の磁場を形成するケツァルコアトルの習性を利用したものでしょうし、モラレス氏の十字架彫刻が浮かんだのも同じ理屈です」

「全ては偶然ではなかったのだね。『神の言葉』を宿した種か……。ふむ。確かにカドゥケウスを持つマーキュリーは、最高神ゼウスの『言葉』を伝える伝言の神でもある。しかしまあ、何にしてもケツァルコアトルが凄《すご》い生き物だということは分かったし、これから先の研究が楽しみだということだね」

ロベルトはそう言うと、「一寸《ちょっと》、失礼」と立ちあがり、カプチーノを淹《い》れに行った。

芳香の立つ二つのカップを持ち、ソファに戻ってくる。

平賀はカップを受け取り、キラキラした目を再びロベルトに向けた。

「もう少し、お話ししても構いませんか？」

「勿論《もちろん》。どうぞ」

「かつてのメキシコ、特にユカタン半島の辺りには巨大なクレーターがあった痕跡《こんせき》があるといいます。

それで、こういう考え方もあると思うのです。ＮＡＳＡが発見したロケットに乗っていたのはマヤの神官ではなく、宇宙人かも知れないと。

どこかの星で、私達と同じような生命体が、神の言葉によって生まれた。彼らは天に向かい、地球という星に大群で落下した。

彼らは助からなかったけれど、破損し、散らばったDNAを、ケツァルコアトルが少しずつ修復していって、人類が出来上がった……。

いつか私達が宇宙に行き、何十億年か先には地球も滅び、宇宙船の中の人々が死を迎えたとしても、私達の中に眠るケツァルコアトルの種子は滅びることなく宇宙を旅し、快適な環境を見つけ、その星に落下するのです。

そして私達は、ケツァルコアトルを通じて再び復元され、人類の子孫が生まれます。

神は確かに、人間の形をつくり、私達人類を創造されたのだと思います。

それもただ地球の上にだけではなく、宇宙の全てに存在するような広大な仕掛けをお造りになったのです。

案外、私達が物語の中で夢見るエデンの園は、宇宙にあった別の星なのかもしれません」

「それは興味深い説だね。だが、神がそのようなことをする目的は？」

「神の御心は計り知れませんが、少なくとも創造物である私達の存在を、絶やすことがないように働きかけておられる。……そんな気がするのです。そしていつか宇宙空間の旅を経て、長い長い何光年も先に、私達より優れた新たな人類が誕生し、その種を蒔《ま》いた主と出会う日が来るのかも知れません」

ロベルトは遥《はる》か昔に思いをはせた。

巨大隕石《いんせき》の落下とともに始まる終末と世の始まり、生命の流転を。

隕石の音と光が始まりにあり、赤土から生まれたアダムの耳に息吹として吹き込まれた『神の言葉』が人類を生んだ時を。

古代文明の中の一幕において、雪崩のように大地が崩れて陥没し、巨石が宙を飛び交って、建物が建設されていった時を。

人類は滅亡と繁栄を繰り返す。

そして未来に起きる過ちにより、たとえ人類が滅び、地球が滅びたとしても、ケツァルコアトルは宇宙に飛び出し、その種を様々な環境に落としていくのだろう。

天は神の栄光を物語り
大空は神の御手の業を示す
昼は昼に語り伝え
夜は夜に知識を送る
話すことも語ることもなく
声は聞こえなくても
その響きは全地に
その言葉は全世界の果てに向かう
そこに神は太陽の幕屋を設けられた

太陽は花婿が天蓋《てんがい》から出るように
勇士が喜び勇んで道を走るように
天の果てに出《い》で立ち
天の果てを目指していく
その熱から隠れうるものはいない

天使の歌声が蘇《よみがえ》る。

永劫《えいごう》の繰り返しをする宇宙の空を飛び回るケツァルコアトルの姿が想像された。

星々が輝き、星雲がうねる。その中を、新天地を目指して飛ぶ赤き龍《りゅう》。

それはまるで、神が、自分の『言葉』を託した種の行方を見守って、巨大望遠鏡を覗《のぞ》いてみる世界のようであった。

新たな地で新たなる生命が誕生し、DNAの中に眠る過去からの物語を神話としてつづり、天に憧《あこが》れ、天を目指す。

それは案外、悪くはない想像であった。

どのような時も、創造主が、我らを生かすステージを用意していて下さる。

そしていつか、人は神と顔を合わせて、語り合う。

ふっと、異端の聖書に揺らいでいた信仰が、落ち着いた気持ちがした。

「うん、確かに。そんな風に考えれば、科学は決して無味乾燥なものではないね」

　ロベルトは微笑んだ。

「ええ、そうですとも。科学は奇跡の検証だけではなく、その先に本当の神の奇跡を見せてくれるはずです。今回の事件は私にとって、奇跡の欠片《かけら》を垣間《かいま》見た出来事でした」

　平賀は憂いのない瞳《ひとみ》で、満足そうに微笑んだ。

　ロベルトはカプチーノのお代わりを淹れに立ちながら、ふと思い出し笑いをした。

「それにしてもだ。今回の事件は本当に驚愕《きょうがく》の連続だったけれど、あのチャンドラ・シンのメールにはぶっ飛んだよ。あの時はてっきり悪い冗談だと思ったのに、彼にはあの時点でケツァルコアトルの正体にアタリがついていたのかな？　だとしたら、僕は彼のことをかなり誤解していたことになるね。失礼を詫《わ》びなきゃいけないかな？」

　そう言って平賀を振り返ると、平賀は深刻な顔でロベルトを見詰め返した。

「その件についてですが、お伝えし損ねていたことがあります」

「何だい？　そんな顔をして」

「あのNASAの情報や、それを手に入れた経緯をもっとよく知りたくて、私は先日、チャンドラ・シン博士と連絡を取りました。すると、博士は全くそれについてご存じない様子でした。私が何を言ってるか分からないと……」

「何だって？　それってつまり……」

　ロベルトは眉《まゆ》を顰《ひそ》めた。

「あれが博士からのメールでないとしたら、あのようなメールを送ってくる人物に、私は一人しか心当たりがありません」

「僕にだって一人しかいないとも」

二人は顔を見合わせ、その人物の名を呟《つぶや》いた。

「ローレン……」

エピローグ　蝸牛、葉にしろしめす。この世は全てよし

1

平賀とロベルトは今回の調査に関し、あるがままの客観的な事実をメールと書簡で報告した。

奇跡であるか否かの意見は挟まなかった。判断は審議会に任せることにしたのである。

それが妥当ではないかと、二人の意見は一致していた。

バチカンに戻る日の早朝、パトラナクアトリが一人の男を連れ、平賀とロベルトの部屋を訪ねてきた。

その男こそ、ロミオ・ロレッタ、本名ヨファアリクアウコティ・アハウ。

シワクアトリの息子であった。

いかにも軟派で軽佻浮薄《けいちょうふはく》そうな、それでいてパトラナクアトリと僅《わず》かに面立ちが重なるその青年は、両手を広げてロベルトに抱きついてきた。

そうして涙を流しながら、「感謝します、感謝します、母のことを有難う、司祭様」と

繰り返した。

「まあまあ、落ち着いて下さい。感謝など必要ありません。僕は神父として当然のことをしただけです」

ロベルトが言うと、ロミオは首を振った。

「いえ、神父様のお陰で俺は救われたんです。母親と初めて会話ができました。母の気持ちを知ることができました。アメリカでロクな生活をしてこなかった俺の目を、母からの手紙が醒《さ》ましてくれたんです。これからは母を引き取り、メキシコで真面目に暮らします」

「お母さんからの手紙？」

「はい。母が刺繍《ししゅう》にして毎日書いていたものを、パトラナクアトリが訳して、アメリカの俺の住所に送ってくれたんです。俺の住所を調べてくれたのも司祭様だとか」

「その辺りはバチカンの職員なので、情報局に問い合わせれば分かるんだ」

「それで俺は命拾いしました。有難うございます」

「事情はよく分からないが、お役に立てたなら良かった。差し支えなければだけど、僕から一つ、お願いをしてもいいかな？」

「はい、なんでしょう？」

「君のお母さんを見てきた僕も、彼女が何を思っているのか、とても知りたかったんだ。もし良ければ、その手紙の一部でも、拝見させて貰《もら》えないだろうか？」

「ああ、ええ、喜んで。ただ何通もあるので、今持っているのは、一通だけなんです」

「それで充分さ」

ロミオは頷《うなず》くと、ポケットの財布の中にしまわれた便箋《びんせん》を差し出した。

そこにはナワトル語の文面が綴《つづ》られていた。


『ジャガーの二の日。

今日は最後の鷲《わし》の年から一バクトゥンと三トゥン、そして九ウィナルと四キン。

息子よ、どうしていますか。

今日はお前の生まれ日の星に良くない日。

思わぬ惨事に注意するようにと暦が告げています。

怪我などしていませんか。

息子よ、お前が出て行って三千五百十二日が経ちます。

忙しく過ごしているのか、病気になっていないか、それさえ知る術《すべ》のない、この母を許して下さい。

息子よ、どうか何があっても、心を挫《くじ》けさせないように。

平穏に暮らしたいのなら、陰口を言わないように。

陰口は侮辱と不和の元だから。

深い井戸の底を探って、宝を得ようとしてはいけません。

この世を生き抜くには困難は多く、必要な物を手に入れる事は容易《たやす》くないのです。

ですからどんな物も、簡単に手に入ると思ってはいけません。

人から受け取った、どんなつまらない物でも、それを喜びなさい。

そして感謝しなさい。

誰かが、お前のその姿を見て、

「何故、貴方《あなた》はそんなつまらない物を有り難がるのか？」

と訊《たず》ねた時には、

「天におられる私の偉大な父からの授かり物だから」

と、手にしたものを讃《たた》えなさい。

そうすれば、お前は今日を無事に過ごすことができるでしょう。

そしていつか、お前が知っておかなければならない先祖のこと、習わしや神話を、仲間がお前に伝えてくれるのを願い、今日も私は刺繍に励んでいます』

優しい母親からの心遣いの手紙であった。

虚無や絶望と隣り合わせの孤独な世界の中で、正気を保ち、日々を数え、息子を思い、自分達の伝統を先に伝えようとする強い意志を持った、インディオの女性の言葉。

そんな彼らを、教養のない野蛮人などといえる者があるだろうか。

＊　＊　＊

バチカンに戻った二人は、すぐにサウロ大司教の部屋を訪れた。

その時既に『コンクラーヴェ』は終わり、新法王は誕生していた。

サウロの部屋のドアからも、カメルレンゴの紋章が取り外されている。

サン・ピエトロ広場には、新法王誕生を祝う信者達が集い、歓喜の余熱がまだ色濃く残っていたが、サウロは平素とかわりない様子で、椅子に腰掛けていた。

皮肉にも、平賀が初めて『奇跡の欠片《かけら》を垣間《かいま》見た』と言った今回の調査には、奇跡ではないという判断が下された。

しかし、これもまた皮肉なことであるが、枢機卿《すうききよう》達の投票によって新法王の座に就いたのは、ルーベン・リベラ・カサレス枢機卿であった。

なんとも複雑な、蟠《わだかま》りの残る気持ちを持て余したロベルトは、思わずサウロ大司教にこう訊ねていた。

「調査は奇跡でないと判断されたのに、結局ルーベン・リベラ・カサレス枢機卿が法王になられるとは……。僕達の調査はこの結果に何かの影響を及ぼしたのでしょうか、それとも全く無関係だったのでしょうか」

サウロ大司教は、大仕事を終えたあとの穏やかな表情で語った。

「実際のところ、君達の調査結果に対し、『奇跡と認定すべし』という意見と、『厳密な奇跡ではなく、その調査内容に異端的な教義が交ざっているため、カソリックとして認められない』という意見の、真っ二つに割れたのだよ。

最終的には、たとえ奇跡だとしても異教の奇跡として取り扱うべきという話になり、奇跡認定はなされなかった。そうした事全てが新法王の選出に、まるで影響が無かったとは思わない。

だが、ロベルト神父、それはそれで良いのだよ」

「良いのでしょうか？」

「そうだとも。私が心配していた事は、法王選出に際し、陰謀や奇跡の捏造《ねつぞう》が行われたのではないかという一点であり、そうではないことが事実として分かったのであるから、新法王は神によって公平に選ばれたということになる。何も問題はない」

「はい、そうですね。私もそう思います」

平賀が隣で微笑んだ。

「じきに新法王の就任式が行われる。私達は再びペテロの代理人を、この世に取り戻したわけだ」

サウロ大司教は、しみじみと言った。

2

翌朝。

疲れから熟睡していたロベルトは、昼過ぎに目を覚ました。

深煎《ふかい》りの豆を挽《ひ》いて濃いエスプレッソを淹《い》れ、何紙もの新聞を持ってソファに座る。

様々な言語で書かれた新聞のいずれの一面にも、新法王誕生のニュースと、この新年に盛大な祝祭が各地で催されることが記されていた。

パソコンを立ち上げ、メキシコの新聞をチェックする。

初のメキシコ出身の法王の誕生に、国民の歓喜はただ事でない様子だ。

ゴンザレス司祭やミゲルやホセ、アティエルやサマ達の喜ぶ顔を思い浮かべながら、彼は思わず微笑んだ。

それからロベルトは、旅行前に出窓に置いた、鉢植えのハーブの様子を見に立った。

夏場には放っておいても成長するハーブも、冬にはうっかりすると枯れることがある。

そこで寒さ除《よ》けのビニールで根囲いし、日の当たる窓辺に取り込んで、室内に暖房をゆるくかけて出かけたのだが、昨晩は様子をチェックする余裕もなく眠ってしまったのだ。

鉢の側にかがみ込んで見ると、ビニールがごそごそと動いている。

ビニールを開き、中を覗《のぞ》くと一匹の蝸牛《かたつむり》が這《は》っている。

冬には冬眠しているはずの蝸牛が、何故こんなところにいるのだろう。

突然変異種なのか、部屋が暖房で温かかったために、間違えて冬眠から目覚めたのか。

ロベルトはふっと、寄生虫に脳をのっとられた蝸牛の話を思い出し、この季節外れの蝸牛もそうした類《たぐい》だろうかなどと考えたりしたが、結局それも、神が定めた自然の摂理なのだろうと納得した。

そうして気がつくと、季節はずれなロバート・ブラウニングの詩『春の朝』を、無意識に口ずさんでいた。

頃は春
時は朝
朝は七時のこと
丘の斜面には真珠の露がおり
ひばりは空に舞う
蝸牛はサンザシに這う
神は天に在り
この世は……すべて良し……

そう思っていた時、彼のパソコンがメールの着信音を立てた。

開いてみると、チャンドラ・シンからのメールである。

単刀直入に言う。私はローレン・ディルーカを追っている。
暗号の専門家である貴殿に協力を要請したい。
協力の御意志があれば、ご連絡されたし。

チャンドラ・シン

どうやら平穏な気分でくつろいでいる暇はなさそうであった。

本書は文庫書き下ろしです。

バチカン奇跡調査官《きせきちょうさかん》　終末の聖母《ディー・ゲニトリクス》

藤木《ふじき》　稟《りん》

角川ホラー文庫　　H ふ4-8　　18213

平成25年10月25日　初版発行

発行者——山下直久
発行所——株式会社KADOKAWA
東京都千代田区富士見2-13-3
電話(03)3238-8521(営業)
〒102-8177
http://www.kadokawa.co.jp/
編　集——角川書店
東京都千代田区富士見1-8-19
電話(03)3238-8555(編集部)
〒102-8078
印刷所——旭印刷　製本所——BBC
装幀者——田島照久

ISBN978-4-04-101050-1 C0193

角川文庫発刊に際して

角川源義

第二次世界大戦の敗北は、軍事力の敗北であった以上に、私たちの若い文化力の敗退であった。私たちの文化が戦争に対して如何に無力であり、単なるあだ花に過ぎなかったかを、私たちは身を以て体験し痛感した。西洋近代文化の摂取にとって、明治以後八十年の歳月は決して短かすぎたとは言えない。にもかかわらず、近代文化の伝統を確立し、自由な批判と柔軟な良識に富む文化層として自らを形成することに私たちは失敗して来た。そしてこれは、各層への文化の普及滲透を任務とする出版人の責任でもあった。

一九四五年以来、私たちは再び振出しに戻り、第一歩から踏み出すことを余儀なくされた。これは大きな不幸ではあるが、反面、これまでの混沌・未熟・歪曲の中にあった我が国の文化に秩序と確たる基礎を齎らすためには絶好の機会でもある。角川書店は、このような祖国の文化的危機にあたり、微力をも顧みず再建の礎石たるべき抱負と決意とをもって出発したが、ここに創立以来の念願を果すべく角川文庫を発刊する。これまで刊行されたあらゆる全集叢書文庫類の長所と短所とを検討し、古今東西の不朽の典籍を、良心的編集のもとに、廉価に、そして書架にふさわしい美本として、多くのひとびとに提供しようとする。しかし私たちは徒らに百科全書的な知識のジレッタントを作ることを目的とせず、あくまで祖国の文化に秩序と再建への道を示し、この文庫を角川書店の栄ある事業として、今後永久に継続発展せしめ、学芸と教養との殿堂として大成せんことを期したい。多くの読書子の愛情ある忠言と支持とによって、この希望と抱負とを完遂せしめられんことを願う。

一九四九年五月三日

黄泉津比良坂《よもつひらさか》、暗夜行路《あんやのみちゆき》

探偵・朱雀十五の事件簿4

藤木 稟

新たなる悲劇の幕が開き、悪夢が甦る

ぐおぉ——ん、ぐおぉ——ん。
寂寥たる闇を震わせて、決して鳴らないはずの『不鳴鐘《ならずのかね》』が鳴り、血塗られた呪いと惨劇が再び天主家に襲いかかる。新宗主・時定と、14年前の事件の生残者らの運命は？執事の十和助に乞われた朱雀十五は、暗号に満ちた迷宮で、意外な行動に出た。やまない猟奇と怪異の渦中で、朱雀の怜悧な頭脳は、館の秘密と驚愕の真実を抉り出す。ノンストップ・ホラーミステリ、朱雀シリーズ第４弾。

角川ホラー文庫

ISBN 978-4-04-101019-8